LE SANG DU MONSTRE

Ali Land

LE SANG DU MONSTRE

Traduit de l'anglais par Pierre Szczeciner

SONATINE ÉDITIONS

Directeur de collection : Marie Misandeau
Coordination éditoriale : Anne-Claire Andrault

Titre original : *Good Me, Bad Me*
Éditeur original : Michael Joseph

Sonatine Éditions
32, rue Washington
75008 Paris
www.sonatine-editions.fr

Le cœur des petits enfants est un organe très délicat.
Un début cruel dans la vie peut lui donner d'étranges formes[1].

Carson McCullers, 1917-1967

1. Traduction de Jacques Tournier. *(Toutes les notes sont du traducteur.)*

Prologue

N'avez-vous jamais rêvé d'un endroit situé très, très loin ? Moi oui.

Un champ de coquelicots.

Petits danseurs rouges, valsant dans la joie.

Pointant leurs pétales vers un sentier qui mène à la côte. Net. Intact.

Dans mon dos, un océan couleur turquoise. Le ciel bleu.

Rien. Personne.

J'ai besoin d'entendre les mots « Je serai toujours là pour te protéger » ou « Ce n'est pas sa faute, ce n'était qu'une enfant ».

Oui, voilà à quoi ressemblent mes rêves.

Je ne sais pas ce qui va advenir de moi. J'ai peur. Je suis différente. On ne m'a pas laissé le choix.

Mais je promets.

Je promets de faire de mon mieux.

Je promets d'essayer.

Huit. Puis quatre. La porte sur la droite.

La salle de jeux.
C'est comme ça que tu l'appelais.
Mais les jeux étaient cruels et le vainqueur était toujours le même.
Quand ce n'était pas mon tour, tu me forçais à regarder.
Un petit trou dans le mur.
Ensuite tu me demandais. Qu'est-ce que tu as vu, Annie ?
Qu'est-ce que tu as vu ?

1

J'espère que tu me pardonneras quand je te dirai que c'est moi.

Moi qui t'ai dénoncée.

L'inspecteur. Un homme bienveillant, avec un gros ventre rond. Au début, le doute. Ensuite, la salopette tachée que j'ai sortie de mon sac. Toute petite.

L'ours en peluche constellé de sang sur le devant. J'aurais pu en apporter d'autres, tellement de choix. Elle n'a jamais su que je les conservais.

Il s'est agité sur sa chaise, ça oui. Ils se sont redressés, lui et son ventre.

Sa main – j'ai remarqué qu'elle tremblait alors qu'elle s'approchait du téléphone. Venez me voir immédiatement, il a dit. Il faut que vous entendiez ça. Le silence en attendant que son supérieur arrive. Supportable pour moi. Beaucoup moins pour lui. Cent questions qui devaient tambouriner dans sa tête. Est-ce qu'elle dit la vérité ? Je ne peux pas y croire. Autant ? Morts ? Impossible.

J'ai répété l'histoire. Encore. Et encore. La même histoire. D'autres visages qui m'observaient, d'autres oreilles qui m'écoutaient. Je leur ai tout raconté.

Enfin.

Presque tout.

La caméra allumée, petit vrombissement doux qui seul venait perturber le silence de la pièce une fois que j'ai eu fini de parler.

Un des policiers a dit, tu vas sûrement devoir témoigner. Tu le sais, n'est-ce pas ? Tu es la seule à avoir vu ce qui s'est passé.

Un autre a demandé, vous ne pensez pas que c'est risqué de la renvoyer chez elle, si ce qu'elle raconte est vrai ? Le commissaire a rétorqué, j'aurai une équipe sur pied d'ici quelques heures, puis il s'est tourné vers moi et m'a dit, il ne va rien t'arriver. Trop tard, j'aurais voulu lui répondre.

Après ça, tout s'est passé très vite. C'était obligé, en même temps. Ils m'ont déposée à la grille du lycée dans une voiture banalisée, un peu avant que la cloche ne sonne la fin des cours. Juste à temps pour qu'elle me récupère. Elle m'attendrait avec ses exigences, plus pressantes depuis peu. Deux au cours des six derniers mois. Deux petits garçons. Disparus.

Fais comme si de rien n'était, ils m'ont dit. Rentre à la maison. On viendra l'arrêter. Ce soir.

Le lent cheminement de l'horloge au-dessus de ma commode. Tic. Tac. Tic. Et puis enfin. Ils sont venus. Au milieu de la nuit, l'effet de surprise de leur côté. Des pas presque imperceptibles sur le gravier. J'étais déjà descendue au rez-de-chaussée quand ils ont cassé la porte.

Des cris. Un grand homme mince habillé en civil. Différent des autres. Des ordres lancés dans l'air vicié de notre salon. Toi, tu prends l'étage. Toi, par là. Toi et toi, la cave. Toi. Toi. Toi.

Une nuée d'uniformes bleus éparpillés dans notre maison. Pistolets tenus en position de prière, mains jointes contre la poitrine. Sur les visages, l'excitation de la perquisition, ainsi que la terreur de découvrir la vérité.

Et puis toi.

Traînée hors de ta chambre. Un pli de sommeil rouge le long de ta joue, les yeux embrumés par le passage brutal de l'état de sommeil à l'état d'arrestation. Tu n'as rien dit. Même quand ils t'ont plaqué le visage contre la moquette, leurs coudes et leurs genoux plantés dans ton dos, et qu'ils t'ont fait la lecture de tes droits. Ta robe de chambre remontait haut sur ta cuisse. Pas de sous-vêtements. L'humiliation suprême.

Tu as tourné la tête sur le côté. Vers moi. Tes yeux n'ont jamais quitté les miens. Je n'ai eu aucun mal à lire en eux. Tu ne leur as rien dit, et pourtant, tu m'as tout dit.

Je t'ai adressé un signe de tête.

Mais seulement quand personne ne regardait.

2

Nouveau nom. Nouvelle famille.
Une.
Toute.
Nouvelle.
Moi.

Le père de ma famille d'accueil, Mike, est psychologue. Spécialiste des traumatismes ; comme sa fille, Phoebe, même si elle les provoque alors que lui les soigne. Saskia, la mère. Je crois qu'elle essaie de me mettre à l'aise, mais je n'en suis pas sûre, elle ne te ressemble pas du tout, Maman. Maigre et idiote.

Tu as de la chance, ils m'ont dit, pendant que j'attendais l'arrivée de Mike. Les Newmont sont une famille fantastique. Et une place au lycée pour filles Wetherbridge. Super. Super. SUPER. C'est bon, j'ai compris. Je devrais m'estimer chanceuse, mais j'ai surtout peur. Peur de découvrir qui je suis. Ce que je suis.

Et peur qu'eux aussi le découvrent.

Ça fait maintenant une semaine que Mike est venu me chercher, vers la fin des vacances d'été. Mes cheveux bien coiffés, attachés avec un élastique. J'avais répété ce que je devais dire, je savais si je devais rester assise ou me lever. Et à chaque minute qui passait, quand ce n'était pas sa voix que j'entendais, mais celles des infirmières se racontant une blague, je me disais que lui et sa famille avaient fini par changer d'avis. Par revenir à la raison. Je suis restée clouée sur place, à attendre qu'on vienne me dire, désolé, tu vas devoir rester ici, finalement.

Mais ensuite, il est arrivé. Il m'a souri, m'a serré la main. Tellement agréable de voir qu'il n'avait pas peur de moi. Pas peur que je le contamine. Je me souviens qu'il a fait une réflexion sur le peu d'affaires que j'avais, seulement une petite valise. À l'intérieur, quelques livres, quelques vêtements, et d'autres choses, cachées, des souvenirs de toi. De nous. Le reste, confisqué par la police pendant la perquisition. Ne t'en fais pas, il m'a dit, on ira faire du shopping. Saskia et Phoebe nous attendent à la maison, il a ajouté, on va dîner tous ensemble, pour te souhaiter officiellement la bienvenue.

On a eu un entretien avec le directeur de l'unité psychologique du centre. Petit à petit, il a dit, il faut que tu prennes les jours comme ils viennent. J'aurais voulu lui répondre, ce ne sont pas les jours qui me font peur, mais les nuits.

Sourires échangés. Poignées de mains. Mike a signé où il fallait, puis il s'est tourné vers moi et m'a demandé, tu es prête ?

Pas vraiment, non.

Mais je suis quand même partie avec lui.

Le trajet en voiture a été court, moins d'une heure. Chaque rue et chaque immeuble étaient nouveaux pour moi. Il faisait encore jour quand on est arrivés, une grande maison, avec des colonnes devant. Mike m'a demandé, ça va ? J'ai fait oui de la tête, même si je ne me sentais pas très bien. J'ai attendu qu'il déverrouille la porte ; j'ai senti ma gorge se serrer en constatant que ce n'était pas fermé à clé. On est entrés comme ça, ça aurait pu être n'importe qui. Il a appelé sa femme, que j'avais déjà rencontrée plusieurs fois. Saskia, il a dit, on est là. J'arrive, elle a répondu. Bonsoir Milly, et bienvenue. J'ai souri, ça me paraissait la chose à faire. Rosie, leur terrier, m'a elle aussi souhaité la bienvenue en me sautant dessus, puis en éternuant de bonheur quand je me suis mise à lui gratter les oreilles. Mike a demandé, où est Phoebe ? Saskia a répondu, elle rentre, elle était chez Clondine. Parfait, il a dit, on dînera d'ici une demi-heure, du coup. Il a demandé à Saskia si elle voulait bien me montrer ma chambre, je me souviens qu'il lui a adressé un signe de tête, comme si elle avait besoin d'être encouragée.

Je l'ai suivie dans l'escalier, en me forçant à ne pas compter les marches. Toute nouvelle maison. Toute nouvelle moi.

Au deuxième, il n'y a que ta chambre et celle de Phoebe, m'explique Saskia. Nous, on est en dessous. On t'a laissé la chambre du fond, tu verras, il y a une jolie vue sur le jardin depuis le balcon.

Ce sont les tournesols que j'ai remarqués en premier. Jaune vif. Des sourires dans un vase. Je l'ai remerciée, lui ai dit que c'étaient mes fleurs préférées, elle avait l'air contente. Je te laisse explorer ton nouvel environnement, elle m'a dit. Tu verras, il y a des vêtements dans l'armoire. On t'en achètera d'autres, bien sûr. Elle m'a demandé si j'avais besoin de quoi que ce soit. J'ai répondu que non, et elle est partie.

J'ai posé ma valise par terre, je me suis dirigée vers la porte donnant sur le balcon, et j'ai vérifié qu'elle était bien verrouillée. L'armoire sur la droite, énorme, vieille, en pin. Je ne l'ai pas ouverte, je ne voulais pas penser à m'habiller, à me déshabiller. En me retournant, j'ai remarqué qu'il y avait des tiroirs sous le lit. Je les ai tirés, j'ai passé ma main derrière et sur les côtés, il n'y avait rien. Dans un premier temps, ça ferait l'affaire. Une salle de bains privative, immense, un miroir recouvrant tout un mur. J'ai tourné le dos à mon reflet, puis j'ai vérifié que le loquet fonctionnait et qu'on ne pouvait pas ouvrir la porte depuis l'extérieur. Ensuite, je me suis assise sur le lit et j'ai essayé de ne pas penser à toi.

Peu de temps après, j'ai entendu des pas dans l'escalier. J'ai essayé de garder mon calme, de me rappeler les exercices de respiration que m'avait montrés le psychologue, mais j'avais la tête qui tournait, et, quand elle est apparue dans l'encadrement de la porte, je me suis concentrée sur son front, parce que je craignais de croiser son regard. Le dîner est prêt. Sa voix ressemblait à une espèce de ronronnement, crémeux, avec un soupçon de mépris, exactement comme la fois où je l'avais rencontrée, avec l'assistante sociale. Elle n'était jamais venue au centre, elle n'avait pas le droit de connaître la vérité, et on ne tenait pas à ce qu'elle se pose trop de questions. Je me souviens m'être sentie intimidée. Son apparence. Blonde, sûre d'elle, nonchalante, déçue de devoir accueillir une inconnue chez elle. Deux fois pendant l'entretien, elle avait demandé combien de temps j'étais censée rester. Deux fois, on l'avait fait taire.

Papa m'a demandé de venir te chercher, elle m'a annoncé, les bras croisés devant sa poitrine. Sur la défensive. Au centre, j'avais vu des médecins expliquer à leurs patients comment contrôler leur langage corporel. J'avais regardé sans rien dire, et j'avais beaucoup appris. Ça s'est passé il y a plusieurs jours, mais je me souviens parfaitement de la dernière chose qu'elle m'a dite, avant de tourner les talons et de quitter le bureau de l'assistante sociale : Ah oui, j'oubliais, bienvenue chez les fous.

J'ai suivi son odeur, rose et sucrée, jusqu'à la cuisine, en me demandant ce que ça ferait d'avoir une sœur. Et quel genre de relation nous aurions. Elle serait Meg, et moi je serais Jo, les deux filles du docteur March. À l'unité psychiatrique, ils m'ont dit que l'espoir était ma meilleure arme, celle qui me permettrait de m'en sortir.

Bêtement, je les ai crus.

3

La première nuit, j'ai dormi tout habillée. Le seul moment où j'ai touché le pyjama en soie acheté par Saskia, c'est pour l'enlever de mon lit. Le tissu, trop glissant sur ma peau. J'arrive mieux à dormir, depuis quelque temps, même si ce n'est toujours pas ça. J'ai beaucoup changé depuis que je t'ai quittée. Les gens à l'unité psychiatrique m'ont dit que les trois premiers jours, je n'ai pas parlé. Je suis restée assise sur le lit, adossée au mur. Les yeux dans le vide. Silencieuse. L'état de choc, ils ont appelé ça. J'aurais voulu leur dire que c'était bien pire que ça. Quelque chose qui pénétrait dans ma chambre chaque fois que je m'autorisais à dormir. Quelque chose qui rampait, se glissait sous la porte et me regardait en sifflant. Quelque chose qui se faisait appeler Maman. Et qui continue à se faire appeler Maman.

Quand je n'arrive pas à dormir, ce ne sont pas les moutons que je compte, mais les jours jusqu'au procès. Moi contre toi. Tout le monde contre toi. Lundi, ça fera neuf semaines. Soixante-sept jours, et je continue à compter. Je compte dans un sens, et je compte dans l'autre. Je compte jusqu'à ce que je pleure, et puis je recommence jusqu'à arrêter, et je sais que ce n'est pas bien, mais à un moment, au milieu de tous ces chiffres, tu commences à me manquer. Je vais devoir beaucoup me préparer d'ici là. Faire du tri dans ma tête, au cas où je serais appelée à témoigner. Tellement de choses peuvent dégénérer quand tous les regards sont braqués dans la même direction.

Mike a un grand rôle à jouer. Avec l'équipe médicale du centre, ils ont concocté pour moi un programme de thérapie hebdomadaire jusqu'au procès. Une opportunité de lui parler de mes problèmes et de mes inquiétudes. Hier, il m'a proposé qu'on se voie les mercredis, comme ça, c'est au milieu de la semaine. J'ai accepté, pas parce que j'en avais envie, mais parce qu'il voulait que j'accepte. Il pense que ça m'aidera.

L'école commence demain, on est tous dans la cuisine. Phoebe dit que c'est pas trop tôt, qu'elle en a ras-le-bol de cette maison. Mike se contente d'en rire, Saskia a l'air triste. Pendant la semaine qui s'est écoulée, j'ai remarqué qu'il y avait quelque chose qui n'allait pas entre Phoebe et elle, comme si elles n'existaient chacune que de manière complètement indépendante de l'autre, avec Mike dans le rôle du traducteur, du médiateur. Parfois, Phoebe l'appelle Saskia, et pas Maman. La première fois, je m'attendais à ce qu'on lui fasse une réflexion, qu'on la punisse, mais non. En tout cas, je n'ai rien vu de tel. Et je n'ai jamais vu aucun contact physique entre Phoebe et Saskia, alors que pourtant, le contact, c'est censé être l'amour. Enfin, pas le genre de contact physique que tu as connu, Milly, ils m'ont dit au centre. Il y a le bon type de contact, et le mauvais type de contact.

Phoebe annonce qu'elle sort voir une certaine Izzy, qui vient de rentrer de ses vacances en France. Mike lui suggère de m'emmener pour me la présenter. Phoebe lève les yeux au ciel et dit, allez, je ne l'ai pas vue de l'été, et elle la verra demain, de toute façon. Il insiste et ajoute que ce serait bien pour moi de rencontrer une de ses copines, de ne pas rester toute seule. C'est bon, elle finit par accepter, mais je vois pas pourquoi c'est à moi de faire ça.

« En tout cas c'est très gentil », intervient Saskia.

Elle se tourne vers sa mère et la fixe, la fixe, la fixe du regard, jusqu'à ce qu'elle gagne. Saskia finit par baisser les yeux en rougissant légèrement.

« Je disais juste que c'était gentil de ta part.

– Eh ben personne t'a sonné, OK ? »

J'attends la réaction, la gifle, l'objet lancé à la figure. Mais rien. À part Mike.

« S'il te plaît, Phoebe, ne parle pas à ta mère comme ça. »

Quand on quitte la maison, il y a une fille en survêtement assise sur le mur en face de notre allée qui nous regarde passer. Phoebe lui dit, dégage, petite merde, et trouve-toi un autre mur. La fille réplique par un bras d'honneur.

« Qui c'était ? je demande.

– Une petite pétasse de la cité d'à côté, elle me répond en désignant du menton les tours d'habitation situées sur notre gauche. Au fait, je te préviens, ce sera pas comme ça tous les soirs. Dès que les cours auront repris, c'est chacun sa vie, compris ?

– Compris.

– L'allée qui est là passe à côté de notre jardin. Il y a juste quelques garages au bout, mais c'est le plus rapide pour aller à l'école.

– Et tu pars à quelle heure, d'habitude, le matin ?

– Ça dépend. En général, je retrouve Izzy et on y va ensemble. Des fois, on s'arrête au Starbucks et on traîne un peu, mais vu que ce trimestre y'a la saison de hockey qui reprend et que je suis capitaine, je vais devoir me lever plus tôt pour les entraînements et tout.

– Tu dois être forte si t'es capitaine.

– Ouais, ça va. Bon, et toi, alors ? C'est quoi ton histoire ? Elle est où ta vraie famille ? »

Une main invisible m'attrape l'estomac et se met à serrer de toutes ses forces. Je sens ma tête qui se remplit d'images. Du calme, j'essaie de me rassurer, tu t'es entraînée pour ce genre de questions pendant des jours et des jours, avec les gens du centre.

« Ma mère est partie quand j'étais petite. Je vivais avec mon père, mais il est mort récemment.

– Ah merde. C'est moche. »

Je hoche la tête. N'en dis pas plus. Moins tu en diras, mieux ça vaudra, on m'a expliqué.

« Papa t'a sûrement montré le chemin la semaine dernière, mais au cas où, à partir d'ici, pour aller au lycée, tu traverses là, puis tu prends la première à gauche et la deuxième à droite. T'en as pour cinq minutes à tout casser. »

Je m'apprête à la remercier pour toutes ces précisions, mais elle ne me regarde pas, et je remarque que son visage s'est éclairé d'un large sourire. Je me retourne et vois une blonde qui traverse la rue pour nous rejoindre, tout en lui envoyant des baisers. Phoebe rit et agite la main pour la saluer. Elle me dit, c'est Izzy. Les jambes de la nouvelle venue sont bronzées sous son short en jean déchiré, et, comme Phoebe, elle est jolie. Très jolie. Elles se prennent dans les bras et bientôt s'engage entre elles une conversation à cent mille à l'heure. Les questions fusent, les réponses aussi, elles sortent leur portable de leur poche et se mettent à comparer les photos. Elles ricanent en parlant de garçons, et d'une certaine Jacinta qui, selon Izzy, fait super peur en bikini, je te jure, la piscine s'est vidée dès qu'elle est a mis un pied dedans. Cette interaction ne dure au total que quelques minutes, mais comme elles m'ignorent royalement ça me paraît beaucoup plus long. Finalement, Izzy se tourne vers moi et demande à Phoebe :

« C'est qui, elle ? La dernière petite protégée que Mike a récupérée au refuge ? »

Phoebe éclate de rire.

« Elle s'appelle Milly. Elle va rester avec nous quelque temps.

– Je croyais que ton père voulait plus prendre personne ?

– Ouais, mais tu sais comment il est. Il peut pas s'en empêcher.

– Est-ce que t'es inscrite à Wetherbridge ? me demande Izzy.

– Oui.

– T'es de Londres ?

– Non.

– T'as un mec ?

– Non.

– T'es un robot, ou quoi ? Oui. Non. Non. »

Elle agite les bras en faisant un bruit mécanique, comme les Daleks dans l'épisode de *Doctor Who* que j'ai vu en cours de théâtre, à mon ancien lycée. Phoebe et Izzy éclatent de rire, puis retournent à leurs portables. J'aimerais pouvoir leur dire que quand je parle comme ça, en monosyllabes, c'est parce que je suis stressée et que j'ai besoin de filtrer le bruit. Le bruit blanc que fait ta voix dans ma tête. Car même maintenant, surtout maintenant, tu es là. Agir comme une personne normale ne t'a jamais demandé d'efforts, mais pour moi, ça n'a rien de naturel. J'ai toujours été étonnée de voir combien les gens t'aimaient à ton travail. Tu ne manifestais jamais la moindre violence, la moindre colère, et tu parlais d'une voix rassurante, toujours un sourire aux lèvres. Tu les gardais dans le creux de ta main, tu les isolais. Toutes celles que tu savais pouvoir convaincre, tu les isolais, et tu leur murmurais à l'oreille. Rassurées. Aimées. C'est comme ça qu'elles se sentaient avec toi, c'est pour ça qu'elles te confiaient leurs enfants.

« Je ne me sens pas très bien, je crois que je vais rentrer.

– Comme tu veux, répond Phoebe. Mais me fous pas dans la merde avec Papa. »

Izzy se tourne vers moi, l'air provocateur.

« On se revoit au lycée », elle me lance.

Et, alors que je m'éloigne, je l'entends ajouter :

« Je sens qu'on va bien se marrer. »

La fille en survêtement n'est plus sur le mur. Je m'arrête pour regarder en direction de la cité. La tête penchée en arrière, je suis les barres d'immeubles jusqu'au ciel. Dans le Devon, il n'y avait pas d'immeubles. Seulement des maisons et des champs. Des hectares et des hectares d'intimité.

Quand je rentre, Mike me demande où est Phoebe. Je lui explique qu'on est tombées sur Izzy, et il sourit. Sa manière de s'excuser, je crois.

« Elles sont meilleures amies depuis toujours, il me dit. Deux mois sans se voir, elles doivent avoir beaucoup de choses à se raconter. Est-ce que ça te dirait d'avoir une petite discussion dans mon bureau, histoire de faire le point avant la rentrée de demain ? »

J'accepte. Oui – un mot que j'utilise beaucoup, ces temps-ci, un bon mot, derrière lequel je peux me cacher. Le bureau de Mike est vaste, avec des portes vitrées donnant sur le jardin. Une table de travail en acajou sur laquelle sont posés un cadre photo, une lampe de lecture vert pâle et des piles de documents. Il y a également une grande bibliothèque – des rangées d'étagères débordant de livres. Quant aux murs, ils sont peints dans les tons mauves. Une atmosphère stable. Rassurante. Il voit que j'examine la bibliothèque et rit. Je sais, je sais, il me dit, il y en a beaucoup trop, mais entre nous, je ne pense pas qu'on puisse avoir trop de livres.

Je hoche la tête. Je suis d'accord.

« Est-ce qu'il y avait une bonne bibliothèque dans ton ancien lycée ? » il me demande.

Je n'aime pas la question. Je n'aime pas penser à ma vie d'avant. Mais je réponds quand même. Bonne volonté.

« Pas vraiment, mais il y en avait une dans le village voisin. J'y allais, parfois.

– La lecture est une excellente thérapie. Si tu veux emprunter un livre, n'hésite pas à me demander. Comme tu peux le voir, je n'en manque pas. »

Il m'adresse un clin d'œil, mais ça me met plutôt mal à l'aise. Puis il m'indique un fauteuil. Je m'assois et remarque qu'il a refermé la porte du bureau. Sûrement pendant que je regardais la bibliothèque. Il désigne du doigt le fauteuil dans lequel je suis installée.

« Plutôt confortable, hein ? »

J'acquiesce, essaie d'avoir l'air détendu. Je veux faire les choses correctement. Il est inclinable, il ajoute, il faut juste tirer sur le petit levier, là, sur le côté. Si ça te dit, n'hésite pas. Ça ne me dit pas. L'idée de me retrouver seule avec lui, allongée sur le dos. Non, décidément, ça ne me plaît pas du tout.

« Je sais que nous avons déjà discuté de ça au centre, mais c'est important d'en reparler avant que tu ne te retrouves complètement accaparée par le lycée. »

Un de mes pieds commence à s'agiter. Il le remarque.

« Tu as l'air mal à l'aise.

– Un peu.

– Tout ce que je te demande, Milly, c'est d'avoir l'esprit ouvert. Essaie de voir ces séances comme des instants de répit, des moments où tu peux faire une pause et respirer. Il nous reste quelques mois avant le début du procès, donc nous allons te préparer au maximum avant cette échéance, mais nous devons également poursuivre la relaxation guidée que le psychologue du centre a débutée avec toi.

– C'est vraiment obligé ?

– Oui, sur le long terme, ça peut vraiment aider. »

Comment lui dire que ça n'aidera vraiment pas, si les choses qui m'effraient le plus trouvent le moyen de sortir.

« C'est humain de chercher à fuir ce qu'on trouve menaçant, Milly, ce qui nous donne l'impression de perdre le contrôle. Mais je t'assure que la seule solution, c'est d'y faire face. Il n'y a pas d'autre moyen de passer à autre chose. Alors, ces prochains jours, je voudrais que tu réfléchisses à un endroit où tu te sens en sécurité. Et à notre prochaine séance, je te demanderai de m'en parler. Au début, ça te paraîtra sûrement assez difficile, mais il faut vraiment que tu essaies. Cet endroit, ça peut être n'importe quoi – une salle de classe, le bus que tu prenais pour aller au lycée... »

C'est elle qui me conduisait au lycée. Tous les jours.

« Ou un endroit du village à côté duquel tu habitais, comme un café, ou la bibliothèque dont tu parlais. Peu importe, du moment que l'émotion que tu lui associes est une émotion rassurante. Est-ce que ça te paraît faisable ?

– Je vais essayer.

– Parfait. Bon, maintenant, parlons un peu de demain. Comment te sens-tu ? Je sais que ce n'est jamais facile d'être la petite nouvelle.

– J'ai hâte d'y être, d'avoir des choses à faire.

– C'est bien, mais attention à l'adaptation, Wetherbridge peut être un peu… impressionnant. Mais je suis sûr que ça se passera bien. Est-ce qu'il y a quelque chose d'autre dont tu as envie de me parler ? Une question que tu voudrais me poser ? Quelque chose qui te met mal à l'aise ? »

Tout me met mal à l'aise.

« Non, merci. Ça va.

– Bon, alors on va s'arrêter là pour ce soir. Mais si tu penses à quelque chose dont tu veux me parler et qui ne peut pas attendre notre prochaine séance, sache que ma porte est toujours ouverte. »

En montant les escaliers jusqu'à ma chambre, je ne peux m'empêcher de me sentir frustrée à l'idée que Mike veuille continuer l'hypnose. Il pense peut-être me berner en appelant ça « relaxation guidée », mais je ne suis pas dupe. J'ai entendu un des psychologues du centre raconter à un collègue qu'il espérait que la technique d'hypnose qu'il essayait sur moi allait me « débloquer ». J'aurais voulu lui dire qu'il valait sûrement mieux pour tout le monde que je reste bloquée.

En passant devant la porte de la chambre de Phoebe, j'entends de la musique. Je trouve le courage de frapper, je veux lui demander à quoi m'attendre, demain.

« C'est qui ? elle crie.

– Milly.

– Je suis occupée. Je me prépare pour demain, et tu devrais faire pareil. »

Je chuchote ma réponse à travers le bois – *j'ai peur* –, puis je vais dans ma chambre et étale mon nouvel uniforme sur le lit. Jupe bleue, chemise blanche, cravate rayée, deux nuances de bleu. Et j'ai beau faire de mon mieux pour ne pas penser à toi, je n'y arrive pas. Les deux trajets quotidiens entre la maison et l'école, tu avais choisi de travailler le matin pour pouvoir m'accompagner. L'occasion pour toi de me pincer – qu'est-ce que ça pouvait faire mal – en me répétant que nos secrets étaient ce qu'il y avait de plus précieux au monde. Qu'ils étaient seulement entre toi et moi.

Peu après 21 h, Saskia vient me souhaiter une bonne nuit. Elle me dit, essaie de ne pas trop t'en faire pour demain. Tu verras, Wetherbridge est un lycée super. Un peu plus tard, je l'entends frapper à la porte d'à côté. Qu'est-ce que tu veux, encore ? s'écrie la voix de Phoebe.

Je voulais seulement voir si tu étais prête pour demain. Pfff, soupire Phoebe, et la porte se referme.

4

Les deux premiers jours – jeudi et vendredi de la semaine dernière – se sont passés sans incident. « Accueil pédagogique », ils appellent ça, avec lecture du règlement intérieur et présentation de ma conseillère, Mlle Kemp. D'habitude, les élèves de mon âge n'ont pas de conseiller attitré, mais comme je suis nouvelle et que Mlle Kemp est prof d'arts plastiques, on a décidé que ce serait une bonne idée (sûrement parce que la directrice de mon ancien lycée a envoyé une lettre via les services sociaux, disant que j'étais douée en art). Mlle Kemp semblait tout excitée, elle m'a dit qu'elle avait hâte de me voir à l'œuvre. À première vue, elle a l'air plutôt sympa, mais je me méfie quand même. On ne sait jamais. Je me souviens surtout de son odeur – un mélange entre le tabac froid et quelque chose qui m'est familier, mais sur lequel je n'ai pas réussi à remettre le doigt.

Le week-end a été calme. Comme tous les samedis, Mike a travaillé à son cabinet de Notting Hill Gate – celui qui fait plus qu'arrondir les fins de mois. Saskia a fait des allers et retours à la maison, entre ses cours de yoga et d'autres choses que j'ai déjà oubliées. Phoebe était chez Izzy. Bref, j'ai eu beaucoup de temps pour moi. Le dimanche soir, Mike et Saskia m'ont emmenée au cinéma – l'Electric, sur Portobello Road –, et même si ça n'avait rien à voir avec nos soirées film, à la maison, j'ai quand même passé mon temps à penser à toi.

Quand on est rentrés, Phoebe était dans la salle de jeux, visiblement énervée. Tranquille, la petite famille ? elle a dit. Mike a répliqué, on t'a demandé si tu voulais venir. Elle a haussé les épaules, avant de dire, ouais, ben vous auriez pu attendre que je sois rentrée de chez Izzy.

On est montées ensemble à l'étage. On dirait que tu t'installes vite, elle m'a dit. Profites-en, parce que ça va pas durer. Personne n'est jamais resté ici très longtemps. Je l'ai senti, au plus profond de moi-même. Un signal d'alarme.

Le lendemain matin, au petit déjeuner, il n'y a que Mike et moi. Il m'explique que Saskia est encore au lit, qu'elle avait du sommeil à rattraper. Il ne sait pas que j'ai vu les pilules dans son sac à main.

Malheureusement, Phoebe est déjà partie, il me dit. Est-ce que tu veux que je t'accompagne ? Je lui réponds que ça va, que je me débrouillerai très bien toute seule, même si je n'en suis vraiment pas certaine. Le midi, pendant les deux jours d'accueil pédagogique, j'ai déjeuné à la cantine avec les autres filles de la classe. Mais la curiosité initiale a vite laissé place au désintérêt quand la nouvelle s'est répandue – elle parle comme un robot, regarde tout le temps ses pieds. Bizarre. Tarée. Je cache le fait que j'ai parfois les mains qui tremblent – système nerveux endommagé – en les fourrant dans les poches de ma veste ou en portant un classeur. Il est évident que dans ce lycée, les choses vont vite : en un clin d'œil, on est accepté ou rejeté. Ça ne sert à rien de compter sur Phoebe, qui a clairement décidé de ne pas être vue avec moi. Du coup, on m'ignore et je fais mon entrée dans la catégorie des exclus. L'exclue.

Mais aujourd'hui, lundi, c'est différent.

Aujourd'hui, une vague de petits coups de coudes et de ricanements se lève alors que je traverse la cour de récréation.

On me remarque.

Dès que je suis à l'intérieur du lycée, je prends à droite ; l'expérience m'a appris à éviter le piège du couloir central. L'endroit où se retrouvent les jolies filles venimeuses et hautaines. Je laisse derrière moi les ricanements, les insultes échangées à voix haut perchées, même entre celles qui se prétendent amies. Surtout entre celles qui se prétendent amies, d'ailleurs. Et je prends l'escalier qui descend vers la salle des casiers.

J'ai les bras chargés de classeurs. Je pousse la porte avec mon dos.

Je me retourne. Et tout de suite, je le vois.

En énorme. Scotché sur mon casier. Mon portrait, pris la semaine dernière, le jour de la rentrée. L'air mal à l'aise et hésitante. Moche. La bouche très légèrement ouverte, juste assez pour y glisser l'image d'un pénis démesuré qu'on a utilisé comme phylactère.

« MILLY SUCE WILLY »

Je me décale, laisse la porte se refermer. Un petit clic et la pièce est scellée. J'avance vers la photo. Vers moi. Je suis curieuse de me voir dans cette position qui m'est étrangère. Un intrus rose et veiné jaillit de ma bouche. Je hoche la tête et m'imagine mordre la chair. Fort.

Un éclat de bruit s'engouffre depuis le couloir quand la porte s'ouvre avant de se refermer. Les pas légers de quelqu'un derrière moi. J'arrache l'affiche au moment où une main se pose sur mon épaule. Le cliquetis grossier de ses lourds bracelets; son odeur si particulière m'enveloppe comme une couverture un jour de canicule. Je me maudis d'avoir hésité. Elle a vu l'affiche avant que je ne l'arrache. Je le sais. Idiote. J'aurais dû me méfier. J'ai pourtant été à bonne école, avec toi.

« Qu'est-ce que tu as dans la main, Milly ?

– Rien, mademoiselle Kemp. C'est bon. »

Laisse-moi tranquille.

« Allons, Milly, tu sais que tu peux tout me dire.

– Mais il n'y a rien à dire. »

Ses grosses bagues, je les sens contre ma nuque quand elle me force à me retourner pour lui faire face. Elle se sent investie d'une mission, ça se voit, et si j'en crois les conversations que j'ai surprises entre les filles à son sujet – elle serait un peu fofolle, un peu trop impliquée –, je sais qu'elle ne laissera pas tomber. Mes yeux ne quittent pas ses pieds. De gros sabots de hippy à semelles en bois. Plus je les regarde, plus j'ai l'impression de voir deux bateaux échoués sur un banc de sable secret, sous les plis de sa jupe.

Allez, reprenez la mer, fichez-moi la paix.

« Je vois bien qu'il y a quelque chose. Montre-moi. »

Je chiffonne l'affiche entre mes mains, la cache dans mon dos. Prière silencieuse. Faites-moi disparaître. Ou faites-la disparaître. Voilà. Mieux.

« Je vais être en retard, il faut que j'y aille.

– Je ne vais pas te laisser partir dans cet état. Maintenant, montre-moi, que je puisse t'aider. »

Sa voix, la façon dont elle la module, presque de la musique. Je me sens mieux, un peu. Mes yeux remontent. Tibias. Sois prudente, m'a dit mon psychologue, mais n'oublie pas que la plupart des gens ne représentent pas une menace. Cuisses. Encore des saloperies de hippy. Jupe en velours, chemise à motifs, bref, un projet pas tout à fait abouti, le genre de style négligé que tu détesterais, Maman. Des couleurs et des couches de vêtements. Des couches de vêtements et des couleurs. Ses mains se frottent l'une contre l'autre, les grosses bagues s'entrechoquent comme des autos tamponneuses. Nervosité ? Non. C'est autre chose. Plutôt de l'excitation. Oui. Car elle se souviendra de cet instant comme d'un moment partagé. La création d'un lien. Son odeur me paraît moins agressive, à présent. Mes yeux finissent par remonter jusqu'aux siens, marron, entre foncé et clair, scintillants, et sa main s'approche de moi.

« Montre-moi, Milly. »

La cloche sonne, alors je lui tends l'affiche. Je ne tiens pas à être en retard – encore une façon de se faire remarquer. Elle entreprend de la déplier, l'aplatit sur sa cuisse, la lisse en utilisant le plat de sa main comme un fer à repasser. Je me détourne. Je l'entends respirer bruyamment, un peu comme si elle cherchait à garder quelque chose à l'intérieur d'elle-même. Comment ont-elles pu ? elle s'exclame. Puis elle s'approche de moi et pose la main sur la manche de ma veste. Pas sur ma peau. Heureusement.

« Je préférerais oublier tout ça, mademoiselle Kemp.

– Je suis désolée, Milly, mais ça ne va pas être possible. Je te rappelle que je suis ta conseillère pédagogique, et je ne compte pas en rester là. Est-ce que tu as une idée de qui a pu faire ça ? »

Je réponds que non, même si ce n'est pas tout à fait vrai. La semaine dernière, dans la rue.

Les mots d'Izzy : Je sens qu'on va bien se marrer.

« Ne t'inquiète pas, Milly, je vais retrouver les responsables. »

J'ai envie de lui dire de ne pas s'en faire, que j'ai connu pire, mais je n'y arrive pas – elle ne sait pas qui je suis, d'où je viens. Quand elle baisse la tête pour regarder de nouveau l'affiche, mes yeux sont attirés par son cou. On voit ses veines qui palpitent de façon régulière. À chaque battement, la peau autour tremble un peu. Mais je suis tirée de ma rêverie quand Phoebe et Izzy poussent la porte de la salle des casiers, puis s'arrêtent en voyant que je ne suis pas seule. C'est clair qu'elles sont venues pour savourer leur victoire. Le téléphone portable déjà à la main. Pour immortaliser l'instant. Les coups d'œil complices qu'elles se lancent, un aveu en soi. Je ne comprends pas pourquoi les gens n'arrivent pas à cacher ce qu'ils pensent. Après, il faut dire qu'en la matière, j'ai peut-être plus d'expérience que la moyenne. Mlle Kemp remarque elle aussi les regards qu'elles s'échangent et en tire sa propre conclusion. La bonne. Peut-être qu'elle n'est pas aussi fofolle que le pensent les filles, en fin de compte.

« Et surtout toi, Phoebe, comment as-tu osé ? Qu'est-ce que diraient tes parents ? Ils seraient furieux. Je ne sais pas, je ne sais plus, je ne comprends pas comment vous pouvez vous faire des choses pareilles. Je vais réfléchir, mais ce qui est sûr, c'est que je veux vous voir toutes les deux dans mon bureau avant les cours, et...

– Mais mademoiselle Kemp, j'ai une réunion avec l'équipe de hockey. Il faut que j'y sois, c'est moi la capitaine.

– Ne me coupe pas la parole, s'il te plaît, Phoebe. Toi et Izzy, vous serez dans mon bureau à 8 h 45 au plus tard, c'est compris ? Sinon je vous garantis que ça va vraiment mal aller. »

Un silence qui ne dure pas plus d'une poignée de secondes. Izzy ouvre la bouche.

« Oui, mademoiselle Kemp.

– Très bien. Maintenant filez, et je vous attends dans mon bureau après l'appel. Toi aussi, Milly, tu ferais mieux d'y aller. Et ne t'inquiète pas, je m'occupe de tout. »

Mon cœur tambourine dans ma poitrine alors que je me dirige vers l'auditorium. Mlle Kemp, trop occupée à jouer son rôle de conseillère impliquée pour remarquer le geste que m'a adressé Phoebe quand on a quitté la salle des casiers. Un doigt passé sur la gorge. Le regard fixé sur moi. T'es morte. Moi. Je suis morte.

Tu rêves.

Ma petite Phoebe chérie.

5

Moins de deux heures plus tard, devant le stand de confiseries de la cafétéria, elles m'encerclent. Se collent à moi, avec leurs cheveux brillants.

« Alors, ça te plaît d'être la petite chienne de mademoiselle Kemp ? »

L'haleine chaude d'Izzy dans mon oreille gauche.

Phoebe, invisible pour l'instant. Elle n'est pas bête. Clondine, son autre meilleure amie, s'avance à son tour, les manches retroussées. Les toilettes derrière le bâtiment de sciences. Jamais utilisées. L'endroit rêvé pour un guet-apens. Des mains me poussent jusqu'à la porte. Puis à l'intérieur. Une dernière bourrade.

Elles ne perdent pas de temps.

« Tu te crois maligne, hein ? À nous dénoncer à ta chère mademoiselle Kemp.

– Je n'ai dénoncé personne.

– T'entends ça, Clondine ? Elle dit qu'elle a rien fait.

– Ça oui, j'ai entendu. Le problème, c'est que je la crois pas. »

Izzy s'approche, le portable à la main. Elle nous filme. Elle me pousse. Violemment. Son haleine a une odeur de fraise, tellement agréable que j'ai envie de me glisser dans sa bouche. Un chewing-gum apparaît entre ses dents blanches de pom-pom girl. Contrairement à Clondine, elle n'a pas de bagues. Elle appuie les mains sur le mur, au-dessus de ma tête. Elle veut que je me sente petite. Menacée. Une scène tirée d'un film qu'elle a dû voir. Elle fait une bulle avec son chewing-gum. Rose et opaque. La bulle atteint mon nez pour éclater sur mon visage. Des ricanements jaillissent. Izzy fait un pas en arrière, Clondine prend sa place.

« Donne-moi ton numéro, et essaie pas de me faire croire que t'as pas de téléphone, parce que Phoebe nous a dit que Mike t'en avait acheté un. »

Silence.

Ta voix dans ma tête. C'EST BIEN, MA FILLE, MONTRE-LEUR DE QUOI TU ES CAPABLE. TU DEVRAIS ME REMERCIER POUR TOUT CE QUE JE T'AI APPRIS, ANNIE. Des compliments de ta part. C'est si rare que je sens que ça fait comme une boule de feu qui me transperce et avale tout sur son passage, jusqu'aux pauvres adolescentes en face de moi. Je croise leurs regards, les restes du chewing-gum rose d'Izzy collé à mon menton. Elles sont perturbées par mon assurance. C'est bref, mais je le remarque. Leurs lèvres brillantes qui tressaillent, leurs pupilles qui se dilatent légèrement. Je secoue la tête, un geste lent et bien réfléchi. Izzy, la plus gourmande des deux, mord à l'hameçon.

« Donne-moi ton numéro, connasse. »

Ses mains me poussent, son visage se colle au mien. J'accueille ce contact avec plaisir. Je suis réelle. Regarde-moi, sens-moi, mais sache que pour moi, tu ne restes qu'une amatrice.

Je secoue de nouveau la tête.

Une sensation de piqûre sur ma joue, qui s'étend à mon oreille, jusqu'à l'autre côté de ma tête. Une gifle. J'entends les rires admiratifs des copines d'Izzy. J'ai les yeux fermés, mais je l'imagine saluer la foule. J'ai du mal à entendre sa voix, à cause du bourdonnement continu dans mon oreille. Mais les mots ne pourraient pas être plus clairs.

« Je ne vais pas te le demander deux fois. »

Et moi, je n'oublie jamais.

Jamais.

Quand elles ont obtenu ce qu'elles voulaient, elles s'en vont. Je me touche la joue, c'est chaud et ça me fait penser à toi. Un tourbillon de souvenirs. La maison, l'odeur de lavande que tu adorais, le vase dans la salle de bains. C'était la nuit de ton arrestation, j'avais passé tout l'après-midi au commissariat. J'avais fait une fausse lettre en imitant ta signature, je l'avais donnée au lycée pour pouvoir sortir après le déjeuner sans attirer l'attention.

J'avais tellement peur de te regarder ce soir-là, comme si ce que j'avais fait était gravé sur mon visage en lettres rouges. J'ai proposé de m'occuper du repassage, tout pour empêcher mes mains de trembler, et puis ça m'aurait permis d'être armée si la police était arrivée plus tôt que prévu et que tu t'étais jetée sur moi. Tu avais l'air différente, plus petite. Toujours intimidante, mais moins. Pourtant, ce n'était pas toi qui avais changé, mais moi. La fin en ligne de mire. Ou plutôt le début.

J'ai eu peur qu'ils ne viennent pas, qu'ils changent d'avis et se disent que j'avais tout inventé. J'ai essayé de respirer normalement, de me tenir normalement, non pas que ça aurait changé quoi que ce soit, vu que tu étais totalement imprévisible. Un instant tu t'occupais d'arroser tranquillement les fleurs, celui d'après tu exigeais que je me donne en spectacle. Rares sont les activités quotidiennes qui ne me font pas penser à toi. Au moment d'aller me coucher, j'attendais que tu me dises où dormir. Parfois c'était dans ton lit, et parfois tu m'accordais un sursis et m'envoyais dans ma chambre. C'est drôle – enfin, non –, mais ce soir-là, une partie de moi voulait dormir avec toi, sachant que ce serait notre dernière nuit, et une autre partie avait trop peur pour monter seule à l'étage. Huit marches, puis encore quatre, la porte sur la droite. En face de la mienne. La salle de jeux.

Tu n'as rien dit en refermant la porte de ta chambre ; c'était une de ces nuits. Tu pouvais passer des jours sans m'adresser la parole, sans même me regarder, et puis d'un coup tu m'avalais tout entière, ma peau, mes cheveux, tout ce que tu pouvais attraper. Je t'ai dit bonne nuit, ce soir-là, je l'ai murmuré. Je crois que je t'ai aussi dit je t'aime, et c'était vrai. Je t'aime toujours, d'ailleurs, même si je fais de mon mieux pour arrêter.

À l'étage, dans le couloir, je me suis appuyée contre le mur de la chambre en face de la mienne, j'avais besoin de sentir quelque chose de solide contre moi. Mais je ne suis pas restée longtemps.

Je les ai entendues. Les voix des minuscules fantômes qui suintaient du mur. Et qui fondaient sur moi. Un no man's land.

Elle sera là, à m'attendre, la fille qui a fait un bras d'honneur à Phoebe. Je le sais. Je l'ai revue plusieurs fois depuis. Je passe l'angle de la rue et je la vois, assise sur le muret. Je ressens quelque chose dans mon ventre, un pincement, mais ce n'est pas de la peur. Du plaisir, je crois. De l'excitation. Elle est toute petite, toute seule. Je ne lui ai pas encore parlé, mais j'y travaille. Alors que je m'approche, elle se met à balancer les jambes et à frapper des talons l'enceinte de brique qui entoure la cité en face de chez moi. Son œil droit, gonflé et noir, ne s'ouvre qu'à peine. Un maillot de football tout bleu. Son œil ouvert me dévisage quand je passe devant elle. Il cligne, cligne encore, comme pour m'adresser un message en morse. Je sors le paquet de chips de mon sac. Il s'ouvre avec un petit bruit sec, comme s'il savait qu'il avait un rôle à jouer. Je la regarde. Elle a le visage constellé de taches de rousseur. Son œil valide se détourne, un petit sifflement joyeux s'élève. Elle feint l'indifférence. Je hausse les épaules, traverse la route. Trois. Deux…

« T'as un truc à manger pour moi ? »

Un.

Je me retourne pour lui faire face.

« J'ai des chips, si ça te dit. »

Elle regarde autour d'elle, par-dessus son épaule, comme pour vérifier que nous sommes bien seules, puis elle me demande :

« Elles sont à quoi ?

– Vinaigre. »

Je me dirige vers elle et lui tends le paquet. Si elle en veut, elle va devoir descendre de son muret. Ce qu'elle fait. Vive comme l'éclair, elle attrape le paquet et retourne s'asseoir. Ses tennis fatiguées reprennent leur petite danse sur la brique ; *poc*, *poc*, droite, gauche. Je lui demande comment elle s'appelle, mais elle ne me répond pas. Il lui faut à peine une minute, elle enfourne plus qu'elle ne mange les chips. Elle les dévore. Elle retourne le sachet, plaque l'ouverture contre sa bouche et tapote le fond pour aspirer les dernières miettes. Puis le sachet vide descend tranquillement jusqu'au bitume. Elle est plus âgée qu'elle en a l'air, 12 ou 13 ans, peut-être. Petite pour son âge.

« T'as autre chose ?

– Non, c'est tout. »

Elle fait une bulle de salive, aussi répugnante que fascinante. La façon dont elle se forme sur ses lèvres, puis la façon dont elle la ravale. À la fois osé et enfantin. Je voudrais lui demander pourquoi elle est si souvent assise là, toute seule, pourquoi elle est mieux sur un muret que chez elle, mais elle ne m'en laisse pas l'occasion. Elle s'en va. Passe les jambes par-dessus le muret et se dirige vers une des tours de béton. Je l'observe, et elle le sait, elle le sent, car elle se retourne et me lance un regard de défi, un regard qui semble dire « C'est quoi ton problème ? ». Je lui adresse un sourire, et elle hausse les épaules. Je retente ma chance.

« Comment tu t'appelles ? » je lui demande.

Elle arrête de marcher, se retourne et donne un petit coup de pied dans le sol. Puis un autre.

« Et toi ?

– Milly, je m'appelle Milly. »

Elle se frotte les yeux, elle n'est pas sûre d'elle, mais elle répond quand même.

« Moi, c'est Morgan.

– C'est un joli nom.

– Si tu le dis. »

Elle s'éloigne en courant, et bientôt elle a disparu. En traversant la rue, je répète son nom plusieurs fois, fais rouler chaque syllabe sur ma langue et, alors que je cherche mes clés dans mon sac, je ne peux pas m'empêcher de me sentir satisfaite. J'ai réussi à tenir tête à Clondine et Izzy, et j'ai parlé à la fille sur le muret. Je peux le faire, je peux y arriver, même si tu n'es plus là.

6

Jusqu'ici, j'ai réussi à cacher que tu me rendais visite la nuit, en secret.

Que tu rampais sous la porte, tel un serpent, pour te glisser jusqu'à mon lit, étendre ton corps reptilien à côté du mien et me juger, me rappeler que je t'appartiens toujours. Le matin, je me réveille par terre, en boule, la couette au-dessus de la tête. Ma peau est chaude, et pourtant, dedans, j'ai froid. Une sensation difficile à décrire. Une fois, j'ai lu dans un livre que les gens violents avaient le sang chaud, alors que les psychopathes avaient la tête froide. Chaud et froid. Sang et tête. Mais que se passe-t-il si on est né d'une personne qui est les deux à la fois ?

Demain, Mike et moi avons rendez-vous avec les avocats. Les hommes et les femmes payés pour te jeter au cachot. Pour l'éternité. Est-ce qu'il t'arrive de t'asseoir dans ta cellule et de te demander pourquoi ? Pourquoi je suis partie à ce moment-là, alors que plusieurs années s'étaient déjà écoulées ? Il y a deux raisons, mais il n'y en a qu'une dont je puisse parler.

Mes 16 ans. C'est en décembre mais tu y pensais depuis des mois, tu t'y préparais, mais pas comme une mère normale. Un anniversaire auquel tu ne t'attendras pas, tu m'as dit. Auquel je ne survivrai pas, j'ai pensé. Tu as commencé à échanger des e-mails avec des gens que tu avais rencontrés. Dans les bas-fonds de l'Internet. Quatre candidats sélectionnés. Trois hommes et une femme, que tu as invités pour faire la fête. Pour me faire ma fête. J'aurais été le cadeau à mon propre anniversaire. Un punching-ball humain. J'ai hâte, tu m'as dit.

Des mots prononcés d'un ton sucré. Mais tellement amers à mes oreilles.

Alors que je me prépare pour l'école, je sens monter le début d'une migraine – un autre de tes cadeaux. Mes doigts ont beaucoup de mal à boutonner ma chemise, c'est comme essayer d'enfiler une aiguille avec des baguettes chinoises. Ça me prend plus de temps que d'habitude, et quand je passe enfin devant la porte de la chambre de Phoebe, elle est fermée, et je me demande si elle est déjà partie. Je ne l'ai pas revue depuis l'incident de la salle des casiers, à l'école, hier. J'espère seulement qu'elle et ses copines ont fini de se « marrer » avec moi.

À l'étage, le sol est recouvert d'une épaisse moquette couleur crème. Au rez-de-chaussée, c'est du carrelage. Je rate la dernière marche, je trébuche et je m'étale sur le marbre froid. J'ai dû crier, car Mike sort en courant de la cuisine.

« Houlà ! il s'exclame. Laisse-moi te donner un coup de main. »

Il m'aide à m'asseoir en bas de l'escalier et s'installe à côté de moi. Je suis vraiment bête, je lui dis.

« Ne t'en fais pas, il me répond. Ce sont des choses qui arrivent. Surtout que tu ne connais pas encore très bien la maison. Mais... pourquoi tu te mets la main devant les yeux ? Tu as une migraine ?

– Je crois, oui.

– On nous a dit que ça risquait d'arriver. Il vaut peut-être mieux que tu n'ailles pas à l'école, en tout cas pas ce matin. Allez, retourne donc te coucher et essaie de dormir un peu. »

Mon premier instinct est de dire non, puis je me souviens d'où je suis – et d'où tu es. Parfois, tu prenais ton vendredi. Un grand week-end. Tu appelais le lycée, leur disais que j'étais malade, la grippe, une gastro... Trois journées entières. Juste toi et moi.

« J'ai mis de l'eau à chauffer. Je vais te faire un thé, et ensuite tu retournes au lit, d'accord ? »

Je fais oui de la tête, il m'aide à me relever. Je lui demande où sont Phoebe et Saskia, il me répond qu'elles sont déjà parties.

« D'ailleurs, ça me fait penser. Saskia a laissé un cadeau pour toi dans la cuisine. »

Il s'agit d'un petit paquet, de forme rectangulaire. Enveloppé dans du papier bleu, avec un nœud rouge.

« Tu peux l'ouvrir, si tu veux. »

Une gentille attention. Je m'assois à table et, alors que je regarde Mike préparer le thé, avec sa façon de prendre les objets et de les reposer avec une grande délicatesse, je me sens soudain emplie d'une profonde gratitude. Ce n'est pas tout le monde qui accueillerait chez soi quelqu'un comme moi. Pas tout le monde qui accepterait une telle responsabilité. Un tel risque. J'essaie de retenir mes larmes, mais elles finissent par gagner la bataille. Et atterrissent sur la nappe mauve. Mike s'en rend compte alors qu'il apporte les tasses, et il s'installe sur la chaise à côté de moi. Il regarde le cadeau que je n'ai toujours pas ouvert et me dit de ne pas m'inquiéter. Prends ton temps, bois ton thé, j'y ai mis du miel, tu verras, c'est bon pour ce que t'as.

Il a raison, ça fait du bien.

« Je sais que nous ne sommes que mardi, mais je pense qu'on devrait quand même faire une séance un peu plus tard dans la journée, si ça te va. Qu'est-ce que tu en penses ? »

J'accepte, même si j'ai envie de refuser. Je ne veux pas qu'il vienne piétiner mes pensées et mes désirs les plus profonds. Il serait dégoûté de savoir que tu me manques, que tu me manques en ce moment même, alors que je suis assise dans la cuisine à côté de lui. Quand j'ai ouvert les rideaux ce matin, j'ai remarqué qu'il y avait un abri à oiseaux dans le jardin des voisins, et ça m'a rappelé la fois où on en a construit un ensemble. Tu as utilisé un marteau pour planter les clous. Et quand je t'ai demandé si je pouvais essayer, tu m'as caressé les cheveux et tu m'as dit oui, mais fais très attention à tes doigts. L'infirmière en toi, qui pour une fois pensait à éviter la douleur plutôt qu'à l'infliger.

« Bon, je vois que tu as repris des couleurs. Tu n'as qu'à remonter te coucher, et je viendrai te réveiller un peu plus tard, d'accord ? »

Je parviens à dormir tout le reste de la matinée. Mike travaille à la maison, aujourd'hui, et nous déjeunons ensemble : de la soupe préparée par Sevita, la bonne, et des sandwichs au jambon. Rosie est assise à côté de moi, sa truffe presque collée à ma jambe, et ses yeux marron suppliants braqués sur mon assiette. Je lui donne un morceau de viande au moment de débarrasser.

La lumière est douce dans le bureau de Mike : deux lampes, pas de plafonnier. Il me dit qu'il va fermer les rideaux, mais laisser les volets ouverts. La corde des rideaux est dotée à chaque extrémité d'énormes pompons violets. Mike suit mon regard et sourit.

« C'est Saskia, l'artiste de la famille. Pas moi ! »

Il se dirige vers son bureau, ferme son ordinateur portable et enlève ses lunettes. Assieds-toi, il me dit en désignant le fauteuil où j'étais la dernière fois. En m'asseyant, je compte à l'envers à partir de dix en essayant de contrôler ma respiration. Mike récupère un coussin en velours bleu sur un des autres fauteuils. Il s'approche de moi et le pose sur l'accoudoir. Il sourit. Enfin, il s'assoit en face de moi, croise les jambes et joint les mains.

« J'imagine que tu penses beaucoup à demain, au rendez-vous avec June et les avocats. Tu te souviens de June, n'est-ce pas ? C'est l'officier d'aide aux témoins, elle a un peu discuté avec toi à l'hôpital. »

Je hoche la tête.

« Nous allons discuter de plusieurs choses, mais principalement du fait que tu risques d'être interrogée par la défense. »

J'attrape le coussin et le serre contre moi.

« Je sais que c'est très difficile pour toi, Milly, et je sais à quel point ça a été douloureux de témoigner contre ta mère, mais quoi qu'il arrive, on sera là pour t'aider.

– Qu'est-ce qu'ils vont vouloir me demander ? Est-ce que je vais devoir tout leur répéter ?

– Nous n'en sommes pas encore sûrs à cent pour cent. Nos avocats sont en train d'essayer d'en savoir un peu plus sur la stratégie de la défense. »

J'aimerais pouvoir lui dire que ce n'est pas de la stratégie de la défense qu'il faut se méfier, mais de toi. Car les heures et les heures que tu passes chaque jour dans ta cellule, tu vas les mettre à profit. Je le sais. Tu vas trouver un plan.

« Tu as l'air inquiète, Milly. À quoi penses-tu ? »

Je me dis que si j'avais prévenu la police plus tôt, Daniel, le dernier garçon que tu as enlevé, serait encore vivant.

« À rien en particulier. Je me demandais juste si les avocats qui défendent ma mère ont reçu une copie de ma déclaration.

– Oui, et c'est sûrement sur ça qu'ils vont te poser des questions. Tu es le témoin clé dans cette affaire, et la défense va tout faire pour te discréditer et essayer de semer le doute dans la tête des jurés.

– Et si je me trompe, ou que je dis quelque chose qu'il ne faut pas ?

– Pour l'instant, tu n'as pas à t'en faire pour ça. Il nous reste beaucoup de temps pour nous préparer, si jamais tu es appelée à témoigner. Avec un peu de chance, nous en saurons un peu plus demain. Mais ce qui est vraiment important, c'est que tu te souviennes que ce n'est pas toi qui es jugée, d'accord ? »

Oui, je lui réponds.

Pour l'instant.

Dès que Mike commence la séance, je me rends compte qu'il est bien meilleur que le psychologue du centre, ou peut-être est-ce simplement que je me sens plus à l'aise avec lui. J'ai envie de passer à autre chose, de tirer un trait sur le passé. Vraiment. Et pourtant, je fais tout ce qui est en mon pouvoir pour résister. Mes mains se serrent en poings, il me dit de me détendre, de me concentrer sur ma respiration. Ferme les yeux, laisse ta tête retomber sur le dossier du fauteuil. Il me demande de lui décrire l'endroit où je me sens en sécurité. Je le fais. Sa voix est douce. Calme. Apaisante. Inspire, expire. Il passe en revue toutes les parties de mon corps et me demande de les détendre les unes après les autres. Encore. Et encore. Tu es lourde, à présent. Laisse ton esprit faire ce qu'il veut, aller où il a besoin d'aller.

L'endroit auquel je pense se dissout. D'autres choses apparaissent au premier plan. Les images deviennent plus précises. Mon esprit se débat, essaie de les repousser. Une chambre. Un lit. L'obscurité, l'ombre des arbres qui danse sur le plafond. L'impression d'être observée, une ombre noire derrière moi. À côté de moi. Qui me souffle sur la nuque. Le lit se baisse au moment où l'ombre se penche vers moi. Trop près. Elle ne parle pas, elle se déplace autour de moi. Au-dessus de moi. C'est mal. Pire. La voix de Mike est très loin, à présent, j'ai du mal à entendre ce qu'il me dit. Je n'arrête pas de revenir vers cet endroit que je ne veux plus voir, la chambre en face de la mienne, les pleurs des enfants. Et ton rire.

Il me demande ce que je vois d'autre. Ce que j'entends. Une paire d'yeux jaunes qui brillent dans le noir, je lui réponds. Un chat noir, de la taille d'un homme, sentinelle postée à côté de mon lit, pour me surveiller, m'empêcher de partir. Qui tour à tour sort ses griffes, puis les rétracte.

« Je n'aime pas. Je veux partir. »

La voix de Mike, plus précise, me dit de retourner à l'endroit où je me sens en sécurité. D'y aller à pied. C'est ce que je fais. Le trou dans le vieux chêne, derrière chez nous. Le cœur de l'arbre. J'aimais bien m'y réfugier, les fois où tu travaillais le week-end et que tu ne m'emmenais pas avec toi. Je regardais comment la lumière changeait au-dessus du champ. Rouge et orange. Aucun bruit. Aucun pleur.

La sécurité.

« Quand tu te sentiras prête, tu pourras ouvrir les yeux, Milly. »

Je reste immobile pendant une minute ou deux. Une sensation humide sous mon menton. J'ouvre les yeux, baisse la tête vers le coussin. Il est trempé par mes larmes. Je me tourne vers Mike. Il a les yeux fermés et se pince l'arête du nez. Sa manière de quitter son rôle de psychologue pour retrouver celui de père adoptif. Il ouvre les yeux quand je me mets à parler.

« J'ai pleuré, pas vrai ?

– Parfois, ça arrive, quand on se remémore des souvenirs.

– Et il n'y a pas d'autre moyen ? »

Mike secoue la tête, se redresse sur son fauteuil et dit :

« Faire face est le seul moyen de progresser. »

De retour dans ma chambre, j'ouvre le cadeau de Saskia. La première chose que je vois dans la petite boîte carrée : de l'or. Une chaîne gravée à mon nom. Milly, mon nouveau nom, pas Annie. Je passe mes doigts sur les lettres, le relief de la gravure, et je me demande si changer de nom peut changer qui on est.

Je finis une rédaction pour le cours de français et m'apprête à dessiner quand j'entends la porte de la chambre de Phoebe s'ouvrir, puis se refermer. Aussitôt après, des pas résonnent dans l'escalier – elle a dû déposer ses affaires et redescendre. Je la suis quelques minutes plus tard. Je veux voir si Saskia est de retour, pour la remercier.

Je la trouve en bas avec Phoebe, dans le petit salon télé aux canapés confortables. L'immense écran fixé au mur est allumé, mais Saskia l'éteint en me voyant arriver. Elle tient un verre trapu contre sa poitrine. Le cliquetis des glaçons contre le cristal. Une tranche de citron vert. Phoebe est penchée sur son téléphone portable, elle ne relève même pas la tête.

« Coucou, Milly, est-ce que tu te sens mieux ? Mike m'a dit que tu avais une migraine.

– Oui, ça va beaucoup mieux, merci. Et merci pour le cadeau. »

Je lui montre le collier autour de mon cou, elle me sourit, dans le brouillard. Elle aime les alcools forts, et quand elle y glisse quelques pilules, ça donne un cocktail mortel. Phoebe relève la tête, puis elle se lève et s'approche de moi.

« Fais voir », elle me dit, mais elle n'attend pas que je lui montre et m'arrache le collier de la main.

Saskia décroise les jambes, pose son verre sur la table basse où sont empilées des dizaines de magazines de décoration intérieure. Elle s'apprête à se lever, je crois, mais Phoebe ne lui en laisse pas le temps.

« J'y crois pas, elle lui dit. Tu m'avais fait faire le même l'année dernière parce que j'avais eu mes exams. Et elle, qu'est-ce qu'elle a fait pour mériter le sien ?

– Phoebe, ne commence pas. C'est un cadeau de bienvenue, l'idée était juste de…

– T'inquiète, va, j'ai très bien saisi l'idée. »

Puis, se tournant vers moi :

« Te prends pas pour une princesse, parce que tu vas vite déchanter. »

Puis elle plaque le collier contre ma poitrine et me pousse pour passer.

Je me tourne vers Saskia, lui dis que je suis désolée, mais elle me répond que c'est de sa faute, pas de la mienne, puis elle ramasse son verre, le finit, avant de s'enfoncer dans le canapé et de se mettre à fixer l'écran de télévision éteint.

7

Le lendemain matin, j'essaie de ne pas tenir compte de la nervosité que je ressens à l'égard de Phoebe, qui me voit comme une intruse, la dernière arrivée d'une longue liste d'enfants de passage. Alors que je descends les escaliers, je me promets de trouver un moyen d'arranger les choses, de faire en sorte que ça marche entre nous. Arrivée au premier étage, je m'arrête pour écouter la conversation entre Phoebe et Mike.

« Pourquoi elle, elle a encore le droit de rater les cours ? elle demande. Pourquoi pas moi ? »

Au ton guilleret qu'emploie Mike pour lui répondre, il est clair que Mlle Kemp ne l'a pas informé de l'incident de la salle des casiers. Elle a dû décider de gérer ça à sa façon. En douce.

Je tâte à travers mon tee-shirt les stries au niveau de mon ventre et de mes côtes. Le réseau de cicatrices familier bien caché. Un langage que je suis seule à comprendre. Un code, une carte. Du braille sur ma peau. Où j'ai été, ce qui m'y est arrivé. Tu détestais ça quand je me coupais, tu disais que c'était une habitude dégoûtante, mais malgré tous mes efforts, je n'ai jamais réussi à arrêter.

Un bruit de pas me ramène à la réalité. Je laisse retomber ma main. Saskia. Elle sort de sa chambre et s'approche de moi.

« Bonjour, Milly, ça va ? »

Une douleur dans sa voix, ça s'entend qu'elle est prête à tout pour qu'on lui fasse confiance, et qu'elle espère réussir avec moi tout ce qu'elle a raté avec Phoebe. Je hoche la tête sans répondre. La plupart des gens sont incapables d'entendre la vérité, ma vérité. Un bruit de pattes, plus bas, au niveau de l'entrée. Rosie.

Elle tourne sur elle-même deux-trois fois, puis s'allonge sur le carrelage, au milieu d'un rayon du doux soleil de septembre. Je la regarde respirer. Son ventre miteux se soulève de façon régulière. Je pense à mon chien, Bullet, un Jack Russel qu'on avait sauvé de la fourrière, une tentative supplémentaire pour avoir l'air d'une famille normale et un moyen de débarrasser la maison des rats. Les rats sont partis, tu l'as félicité. Jusqu'à ce qu'il commence à s'intéresser à la cave. À gratter la porte en reniflant. L'instinct lui dictait d'aller voir. Il savait ce qui se cachait en bas.

Il le sentait.

Tu as profité que j'étais à l'école pour le noyer dans une bassine. Je l'ai retrouvé tout raide, la fourrure lisse et mouillée. Je l'ai enroulé dans la couverture de son panier et je l'ai enterré dans le jardin. Je ne pouvais pas me résoudre à le mettre à la cave. Pas là.

Moins d'une semaine plus tard, les rats étaient de retour.

Saskia sourit, me dit que c'est un grand jour aujourd'hui, et qu'elle va me préparer un bon petit déjeuner bien nourrissant. Je suis l'odeur de ses crèmes hors de prix jusqu'à la cuisine.

La radio est allumée, les informations.

Toi.

La star du moment, mais pour les mauvaises raisons. C'est subtil, mais je l'entends : la voix de la présentatrice qui change légèrement quand elle se met à récapituler les chefs d'accusation retenus contre toi. Saskia et Mike se regardent. Phoebe ne sait rien, mais elle s'interrompt, la tartine à quelques centimètres de sa bouche.

« Quelle tarée ! elle dit. Ils devraient la pendre, cette psychopathe ! »

Un nœud dans mon ventre. Je tends la main vers l'objet le plus proche et le fais tomber de la table. Un bruit de verre quand il entre en contact avec le carrelage. Une tache rouge de confiture qui s'étend doucement sur le sol. Je m'accroupis, ma main touche le verre. Encore plus de rouge, mais cette fois ça vient de mon doigt. Les chaises raclent le sol, quelqu'un éteint la radio. Je dis que je suis désolée. Désolée. Phoebe se penche vers moi et articule silencieusement le mot « tarée » avant de quitter la pièce. J'entends Rosie pousser un jappement dans l'entrée. Phoebe a dû lui mettre un coup de pied en passant. Mike s'accroupit à côté de moi. Désolé, il me dit, on n'aurait pas dû mettre les informations, on ne voulait pas que tu aies à entendre ça.

Ton nom. Les chefs d'accusation retenus contre toi, Maman.

Ma réalité énoncée en public.

Je hausse les épaules. Je ne vois que du rouge, mais j'ai l'habitude. Les flaques et les fuites, le rouge qui s'insinue dans les rainures du parquet, et on a beau frotter, ça ne part jamais. Je me souviens des heures passées à l'unité spécialisée, où « ils » – les professionnels – ont essayé de me préparer à une vie sans toi. Comment répondre à des questions sur d'où je viens, où j'allais au lycée avant, et comment je me suis retrouvée dans une famille d'accueil. Mais il y a une chose à laquelle ils ne m'ont pas préparée, une chose à laquelle ils ne pouvaient pas me préparer, c'est à quel point je te ressemble. Et même si ta photo apparaît pratiquement tous les jours au journal, quand le procès battra son plein, ce sera pire. Tellement pire. Tu seras partout.

Je serai partout.

Au foyer pour femmes où elle travaillait, on me disait que j'étais le portrait craché de ma mère. *C'est bien ce qui m'inquiète*, je leur répondais dans ma tête.

Je nettoie le carrelage. Mike veut m'aider, mais je lui dis que ce n'est pas la peine. Il me tend un pansement pour mon doigt. Mange quelque chose, me dit Saskia. Je voudrais lui dire que ce n'est pas une anorexique qui va me donner des leçons, mais je me contente de lui répondre que je n'ai plus très faim, que je vais plutôt monter me laver les dents.

Mike me dit qu'il m'attend dans l'entrée. Mais ne tarde pas, on doit retrouver les avocats à 9 h. Quand je passe devant la chambre de Phoebe, j'entends qu'elle est au téléphone. Elle rit. Elle doit raconter à Izzy ou à Clondine comment j'ai fait tomber la confiture. Et quand je me brosse les dents, c'est ta voix que j'entends : COMMENT PEUT-ON FAIRE ÇA ? COMMENT PEUT-ON DÉNONCER SA PROPRE MÈRE ? Je ne réponds pas, je ne sais pas quoi dire, ni même quoi en penser.

Après être redescendue, je m'arrête pour gratter le ventre de Rosie. Sa fourrure rousse mal peignée. Elle apprécie la petite attention et se met à agiter la queue.

« Elle t'aime bien, tu sais ? me dit Mike.

– Moi aussi, je l'aime bien.

– On va prendre le métro. Il y a encore trop d'embouteillages, à cette heure-ci. »

Nous rejoignons le flot des travailleurs à la station Notting Hill Gate. Le wagon est bondé, rempli de cadres de la City en costume-cravate, la veste à la main, les manches retroussées pour tenter d'échapper à la chaleur ambiante. La vie est tellement différente à Londres. Les gens se déplacent tous ensemble, habitent les uns sur les autres. Aucune intimité, ici. Nous restons debout tout le trajet, compressés, jusqu'à la station St. Paul's. Là, nous descendons et, sitôt que nous avons mis le pied dehors, Mike se met à me parler du procès et à passer en revue les différentes options qui s'offrent à moi si je dois témoigner.

« J'y ai beaucoup réfléchi, il me dit. Aux mesures spéciales qui te permettraient de témoigner par vidéo interposée plutôt que de devoir être présente dans la salle d'audience. Qu'est-ce que tu en penses, toi ? »

Que c'est futile. Et c'est vrai. Car je te sens en train de te préparer, astiquant tes armes, vérifiant les chargeurs. Je pourrais répondre à Mike que oui, je préférerais témoigner par visioconférence, mais il n'a pas idée des sentiments que je ressens à longueur de journée. Il ne sait pas que même si nous ne sommes plus ensemble, une partie de moi veut te plaire et tout faire pour être de nouveau près de toi, dans la même pièce. Ma dernière chance.

J'entends Mike qui dit, prenons à gauche, ça nous permettra d'éviter la foule. Nous quittons donc le boulevard pour remonter une petite allée pavée. Le silence est apaisant. Entre les immeubles, on peut apercevoir la cathédrale Saint-Paul. Jusqu'à aujourd'hui, je ne l'avais vue qu'en photo. Tellement plus belle en vrai. Je n'aurais jamais cru que ça me plairait, de vivre dans une grande ville, mais cette densité d'immeubles, ces foules de gens, je trouve ça rassurant. Je me sens en sécurité.

« Milly, tu ne m'as pas répondu. Est-ce que tu as entendu la question que je te posais ?

– Oui, oui, désolée. Je comprends bien les avantages de la visioconférence, mais si je ne veux pas le faire ? Si je ne veux pas profiter des mesures spéciales ? Quand June est venue me voir à l'hôpital, elle m'a donné une brochure dans laquelle il y a écrit que je peux faire ça.

– Bien sûr que tu peux renoncer aux mesures spéciales, mais honnêtement, je ne vois pas en quoi ce serait dans ton intérêt. »

Je ne peux pas lui dire, je ne suis pas capable de lui dire. Que la personne que je cherche à fuir est également celle vers laquelle je cours. Alors je lui dis que c'est parce que pour une fois, je veux avoir le choix. Je veux pouvoir décider pour moi.

« Je comprends bien, Milly, mais je ne suis pas sûr que ce soit une bonne idée, surtout quand je vois ce qui s'est passé ce matin, quand tu as entendu les informations à la radio.

– C'est surtout que je ne m'y attendais pas. Mais pour ce qui est du pot de confiture, c'était juste un accident. Il m'a glissé des mains.

– Je te crois, Milly. Mais il n'empêche, nous cherchons avant tout à te protéger. »

Il ne peut pas me protéger. Personne ne le peut. Il y a une partie en cours, un tête-à-tête secret. Sans arbitre. Et ma seule chance de gagner ma liberté, c'est de témoigner en personne.

« Tu sais, Mike, je vais bientôt avoir 16 ans. Je ne suis plus une enfant. Je veux vraiment faire ça, me sentir courageuse, pouvoir me regarder dans la glace en me disant que je suis allée au tribunal et que j'ai répondu aux questions alors qu'elle était dans la même pièce que moi.

– Il faut que je continue d'y réfléchir, Milly. En attendant, je tiens à te dire que je suis très fier de toi. Tu as vraiment fait énormément de progrès ces derniers temps.

– Ce qui veut dire que je devrais être capable de témoigner en personne. »

Nous nous arrêtons au bout de l'allée, à l'endroit où elle rejoint l'avenue et où le bruit reprend. Il se tourne vers moi. Je le regarde dans les yeux – j'y arrive, quand c'est vraiment nécessaire, je ne peux simplement pas tenir très longtemps.

Dans sa tête, les engrenages du psychologue tournent à plein régime.

« Nous en parlerons aux avocats, tout à l'heure. Je comprends ton point de vue, mais il faut que tout le monde soit d'accord, et franchement, ça m'étonnerait que June voie ça d'un très bon œil. Mais je te promets que je lui parlerai et que je ferai tout pour qu'elle comprenne comment toi tu ressens les choses, d'accord ?

– D'accord. Merci. »

Enfin. Mes efforts ont fini par payer.

Nous franchissons une grande porte-tambour pour pénétrer dans le hall d'accueil du cabinet d'avocat – un atrium surmonté d'une immense verrière qui fait office de puits de lumière. June est déjà là et nous gratifie d'un large sourire en nous voyant arriver. La première fois que je l'ai rencontrée, à l'unité psychiatrique, elle m'a annoncé avec son accent nord-irlandais qu'elle était là pour moi et qu'elle agirait dans mon meilleur intérêt. J'ai eu envie de lui répondre, vous ne me connaissez même pas.

« Salut ! Le trajet s'est bien passé ?

– Sans problème, répond Mike.

– Coucou, Milly ! Je suis contente de te revoir, ça faisait longtemps. Tout va bien ? »

Je hoche la tête. Lève les yeux. Des étages et des étages de bureaux, tous identiques. Des gens en costume, arborant un air neutre. Un masque. Une atmosphère de détermination qui flotte dans l'air, du mouvement, des semelles qui résonnent contre le sol en marbre. Un vigile surveille les tourniquets tandis que les employés passent leur carte devant le lecteur, les uns après les autres. Tellement de décisions sont prises dans ce bâtiment, tellement de vies changées. Bientôt, ce sera ton quotidien. Et le mien.

« Milly ?

– Milly, June est en train de te parler.

– Désolée.

– J'expliquais à Mike que le tribunal, qu'on appelle l'Old Bailey, se trouve juste à côté d'ici. Si tu es un jour appelée à témoigner, il faudra que vous utilisiez le parking souterrain.

– Pourquoi ?

– Simple mesure de précaution. »

Elle regarde Mike. Mike la regarde. Le monde est bâti sur un million de regards différents. Des coups d'œil. Je travaille dur pour les déchiffrer, plus dur que la majorité des gens. Mon psychologue au centre m'a expliqué pourquoi. Ta capacité à lire les émotions a peut-être été compromise, il m'a dit. Ce qu'il voulait vraiment dire : ton esprit ne fonctionne pas comme celui d'une personne normale. Alors je lis des ouvrages spécialisés, je regarde les gens dans la rue et à la télé. Je m'entraîne. Étape par étape. On peut toujours progresser. « Normal » n'est pas un mot qui me plaît.

« Tu n'as pas à t'en faire, Milly. C'est juste qu'il y a toujours beaucoup de monde pour l'ouverture des procès très médiatisés. Et il y a toujours des imbéciles autour du tribunal qui cherchent les ennuis.

– Les gens veulent la voir, non ? » je demande.

June pose la main sur mon avant-bras ; je me dégage aussitôt. Mike hoche la tête, il sait ce que je ressens.

« Désolée... Effectivement, les gens voudront la voir, mais c'est aussi un moyen de te protéger, car même si la presse n'a pas le droit de mentionner ton nom ni de publier une photo de toi, on ne sait jamais.

– On y va ? suggère Mike. Il est bientôt 9 h.

– C'est vrai, tu as raison, les avocats nous attendent. Et un bon thé nous fera du bien à tous. Peut-être même un petit biscuit au chocolat. Tu aimes les biscuits, pas vrai, Milly ? »

Je fais oui de la tête, même si je préfère l'idée de lui en enfoncer un dans la gorge.

On prend l'ascenseur pour descendre au deuxième sous-sol. Les entrailles du bâtiment. Silencieux. Personne ne nous dérangera. Ils me trouvent déjà assez dérangée comme ça. June nous invite à entrer dans une pièce, où deux hommes sont assis à une grande table rectangulaire. Un grand néon allumé. Je sens arriver une migraine, et ce n'est certainement pas la lueur tremblotante au loin, au fond de la salle, qui va arranger les choses. Des tasses de café et de thé, au milieu de la table. Des vraies tasses, en porcelaine, pas des gobelets en carton minables. L'inspecteur au commissariat où je suis allée pour faire ma première déposition, il m'a dit que c'était une question de sécurité. On ne peut pas fracasser un gobelet en carton, tu comprends ?

Je me souviens avoir voulu lui répondre, non, mais on peut utiliser le liquide brûlant à l'intérieur.

Les hommes se lèvent, serrent la main de Mike. Les avocats de la Couronne, leur titre officiel. Je me demande s'ils ont été triés sur le volet, ou s'ils se sont simplement portés volontaires. Peut-être qu'ils étaient toute une foule, au début, à vouloir travailler sur une des affaires les plus médiatisées de tous les temps. Leur travail consiste à convaincre le jury de te coincer, Maman. De te démolir. Apparemment, ce sera une simple formalité. Tu es fichue. Pour toi, c'est l'aller simple pour la prison. Ne passez pas par la case départ, ne touchez pas vingt mille francs. Tu es niquée.

Grâce à moi.

Je ne sais pas comment ils s'appellent, mais qu'importe. Il y a un gros et un maigre. Facile à retenir.

« On commence ? » demande Maigrichon.

June débute par un résumé de comment ça se passe pour moi à la maison, dans mon nouveau lycée. Mike intervient pour dire des choses positives. Tout le monde est impressionné par ma capacité à faire face.

« Pas de problèmes de sommeil ? demande June.

– Non, pas vraiment », je réponds.

Un mensonge.

Mike me jette un regard en coin. Il me soupçonne de ne pas dire la vérité, mais il n'intervient pas, trop satisfait qu'il est de s'attribuer le mérite de mon bien-être, enfin, de mon bien-être apparent. Je me demande s'il accepterait sa part de responsabilité si je devenais comme toi.

Grassouillet passe ensuite aux détails du déroulement du procès, m'explique qu'au besoin, je pourrais venir au tribunal pendant la semaine précédente afin de regarder la vidéo de mes déclarations.

« D'ici là, on connaîtra la stratégie des avocats de la défense. Et on saura donc comment les battre », il conclut avant de se rasseoir confortablement sur sa chaise.

Des saucisses grasses en guise de doigts, posées sur son ventre rebondi. Fier de lui. Les boutons tendus de sa chemise sont à l'agonie. Je détourne le regard, dégoûtée par tant de laisser-aller. Il reprend :

« On exposera aux jurés les détails de ton enfance. Ils recevront des copies de ton dossier médical, y compris le document qui montre la gravité de tes… »

Il s'interrompt, la pièce est lourde des mots qu'il n'arrive pas à prononcer. Je me tourne vers lui, mais il refuse de croiser mon regard. Il hoche la tête et poursuit. Je ne lui en veux pas, c'est une réaction normale. J'ai entendu les infirmières à l'hôpital parler de mes blessures. Elles pensaient que je ne les entendais pas.

L'une d'elles a dit, jamais vu ça. Sa propre mère. Et pourtant, elle est infirmière, elle aussi. Une autre a répondu, je sais, c'est bien pour ça que la plupart de ses blessures n'ont jamais été signalées, elle s'est débrouillée pour les soigner à la maison. Elle ne pourra jamais avoir d'enfants, vous savez. Tu m'as dit que c'était un service à me rendre. Que je devrais te remercier. Tu m'as dit, de toute façon, les enfants, ça ne sert à rien. C'est trop d'ennuis.

« Le dernier point dont nous devons discuter, et peut-être le plus important, dit Maigrichon, concerne la présence ou non de Milly au tribunal. Même s'il semblerait, au vu de certains développements récents, que ce ne soit peut-être pas à nous que revienne la décision.

– Quels développements ? demande June.

– Apparemment, il y a des rumeurs du côté de la défense, comme quoi ils voudraient interroger Milly sur certains points en particulier. »

Dans ma poitrine, mon cœur s'emballe. Un pigeon voyageur dans une cage, avec un message important accroché à la patte. La porte de la cage est verrouillée, il n'y a que lui qui soit enfermé.

« Quels points ? insiste June.

– Ce n'est pas encore clair, et ça ne sert sûrement à rien de s'en faire pour l'instant, tant que nous ne savons pas précisément de quoi il s'agit, intervint Grassouillet.

– Peut-être, mais on aurait bien aimé en être informés avant de venir, dit Mike en se tournant d'abord vers moi, puis vers les avocats. Essayez un peu de vous mettre à la place de Milly, d'imaginer ce qu'elle ressent, à présent. »

Je crois que je sais sur quoi ils veulent m'interroger. Et ça m'inquiète.

« Mike a raison, renchérit June.

– Comme je disais, tout cela est très récent, et pour l'heure, la défense préfère faire profil bas, dit Maigrichon.

– Vu les preuves contre elle, ça m'a tout l'air d'une stratégie désespérée. »

C'est là que tu te trompes, June, ça n'a rien d'une stratégie désespérée. Ce n'est que la première partie d'un plan que tu as soigneusement préparé, pas vrai, Maman ?

« Bref, reprend Maigrichon, pour ce qui est de Milly, nous devons nous préparer à ce qu'elle soit interrogée par la défense.

– Mike ? »

Il se tourne vers moi.

« Ne t'inquiète pas, Milly. Tout va bien se passer. »

J'ai l'estomac vide – pas de petit déjeuner ce matin, et pourtant j'ai l'impression d'avoir la gorge pleine. Déglutis. Ce n'est pas moi qui passe en jugement, mais toi. C'est tout ce dont je dois me souvenir.

« Quelle est la probabilité pour que ça arrive ? demande June.

– Nous sommes à peu près sûrs que c'est la stratégie qu'adoptera la défense, répond Maigrichon. Mais au final, c'est le juge qui a le dernier mot : il peut tenir compte de nos recommandations tout comme il peut les ignorer. Quoi qu'il en soit, Milly aura le choix de témoigner par vidéo interposée ou, si on estime qu'elle en est capable, de témoigner en personne au tribunal. Si c'est la deuxième proposition qui est retenue, on installera un écran de façon à ce que Milly ne puisse pas voir sa mère. À mon avis, la faire témoigner en personne ne peut que nous avantager vis-à-vis du jury. Rien de tel qu'un enfant pour s'attirer la sympathie de la cour.

– Je n'aime pas l'idée d'utiliser Milly comme appât, intervient Mike.

– Moi non plus, dit June.

– Que ça vous plaise ou non, c'est ainsi que fonctionne le système judiciaire, dit Maigrichon. Et au final, nous avons tous le même objectif, ici. »

Autour de la table, tout le monde opine. Sauf moi. Je suis trop concentrée sur ma respiration. Ils ne doivent pas se rendre compte que je t'entends rire, à l'intérieur de ma tête.

« Et toi, Milly ? Qu'est-ce que tu penses de tout ça ? » demande June.

Ma protégée. Comme tu adorais m'appeler comme ça. Courageuse. Vraiment ? Les leçons que tu m'as données, je ne les ai pas oubliées. Tu veux qu'ils rejettent la faute sur moi. TOI AUSSI, TU ÉTAIS LÀ, ANNIE. J'essaie de repousser ta voix, de répondre à la question de June.

« Mike et moi, on en a un peu parlé, et on pense que d'ici le début du procès je serai suffisamment forte, et que ça pourrait être une bonne chose que je témoigne en personne.

– Excellent », commente Maigrichon en se grattant une croûte à la commissure des lèvres.

Mal à l'aise, je détourne le regard, mais quand mes yeux se posent sur la lumière vacillante, au fond, j'ai la tête qui se met à tourner et mon cœur s'accélère.

« Tout cela me paraît un peu naïf, si vous voulez mon avis. »

On ne te l'a pas demandé, June.

« Nous savons tous de quoi peuvent être capables les avocats de la défense », poursuit-elle.

Ma gorge se bloque. Je crierais si j'en avais les moyens. J'ai des fourmis dans les pieds à force d'essayer de les enfoncer dans le sol. Si seulement je pouvais leur expliquer pourquoi il est si important pour moi d'aller au tribunal. Pourquoi j'ai besoin de jouer à ce jeu avec toi. Je me tourne vers Mike, lui lance un regard pour lui demander d'intervenir. Il s'exécute.

« Milly et moi allons discuter stratégie pendant les prochaines semaines, mais je trouve personnellement qu'elle a vraiment la tête sur les épaules sur ce sujet. Sans compter que si on s'y prend correctement, cela pourrait être pour elle une opportunité de tourner la page. Une expérience cathartique, en somme.

– Et si on s'y prend mal ? Désolée de me faire l'avocate du diable, mais qu'est-ce qui se passe si le moment venu, on se rend compte que c'est trop difficile pour elle ? Qu'est-ce qui se passe si les avocats de la défense se montrent agressifs, s'ils essaient de la manipuler, de la pousser à être d'accord avec la version des faits qu'ils présenteront ? Elle se sent déjà assez coupable comme ça.

– Attends, June, je ne suis pas sûr que ce soit une bonne idée de parler de ce que ressent Milly comme ça, devant tout le monde.

– Je suis désolée, tu as raison. Mais il faut qu'on prenne une décision, et je pense qu'il vaudrait sûrement mieux que nous sortions tous pendant quelques minutes pour en discuter. Ça vous va ? »

Elle fait signe à Mike et aux avocats, et tous quittent la pièce en m'assurant qu'ils n'en ont pas pour longtemps. Je remonte du bout du doigt les cicatrices sur mes côtes. Je les compte. Vingt fois, plus, même.

Je te demande ce qui se passera si je n'ai pas envie de jouer, si je dis non. Ta réponse, crachée d'une voix méprisante : TU AURAS TOUJOURS ENVIE DE JOUER, MA PETITE ANNIE, C'EST COMME ÇA QUE JE T'AI FAITE.

Enfin, ils reviennent. Maigrichon d'abord, suivi de June. Puis Mike. Grassouillet n'est plus là. Un déjeuner important. Pas du genre à manquer un repas, celui-là.

Ils parlent, mais je n'entends rien d'autre que les mots merveilleux prononcés par Maigrichon :

« Nous avons décidé que si tu étais convoquée, tu pourrais témoigner en personne. »

Pourtant, ce n'est pas de la satisfaction que je ressens, c'est plutôt comme si une fosse venait de s'ouvrir sous moi. Un endroit vide et solitaire. Plus personne ne peut m'aider, à présent.

Une discussion s'engage pour voir comment gérer mon exposition aux médias jusqu'au procès, comment limiter le temps que je passe devant les informations. Mike, mon protecteur. Ils me conseillent de trouver de quoi m'occuper. La plupart de ce qu'ils me racontent, je ne l'entends pas.

Car c'est une autre voix que j'écoute. Une voix qui dit :

À NOUS DEUX, ANNIE.

8

Mike me dépose au lycée juste avant la récré du matin. Il me dit qu'il est fier de moi. Je le remercie ; moi aussi, j'aimerais être fière de moi. J'émarge à l'accueil et me rends compte que j'ai oublié de le prévenir que j'avais rendez-vous avec Mlle Kemp après les cours. Je lui envoie donc un texto et profite des dernières minutes de calme dans la salle des casiers. Pas d'affiche pour m'accueillir, aujourd'hui, mais quand j'ouvre mon ordinateur portable – encore un cadeau de Mike et Saskia – et me connecte à la boîte mail du lycée, je vois que j'ai un mail de Mlle Kemp.

> Salut Milly, j'ai vraiment hâte de te voir cet après-midi. Je pensais qu'on pourrait peut-être faire un peu de dessin. À plus tard, dans la salle d'arts plastiques. MK.

MK. C'est bien la première fois que je vois un prof qui signe avec ses initiales.

Le reste de la journée se déroule sans incident. Maths, deux heures de sciences et une heure de permanence. Quand la cloche sonne, je me dirige vers la salle d'arts plastiques. Je les entends avant de les voir. Des voix aiguës, nasales. Méchantes. Les filles. Dans les escaliers, elles viennent vers moi. Je me demande si MK les a punies pour l'affaire de l'affiche. Je m'arrête pour les laisser passer, l'escalier n'est pas assez large, Phoebe me pousse contre la rampe.

« Salut, Tête de cul. »

Tête de cul ? Mais on devait devenir sœurs. Les filles du docteur March, tout ça.

« Elle t'attend. C'est cool que t'aies ta chère mademoiselle Kemp pour te défendre, hein ?

– Phoebe, je voulais te dire, pour le collier, je le porterai pas. Je sens que ça te met mal à l'aise.

– C'est quoi cette histoire de collier ? demande Izzy.

– Rien, répond Phoebe.

– Ben alors, raconte ! » ricane Izzy en lui mettant un petit coup de poing dans le ventre.

Rabaissée. Moins hostile, moins fanfaronne. Gênée devant sa copine. Je devrais me sentir mal d'en avoir parlé devant quelqu'un d'autre. Vraiment, je devrais me sentir mal.

« Ma connasse de mère lui a acheté un collier en or gravé à son nom.

– Le même que celui qu'elle t'avait offert ? Je croyais qu'elle s'en était aussi fait faire un, histoire que vous soyez raccord. »

Phoebe acquiesce. Je commence à lui dire que je suis désolée, mais elle me dit de la fermer.

« Oh, ta petite maman chérie t'a encore fait de la peine, hein ?

– Ta gueule, Izzy !

– Ça va, calme-toi, qu'est-ce qu'on s'en fout de nos mères, de toute façon ! On en a pas besoin ! »

Elles rient et continuent de descendre l'escalier jusqu'à l'étage d'en dessous. Je ne dis rien, mais j'ai envie de dire que moi, si.

J'ai besoin d'une mère.

Izzy s'arrête, se tourne vers moi et me demande :

« Oh, au fait, Tête de cul, tu n'as toujours pas reçu de coups de fil bizarres ? »

Ma main se dirige vers mon portable, dans la poche de ma veste d'uniforme.

« Vu que tu ne dis rien, j'imagine que la réponse est non. Patience, je suis sûre que ce sera pour bientôt. »

D'autres ricanements.

Du sel dans la plaie. Ça pique. En regardant leurs jolis visages, je me souviens d'une histoire que j'ai lue. Un conte amérindien où le vieux Cherokee raconte à son petit-fils qu'en chacun de nous se livre une bataille entre deux loups. L'un est méchant, l'autre bon. Le garçon demande à son grand-père, quel loup gagne ? Et le vieillard de lui répondre, celui que tu nourris. Leurs visages se transforment en cibles alors que je les observe. Je meurs d'envie d'ouvrir la bouche, de barbouiller de salive leurs joues couvertes de maquillage. Des poupées. Une odeur douceâtre de bonbon flotte dans l'air, l'autobronzant. Izzy forme un V avec ses doigts et glisse la langue à l'intérieur. Phoebe l'imite. De mauvais souvenirs me reviennent en mémoire. Une porte s'ouvre à l'étage du dessous, les poussant à déguerpir. Je consulte mon téléphone en gravissant les dernières marches menant à la salle de MK. Pas d'appels.

Quand j'arrive, je remarque que deux chevalets ont été dressés l'un en face de l'autre. Deux tabourets. Deux boîtes de fusains. Deux tout.

« Coucou, dit-elle. Bienvenue ! Tu es prête à dessiner ? »

J'opine, pose mon sac et ma veste sur une chaise. Elle me demande si je veux un verre d'eau.

« Non merci.

– Est-ce que tu as déjà travaillé avec du fusain ?

– Un petit peu.

– Parfait. Installe-toi donc à un des chevalets. »

Ses mains sont rapides et se déplacent sans cesse, comme si le poids des bagues allait les immobiliser à jamais si elles prenaient le risque de s'arrêter l'espace d'une fraction de seconde. Mlle Kemp s'installe en face de moi.

« Une idée de ce que tu as envie de dessiner ? »

Oui, mais je doute que ça plaise à la majorité des gens.

« Pas vraiment non, peu importe.

– Et si on croquait la forme sur la table, là-bas ? C'est une reproduction d'un sculpteur qui s'appelle Giacometti. Sinon, j'ai une bouteille de parfum dans mon sac, qui a des lignes intéressantes. »

Son parfum. C'est ça l'odeur qui m'était familière. Les bouquets de lavande que tu cueillais dans le jardin.

« La sculpture, c'est très bien, je réponds.

– Bon choix. Je vais la chercher. »

Elle se déplace avec grâce, ses perles en bois tintant les unes contre les autres à chaque pas. Ses cheveux sont coiffés en un chignon grossier maintenu par une pince décorée de motifs asiatiques. Elle me fait penser à une photo qu'on pourrait trouver dans un National Geographic – un croisement entre une geisha négligée et une prêtresse tribale. On commence à dessiner en même temps. Nos mains attrapent le fusain exactement au même moment. Elle me demande comment ça se passe au lycée, depuis mon arrivée. Je lui réponds que ça va.

« "Ça va", genre, "ça va très bien", ou "ça pourrait aller mieux, mais je n'ai pas envie d'en parler" ?

– Un peu des deux, je pense. »

Coup de fusain. Souffle. Frotte. Une tête sur le papier. Je me demande si elle aussi a commencé par le haut.

« L'art est une excellente thérapie, tu sais. »

Je sens les picotements à l'intérieur. Les murs à l'intérieur de moi, capables de se dresser en quelques minutes si je ressens la moindre menace. « Thérapie ». Pourquoi a-t-elle dit ça ? Les seules personnes au courant, m'a dit Mike : Mlle James, la directrice du lycée, Saskia et moi. C'est tout. Personne d'autre n'est au courant pour ta mère. Je jette un œil par-dessus mon chevalet. Pas de maquillage, une peau cent pour cent naturelle. Elle lève la tête, me sourit, et de petites rides apparaissent autour de ses yeux. Je suis sûre qu'elle sourit et qu'elle rit beaucoup.

« Alors, ça avance bien ? elle me demande.

– Ça va, merci. »

La tête a un corps, à présent, aussi fin que le fouet que tu utilisais, même si je disais non.

« Comment ça se passe avec les autres filles ? »

Pire que jamais.

« Pas trop mal, je crois.

– Tu crois ?

– J'ai l'impression que ça va être un peu difficile de m'intégrer, ici.

– C'est vrai que ça peut ne pas être évident. Les filles ici sont malignes et débrouillardes, la plupart d'entre elles ont vécu à Londres toute leur vie. Ça arrive souvent, la nouvelle se fait un peu bousculer au début... C'est d'ailleurs pour ça qu'on a créé les conseillers pédagogiques. Et tu as de la chance, je suis là pour toi ! Bon, est-ce que tu es prête à me montrer ton dessin ?

– Je crois, oui. »

Elle s'essuie les mains sur le chiffon humide à côté d'elle, puis elle se lève, contourne mon chevalet et laisse échapper un sifflement admiratif avant de dire, eh ben, elle avait raison ton ancienne directrice !

« Ton travail sur l'ombre est incroyable, Milly. On dirait que la statue va se mettre à marcher, sortir de la feuille. Est-ce que ça te dérange si je garde ton dessin ? Je voudrais le montrer à une de mes classes qui travaille sur les croquis.

– Bien sûr, pas de problème. Si vous le trouvez assez bon. »

Je m'apprête à détacher la feuille, mais elle me dit d'arrêter, que j'ai oublié quelque chose.

« Ah bon ? Désolée.

– Un artiste doit toujours signer son œuvre. »

Je lève la tête vers elle, elle m'adresse un clin d'œil et je ne me sens pas mal à l'aise, comme quand June m'a touché le bras. Je signe le dessin, mais à l'avenir, il faudra que je sois plus prudente – j'ai failli écrire Annie.

Au moment où je pars, elle me dit :

« Et ne t'inquiète pas pour les filles, je les surveille de près. Je les ai fait venir dans ma classe pour un grand ménage. Elles avaient l'air sincèrement désolées, donc à mon avis, ça va en rester là. Tu n'as qu'à prendre du papier et une boîte de fusains en sortant, comme ça tu pourras t'entraîner à la maison. »

Un sentiment de chaleur alors que je m'éloigne, le bon loup de l'histoire du grand-père Cherokee. Rassasié.

Le calme s'est emparé des couloirs, et je n'ai pas à m'inquiéter de croiser les autres filles. Je me dirige vers mon casier pour récupérer un classeur que j'avais oublié et traverse la cour de récréation quand mon téléphone se met à sonner. Un numéro que je ne connais pas.

Dans un flash, je revois le visage hilare d'Izzy, « Tu n'as toujours pas reçu de coups de fil ? ».

Je ne devrais pas répondre, mais la curiosité est trop forte. Vilain défaut.

« Allô ?

– C'est bien Milly ? »

Une voix grave. Étouffée.

« Qui c'est ? je demande.

– Je téléphone au sujet de l'annonce.

– Quelle annonce ?

– La carte postale.

– Quelle carte postale ?

– Allons, chérie, pas la peine de faire la timide.

– Comment avez-vous eu ce numéro ?

– Par l'annonce, je viens de le dire. Écoute, je veux pas être méchant, mais c'est une blague ou pas ?

– Je ne sais pas.

– T'aimes jouer, toi, pas vrai ? »

Sa voix. Différente. Plus dure, plus pressante. Une intonation que je reconnais tout de suite.

« Ça dépend.

– De quoi ?

– Si je gagne ou pas. »

Je raccroche, observe le téléphone dans ma main pendant quelques secondes, puis je sors de la cour. Même s'il faisait chaud dans le métro ce matin, ces dernières semaines le vent du soir s'est rafraîchi et je sens sa morsure sur mes mains. Je glisse mon portable dans la poche de ma veste, parce qu'entre le classeur et toutes les feuilles que MK m'a données, j'ai déjà les bras suffisamment encombrés. Je sens une vibration contre ma cuisse, un texto. Je ne m'arrête pas pour le lire ; d'ici quelques minutes, je serai arrivée à la maison. Quand j'atteins le croisement de ma rue, je sors le téléphone de ma poche et consulte l'écran. Encore une fois, il s'agit d'un numéro inconnu.

MA BITE EST DURE ET N'ATTEND QUE TOI ON SE VOIT QUAND

Je le relis. Je ne sais pas si c'est le contenu ou le fait qu'il n'y ait pas de ponctuation qui me dérange le plus. Vulgaire. Le message disparaît de l'écran quand un nouvel appel retentit. Je reconnais le numéro, cette fois, le même que tout à l'heure. Je ne peux pas m'empêcher de répondre. C'est presque amusant.

« Oui ?

– Tu m'as raccroché au nez ? »

Je m'adosse au mur et retire mon sac pour soulager mes épaules.

« Peut-être.

– Est-ce que tu portes ton uniforme ?

– Comment vous savez que je vais encore à l'école ?

– Ça se voit sur la photo – est-ce que tu portes une jupe ou une petite robe courte ? »

Je sens parfaitement l'excitation dans sa voix, quelque chose que je connais bien. Je me demandais justement si l'intonation était différente selon qu'il s'agissait d'un homme ou d'une femme. Maintenant, je suis fixée. C'est pareil.

« Quand est-ce qu'on peut se voir ? J'ai de quoi payer. »

Je raccroche. Ça fait deux fois, loser. J'apprécie cette sensation de pouvoir, et le fait d'être désirée. Je m'engage dans ma rue, quand j'entends quelqu'un siffler. Morgan. Elle siffle avec ses doigts, à la manière d'un ouvrier, ou d'un chasseur qui rappelle son chien. Je souris. Elle m'adresse un petit salut de la tête, me fait signe d'approcher, puis elle cache sa bouche derrière la fermeture

Éclair de son haut de survêtement, de sorte que seule la moitié supérieure de son visage reste visible. Elle tient quelque chose à la main. Je m'approche. Le bleu autour de son œil s'est estompé, mais je remarque, quand elle laisse sa bouche poindre du col de son survêtement, que ses lèvres sont gercées et égratignées. Elle les mord comme si elle voulait les manger. Un petit goûter.

« Salut. »

Elle ne répond pas, tourne la tête d'un côté, se mord la lèvre jusqu'à s'arracher une petite peau. Une goutte de sang frais quand elle se retourne, comme si elle avait mangé une framboise. Elle se passe la langue sur la lèvre, puis s'essuie avec le revers de sa manche. Je vois que l'objet qu'elle tient dans la main est une carte postale, mais impossible de dire ce qu'elle représente.

« Je rentre tout juste de l'école. »

Elle hausse les épaules.

« Ton œil a l'air d'aller mieux.

– Ça va pas durer…

– Qu'est-ce qui s'est passé ?

– Je me suis pris une porte, elle dit avec un petit sourire. C'est l'excuse de ma mère, en tout cas. »

Et Maman a toujours raison, pas vrai ?

« Tu as dit que tu t'appelais Milly, non ?

– Oui.

– Alors j'ai trouvé un truc qui doit être à toi, y'a ton nom et ta photo dessus. Regarde : M-I-L-L-Y, elle épelle doucement, concentrée.

– Pourquoi tu épelles comme ça ?

– Va te faire foutre, OK ? Je suis dyslexique. »

Une expression peinée voile son visage, je baisse les yeux, honteuse d'en être responsable.

« De toute façon, c'est pas comme si y avait besoin de savoir lire correctement pour comprendre ça. »

Elle me tend la carte. Un travail de pro, plastifié. Bonnes couleurs. Je regarde la photo et j'imagine des imprimeurs se la faisant passer de main en main dans leur magasin. Des gros types qui s'étranglent avec leur thé en me voyant.

« Où est-ce que tu as eu ça ?

– Je l'ai trouvée hier soir dans la cabine téléphonique, sur la droite à côté des arches, près de la station Ladbroke Grove. Mon téléphone est cassé et ma mère a pas de crédit sur le sien. »

Je vois de quelle cabine elle parle. Au milieu de l'odeur de pisse, entre la crasse et les chewing-gums collés, un patchwork de petites annonces. Moi. La dernière arrivée. Approchez ! Approchez ! Une petite jeunette de choix ! Une galerie de seins et de bouches ouvertes. Une collection de visages grotesques. Et maintenant, une lycéenne. La photo est la même que celle utilisée sur l'affiche, sur mon casier. Par contre, la légende est différente :

MILLY, LYCÉENNE COCHONNE
PRÊTE À SUCER DES BITES, APPELEZ-MOI

Les toilettes de l'aile de sciences. Izzy. « Je vais pas te le demander deux fois. » Mon portable vibre dans ma poche gauche. D'une certaine manière, j'apprécie cette nouvelle popularité. Des agneaux affamés qui se bousculent pour la tétée. Jamais rassasiés.

« C'est pas pour te vexer, mais ça a pas l'air ton genre.

– T'as raison.

– Ça sort d'où, ce truc, alors ?

– Quelqu'un qui a voulu faire une blague.

– T'as dû salement l'énerver pour qu'il te fasse une blague pareille.

– C'est des filles qui sont avec moi au lycée. Elles et celle avec qui j'habite.

– Quoi, la pétasse blonde, là ? »

Elle désigne notre maison, je regarde par-dessus mon épaule.

« Voilà. Elle. »

L'allée dissimule la plupart des fenêtres, mais deux ou trois donnent directement sur la rue. Soudain, je me dis qu'il faut que je garde ma relation avec Morgan secrète.

« Est-ce que t'as reçu des coups de fil ? elle me demande.

– À l'instant.

– Merde. Qu'est-ce que tu vas faire pour te venger ? »

Je trouverai bien.

« Je ne sais pas, je pense que je vais laisser passer pour cette fois. Tu penses que ça faisait combien de temps que la carte postale était affichée dans la cabine ?

– Je sais pas, peut-être une journée. T'es nouvelle dans le quartier, non ?

– Oui. Je suis en famille d'accueil.

– Nous, on a failli aller en foyer quand Maman est partie en prison, mais finalement Mamie est venue s'occuper de nous.

– Et ta maman, elle est sortie depuis ?

– Ouais, c'était que quelques semaines. Un truc débile qu'elle a fait avec mon oncle. »

Elle se gratte de nouveau les lèvres. Je me retiens de lui taper la main pour qu'elle arrête. Elle se redresse en poussant sur le mur avec ses pieds. Je lui demande si ça lui dirait de traîner avec moi, des fois. Peut-être, elle me répond. Méfiante. C'est bien, je voudrais lui dire. C'est malin.

« On pourrait se retrouver au fond du jardin. La porte bleue donne directement dessus. Normalement, elle est fermée à clé, mais je la déverrouillerai. Ma chambre, c'est celle avec le balcon.

– Et pourquoi tu tiens autant que ça à me voir ?

– Je sais pas. Ce n'est pas facile d'être la nouvelle, surtout avec une sœur d'adoption comme la mienne. »

Elle hoche la tête. J'ai l'impression qu'elle aussi se sent seule.

« Alors ? Ça te branche ?

– Peut-être, faut voir. Tu veux qu'on se retrouve dans ton jardin pour que personne sache qu'on se connaît, c'est ça ?

– Mais non, c'est à cause de la pétasse blonde, comme tu dis. »

On sourit toutes les deux. Je lui explique.

« Elle s'arrangerait pour tout faire foirer, elle le dirait à son père, ou un truc comme ça.

– Ça, c'est clair. Cette connasse. »

Il me faut un moyen de sceller notre accord. Les cadeaux, un bon moyen de mettre le pied dans la porte. Je t'ai vu faire des centaines de fois avec les enfants du refuge. RÉFLÉCHIS, ANNIE, RÉFLÉCHIS. Ta voix dans ma tête. Le téléphone réfléchit à ma place et se remet à vibrer dans ma poche. Je le sors et demande à Morgan si elle s'y connaît un peu en portable.

« Ça va.

– Alors, qu'est-ce que je suis censée faire, maintenant que tout le monde m'appelle à cause de la petite annonce ?

– Je sais pas, t'as qu'à changer de numéro.

– Impossible, il faudrait que je demande au père de ma famille d'accueil, et il devinerait tout de suite qu'il s'est passé quelque chose de bizarre.

– Tu peux le balancer, sinon.

– Arrête, il est tout neuf, ce serait bête. Je pourrais lui dire que je l'ai perdu, mais je pense qu'il serait un peu fâché.

– On s'en fout, de toute façon, ils ont l'air d'avoir plein de pognon. C'est quoi, pour eux, un téléphone ?

– C'est vrai, mais ce serait quand même dommage de le jeter à la poubelle. Tu as dit que ton téléphone était cassé... T'as qu'à emprunter le mien et faire changer le numéro.

– Non, attends, on se connaît à peine.

– Comme ça on pourrait rester en contact. Et ce serait plus simple pour se retrouver.

– Et tu veux rien en échange ?

– Non, non, rien du tout. C'est toi qui me rendrais un service. »

Elle se mordille la lèvre, regarde ses pieds, puis elle relève la tête et me dit, d'accord, ça marche. Elle prend le téléphone, me dit qu'elle trouvera un moyen de me prévenir quand elle aura fait changer le numéro, puis elle me demande ce qu'elle doit faire de la carte postale.

« Il n'y en avait qu'une seule ?

– En tout cas, j'en ai vu qu'une.

– Fais ce que tu veux avec. Tu n'as qu'à la brûler, si ça t'amuse. »

Elle hoche la tête et s'éloigne doucement. Je la regarde partir, contente de moi. Tes leçons, ta voix, vraiment utiles. Parfois.

La maison est silencieuse quand j'ouvre la porte. Elle n'est pas verrouillée, donc il doit y avoir quelqu'un. Sûrement Saskia, elle oublie toujours de refermer à clé derrière elle. Le radiateur à côté du placard à chaussures laisse échapper un soupir, l'effort nécessaire aux vieux tuyaux pour réchauffer l'entrée. Je remarque une paire de tennis que je ne reconnais pas. Trop grandes pour une femme.

Je retire mes chaussures et jette mes affaires au pied de l'escalier. Rosie tourne la tête vers moi, les yeux mi-clos. Elle n'a même pas le courage de sortir de son panier pour m'accueillir et se contente d'agiter mollement la queue. Le dîner est prêt, posé sur la table de la cuisine. Trois assiettes. Sevita, la bonne, sait bien qu'il ne sert à rien d'en laisser une pour « mademoiselle Saskia », ce qui veut dire que Mike et Phoebe ne sont pas encore rentrés. Je profite que mon dîner réchauffe au micro-onde pour allumer la radio et essayer d'entendre les nouvelles, mais le flash info est terminé. Je mange à toute vitesse pour éviter de croiser Phoebe, puis je mets mon assiette dans le lave-vaisselle. Je me dirige ensuite vers le bureau de Mike, frappe à la porte pour m'assurer qu'il n'est pas là. Pas de réponse. Je prends un Post-it® sur la desserte à côté de la porte de son bureau. « Cher Mike, je suis vraiment désolée, mais j'ai perdu mon téléphone. Je n'arrive pas à le retrouver. Qu'est-ce que je peux faire ? »

Je le colle sur la porte, à hauteur d'yeux, pour être sûre qu'il ne le rate pas. Un mot d'excuse en rose fluo, et un « va te faire foutre » à l'attention de Phoebe. Il faut que je récupère un nouveau téléphone le plus vite possible pour rester en contact avec Morgan. Je remarque que la porte qui mène au sous-sol – là où se trouvent la buanderie et la salle de sport – est ouverte. Je jette un œil pour m'assurer que Sevita n'est pas en bas, puis je la ferme, en regrettant qu'il n'y ait pas de verrou.

Une fois dans ma chambre, je sors sur le balcon qui surplombe le jardin. Au moment où je m'apprête à rentrer, j'entends un sifflement. Une petite silhouette dans l'allée, qui me fait signe. Puis elle fait quelque chose avec ses mains. Une étincelle, une autre, une flamme. Impossible de voir de quoi il s'agit depuis ma chambre, mais je sais que c'est la carte postale qu'elle est en train de brûler. Quand la chaleur n'est plus tenable, elle laisse tomber la carte par terre. Puis elle se tapote les mains comme pour les dépoussiérer et me dire « C'est réglé ». Enfin, elle fait demi-tour et repart en courant vers la rue.

J'ai baissé ma garde, je me suis endormie trop vite. Tu es venue me féliciter. Me rappeler que sans tes leçons, je n'aurais jamais réussi à gagner la confiance de Morgan. Je me réveille en larmes.

Huit. Puis quatre. La porte sur la droite.

Mets le pantalon.
Mets la chemise.
Fais ce qu'on te dit.
Se déguiser. Ton jeu préféré.
Les garçons habillés en garçon.
Les filles habillées en garçon.
Des poupées à taille réelle qui marchent et qui parlent.
Tu les jettes quand tu en as assez.
Comme tu es jolie en garçon, Annie.
Allez, viens faire voir à Maman.

9

Ce matin, quand elle voit qu'en plus de mon sac, je dois trimballer un énorme carton à dessin pour le cours d'arts plastiques, Saskia propose de nous accompagner au lycée. Phoebe, en survêtement, répond que non, qu'elle a déjà prévu d'aller courir avant les cours avec deux autres filles qui habitent dans le quartier, et elle en profite pour rappeler à ses parents que ce soir, elle dort chez Izzy. Elle est déjà en train de mettre ses chaussures quand Mike lui crie depuis la cuisine de manger quelque chose avant de partir. La porte d'entrée s'ouvre, puis se referme en claquant. Mike secoue la tête, mais bientôt, il retrouve son éternel sourire.

« Au fait, j'ai bien trouvé ton mot pour le téléphone portable. En temps normal, je te dirais d'attendre quelques jours pour voir si tu le retrouves, mais je préfère savoir que je peux te joindre au besoin. Pour cette fois, je veux bien le remplacer, mais j'aimerais que tu fasses plus attention. »

Je lui demande de changer le numéro et lui explique que ça me rassurerait. Il me dit qu'il comprend, qu'il s'en occupera aujourd'hui. Je mange un bol de céréales en attendant que Saskia s'habille, puis, quand elle est prête, nous nous dirigeons vers sa voiture, une Mini décapotable. Je range le carton à dessin dans le coffre, il tient à peine. Dans ce quartier de Londres, tout n'est qu'apparences. On s'envoie des baisers de la main, tout en se poignardant dans le dos. Et on remue le couteau pour que la plaie ne se referme pas.

« Tu es prête ? » elle me demande en prenant place au volant.

Je fais oui de la tête. Je n'ai pas aimé la façon dont elle a dit « prête ». Un ton trop enjoué pour être sincère. Si on gratte un peu la peau parfaitement maquillée, les défauts apparaissent. Une mère en carton-pâte. Elle appuie trop violemment sur l'accélérateur, et la voiture bondit sur le gravier récalcitrant. Détends-toi, Saskia, je ne mords pas, j'ai envie de lui dire. Enfin, si, mais je sais me tenir. Elle se méfie de moi. Son intuition féminine, peut-être. Car elle a beau essayer, elle n'arrive pas à oublier qui je suis, d'où je viens, qui m'a engendrée. Quand elle pense que je ne suis pas sur mes gardes, elle m'observe, et je la vois du coin de l'œil.

Je suis toujours sur mes gardes.

« C'est sympa, de passer un peu de temps toutes les deux, elle me dit, alors que nous nous engageons dans la rue.

– Oui, je réponds, en regardant par la vitre si j'aperçois Morgan.

– Comment ça se passe, à l'école ?

– J'ai plein de choses à faire.

– Mike m'a dit que tu t'intéressais à l'art.

– J'aime bien dessiner, oui.

– Moi, j'ai toujours été nulle en dessin. En fait, j'étais assez nulle à l'école, de manière générale. Pas comme toi. Tout le monde dit que tu es super intelligente.

– Ça, je sais pas, mais merci, en tout cas. Dis-moi, est-ce que je peux te demander un truc ?

– Bien sûr, je t'écoute.

– Qu'est-ce que tu fais, pendant la journée, quand Mike est au boulot et que Phoebe et moi, on est à l'école ?

– Je ne sais pas, beaucoup de choses.

– Comme quoi, par exemple, si ce n'est pas indiscret ? »

Je me tourne pour lui faire face, elle se racle la gorge, regarde ailleurs. Une réaction involontaire de celle qui se retrouve sur la sellette, avec quelque chose à cacher. En secret, elle est soulagée que le trajet jusqu'au lycée ne dure que quelques minutes.

« Rien de bien palpitant. Un peu de shopping sur Internet, pour la maison. »

Oui, et après c'est la bonne qui s'occupe de ranger tout ça.

« Parfois, je retrouve les autres mères d'élèves, on parle de ce qui se passe au lycée. Mais les journées passent tellement vite... après c'est le soir, et vous êtes tous de retour.

– Tu as oublié le yoga. Tu adores le yoga, pas vrai ?

– Oui, c'est vrai, je ne sais pas pourquoi ça m'est sorti de la tête. J'adore ça. Enfin, la plupart du temps. »

Je laisse passer plusieurs secondes avant d'ajouter :

« Et ton prof aussi, tu l'adores. »

Son visage enduit de fond de teint change instantanément de couleur. Rougit. Ses lèvres se pincent. Elle retire sa main du levier de vitesses et se gratte nerveusement le nez. La tromperie. Je ne suis pas la seule à ne pas tout dire.

« Oui, c'est un excellent professeur.

– Je me demandais, il n'était pas là, hier soir, par hasard ? »

Elle me regarde. Je n'ai aucun mal à lire ce qui lui passe par la tête. Mais non, elle se dit, ce n'est pas possible, je suis sûre que la maison était vide. Elle détourne les yeux au moment de répondre.

« Eh bien, écoute, si. J'avais commandé un nouveau matelas et il est passé le livrer. C'était sur sa route, je crois. »

Son ton la trahit. Suraigu, l'espace d'une fraction de seconde. La voiture s'arrête : le feu rouge, une torture de plus. Pour elle. Pour moi, une source de plaisir. Puis de culpabilité. Je ne sais pas pourquoi je la taquine ainsi, pourquoi j'en tire autant de plaisir.

Je dis à Saskia que c'était vraiment gentil de sa part, de se déplacer en personne pour apporter le matelas. Elle opine, se demandant ce qui va suivre, mais je m'arrête là. Je ne lui dis pas qu'avant de refermer la porte du sous-sol hier soir, j'ai entendu des bruits. Je ne lui dis pas que j'ai descendu l'escalier jusqu'à la salle de sport et que je l'ai vue se faire prendre à même le sol par un homme deux fois plus jeune qu'elle. Salope. Je ne lui dis pas parce que, utilisés à bon escient, les secrets peuvent être très utiles.

« Je suis désolée, je ne peux pas approcher plus près, elle m'annonce en se garant le long du trottoir, devant l'agence immobilière qui se trouve à quelques dizaines de mètres de l'entrée du lycée.

– Pas grave. Je vais juste récupérer mes affaires dans le coffre. »

Quand je me tourne pour ouvrir la portière, je te vois. En une du journal, devant l'épicerie. Saskia me dit de me dépêcher, qu'elle gêne la circulation. Je descends de la voiture, referme la portière et récupère mon carton à dessin dans le coffre. Saskia m'adresse un petit coup de klaxon avant de s'éloigner. Je prends tout mon temps pour charger l'immense pochette sous mon bras, les yeux rivés sur toi. Derrière moi, quelqu'un me reproche d'être au milieu du passage. Je ramasse mes affaires et me dirige vers le passage piéton. Un petit bonhomme vert. Une foule d'élèves en uniforme qui traverse, je me joins à eux.

Je me dirige directement vers la salle commune. D'ordinaire, un endroit que j'évite, tout comme le couloir central, mais ce matin il y a une réunion obligatoire pour la pièce de théâtre organisée par l'école. Cette année, c'est *Sa Majesté des Mouches*. J'ouvre la porte. Phoebe est la première personne que je vois, elle a déjà troqué le survêtement contre l'uniforme. Quelques filles sont vautrées sur les canapés et les fauteuils. La plupart ne me regardent même pas, trop accaparées qu'elles sont par leur téléphone. Les doigts pianotent. Font défiler l'écran. Vers le haut. Le bas. L'enlèvement de femmes et d'enfants au Nigéria, ce n'est pas ça qu'elles lisent. Elles s'intéressent aux petites choses, à l'insignifiant. Les divorces de célébrités. Les mariages. Les bébés. Qui a trompé qui. De toute façon, elle l'a bien mérité, cette grosse vache. Des petits commentaires mesquins échangés. Les doigts accélèrent le rythme. Tip. Tap. Tip-tap. Effacent, elles veulent écrire autre chose. Incapables de se décider.

Je laisse mon carton à dessin à côté de la porte et, sans réfléchir, je ramasse un journal sur la table la plus proche et m'assois. Mon cœur bat plus fort dans ma poitrine quand je vois que c'est toi qui es en une. Mais ce n'est pas le moment de profiter, pas le moment de te regarder. J'ouvre le journal, peu importe la page, je n'arrive pas à me concentrer sur les mots de toute façon. Une ou deux minutes plus tard, Phoebe quitte sa place à côté de la fenêtre, s'approche de moi et m'arrache le journal des mains. Mon bouclier. Mon armure. Disparus. Elle te tient, ton visage dans sa main droite.

« Merci, Tête de cul. Tu sais à quel point j'aime me tenir au courant de l'actualité. »

Elle se laisse tomber dans le fauteuil en face de moi. Sa jupe d'uniforme, roulée au niveau de la taille pour arriver plus haut, révèle un reste de bronzage estival sur ses cuisses musclées. Petites socquettes – la semaine prochaine, ce sera collants en laine obligatoires, mais je suis sûre qu'elle trouvera un moyen de les rendre sexy. Elle relève les jambes et pose les pieds sur la table entre nous. Culotte apparente, journal posé sur les cuisses. De l'encre juste sous son genou, un dessin de cœur à côté d'une vieille cicatrice ovale. La regarder me ramène à toi – toi aussi, tu adorais laisser ta marque sur moi. Un moyen de montrer que je t'appartenais. Quand je pense à toi, j'ai tendance à regarder dans le vide. Un problème que j'ai. Plongée dans mes pensées. Dans ma tête, ça va à toute vitesse.

Je ne me rends pas compte que c'est ce que je suis en train de faire en ce moment même.

« Ça te plaît de mater la culotte des filles, c'est ça ? »

Je détourne le regard. Des éclats de rire emplissent la pièce. Des têtes se redressent, d'autres restent baissées vers leur petite cybertombe. Phoebe retourne à son journal. Du coin de l'œil, je la vois secouer la tête, et quand elle dit « Putain », je sais que c'est de toi qu'elle parle.

« Clondine ?

– Ouais ?

– Regarde, ça parle encore de la psychopathe qui a tué plein d'enfants.

– Ah ouais ? Ça dit quoi ?

– Une histoire de salle de jeux. Viens, je vais te montrer. »

Clondine quitte son fauteuil poire pour ramper vers Phoebe. Mon corps réagit. La panique. Frissons dans la nuque, gouttes de transpiration.

« Tu veux que je lise à haute voix ?

– Carrément. »

Je déglutis. Enfin, j'essaie, car des doigts invisibles m'enserrent la gorge. Un goût horrible dans la bouche. Ce n'est pas le moment de défaillir. Pas ici.

La curiosité éveillée. Fille après fille. Des guêpes attirées par du sucre. Elles s'installent autour de Phoebe, regardent pardessus son épaule. Elle sait gérer son public.

« Ruth Thompson, 48 ans, était une infirmière très appréciée au foyer pour femmes battues où elle travaillait avec des dizaines de femmes et d'enfants qui pensaient avoir enfin réussi à échapper au pire. Hélas, ils ne pouvaient pas deviner qu'ils venaient de rencontrer en Thompson le diable absolu. Thompson a été arrêtée en juillet et est accusée du meurtre de neuf enfants, commis sur une période de dix ans, entre 2006 et 2016. De nouveaux éléments de l'enquête semblent indiquer que les meurtres ont été perpétrés dans une chambre de son domicile du Devon qu'elle avait surnommée la "salle de jeux". Peu après son arrestation, les corps de huit enfants ont été retrouvés dans la cave de sa maison, et un neuvième corps dans ladite salle de jeux. Toutes les victimes sont âgées de 3 à 6 ans. Thompson vivait avec sa fille, une adolescente qui aurait fourni des preuves cruciales contre elle et aurait permis son arrestation.

– Quoi ? Elle était maman, en plus ? Oh putain, t'imagines vivre avec cette tarée ?

– Tu m'étonnes, tu dois passer ton temps à te dire que c'est toi la prochaine sur la liste.

– Et puis son délire de "salle de jeux" ? Mais quelle malade ! »

Le reste des mots que Phoebe lit – maltraitance, secrets, violence – se mélangent en un magma incompréhensible alors que je repense à ce que vient de dire Aimee : « Tu dois passer ton temps à te dire que c'est toi la prochaine sur la liste. »

Elle a raison, c'est effectivement ce que je pensais. Que mon tour viendrait. Mais tu ne pouvais pas me tuer, pas vrai ? Pas parce que tu m'aimais, pas parce que mon absence t'aurait été insupportable. Non. Tu m'as gardée en vie parce que tu avais besoin de moi. Je faisais partie de ton déguisement.

Quand Phoebe a fini de rire, le silence s'installe. Respirations retenues, saccadées. Des « Putain » prononcés à tour de bras. Marie la Frenchy détend l'atmosphère en disant que finalement, nos mères ne sont pas si terribles, pas vrai ? Des hochements de tête. Petit à petit, la meute se disperse, chacun regagne sa place. Les visages s'inclinent vers les écrans. Les doigts se remettent à pianoter. Cinq minutes se sont écoulées. Qu'est-ce qu'on a raté ? Sur les réseaux sociaux, le monde change en un clin d'œil. Pas Phoebe. Elle n'a pas baissé la tête vers son portable, elle me regarde fixement. Et la seule chose à laquelle je pense c'est que je suis ton portrait craché, et que, d'une manière ou d'une autre, elle sait.

« Alors, qu'est-ce que t'en dis, Tête de cul ? Tu penses qu'elle est coupable ? »

Ce n'est pas que je le pense. Je le sais.

« On verra bien ce que dira le jugement.

– J'ai pas l'impression que ça te choque, ce que je viens de lire. Mais c'est peut-être parce que toi aussi, t'es une détraquée psychopathe, c'est ça ? De toute façon, quand on se retrouve en famille d'accueil, c'est en général qu'on a un pète au casque. »

Je me détourne pour réprimer une brusque envie de pleurer, mais elle le voit comme une provocation. Elle déteste qu'on l'ignore.

« Tu te crois plus intelligente que les autres, c'est ça ? D'ailleurs, pourquoi t'as dit à Papa que t'avais perdu ton téléphone ? Et si je lui racontais ce que tu fais en dehors de l'école, hein, Milly la lycéenne cochonne ? C'est ce que disait l'annonce, non ? »

La façon dont elle le dit. Les mots s'échappent naturellement de ses lèvres. Brillantes. Divines. Comme la plupart des filles dans la pièce, je me tourne pour lui faire face. Clondine nous filme en ricanant, le téléphone au bout du bras. Comme d'habitude. La vidéo sera vue et revue mille fois. Retravaillée. Tout pour faire le buzz sur Facebook ou Instagram. La cloche sonne le début des cours. Quelqu'un demande où est Mlle Mehmet. Une douleur lancinante, ma main dans la poche de ma veste, je n'ai pas besoin de regarder pour savoir que je me suis gratté la peau du pouce jusqu'au sang. Je sais l'heure qu'il est, vu que la cloche vient de sonner, mais je consulte quand même l'horloge au mur afin d'échapper au regard perçant de Phoebe. Le coussin qu'elle me lance rebondit sur ma tête et me fait sursauter. J'ai les nerfs à vif après l'avoir entendue lire cet article sur toi, après l'avoir entendue dire que tu avais une fille.

Moi.

On s'apprête à aller en permanence quand Mlle Mehmet arrive enfin. Elle fait une entrée fracassante, en bonne prof de théâtre qu'elle est ; elle annonce qui va jouer quel rôle, et demande des volontaires pour s'occuper des coulisses et de la construction des décors. Les auditions avaient lieu jeudi, le jour où je suis restée à la maison avec une migraine, mais elle me désigne néanmoins souffleuse et nous rappelle au passage d'utiliser le forum en ligne de notre classe pour proposer des idées.

« Donnez-vous rendez-vous pour répéter, les filles. Immergez-vous dans votre personnage. Cette pièce, il faut la manger, la dormir, la boire. Je veux que vous me donniez le meilleur de vous-mêmes. »

La salle se vide, je reste derrière. J'enlève les plis que Phoebe a laissés sur ton visage après t'avoir lue. Je te pose au-dessus de l'étagère, car l'idée que l'on te gribouille ou que l'on t'utilise comme sous-verre m'est insupportable. Une minute après avoir quitté la pièce, je reviens, arrache la page avec ta photo et la glisse dans la poche avant de mon sac à dos.

En fin de matinée, je me connecte au forum. Un endroit privé, un espace privé, une preuve de confiance de la part de la directrice vis-à-vis de notre classe. Une élève en charge du mot de passe. Phoebe Newmont, évidemment. Des citations et des poèmes. Des devoirs. Et maintenant, des vidéos. La dernière en date intitulée « Tête de cul se prend un coussin ». Les commentaires sont principalement des émojis qui pleurent de rire. Izzy a écrit « J'en redemande ».

J'ai tellement essayé de ne pas croire les choses que tu me disais – il n'y a que toi et moi, Annie, personne d'autre ne voudra de toi. J'opinais, disais qu'évidemment, tu avais raison. Programmée pour obéir. Mais la nuit, tard, quand la peur que ton ombre vienne me rendre visite me tenait éveillée, je rejetais tes mots dans ma tête. Je m'accrochais à l'idée qu'un jour, quelqu'un m'aimerait et m'accepterait pour ce que j'étais. Mais pour l'heure, il n'y a aucune chance que ça arrive, Phoebe y veille. Elle a tout de suite décidé que non seulement elle ne m'aimait pas, mais que, du coup, personne ne devait m'aimer non plus. Elle a du pouvoir, elle aussi. Comme toi.

Ça fait mal d'être la victime désignée de Phoebe. Mais d'une certaine manière, c'est aussi une forme d'inclusion. Une occasion d'apprendre, et Dieu sait que j'ai soif d'apprendre. À présent, je suis mon propre professeur, même si tes leçons résonnent toujours dans ma tête. Je me souviens d'un week-end, où j'étais venue t'aider à ton travail. Je jouais avec les enfants pendant que tu t'occupais des mamans. Une des femmes a dit que j'étais belle. Magnifique. Dans la voiture, sur le chemin du retour, tu m'as dit que la beauté, c'était le pouvoir.

Et le camouflage.

Ça a marché pour moi, ça marchera pour toi, tu m'as dit.

Je t'ai demandé ce que tu voulais dire. C'est la nature, tu m'as répondu. La beauté aveugle les gens, les attire. Une belle grenouille colorée, une araignée qui sourit. La jolie teinte bleue sur sa tête distrait la proie. Mais la toile est épaisse, collante.

Et quand la proie comprend, c'est trop tard. Qu'est-ce qu'elle comprend, Maman ? Tu m'as souri, puis tu m'as pincé très fort la cuisse et tu as répondu : qu'elle ne peut pas s'échapper.

Ta voix, la façon dont tu racontais les histoires. À la fois captivante et terrifiante. Je me souviens d'avoir pensé que je ne voulais pas aveugler les gens ou les distraire pour qu'ils ne puissent plus s'échapper.

Je ne voulais pas être comme toi.

10

Quand j'ouvre mon ordinateur ce samedi matin, tous les sites d'informations parlent de toi. Des éléments qui ont fuité, et que les journalistes se sont empressés de relayer. Un des articles raconte :

> Au procès, les jurés entendront non seulement le témoignage de la mère de Daniel Carrington, la dernière victime de Thompson, mais également celui d'un médecin légiste qui répondra à des questions sur la mort de l'enfant, retrouvé dans la chambre de cette maison des horreurs que Thompson elle-même avait surnommée la «salle de jeux». Pour l'heure, nous ne sommes pas en mesure de dire s'il s'agit là d'une procédure normale, ou si c'est la défense qui a demandé à interroger le médecin légiste. Thompson est détenue à la prison de Low Newton, et la date du procès n'a pas encore été rendue publique.

Je n'arrive pas à me montrer rationnelle. À me dire que si la défense cherche à se concentrer sur la mort de Daniel, c'est parce que c'est la victime la plus récente et que les preuves sont encore exploitables. Mais je te connais. Je sais que c'est toi. Toi, qui leur as dit de se focaliser sur lui, parce que c'est comme ça que tu peux me faire le plus mal. Je connaissais Daniel du foyer. Lui et sa mère. Je pense à elle tout le temps. À elle et à toutes les autres, à comment elles ont dû se sentir quand elles ont appris ce que tu avais fait aux enfants qu'elles t'avaient confiés. Des monstres en guise de mari, mais toi... quelque chose de bien pire encore. Toi aussi, tu penses à ce que tu as fait, mais pas de la même manière. Toi, c'est pour assouvir tes besoins macabres, pour profiter de ta nouvelle popularité, et pour voir jusqu'où tes mensonges t'entraîneront. Je pense également aux jurés. Je me demande comment ils seront, et je les plains. Ces choses qu'ils vont entendre, ce qu'on va leur montrer... Il leur faudra des mois, des années, pour arrêter de voir. Pour arrêter d'imaginer. Si par chance ils y arrivent.

La seule photo dans la presse, je ne sais pas où les journalistes l'ont obtenue, je ne l'avais jamais vue auparavant. Les gens observeront ton visage, tes yeux, et diront : regardez-la, ça se voit tout de suite que c'est un monstre, elle me fait vraiment froid dans le dos. Et toi, tu t'en ficheras, tu fais confiance à ta beauté. Les gens t'aiment bien. Certains des hommes et des femmes en uniforme finiront par oublier qui tu es, ils parleront de la pluie et du beau temps avec toi. Ils plaisanteront, qui sait ? Tu es si charmeuse.

Et puis il y aura aussi un intérêt professionnel autour de toi, des gens qui voudront t'interviewer, faire des scanners de ton cerveau pour essayer de te comprendre. Les tueuses qui opèrent seules (je sais, j'étais là, moi aussi, mais n'empêche) sont rares. Et puis il y aura tous les autres, ceux qui rôdent dans l'ombre, qui observent, comme ceux que tu as invités à mon anniversaire. Les admirateurs. À mon avis, tu recevras un sacré nombre de lettres. Une ou deux demandes en mariage. La reine d'un monde trop noir pour qu'on accepte de reconnaître son existence. Le monde des gens ordinaires habités par un mal extraordinaire. Le cerveau des psychopathes est particulier – j'ai fait mes calculs : quatre-vingts pour cent la génétique, vingt pour cent l'environnement.

Et donc moi.

Cent pour cent foutue.

Je suis contente que ce soit le week-end, qu'il n'y ait pas école. La première semaine de cours est terminée, et j'ai survécu. Jeudi soir, Mike a laissé un nouveau téléphone portable devant la porte de ma chambre. Je me baisse pour le débrancher. Puis je me lève et ouvre les rideaux de la porte-fenêtre – le ciel est bleu, sans nuages. Au cours des prochaines semaines, avec l'arrivée du mois d'octobre, le soleil sera de plus en plus bas. Quand j'étais petite – je devais avoir 3 ou 4 ans –, j'adorais la pénombre de l'hiver. On allumait un feu dans la cheminée du salon et, parfois, on faisait griller des marshmallows. À cette époque-là, il n'y avait pas encore que nous deux à la maison. Papa et Luke étaient là, eux aussi. Je n'aime pas penser à mon frère, comment il a réussi à s'enfuir, comment il m'a abandonnée. Un sentiment enfoui très profond en moi. D'après le psychologue du centre, c'est une chose sur laquelle je devrais travailler sur le long terme, une fois que le procès sera terminé. Je me souviens des fois où je regardais comment tu te comportais avec Luke et où j'étais jalouse. Si j'avais su.

Un morceau de papier coincé sous une des jardinières du balcon attire mon regard. J'ouvre la porte et le ramasse. Un numéro de téléphone. La lettre M en dessous. Petite maligne. C'était pourtant risqué, de s'approcher si près de la maison. Je lui envoie un message pour lui dire que c'est moi. Elle répond aussitôt, me demande si on peut se voir plus tard. J'accepte. Elle me dit de la retrouver à 15 h au fond du jardin. Et de mettre un sweat à capuche. Je retourne m'allonger au chaud sous la couette ; j'aime la sensation que me procure le message de Morgan. Je n'avais pas beaucoup d'amis, dans mon ancien lycée, et les invitations à passer la nuit chez les autres se sont vite raréfiées à force d'être toujours à sens unique. Forcément.

Pour une fois, j'ai bien dormi. Je me sens reposée et j'ai faim. Je cherche Rosie, mais dans l'entrée, son panier à côté du radiateur est vide, et je me souviens que Mike m'a dit qu'il lui arrivait de l'emmener au travail, de peur qu'elle ne s'ennuie à la maison.

Il y a un mot sur la table de la cuisine :

« Je suis passé te voir, mais tu dormais profondément ! Est-ce que tu pourrais nous envoyer un SMS avec ton nouveau numéro ? Je serai au travail toute la journée, mais Saskia est dans le coin. »

Je me sers un bol de céréales que j'avale debout, appuyée contre la cuisinière. J'entends la porte d'entrée qui s'ouvre, le bruit de la vieille cloche qui la surplombe, puis des pas dans l'escalier.

« Y'a quelqu'un ? »

Personne ne répond, je me dirige donc vers le vestibule. Un sac à main, jeté par terre, ouvert. Celui de Saskia. Je m'approche : sur le dessus, bien visible, son portefeuille, bourré de reçus. Elle est dépensière, ça lui fait du bien d'acheter des choses. Je m'apprête à repartir quand j'aperçois quelque chose qui dépasse du compartiment cartes du sac. Je regarde de plus près, puis retourne à la cuisine débarrasser les affaires du petit déjeuner. Quand j'entends ses pas dans l'escalier, j'attends et fais en sorte de retourner dans le vestibule au même moment qu'elle.

« Ah tiens, bonjour ! Je ne savais pas que tu étais descendue. Tu as bien profité de ta grasse matinée ? » elle me demande.

Elle a un matelas de yoga sur l'épaule, bien protégé dans un sac en soie cousu main – un cadeau de Mike, sans doute, ou de Benji, son prof.

« Oui, merci.

– Qu'est-ce que tu as prévu de faire, aujourd'hui ? Si ça te dit, tu peux venir au yoga avec moi. »

Des jambes de sauterelles. Un lycra brillant qui lui moule l'entrejambe. On devine ses lèvres. Épilées intégralement, à coup sûr. Elle n'est pas timide.

« Non, merci, j'ai une tonne de devoirs à faire – j'ai l'impression que tout le monde est tellement en avance, par rapport à mon ancien lycée.

– Ne t'en fais pas, tu auras vite rattrapé ton retard. Ça ne te dérange pas que je te laisse seule à la maison ? Si tu veux, je peux rester, hein ?

– Non, non, pas de problème.

– Je reviens dans une heure et demie, si ça te dit de faire quelque chose à ce moment-là.

– Je crois que je vais aller voir une amie.

– Une fille de l'école ?

– Oui. »

Elle regarde à son poignet une montre qui n'existe pas. Elle a hâte de partir.

« Bon, il faut vraiment que j'y aille », elle me dit.

Elle s'apprête à refermer la porte quand je l'appelle.

« Saskia ?

– Oui.

– Ça m'embête de te demander ça, je sais qu'avec Mike, vous êtes déjà tellement généreux, mais est-ce que tu pourrais me donner un peu d'argent, si jamais je veux prendre un chocolat chaud ou quelque chose comme ça ?

– Oh, oui, bien sûr. Attends, je sors mon portefeuille. D'ailleurs, il faudrait qu'on voie à te donner de l'argent de poche. C'est ce qu'on fait avec Phoebe. J'en parlerai à Mike, ce soir. »

Je m'approche d'elle.

« Vingt livres, ça ira ? »

Je fais oui de la tête.

« Tiens, Milly.

– Merci. Amuse-toi bien, au yoga.

– On va essayer.

– Brise bien ton couple.

– Pardon ?

– Et sois bien souple.

– Ah, d'accord », elle répond.

Quand elle reculera, au volant de sa voiture, d'ici quelques secondes, elle aura encore des papillons dans le ventre. Arrête d'être parano, elle se dira. Sauf qu'elle a vraiment de quoi l'être.

Le moment venu, je descends dans le jardin retrouver Morgan. Le soir où je lui ai donné mon téléphone, j'ai déverrouillé le portail, et c'est sûrement en passant par là qu'elle a découvert l'échelle de secours qui menait à mon balcon. Elle a l'air pressée de partir. Elle veut m'emmener quelque part.

« Mets ta capuche, elle me dit. Et suis-moi ! »

Quand on arrive au bout de l'allée, on traverse la rue pour entrer dans la cité où elle habite. Je me sens minuscule au milieu des barres d'immeubles en brique. Il y a quelques passants, mais globalement personne ne fait attention à nous. Certaines des fenêtres sont allumées, la plupart des balcons sont chargés de vélos d'enfants, de machines à laver, de saletés.

« Allez, dépêche-toi, espèce d'escargot ! » elle me dit.

On contourne la tour la plus excentrée pour se retrouver devant un escalier.

« On va où ? je demande.

– Jusqu'en haut, elle répond en m'indiquant le sommet de la tour. On fait la course ? »

Elle part en premier, mais j'ai vite fait de la rattraper. Seize étages, pas de lumière dans les escaliers. Une porte, en haut. De la peinture rouge qui s'écaille. La seule couleur au milieu du gris des murs en béton. On s'arrête pour reprendre notre souffle, on se regarde en souriant. Elle retire sa capuche, je fais de même.

« Allez viens », elle me dit.

Elle ouvre la porte, et des bourrasques nous accueillent à l'instant où on sort. De grandes gifles froides. Morgan me prend par la manche et m'entraîne vers le côté gauche. On s'approche du bord du toit, et je peux voir le monde qui s'étale en contrebas. Des voitures, des bus, et des gens qui ne se doutent pas une seconde que nous sommes là-haut, à les observer. Elle me montre un endroit où la barrière de sécurité n'est plus là et me dit de faire attention.

Je hoche la tête. On se dirige vers une imposante bouche de ventilation, une immense hélice coincée dans un cube en métal.

« Le vent est moins fort, par là », elle m'explique.

Par terre, il y a des éclats de verre, une bouteille de coca vide. Une caisse en plastique, deux, peut-être plus. Des mégots éparpillés. C'est moche, et pourtant c'est beau. Un endroit où être anonyme.

« Qui d'autre vient ici ?

– Pas grand monde. Surtout moi, en fait. J'habite pas dans cette tour, mais parfois je viens là pour m'échapper. »

Je comprends ce qu'elle veut dire, ce besoin de s'échapper, parfois. Souvent.

« Sinon, le portable que je t'ai donné, il marche bien ?

– Super, il était déjà débloqué, donc j'ai juste eu à trouver une nouvelle carte SIM. Facile. Tu veux le récupérer ?

– Non, c'est bon, j'en ai un nouveau. Garde-le.

– T'es sûre ?

– Mais oui. Et puis j'ai autre chose pour toi. »

Je sors de la poche de mon jean le petit morceau de papier que j'ai volé dans le sac à main de Saskia et le lui tends.

« Non, j'y crois pas ! Où est-ce que t'as trouvé ça ?

– Dans le sac à main de la mère de ma famille d'accueil.

– Truc de fou ! »

Je la regarde le déplier tout doucement, jusqu'à ce qu'il soit bien ouvert au creux de sa main. Elle s'agenouille, me dit qu'elle en a déjà pris deux ou trois fois à des fêtes. Avec son auriculaire, elle dépose un peu de poudre blanche sur son ongle, puis elle se penche, se bouche une narine et aspire la drogue de l'autre. Puis elle me tend le papier et s'allonge aussitôt, une étoile de mer sur le béton. Quand elle a les yeux fermés, je fais croire que j'en prends aussi. Enfin, je replie le papier et m'allonge à côté d'elle.

« Putain, ça fait du bien, elle me dit.

– Grave.

– Bon, alors comment ça se passe, avec la pétasse ?

– Je fais de mon mieux pour ne pas la croiser.

– T'as bien raison, ça se voit tout de suite que c'est une salope, celle-là.

– C'est clair.

– Et sinon, pourquoi t'es allée fouiner dans le sac à main de la vieille ?

– Je sais pas trop, je m'ennuyais. Et j'aime bien l'embêter.

– Alors c'est ton truc, d'embêter les gens ?

– Pas vraiment. D'ailleurs, c'est vraiment pas sympa, elle m'a rien fait. Pour tout te dire, je crois qu'elle a un peu peur de moi.

– Peur de toi ? N'importe quoi. De quoi elle pourrait avoir peur ? »

De mon passé, pour commencer.

« De rien. Tiens, reprends donc un peu de coke. »

La question de Morgan me déroute, et me pousse à réfléchir à ce qui vit à l'intérieur de moi. À me demander s'il est possible d'échapper au monstre tapi dans mon ADN.

Elle reprend une trace, puis se lève d'un coup et me demande si j'ai envie de voler.

« Allez, viens, je vais te montrer. »

On se dirige vers le bord du toit, le trou dans la barrière de sécurité. Le vent est plus fort, le ciel plus sombre. Elle est derrière moi, me pousse vers l'avant, vers le trou. Grimpe, elle me dit, grimpe sur le bord. Mon corps est rigide, mes jambes refusent d'obéir. Elle voit ça comme un jeu, mais je n'ai aucune envie d'y jouer.

« Allez, monte, tu ne tomberas pas. Je le fais tout le temps. Et écarte les bras comme si t'étais un aigle.

– Non, il y a trop de vent. »

Elle me traite de mauviette, puis elle s'avance et pose un pied sur le parapet. Là, elle prend quelques secondes pour se stabiliser avant de se lever, tout doucement.

Un faux pas.

Et.

Soudain, c'est comme si un interrupteur s'était allumé dans mon corps.

« Tu vois, elle me dit en riant. C'est pas dur. Pas pour moi, en tout cas. »

Mais c'est ta voix qui m'arrive, à présent. Tu es en colère, déçue. ELLE SE MOQUE DE TOI, ANNIE, CE N'EST PAS POSSIBLE,

DÉBROUILLE-TOI POUR LUI FAIRE PAYER. Non, je n'ai pas envie. Je voudrais m'éloigner, mais à la place, je fais un pas vers elle. Il y a comme un courant électrique qui parcourt ma colonne vertébrale. Depuis que tu es partie, je ne sais plus qui je suis, je me sens morte. MAIS SI, TU SAIS QUI TU ES, ANNIE, MONTRE-MOI. Je fais un pas de plus, mes mains sont juste derrière Morgan, et peut-être que je l'aurais fait, peut-être que j'en suis capable. Que je suis capable de pire. Mais elle saute en arrière et se tourne vers moi, le sourire aux lèvres. Je remarque qu'elle a une dent cassée. Quand je la regarde, je me sens toute honteuse.

« Poule mouillée, elle me lance. Bon, qu'est-ce que tu veux faire, maintenant ?

– Comme tu veux.

– Viens, on retourne derrière le conduit et on se reprend un peu de coke.

– D'accord. »

Quand nous sommes de nouveau allongées l'une à côté de l'autre, je demande à Morgan pourquoi elle voulait voler, pourquoi elle voulait faire comme si elle était un aigle.

« Pour m'enfuir, j'imagine. Partir ailleurs.

– Une fois, quelqu'un m'a raconté l'histoire d'une fille qui avait tellement peur qu'elle priait pour qu'on lui donne des ailes d'aigle.

– De quoi elle avait peur ? »

De la personne qui lui racontait l'histoire.

« Il y avait quelque chose qui la poursuivait, et elle avait beau courir aussi vite et aussi loin que possible, cette chose était toujours juste derrière elle.

– C'était quoi ?

– Un serpent. Il attendait que la fille soit trop fatiguée de courir et qu'elle s'endorme pour venir.

– Et qu'est-ce qu'il lui voulait, à la fille ?

– En fait, ce n'était pas vraiment un serpent. Ça ressemblait à un serpent, mais ce n'en était pas vraiment un.

– C'était quoi, alors ?

– C'était une personne, qui voulait faire comprendre à la fille que si jamais elle essayait de partir, elle la retrouverait.

– Comment une personne peut se transformer en serpent ?

– Parfois, les gens ne sont pas ce qu'ils prétendent être.

– Et la fille, elle arrive à s'échapper ? »

Pas dans la version que tu me racontais, Maman.

« Je ne sais pas.

– Pourquoi tu sais pas ?

– Parce que la fille et le serpent ont disparu et que personne ne les a revus depuis.

– Tu penses qu'il la poursuit toujours ?

– C'est possible. »

Probable, même.

« En tout cas, moi, je suis contente de pas avoir un serpent après moi.

– Oui, tu as de la chance.

– Est-ce que tu en connais d'autres, des histoires ?

– Oui.

– Tu veux bien m'en raconter encore une ?

– Peut-être une autre fois. »

J'ai obtenu ce que je voulais : Morgan et moi sommes amies, mais maintenant, j'ai peur.

Un faux pas.

Et.

Tu t'es moquée de moi dans ma tête, tu m'as dit TU NE VOIS DONC PAS, ANNIE ?

TU NE VOIS DONC PAS QUI TU ES ?

11

Quand je rentre à la maison, je remarque que le pardessus de Mike est accroché au portemanteau, dans l'entrée. Il a dû rentrer plus tôt que prévu du travail. Je récupère mon iPod dans ma chambre – je n'ai pas envie d'y rester – et me dirige vers l'alcôve à l'extérieur du bureau de Mike. J'aime bien m'installer là, parce que c'est l'endroit parfait pour écouter ses conversations téléphoniques, et qu'il y a toujours des piles de livres qu'il ne sait pas où ranger. La plupart ont « psycho » dans le titre. Psychothérapie. Psychologie. Et mon préféré, un livre à la couverture rouge sur l'étude des psychopathes. L'étiquette que t'ont collée les médias. Un très gros livre, beaucoup de chapitres. Jamais je n'aurais cru qu'il y avait tant à dire sur toi.

C'est le chapitre sur les enfants de psychopathes qui m'intéresse le plus. La confusion que ressent un enfant quand la violence se mélange à la tendresse. Tirer-pousser. Une vigilance accrue qui se développe à force de ne jamais savoir à quoi s'attendre, tout en sachant que quelque chose va arriver. Je connais ce sentiment, je l'ai ressenti tous les jours, avec toi. Comme la fois où les plombs ont sauté à la maison – la tempête à l'extérieur. Pire à l'intérieur. Tu m'as tendu une lampe torche et tu m'as dit de descendre à la cave pour rallumer l'interrupteur du circuit électrique. Je t'ai dit que j'avais peur, que je ne voulais pas – car je savais qu'il n'y avait pas seulement des cartons et des vieux meubles, en bas. Tu as coincé la lampe sous ton menton et tu m'as dit que tu viendrais avec moi. Un piège, évidemment. Tu m'as poussée, et tu as refermé le verrou derrière moi. Je me suis agrippée à la porte, j'ai compté à rebours depuis cent, plusieurs fois, et j'ai fini par perdre connaissance. Ce sont tes coups de pied qui m'ont réveillée. Je t'avais déçue, c'est ce que tu m'as dit, parce que j'étais faible et que j'avais peur. Tu as promis que tu m'endurcirais, que tu m'apprendrais à être exactement comme toi. Cette nuit-là, j'ai rêvé de vengeance, mais je savais que même si tu étais morte, ton fantôme traverserait les murs pour me retrouver.

J'entends le téléphone sonner dans le bureau de Mike. Il répond aussitôt, comme s'il attendait un appel. Je retire mes écouteurs, même si je n'avais pas mis de musique – le truc, c'est d'avoir l'air absorbée. De toute façon, Mike me fait confiance. Il n'a aucune raison de se méfier de moi.

Pas encore.

Un silence, et puis, bonjour, June, non tu ne me déranges pas. J'ai des comptes rendus de consultations à rédiger, mais ça m'ennuie d'avance. Tu m'étonnes. Ça, c'est clair. Oui, elle va bien, ça se passe à merveille à l'école, elle travaille dur. J'essaie de convaincre Phoebe de prendre exemple sur elle.

Des rires.

Il ne dit rien pendant plusieurs secondes – June doit être en train de parler –, puis il répond, mon Dieu, pauvre petite, ils ne vont vraiment rien lui épargner. Je n'arrive pas à y croire.

Une explosion dans ma poitrine.

Mike se tait, il écoute à nouveau, puis il répond, oui, bien sûr, je lui parlerai de ce qui se passe au procès, mais je ne lui dirai pas ce que raconte sa mère. En tout cas, merci de te décarcasser comme ça pour elle, June. Oui, on est bien d'accord, c'est une jeune fille épatante.

Clic. Fin de la conversation.

Je remets mes écouteurs et glisse le livre rouge sous un coussin juste avant que Mike ne sorte de son bureau. Je fais comme si je ne l'avais pas remarqué, et je bats la mesure de la musique imaginaire que j'écoute. Il me fait signe. Je souris, fais mine d'appuyer sur le bouton pause de mon iPod et retire mon casque.

« Salut, Milly, tu as passé une bonne journée ? il me demande.

– Oui, merci.

– Qu'est-ce que tu lis ? »

Un gros livre rouge qui parle de Maman. Et de moi.

Je lui montre *Sa Majesté des Mouches*, l'autre livre que je lis en ce moment.

« C'est pour l'école, j'explique. Mademoiselle Mehmet pense qu'on devrait lire au moins un grand classique par mois. Et c'est aussi la pièce de théâtre qu'on va faire cette année.

– Chouette. Tu vas jouer un rôle ?

– Je n'étais pas là pour les auditions, mais mademoiselle Mehmet m'a demandé de faire souffleuse, et je vais aussi aider en coulisse, m'occuper des décors, ce genre de choses.

– Génial. Et Phoebe, elle a eu un rôle ? »

Évidemment qu'elle a eu un rôle. Tu ne vas pas me faire croire que t'es pas au courant que c'est elle qui dirige l'école.

« Oui, elle jouera la narratrice. Beaucoup de texte à apprendre par cœur.

– Elle ferait bien de s'y mettre, alors. Et sinon, ce livre, il est bien ?

– J'aime beaucoup.

– Qu'est-ce qui te plaît dedans ?

– Il n'y a pas d'adultes.

– Merci, c'est gentil, il s'esclaffe.

– Non, ce n'est pas ce que je voulais dire.

– Je te taquine. Mais du coup, qu'est-ce qui te plaît, dedans, le fait que les enfants n'ont pas de parents ?

– Mais ils ont des parents, c'est juste qu'ils ne sont pas avec eux, sur l'île.

– Effectivement. Mais si je me souviens bien, il y a des scènes assez dures, non ?

– Oui, il y a la mort de Porcinet.

– Et il n'y a pas un dénommé Simon qui meurt, lui aussi ? »

Il remarque que je n'en ai pas parlé. Le psychologue en lui veut pousser plus loin.

« La mort de Simon est particulièrement atroce, tu ne trouves pas ? » il me demande.

Je marque une longue pause avant de répondre, pour donner l'impression que je réfléchis.

« Si. »

Ce que je voudrais lui dire. La vérité. L'idée que des gens, que des enfants s'entretuent ne me dérange absolument pas.

Au contraire, c'est quelque chose que je connais bien. Pour moi, c'est la maison.

Il s'assoit à côté de moi. Il a remonté les manches de sa chemise – des poils de couleur claire sur ses avant-bras, une montre qui doit coûter très cher. Il est assez proche pour me toucher, mais il ne le fait pas.

« J'étais au téléphone avec June. Elle voulait qu'on se tienne au courant, parce qu'elle part en vacances pour quelques jours. »

Et elle voulait surtout lui rapporter ce que tu leur as dit, Maman. Un engrenage supplémentaire à ton plan machiavélique.

« Est-ce qu'il y a du nouveau au sujet du procès ? je demande. Est-ce qu'on sait si je vais témoigner en personne ou pas ?

– Pour l'instant, rien de concret, mais elle m'a dit que les avocats étaient en train de dresser une liste de questions sur lesquelles il faudra qu'on travaille.

– Des questions ?

– Oui, des choses qu'on risque de te demander.

– Ça veut dire qu'ils vont m'interroger ?

– Pour l'instant, nous n'en savons rien, et je me doute que c'est quelque chose qui te fait très peur, mais je te promets que je viendrai t'en parler dès que j'en saurai plus. »

Il se lève, propose de me faire un sandwich – il essaie de me distraire, de m'empêcher de poser plus de questions. Je traverse la maison à ses côtés.

« Ça me fait penser, j'ai oublié de te le dire hier, mais ce soir, nous dînons tous ensemble.

– Ah oui ?

– Oui. Toi, moi, Saskia et Phoebe. »

Passe-moi le sel, Tête de cul.

Je me demande comment ça passerait, à table.

« On pensait manger vers 19 h, ça te va ?

– Oui. »

Je passe les heures suivantes à dessiner et à écouter Phoebe à travers le mur, qui enchaîne les conversations téléphoniques. Je m'imagine frapper à sa porte et agir comme si c'était la première fois que nous nous rencontrions.

On oublie tout ce qui s'est passé jusqu'ici, je lui dirais. On recommence à zéro. On pourrait même être amies.

Quand arrive l'heure du dîner, je descends à la cuisine – il y a quelque chose en train de rôtir dans le four et il règne dans la pièce une chaleur étouffante. Mike doit le sentir, lui aussi, car il ouvre la fenêtre juste après mon arrivée. Phoebe est adossée à l'évier, les yeux rivés sur son portable. Il y a une bouteille de vin rouge ouverte sur le plan de travail, à côté de la radio éteinte – personne ne veut prendre le risque que j'entende parler de toi.

« Ça sent bon », je commente.

Phoebe relève la tête et pouffe, un petit bruit méprisant qui vient du fond de la gorge. Mike la regarde en secouant la tête, tandis que Saskia se détourne pour touiller la sauce dans la casserole.

« Et cette odeur, c'est le poulet rôti légendaire de Saskia, dit Mike.

– Légendaire, parce qu'il est tellement sec que tu vas te faire des courbatures à la mâchoire. Vous savez qu'il est pas trop tard pour commander chinois, hein ? »

Personne ne relève le commentaire de Phoebe, qui retourne aussitôt à son portable. Je suis nouvelle dans cette famille, mais je vois bien que Saskia est incapable de tenir son rôle de mère, d'être forte. Je regarde Phoebe, et ça m'attriste qu'elle ne se rende pas compte qu'elle et moi ne sommes pas si différentes.

« Bon, Phoebe, lâche un peu ce téléphone. Et aide Milly à mettre la table, dit Mike.

– Géniale, la soirée.

– Et si tu essayais d'être un peu plus positive, ma chérie, tu verrais, ça se passerait mieux », intervient Saskia.

Mais sa remarque arrive trop tard, des années trop tard. Pourquoi a-t-elle délaissé son rôle pendant si longtemps ?

« C'est toi qui me dis d'être plus positive ?

– S'il vous plaît, les filles, je ne pense pas que ce soit nécessaire, je vous rappelle que Milly est là. »

Un château de cartes construit de manière laborieuse et qui oscille, menace de s'écrouler. Une famille bien fragile.

Personne ne parle, on n'entend que le bruit des pattes de Rosie sur le carrelage alors qu'elle entre dans la cuisine en agitant la queue, la truffe relevée. Un éternuement de plaisir quand elle sent le poulet à présent sorti du four. Elle s'approche.

Mike se penche et la gratte derrière les oreilles, son endroit préféré, puis il lui dit, allez, ma vieille, dehors, et il la fait sortir. Phoebe et moi mettons la table pendant que Saskia sert les légumes dans des plats blancs. Quand Mike revient, il affûte soigneusement un long couteau, puis il se met à découper le poulet. Il ne me demande pas de poser la main à plat sur la table pour qu'il puisse planter son couteau entre chacun de mes doigts, le plus vite possible. Ce n'est pas ce genre de famille.

Une fois qu'on est assis, il faut encore quelques minutes à se passer les plats d'un bout à l'autre de la table avant que tout le monde soit prêt à manger. Mike sert le vin, un verre pour Saskia, un verre pour lui et un demi-verre pour Phoebe. Quand il me propose, je le remercie et lui dis que l'eau me va très bien. Phoebe dit que je suis un bonnet de nuit et tout le monde rit de bon cœur, mais je sais que dans sa tête, elle a mille insultes à mon égard.

« À la vôtre », déclare Mike en levant son verre.

Personne ne l'imite.

« Milly m'a dit que vous alliez monter *Sa Majesté des Mouches*, ce trimestre ? »

Il tape dans le mille, il n'y a pas à dire, il sait y faire.

« Ouais, et j'ai quasiment le rôle le plus important, je suis la narratrice. Mademoiselle Mehmet dit que c'est parce que j'ai une belle voix.

– Eh bien ! Ça fait plaisir à entendre, pas vrai, Saskia ? »

Elle acquiesce, mais le cœur n'y est pas. Elle se voit sûrement en train de baiser avec Benji, ou claquer la porte derrière elle pour ne jamais revenir. Elle a l'œil vitreux, et elle n'arrête pas de se toucher le nez. Mike n'est pas aveugle. Il choisit de ne rien voir. Elle s'est réapprovisionnée. Et elle est défoncée. Baisée. Elle se fait baiser. Elle se fait défoncer. Elle se défonce.

« Allô, Milly, ici la Terre », dit la voix de Mike, au loin.

Une fois de plus, je me suis laissée aller à fixer quelqu'un. Cette fois, c'était Saskia.

« Paye ton regard de serial killer », s'esclaffe Phoebe.

Saskia se redresse, essaie d'avaler une bouchée. Mike dit, bon ça suffit, maintenant. La conversation se poursuit. Insipide. Quelconque. On continue à manger. Phoebe avait raison, le poulet est sec. Mike lui demande si elle arrive à retenir ses répliques, lui conseille de prendre exemple sur moi et de lire et relire le texte plusieurs fois. Un chiffon rouge agité sous le nez du taureau, une allumette approchée d'une mèche.

« Putain, mais j'en ai marre, Papa. Je travaille comme une tarée à apprendre mes répliques, et toi, tu le vois même pas. C'est pas juste. »

Elle vide son verre de vin d'un trait, la chaleur de l'alcool ne faisant qu'amplifier sa rage.

« Si tu continues à parler comme ça, tu sors de table, c'est clair ? Quand je pense que ta mère s'est décarcassée pour nous préparer un si bon repas.

– Je crois qu'on n'a pas mangé la même chose », elle réplique.

Saskia ouvre la bouche pour dire quelque chose, mais elle se ravise, elle n'a pas le même cran que sa fille. Elle finit par se lever de table pour aller aux toilettes – son nez a faim.

« Ça va, c'était juste une blague, faut se calmer, dit Phoebe.

– C'est mon dernier avertissement, Phoebe, je ne plaisante pas. »

Elle plante sa fourchette dans une pomme de terre, se tourne vers lui et lâche :

« C'est bon. »

Mike se passe la main dans les cheveux en soupirant, puis il me demande si je veux reprendre du poulet.

« Non merci, j'ai déjà trop mangé.

– Et moi, on me propose pas ?

– Tu en veux ?

– Non, mais je veux bien reprendre du vin.

– Non, pas ce soir. »

Trop tard. Elle attrape la bouteille et remplit son verre, en en mettant la moitié à côté. Elle a déjà les lèvres violettes.

« Non, je ne crois pas, Phoebe. »

Il se lève, lui prend le verre des mains et le vide dans l'évier.

« D'habitude, ça te dérange pas.

– D'habitude, tu te comportes mieux. »

Elle me regarde et je sais que, pour une raison ou pour une autre, elle me juge responsable de la situation. Quand Mike se rassoit, il opte pour une tactique différente.

« Et si vous essayiez de travailler toutes les deux sur cette pièce, hein ? De vous entraider, un peu ?

– Ça me plairait bien, je réponds.

– Je travaille déjà avec Izzy.

– Vous pourriez peut-être inclure Milly.

– Elle se retrouverait quand même toute seule.

– Tu n'es pas obligée d'être désagréable, Phoebe.

– Je suis pas désagréable, mais pourquoi tu prends toujours son parti ?

– Je ne prends le parti de personne.

– Ben si. C'est comme si j'étais devenue invisible. »

Il pourrait dire la vérité à Phoebe, désamorcer la bombe. Lui expliquer pourquoi on passe autant de temps ensemble, tous les deux, où nous sommes allés la fois où j'ai raté l'école. Les avocats.

Nos conversations, le soir, de quoi on parle. De toi. Mais il n'en fait rien. Il lui dit que c'est son rôle de m'aider à m'adapter à ma nouvelle famille, et que c'est quelque chose qui demande un peu de temps et d'attention. Phoebe s'apprête à répondre, mais Saskia revient, un verre à whisky dans la main. Glaçons. Tranche de citron vert. Elle s'assoit, triture son collier en or, le même que celui qu'elle a offert à Phoebe. Et à moi. Phoebe ne rate jamais une occasion de tourmenter sa mère.

« Je vois que t'es passée aux choses sérieuses, j'imagine que ça veut dire que je peux finir ton vin ? »

Elle attrape le verre de Saskia et le vide. Une lolita, tentatrice adolescente, qui connaît tous les trucs. Mike pose les mains à plat sur la table, il doit se dire qu'il faut rester calme. Enfin, il se lève.

« Cette fois, c'en est trop, Phoebe. Je veux que tu sortes de table, et il n'y a pas à négocier. Si tu as encore faim, tu n'as qu'à emporter ton assiette dans ta chambre. Je t'ai assez vue pour ce soir. »

Elle fait ce qu'on lui dit. Plus de force. Trop d'énergie dépensée.

Et il n'en resta plus que trois, comme dirait Agatha Christie.

Je ne peux pas m'empêcher d'avoir pitié de Phoebe, car je sais exactement ce qu'elle ressent. Rejetée par la personne qui est censée la protéger. La soigner. Mike s'excuse et me demande si j'ai assez mangé.

« Oui, merci. Si ça ne dérange personne, je crois que je vais monter dans ma chambre, moi aussi.

– Bien sûr. Et vraiment, je suis désolé, je ne voulais pas que ça se passe comme ça. »

Je m'arrête devant la porte de la chambre de Phoebe et essaie d'imaginer ce qu'elle est en train de faire. Envoyer un texto à Izzy pour lui dire à quel point elle hait sa famille, à quel point elle me hait ?

La famille parfaite, ça n'existe pas.

« Milly, c'est Mike, tu m'entends ? »

S'il te plaît, arrête de pleurer.

« Milly, à qui tu parles ? »

Je vais t'aider, je te le promets.

« Tout va bien, Milly. »

Non, c'est trop tard, maintenant.

Quelqu'un pose ses mains sur mes épaules et les y laisse. Appuie. Une voix qui me dit, Milly, il faut que tu te réveilles. J'ouvre les yeux et je vois Mike, juste devant moi.

« Laisse-moi t'aider à te relever.

– Non, Mike, ils ont besoin de moi. Ils ont peur.

– Prends ma main, Milly. Voilà, comme ça, c'est bien. »

Mike m'aide à remonter l'escalier de la cave. Il pousse la porte, la lumière du couloir m'aveugle. Sous le feu des projecteurs. Exposée. Voilà qui je suis. Je me mets à pleurer, il me serre contre sa poitrine. Je sais que c'est quelque chose de puissant qui fait battre son cœur. Je le sens, malgré l'épaisseur de son peignoir. Il n'est pas censé me toucher, mais je suis contente qu'il le fasse.

« Je suis désolée, tellement désolée.

– Tu n'as pas à t'excuser, Milly. »

Oh, si.

Si tu savais.

12

Mike m'a dit que tout allait bien quand il m'a raccompagnée jusqu'à ma chambre samedi soir, qu'on en reparlerait pendant notre séance hebdomadaire, mais comment puis-je être sûre qu'il le pense ? Que tout va bien. Quand vient la nuit, le sol sous mes pieds devient moins solide. Ce que je fais, ce que je dis, ce que je révèle sur moi dans ces moments. Jusqu'ici, ma plus grande peur, c'était toi. C'est toujours le cas, la plupart du temps, mais maintenant il y a une autre peur, celle d'être mise à la porte. Que Mike finisse par comprendre qu'il a eu les yeux plus gros que le ventre avec moi, que c'est trop compliqué.

Ton procès commence dans huit semaines exactement. Dans huit semaines, je serai dans le même bâtiment que toi, je respirerai le même air. Je veux savoir ce que June a dit à Mike au téléphone. Ce que tu as dit. Ce qu'ils ne veulent pas que je découvre. Prends ton temps et raconte la vérité, c'est tout ce que tu as à faire, m'a répété Mike la semaine dernière. Facile à dire, pour lui.

Je m'assois sur mon lit, prends un des élastiques autour de mon poignet et ramène mes cheveux en queue de cheval – comme les autres filles au lycée. Quand je suis habillée, je range les dessins que j'ai faits pendant le week-end pour les montrer à MK. J'ai hâte de la revoir, j'ai l'impression que les choses sont plus simples, avec elle. Juste avant de sortir de ma chambre, je reçois un texto. Morgan, qui me dit qu'elle s'est bien amusée samedi. À bientôt, suivi d'une ligne d'émojis : une étoile, un pouce levé, deux filles qui dansent, un ballon rouge.

Je crois qu'elle m'aime bien. C'est parce qu'elle n'a vu que mon bon côté. Certaines choses devraient toujours rester cachées, c'est ce que tu me répétais. Montre toujours le côté de toi qu'ils aimeront. Celui qui leur inspirera confiance.

« Bonjour, m'accueille Mike quand j'entre dans la cuisine.

– Bonjour. »

Phoebe est là, elle aussi, les bras croisés sur la poitrine. Elle détourne le regard à l'instant où elle me voit.

« Phoebe », dit Mike.

Elle lève les yeux vers lui, soupire bruyamment, puis elle dit, c'est bon et elle se tourne vers moi.

« Je suis désolée pour samedi. »

Je hoche la tête et réponds :

« Merci, c'était rien.

– Non, insiste Mike, ce n'était pas rien et elle le sait très bien. J'ai été très clair et je lui ai assuré que si ça venait à se reproduire, il y aurait des conséquences. N'est-ce pas, Phoebe ?

– Oui, Papa.

– Très bien. L'incident est clos. Et si vous alliez au lycée ensemble, aujourd'hui ? Après tout, ce n'est pas souvent que vous commencez à la même heure.

– Je peux pas, je retrouve Izzy, j'ai des trucs à lui dire.

– Comme je le disais samedi au dîner, Phoebe, je suis sûr que vous pourriez inclure Milly une fois de temps en temps, non ?

– C'est pas grave, j'interviens. J'aime bien marcher toute seule, ça me permet de me vider la tête. »

Il a l'air déçu mais n'insiste pas. On finit de manger le petit déjeuner en même temps et on se retrouve à partir ensemble, mais dès qu'on a rejoint la route, elle me dit :

« Je sais exactement ce que tu mijotes, mais je préfère te prévenir, Papa et Maman ne gardent jamais personne plus de quelques mois. Bientôt, ils te renverront d'où tu viens. »

Elle s'éloigne en trottinant et rejoint Izzy, qui l'attend de l'autre côté de la route. D'où tu viens, elle a dit. J'ai envie de la rappeler, de lui demander comment ça se passe quand on ne peut ni rester où on est ni retourner d'où on vient. Où est-ce que j'irai quand le procès sera terminé ? Un placement temporaire, ce sont les mots qu'a employés June la première fois que je l'ai rencontrée, au centre. Mike et Saskia ont décidé que c'était la dernière fois qu'ils faisaient famille d'accueil jusqu'à ce que Phoebe ait quitté le lycée. Elle ne se rend pas compte de la chance qu'elle a, ni d'à quel point j'aimerais qu'il y ait de la place pour nous deux.

Quand j'arrive au lycée, je commence par vérifier l'emploi du temps affiché dans mon casier. En première heure, je suis censée avoir maths, mais il y a un mot sur la porte de la salle qui dit que Mlle Dukes, notre prof, est absente pour la journée, et qu'on doit aller travailler à la bibliothèque. Je décide d'aller voir si MK est là. Quand j'arrive, la salle de dessin est vide : il y a un pull à pompons posés sur le dos de sa chaise, et un livre d'art ouvert retourné sur son bureau. J'ai envie de le prendre, pour voir ce à quoi elle s'intéresse, mais la porte s'ouvre et elle entre, avec dans les bras une pile d'assiettes en carton décorées par des élèves. Quand elle me voit, elle sourit.

« Quelle bonne surprise, Milly ! Comment s'est passé ton week-end ?

– Très bien, merci. Et vous ?

– Assez calme, à vrai dire. Si tu voulais me voir, tu as de la chance, j'ai une demi-heure avant que les petits arrivent.

– Je voulais vous montrer les dessins que j'ai faits ce week-end.

– Bonne idée, oui, regardons ça ! »

Je sors le rouleau de croquis de mon sac et le lui tends.

« Eh bien, je vois que tu n'as pas chômé !

– Il n'y en a que trois, je réponds, ravie de la sensation que provoque en moi son enthousiasme.

– Tiens, aide-moi à les étaler sur la table. »

Nous coinçons les angles avec des pots à crayons, puis, une fois que les trois dessins sont bien à plat, MK fait un pas en arrière et hoche la tête.

« Très impressionnant. J'aime beaucoup celui de la fille avec les ailes d'aigle. Tu as toujours aimé dessiner, Milly ?

– Je crois, oui.

– Tu as des parents artistes ? »

Comment lui dire, comment lui expliquer que tu considérais ce que tu faisais comme de l'art.

Sauf que tu faisais ça sur de la peau, pas sur du papier.

« Ma mère est partie quand j'étais petite, donc je sais pas trop.

– Je suis désolée, c'était vraiment une question déplacée de ma part. Je sais bien que tu habites chez les Newmont. »

Je lui dis que ce n'est rien, mais ce n'est pas vrai. Ce n'est pas ce qu'elle a dit, c'est ce que je ne peux pas dire.

« Tu as beaucoup de talent. Est-ce que tu as déjà réfléchi à faire une école d'art quand tu auras fini le lycée ?

– Je sais pas, j'aime beaucoup les sciences, aussi.

– C'est sûr que les sciences offrent plus de débouchés. En tout cas, je te remercie de m'avoir montré tes dessins. Si ça ne te dérange pas, il faut que je réponde à quelques e-mails, mais si tu veux rester ici encore vingt minutes et dessiner, n'hésite pas.

– Je suis censée aller à la bibliothèque. Mademoiselle Dukes est absente.

– Si tu veux, je peux appeler la documentaliste pour la prévenir que tu es avec moi.

– Vous êtes sûre que je ne vais pas vous déranger ?

– Mais non, enfin ! Ça me fait plaisir d'avoir de la compagnie. Et comme on dit, plus on est de fous… »

Oui.

Je m'assois à un des chevalets pendant qu'elle appelle Mme Hartley. Je prends un fusain rouge dans la boîte posée sur la table à côté de moi. Je trace, je brosse. En silence. La poussière vole, le temps passe à toute vitesse. Des éclats rouges sur ma jupe d'uniforme bleu marine. J'ai appuyé trop fort, le fusain a cassé.

« Je peux voir ? elle me demande.

– Oui. »

Elle s'approche, s'installe derrière moi.

« Ton travail sur la couleur est très impressionnant. »

Je fais oui de la tête.

Les flaques et les fuites.

« Est-ce que tu peux me décrire ce que tu as dessiné ? Est-ce que c'est une personne, ici ? »

L'index de MK s'avance vers ton visage, mais il ne le touche pas. Il en fait le tour, puis désigne les grandes traînées rouges autour de toi.

« C'est une interprétation de quelque chose que j'ai vu.

– À la télévision ?

– En quelque sorte, oui.

– Est-ce que tu as déjà entendu parler du prix Sula Norman ?

– C'est la fille qui est morte, c'est ça ?

– Oui, elle a succombé à une leucémie il y a deux ans. C'était à mon avis une grande artiste, même si je n'ai jamais eu la chance de la rencontrer. Je n'étais pas encore dans cette école. Quand elle est décédée, ses parents se sont engagés tous les ans à organiser un concours d'art pour l'école, pour faire gagner du matériel de dessin et une exposition dans une galerie à Soho. Franchement, maintenant que j'ai vu de quoi tu étais capable, je pense que tu devrais t'inscrire.

– Je ne suis pas sûre d'être assez bonne.

– Crois-moi, si tu continues à faire des travaux de cette qualité, je pense que tu as de grandes chances de gagner. Je ne devrais pas le dire, mais je le pense vraiment.

– Merci. Je vais y réfléchir. »

Je me dirige vers le lavabo et me concentre sur l'action de me laver les mains, surtout ne pas laisser voir la chaleur qui s'est emparée de mon visage. C'est ridicule de rougir, mais trop tard, elle l'a remarqué. Je tire une serviette en papier du distributeur et m'essuie les mains. Elle me rejoint et me tend un linge humide.

« Pour la poussière sur ta jupe », elle me dit.

Je passe le reste de l'heure à la bibliothèque et m'en vais le plus vite possible quand la cloche sonne, histoire d'arriver au gymnase avant les autres et de pouvoir me changer tranquillement dans le vestiaire. Mon corps m'appartient, maintenant. J'enfile le justaucorps pour le cours de cheval d'arçons. Je suis bien contente de ne pas m'être coupée, hier soir. La prof, Mme Havel, nous tient au niveau des côtes pour ne pas qu'on tombe. Un élève d'une autre classe entre dans le gymnase, interrompt le cours.

« Il y a un coup de téléphone important pour vous, madame Havel.

– Ça ne peut pas attendre ?

– Non, madame McDonald a dit que c'était urgent.

– Bon. J'en ai pour une minute, les filles. Pas de saut tant que je ne suis pas de retour. Faites plutôt quelques exercices au sol, d'accord ? Et surtout, soyez prudentes ! »

Dès que la porte du gymnase se referme, le bruit monte en intensité. Rires, moqueries, conversations sur les garçons et le week-end. J'écoute, ça me permet d'apprendre comment m'intégrer. Passer inaperçue. Je regarde Georgie, une des plus petites filles de notre classe, qui grimpe à la corde à nœuds. Elle progresse vite, elle en est déjà à la moitié, et ses mouvements font balancer légèrement la corde de gauche à droite. Je vois Phoebe tapoter l'épaule de Clondine, lui murmurer quelque chose à l'oreille et éclater de rire. Puis elle s'approche de la corde. Georgie est très haut à présent, il n'y a pas de matelas par terre, et je sais ce qu'elles vont faire, je le sens. Je devrais intervenir, mais pour une fois, ce n'est pas de moi qu'on se moque. Pas moi qu'on humilie.

Elles se mettent à agiter la corde, doucement au début. Il ne faut pas longtemps pour que les autres filles remarquent ce qui se passe. Très vite, une petite foule s'assemble en bas de la corde, une marée de têtes penchées en arrière. Les téléphones seraient sans aucun doute sortis, hélas, il n'y a pas de poches sur les justaucorps. Georgie leur dit d'arrêter, mais elles n'écoutent pas. Descends vite, j'ai envie de lui crier, mais c'est la peur qui murmure à son oreille, qui lui dit de s'accrocher de toutes ses forces. Alors elle se serre contre la corde, elle s'agrippe, tandis que ses pieds nus essaient de tenir. Elle glisse un peu, se rattrape.

Une jambe lâche, parvient à s'enrouler in extremis autour de la corde. Quelqu'un fait une blague, demande à Georgie quel temps il fait, là-haut. Des rires. Des jurons. Oh putain, t'as vu comme elle se balance ? Puis un avertissement de la part d'Annabel.

« Arrête, Phoebe, elle va tomber. »

Mais Phoebe n'écoute pas, elle tire encore plus fort sur la corde, sourit de plus en plus. Son pouvoir lui procure du plaisir. Georgie se balance comme un bébé singe qui n'a plus sa mère à qui s'accrocher. Plus de branches, plus d'arbres. Plus rien pour ralentir sa chute. Toute seule là-haut. Toute seule. Comme nous toutes.

« Vas-y, Clondine, à toi ! »

Clondine s'exécute, tire la corde vers la gauche, fait tourner Georgie sur elle-même. À chaque tour, je vois ses yeux, mouillés. Des larmes. La peur. Son corps glisse légèrement, un peu plus que la fois d'avant. La fatigue. Aide-la. Je ne peux pas. Si. Je n'ai pas envie.

Personne ne m'a aidée, moi.

La corde s'immobilise, Clondine recule et lance à Georgie :

« Ça fera dix livres le tour de manège ! »

Les autres filles commencent à se désintéresser – la fin est prévisible : la corde se stabilise et, d'ici quelques secondes, Georgie se laissera glisser tranquillement jusqu'au sol et se plaindra auprès de Phoebe et Clondine qu'elle a eu super peur. Le cercle des spectatrices se brise par groupes de deux ou trois. La corde est pratiquement immobile, maintenant. Une course de brouettes est lancée sur les matelas, les conversations reprennent. La plupart des filles, mais pas Phoebe. Le feu qui brûle en elle, et qui fait qu'elle ne peut pas s'empêcher de tirer une dernière fois.

Georgie, trop fatiguée pour tenir.

Je détourne le regard avant qu'elle ne touche le sol. Le bruit, caractéristique. Le craquement de l'os qui se casse. Le concert de rires qui se déroulait jusqu'à il y a quelques minutes – et dont je faisais partie – a laissé place à un grand silence. Puis, le silence laisse la place aux « putain ».

« Putain, mais t'es trop conne, Phoebe », dit Clondine.

Je me retourne. Georgie. Plus avachie qu'assise, le visage blanc, la même couleur que l'os qui lui atteint presque le menton. Un couteau de calcium, une clavicule. Une nuée de justaucorps s'attroupe autour d'elle – finie la course de brouettes. Moi aussi, je m'approche, mais par-derrière. Je m'assois à côté d'elle. Sa respiration est saccadée, et au-dessus de sa tête la corde continue à tourner de manière accusatrice. Nous avons toutes joué un rôle. Le bruit dans le gymnase est différent, à présent, les cris sont plus aigus, la panique n'est pas loin. Les filles restent collées les unes aux autres, le traumatisme.

« Putain, c'était pas que moi. Toi aussi t'étais là, Clondine.

– Non, j'avais lâché l'affaire à ce moment-là, et t'aurais dû faire pareil.

– Oh, merde, je crois que je vais vomir.

– Ta gueule, Clara, pense à cette pauvre Georgie.

– On va aller chercher Jonesy, d'accord Georgie ? Tout va bien se passer, t'inquiète pas. »

Annabel. Ton catégorique. Péremptoire.

Phoebe s'accroupit, elle sait qu'elle n'a pas beaucoup de temps pour essayer de rattraper le coup. Elle se lance bille en tête.

« Je suis vraiment désolée, je pensais que tu étais en train de redescendre. J'aurais jamais fait ça si j'avais su que tu pourrais tomber.

– Tu ne crois pas que c'est un peu tard pour les excuses ? fait remarquer Annabel.

– Vas-y, ferme ta gueule, toi ! Va plutôt chercher Jonesy, et t'avise pas de dire quoi que ce soit. D'ailleurs, on est toutes d'accord, hein ? C'est de notre faute à toutes, on était là à rigoler, c'est un accident. »

Elle est douée. Très douée. Les filles acquiescent en silence. Clara se retourne et vomit dans sa main. Georgie se met à gémir. Un bruit inquiétant qui se transforme en hurlement quand elle baisse les yeux et qu'elle voit l'os qui a traversé sa peau. Annabel court vers la porte en criant qu'elle va chercher Jonesy.

« Ne regarde pas », je dis à Georgie.

C'est pour Phoebe que les hurlements de Georgie sont le plus insupportables. Elle veut que ça s'arrête.

« Putain, elle dit. Calme-toi, un peu. Jonesy va arriver. Oublie pas, c'était un accident, c'est clair ?

– À votre avis, est-ce que je vais lui chercher de l'eau ? demande Marie.

– Non, répond quelqu'un. Il faut pas lui donner à boire, je l'ai vu à la télé. Par contre, il faut la maintenir au chaud en attendant que les secours arrivent.

– Y'a un sweat, là-bas, on lui met sur les jambes ? Est-ce que t'as froid, Georgie ? »

Je sens son corps qui commence à trembler. Le choc. Je l'adosse à mon épaule.

« Et si on l'aidait à se lever, qu'on l'asseyait sur le banc ? propose Phoebe. Est-ce que tu penses que tu peux faire ça, Georgie ? »

Elle secoue la tête et se met à pleurer.

« Allez, il faut essayer. Attends, je vais t'aider. »

Je sais ce que Phoebe est en train d'essayer de faire. Elle veut « nettoyer » la scène, la rendre moins brutale. Le corps brisé d'une fille serait moins choquant assis sur un banc qu'avachi sous la corde d'où elle est tombée. D'où on l'a fait tomber.

« Non, ne fais pas ça », je m'entends intervenir.

Une marée de velours mauve et bleu me fixe du regard.

« Occupe-toi de tes affaires, me dit Phoebe.

– Elle a trop mal, il ne faut pas la déplacer.

– Parce que t'es une spécialiste des fractures, maintenant ? »

Un mouvement sur mon crâne, une chaleur qui se propage doucement. Je soutiens Georgie, lui dis de se tenir le coude, de serrer son bras contre son ventre.

« Voilà, tu vas voir, ça fait moins mal, comme ça. »

En tout cas, moi, c'est comme ça que je faisais.

Jonesy, l'infirmière du lycée, arrive. Il lui suffit d'un regard en direction de Georgie pour dire à Annabel d'aller dans son bureau et d'appeler une ambulance. Elle place un cheval d'arçons derrière nous, me remercie d'avoir aidé et dit à Georgie de s'appuyer tout doucement. Mme Havel a dû entendre le remue-ménage, car elle arrive à son tour, visiblement furieuse.

« Qu'est-ce qui s'est passé ? elle demande. Je vous avais pourtant dit d'être prudentes !

– Mais on a fait attention, répond Phoebe. On s'amusait gentiment, et Georgie est tombée de la corde.

– Mais vous êtes toutes bouchées ? J'avais dit "travail au sol". Bon, allez vous changer, le cours est fini. Et dépêchez-vous. »

Phoebe s'approche de moi dans le vestiaire, tellement près que je peux distinguer de petites taches brunes dans le bleu de ses yeux.

« La prochaine fois, occupe-toi de tes affaires, c'est clair ? »

Je l'ignore et sors des vestiaires. Elle me suit et me pousse de toutes ses forces. Je tombe lourdement sur un des bancs en bois.

Honteuse. Mais vivante.

Tellement vivante, Phoebe.

13

Quelques jours après l'incident du gymnase, Phoebe fait passer une carte à la fin du cours de biologie.

« Tout le monde doit signer, elle insiste. Ensuite, je la donnerai à madame McDonald pour qu'elle la fasse parvenir à Georgie. »

Quand la carte finit par arriver entre mes mains, je m'empresse de lire l'écriture rose de Phoebe – *Désolée pour ton accident, remets-toi vite, bisous, Phoebe.*

« Ton accident », une formulation intéressante. Ça fait bien, auprès des profs et des parents. Aucune raison de se méfier, d'autant plus que Georgie n'est pas du genre à cafter. Aucune n'est du genre à cafter, sauf moi. Car moi, je t'ai dénoncée, Maman. J'ai répété la même histoire encore et encore, en regardant la petite lumière rouge qui clignotait sur la caméra.

Une fois que tout le monde a signé la carte, Phoebe lèche l'enveloppe et la referme, en aplatissant la forme en V du bout de l'index. Puis elle se met du rouge à lèvres rose et fait un baiser sur le dos de l'enveloppe, au milieu du V. Elle est tellement différente, au lycée. Tellement sûre d'elle. Moi aussi, j'étais différente, très douée pour faire semblant, très douée pour garder nos secrets. Je me demande ce que penseraient les filles si elles savaient que Phoebe crie pendant son sommeil. Et qu'elle pleure. Je l'ai déjà entendue, les nuits où j'ai trop peur pour dormir, trop peur de rester dans ma chambre, avec toutes les ombres et tous les murmures. Tes murmures. Parfois, je me lève et je vais m'asseoir dans le couloir, où je m'enroule dans les longs rideaux en velours. Phoebe s'agite, elle pousse des petits cris dans son sommeil qui se transforment en sanglots au réveil. Parfois, la lumière s'allume, une tranche de clarté sous la porte. J'ai déjà hésité à entrer, à lui dire que tout va bien, même si je sais que tout ne va pas bien. Je me demande ce qui est pire, une mère comme la mienne, qui est trop. Ou une mère comme celle de Phoebe, qui n'est pas assez.

Quand la cloche sonne la pause déjeuner, je me dirige vers l'école maternelle. Pour l'instant, je n'ai aidé que deux fois, là-bas, mais j'ai l'impression que les enfants m'aiment bien. En tout cas, moi je les aime bien. Je trouve leur compagnie un peu magique. Ils existent à moitié dans notre monde, et à moitié dans le leur. Des dragons à terrasser, des princesses à sauver. Relis-nous l'histoire, Milly, encore, on l'adore. S'il te plaîîîîîîît. La semaine dernière, une petite est tombée. Je lui ai frotté les mains et je lui ai retiré le gravier des genoux. Sois courageuse, je lui ai dit, tu vas en avoir besoin.

Quand j'entre dans la cour de récréation, une petite foule de sourires et de bras tendus se forme autour de moi.

« Ouais ! Milly est arrivée !

– On peut jouer au cheval ? » demande Evelina, une petite fille d'apparence fragile, au teint pâle et aux yeux cernés de rouge.

Elle a de l'eczéma derrière les genoux, pour lequel sa mère doit sûrement lui faire couler des bains à la calamine.

« Grimpe sur mon dos », je lui réponds en m'accroupissant pour qu'elle puisse monter.

C'est une habitude chez moi. D'essayer de deviner à quoi ressemblent les parents des autres enfants. Au centre, on m'a tellement répété que ce que tu m'avais fait était mal. Anormal. Du coup, j'essaie d'apprendre ce qui est bien, j'essaie d'être différente de toi.

Evelina fait le koala, avec ses bras enroulés autour de mon cou. À un moment, alors que je passe devant la porte d'une classe, poursuivie par une ribambelle d'enfants surexcités, j'aperçois mon reflet dans la vitre du hublot, et je détourne le regard.

Quand je me baisse pour qu'Evelina puisse descendre, un concert de « C'est mon tour ! » s'élève. Je fais celle qui est fatiguée, puis je me mets brusquement à courir, et évidemment, ils me suivent. Une fille reste en retrait, les yeux rivés au sol, jetant des coups d'œil occasionnels vers moi, vers les autres enfants. Je me souviens que je faisais pareil quand j'avais son âge. Je lui propose de monter sur mon dos.

« Est-ce que tu veux faire un tour ? » je lui demande.

Elle secoue la tête, se met à tripoter les boutons de sa veste en regardant ailleurs. Une grosse gamine, que j'essaie à tout prix d'éviter, me saute sur le dos et se met à me crier « Hue dada ! ». Je suis furieuse que l'autre petite, celle que je voulais, n'ait pas eu assez confiance en moi pour monter. Tu m'as appris comment me comporter avec les enfants, mais visiblement je n'ai pas autant de charme que toi. Ni autant de talent.

Je pars en courant, imitant un galop.

« Plus vite ! Plus vite ! » ordonne la voix suraiguë derrière moi.

Elle serre les jambes autour de ma taille, une sensation qui m'importune. Je me sens étouffée. Depuis mon dos, ça ferait une belle chute – pas aussi impressionnante que celle de Georgie, mais assez conséquente pour faire mal à une enfant de 5 ou 6 ans. Je devrais bien la tenir.

Je devrais.

Elle s'écrase par terre avec un bruit mat et se met aussitôt à pleurer.

« Tu m'as fait tomber !

– Allons, Angela ! Ce n'est pas la peine de faire tout ce cinéma. Même les meilleurs cavaliers tombent un jour ou l'autre. Allez, relève-toi et va jouer. »

Ailleurs. Le plus loin possible.

Il y a des marelles peintes sur le sol de la cour. Je vois la petite fille qui fait semblant d'examiner les différentes cases. Je ne lui demande pas si elle a envie de jouer, je sais qu'elle me répondra que non. Au lieu de cela, je m'approche d'elle, sors un bonbon de ma poche et le lui tends. Les enfants adorent les bonbons, et les gens qui leur en donnent.

Tes félicitations ne se font pas attendre – BIEN JOUÉ, ANNIE –, mais elles ne me procurent pas de satisfaction, comme la fois dans les toilettes avec Clondine et Izzy. Au contraire, cette fois, elles me laissent un goût amer dans la bouche.

« Eh, c'est pas juste, proteste Angela. Pourquoi elle, elle a droit à un bonbon ? »

Je l'ignore. Sale petite truie. Pas de bonbons pour les cochons. La cloche sonne.

« Venez les enfants, on fait le train et on va tous en classe en faisant "tchou-tchou". »

Trois institutrices vérifient que tous les enfants sont là, on ne sait jamais qui peut se cacher derrière les grilles de la cour de récréation.

Ou dans la cour de récréation.

« Mademoiselle Carter, y'a Milly qui m'a fait tomber.

– Qu'est-ce que tu as dit, Angela ? »

Je réponds à sa place.

« Ce n'est rien. On jouait à hue dada, mais tout va bien, ne vous en faites pas.

– Hmmm. Fais un peu plus attention la prochaine fois, je ne tiens pas à ce qu'un parent porte plainte.

– Bien sûr. Je ferai attention.

– Je suis sérieuse », elle me dit en me fixant de ses petits yeux porcins.

Je ne détourne pas le regard et lui souris. Ce n'est pas moi qui devrais faire attention.

Mlle Evans, une des institutrices, demande aux enfants de me remercier. Ils s'exécutent à l'unisson – un gazouillis mélodieux. Ça me remplit, me réchauffe de l'intérieur. Je cherche la petite fille des yeux. Elle est encore tout au fond, à essayer de se faire toute petite. Invisible.

Hier, Mike est rentré tard du travail. Du coup, notre séance a été écourtée. Il voulait me parler de Daniel, passer en revue les questions qu'on risquait de me poser au procès, me préparer au fait que la défense risquait de sous-entendre que j'aurais pu faire plus. Dû faire plus. C'est primordial que tu fasses tout pour ne pas intérioriser ces sentiments, il m'a dit. Que tu t'accroches à la seule et unique vérité – rien de ce qui s'est passé n'est de ta faute. Personne ne pense que tu es responsable. *C'est faux*, j'ai voulu lui répondre. *Moi, je pense que je suis responsable.*

Il m'a demandé qu'on se revoie ce soir pour refaire une séance de relaxation guidée, la meilleure façon selon lui de libérer les traumatismes enfouis dans mon subconscient. Je lui ai répondu que je n'aimais pas ne pas me rappeler ce que j'avais dit. Il faut que tu me fasses confiance, Milly, il a insisté. Je sais ce que je fais, je connais mon métier.

Avant de le retrouver, je réponds au texto que Morgan m'a envoyé plus tôt. Elle m'a dit qu'elle avait espionné la « pétasse », tu étais au courant qu'elle fumait ? Non, je savais pas, je réponds. Et ben maintenant tu sais, elle m'écrit, je me demande ce que je vais découvrir la prochaine fois. Je ne lui ai jamais demandé de le faire, mais j'aime bien l'idée qu'elle espionne pour moi. Je me sens plus proche d'elle, j'ai plus confiance.

Quand j'entre dans la cuisine, Phoebe est en train de raconter à Mike l'accident de Georgie et de lui expliquer comment elle l'a aidée. Puis elle ajoute que moi, j'ai eu un blocage, que je n'ai rien fait du tout. Alors que pourtant, Georgie était drôlement pâle.

« Qu'importe, dit Mike en me regardant. Heureusement que tu étais là, du coup, Phoebe.

– Ah, au fait, Papa, est-ce que tu as vu un de mes devoirs de chimie traîner quelque part ?

– Ça ne me dit rien, ma chérie. Quand est-ce que tu l'as vu pour la dernière fois ?

– Je suis pas sûre, hier, je crois. Mais c'est pour demain, et monsieur Frith va me tuer si je lui rends pas.

– Alors, tu ferais bien de continuer à chercher. »

Saskia se joint à nous, tout habillée pour son cours de yoga. Ses grandes lèvres visibles comme jamais.

« Tu as entendu ça, Saskia ? Phoebe a aidé Georgie Lombard, à l'école. Apparemment, elle a eu un accident au gymnase, il y a quelques jours.

– C'est très bien, elle répond. Bon, il faut que je file, je vais être en retard. »

Phoebe, blessée par le fait que sa mère ne lui demande pas plus de détails. Elle lui lance un regard assassin et la pousse pour passer. Saskia adresse un signe à Mike et dit, quoi ?

« Rien, il répond. Allez, viens, Milly, il faut qu'on s'y mette. »

Au début, aucun d'entre nous ne remarque. Deux. Étages. Plus. Haut. Perchée sur le bord de la balustrade.

« Amuse-toi bien au yoga, Maman chérie », elle lance en nous regardant.

Elle provoque Saskia, retire ses mains de la rampe, fait semblant d'être déséquilibrée. Elle veut que sa mère lui dise de faire attention, mais au final, c'est Mike qui s'en charge.

« Ne fais pas l'idiote, descends de là tout de suite, tu vas te briser le cou. »

Déçue une fois de plus. Elle adresse un doigt d'honneur à sa mère, puis disparaît vers sa chambre. Mike essaie de sourire, mais Saskia lui dit :

« C'est toi le psychologue, fais quelque chose.

– Saskia, c'est plus compliqué que ça. C'est notre fille. Elle est en colère et c'est...

– Et c'est de ma faute, c'est ça que tu allais dire, hein ? Que c'est ma faute. C'était il y a des années, mais c'est toujours de ma faute, c'est ça ?

– Non, ce n'est pas ce que j'allais dire. Écoute, je lui parlerai. Juste pas ce soir.

– Peut-être que si tu passais plus de temps avec celle qui est vraiment ta fille, les choses iraient mieux. »

Un coup bas qu'elle regrette aussitôt. Elle s'empresse de s'excuser. J'observe son corps tout maigre. Elle ressemble vraiment à Phoebe, mêmes cheveux, mêmes yeux. Elle aussi fait penser à une adolescente. Dépassée par la situation. Dans une maison avec deux autres adolescentes, des vraies.

Alors que Mike m'accompagne vers son bureau, il m'annonce qu'il a reçu un coup de téléphone de la part du psychiatre du centre qui voulait savoir où j'en étais de mon traitement. Je me souviens très bien de son cabinet. Les murs couverts de diplômes et de certificats encadrés. Les questions, identiques semaine après semaine. L'appétit, les maux de tête, les flash-back, et enfin, le sommeil. Comment dors-tu ? Chaque nuit est différente, je lui répondais. Oui, il fallait s'y attendre, il concluait. Une page déchirée sur son carnet d'ordonnances, un nouveau cocktail médicamenteux à essayer. Pilule bleue le matin, blanche le soir. Rose si tu veux que ça arrête de tourner dans ta tête. Un des autres ados du centre m'a montré comment les garder dans un coin de la bouche, pour pouvoir les recracher ensuite aux toilettes.

Prendre les médicaments, ça aurait été de la triche.

Un service que je ne voulais pas me rendre, et que je ne veux d'ailleurs toujours pas me rendre, quand je repense à ce qui est arrivé à Daniel la nuit avant que je te dénonce. Quand je me rappelle que je n'ai rien fait.

« Qu'est-ce que tu dirais si on augmentait les doses, pour le soir ? » propose Mike.

Je lui réponds que le matin, au lycée, je me sens déjà très assommée.

« Encore ? Ce n'est pas bon, ça. Je vais le noter pour ne pas oublier de lui dire quand je le rappellerai demain. Dès que le procès sera terminé, on fera un bilan complet. »

Mike, tellement attentif à me donner mes médicaments. Moins à vérifier que je les prends. Une chaussette remplie de pilules dans le tiroir du haut de ma commode. Il ouvre son agenda, griffonne quelques mots, puis prend place sur le fauteuil en face de moi.

« Prête ? il me demande.

– Pas vraiment.

– Ce qu'on fait ici est très important, Milly. Pour que tu puisses passer à autre chose, il y a des parties de ton esprit auxquelles il faut qu'on accède. Par exemple, la crise que tu as faite il y a quelques nuits, quand je t'ai retrouvée à la cave, est liée à la culpabilité que tu ressens pour des choses qui ne sont pas de ta faute. »

La peur quitte les tréfonds de mon estomac pour remonter vers ma gorge.

« Il faut que tu affrontes ces sentiments et que tu parviennes à te convaincre que ta mère ne peut plus te contrôler. »

Hier, Mike m'a dit qu'il savait ce qu'il faisait, qu'il connaissait son métier, alors pourquoi ne parvient-il pas à voir tes fils, toujours accrochés à moi ? Pourquoi ne parvient-il pas à voir ce qui se passe ?

« On va se détendre et on reparlera de tout ça à la fin de la séance, d'accord ? »

Il me dit de visualiser l'endroit où je me sens en sécurité, mais je ne vois que des visages de fantômes qui se forment dans la fumée. La cigarette que tu fumais après, systématiquement. Les petits fantômes sont toujours là. Ils n'arrivent donc pas à trouver le repos, parce qu'ils n'aiment pas l'endroit où ils sont.

L'endroit où on les a mis.

« Décris-moi ce que tu entends, me demande Mike.

– Quelqu'un qui appelle à l'aide.

– Qui c'est ?

– Quelqu'un dans la chambre en face de la mienne.

– Est-ce que tu es allée voir qui c'était ?

– Je savais qui c'était, je reconnaissais sa voix, mais la porte était verrouillée, je ne pouvais pas le rejoindre.

– Ce n'était pas à toi de l'aider, Milly.

– Le lendemain matin, il pleurait, il appelait sa maman, mais la porte était toujours fermée à clé. Ensuite, on est parties, elle m'a accompagnée à l'école en voiture, en chantant la chanson. La même que d'habitude.

– De quelle chanson s'agit-il ?

– Ma poupée chérie ne veut pas dormir. »

TA MAMAN JOLIE T'AIME À LA FOLIE, ET TOI, M'AIMES-TU, ANNIE ?

« Moi aussi, j'y étais, Mike.

– Où ça, Milly ? »

J'ouvre les yeux. Il est penché en avant sur son fauteuil.

« Tu viens de me dire que tu y étais aussi. Est-ce que tu peux développer ? »

Je me mords la langue. Un goût métallique quand le sang se met à couler.

« Tu as fait tout ce que tu as pu, Milly. Tout ce que tu as pu, au vu des circonstances. J'imagine que ça doit être très difficile pour toi de repenser à Daniel.

– Qu'est-ce qui te fait croire que c'était à lui que j'étais en train de penser ?

– Tu as dit que tu reconnaissais sa voix. C'est le seul que tu aies eu le temps de connaître un peu.

– Ce n'est pas pour autant que je me fiche des autres enfants qu'elle a pris.

– Je sais, et ce n'est pas du tout ce que je suis en train de te dire. Mais ça a dû être encore plus dur quand tu t'es rendu compte que c'était Daniel qu'elle avait pris, vu que tu avais passé du temps avec lui au foyer.

– Je n'ai pas envie d'en parler.

– Il le faut, pourtant. Surtout si tu dois témoigner au procès.

– D'ici là, je serai prête.

– Mais pourquoi ne pas essayer maintenant ?

– Tu me mets la pression, je n'aime pas ça. J'ai besoin de plus de temps.

– Désolé, ce n'était pas du tout mon intention. Je veux juste que tu saches que tu es en sécurité ici, Milly. Tout ce que tu me diras restera entre nous. C'est pour ça que je suis là. »

Je lui dis que je sais, mais que je suis fatiguée, et que je n'ai plus envie de parler.

Il se rassoit au fond de son fauteuil, hoche la tête et me répond que d'accord, arrêtons-nous là pour ce soir.

Je lis jusqu'à minuit. Je suis exténuée, et pourtant, le sommeil ne vient pas. J'ai besoin qu'on me tienne, qu'on me réconforte. Tu me faisais mal quand tu me touchais, mais maintenant que tu ne me touches plus, ça fait encore plus mal. Je sors de mon lit et ouvre en grand la fenêtre du balcon. L'air frais s'engouffre dans ma chambre, et je savoure chaque frisson glacé qui me parcourt la peau. Ma peau qui se sent si seule.

Je m'assois sur le tabouret, devant le chevalet que Mike et Saskia m'ont acheté. Tellement gentils, tous les deux. Il est tard, à présent, plus de deux heures du matin. L'air de la nuit m'enveloppe, mes pieds tremblent. J'aime le bruit du fusain. Les traces, les taches, la perfection sont restées dehors, dans le froid. Le noir sur mes mains me rappelle que quelque chose est en train d'arriver. Je me balance d'avant en arrière sur le tabouret, tandis que je dessine. Je ferme les yeux un instant et serre plus fort le fusain entre mes doigts. Le vent s'engouffre par la fenêtre, me pince les seins. Mes mamelons se durcissent.

Je me penche sur le côté.

Gauche. Droite. Mouvement circulaire. J'apprécie la sensation du bois du tabouret à travers ma culotte, la chaleur qui émane d'en dessous, contraste saisissant avec le reste de mon corps glacé. Je frotte.

Plus fort sur la feuille.

Plus fort sur le tabouret.

Le fusain se brise, me laissant avec une pulsation entre les cuisses, de la poudre noire sur mes genoux.

Le lendemain matin, un dessin accroché au chevalet. Toi, encore. Je retire la feuille, la roule et la glisse dans le tiroir sous mon lit.

14

Les derniers jours ne se sont pas très bien passés. Un rêve récurrent où je me retrouve à la barre, mais au moment où j'ouvre la bouche pour témoigner, ce sont des centaines de chauves-souris qui sortent à la place des mots. Et qui se mettent à hurler la vérité. La honte de devoir dire à haute voix ce que je t'ai laissée me faire. Et ce que je t'ai laissée leur faire. Ce matin, je me suis réveillée à bout de souffle, comme les fois où tu jouais avec moi au jeu de l'oreiller.

Ce week-end, Morgan n'a répondu à aucun de mes messages. Parfois, elle doit aider son oncle, et je sais bien que c'est de ça qu'il s'agit, mais je me demande régulièrement ce qui se passerait si elle découvrait la vérité sur moi. Est-ce qu'elle comprendrait ? Est-ce qu'elle voudrait toujours être mon amie ? J'ai déjà réfléchi à l'idée de lui dire. C'est la personne dont je me sens le plus proche, et parfois ta présence est trop dure à supporter seule. Le besoin de partager, de se sentir normale. Le problème, c'est que je ne suis pas sûre qu'elle soit capable de garder mon secret, et j'ai peur que si les parents des enfants que tu as pris n'arrivent pas à t'atteindre, ils s'en prennent à moi. Un enfant contre un autre.

J'opte pour un sweat à capuche noir et un jean. Une paire de Uggs. Aujourd'hui, c'est voyage scolaire avec les garçons de Brookmere College au London Dungeon, un des plus grands musées d'horreur de la capitale – une sortie que je redoute depuis qu'elle a été annoncée. Je me sens visible, mais pour toutes les mauvaises raisons. Les autres filles, elles, sont confiantes. Elles savent comment y faire avec les garçons. Dans la cuisine, un mot de Mike à côté d'une assiette de croissants : « Bon appétit les filles, et profitez bien de votre sortie. »

La façon dont il m'associe à Phoebe. Comme si on formait une équipe. Ça ne me dérangerait absolument pas d'ailleurs, je pense qu'on pourrait être très fortes, toutes les deux. Saskia entre dans la cuisine et me demande si je suis excitée à l'idée de faire cette sortie scolaire.

« Ça va.

– C'est toujours mieux qu'aller en cours, non ? »

Pas vraiment, en fait.

« Tiens, emporte donc un croissant pour la route.

– Merci. Phoebe est déjà partie ?

– Oui, il y a cinq minutes, je crois.

– D'accord. À ce soir. »

Sur le chemin du lycée, je jette le croissant dans une poubelle – estomac tout retourné. J'espère que j'aurai l'occasion de croiser MK cet après-midi quand on sera rentrés, pour lui montrer mes derniers dessins. Dès qu'elle me croise dans les couloirs, elle m'adresse un petit signe de tête et me sourit. Vendredi dernier, elle s'est approchée de moi à la cantine et m'a souhaité un bon week-end. Plusieurs fois, j'ai essayé de m'imaginer à quoi aurait ressemblé ma vie si j'avais grandi avec elle plutôt qu'avec toi. Mais aussitôt après, je me suis retrouvée submergée par la culpabilité.

Quand j'arrive, le car est garé devant l'école, et M. Collier, un prof de littérature, est déjà à l'intérieur en train de faire l'appel. Dépêchez-vous, tout le monde. Allez, montez. Je choisis un siège vers l'avant, moins de chance que quelqu'un vienne s'asseoir à côté de moi. Casque sur les oreilles, mais pas de musique. Le car se remplit vite. Énergie débordante. Les filles, plus maquillées que d'habitude, plus parfumées, également. Les garçons, des singes, font des tractions, accrochés aux porte-bagages. Un zoo. Insupportable. Les profs comptent les têtes. À l'arrière, une voix s'écrie que Joe n'est pas là. Une blague pour dire qu'il est aux chiottes. M. Dugan, le prof qui accompagne les garçons, hausse le ton, pose les limites.

« Je le vois, m'sieur, il arrive.

– Dépêche-toi, Joe. Non, tu ne peux pas t'asseoir à l'arrière. On t'a déjà attendu assez longtemps comme ça, alors installe-toi à la première place que tu trouveras. »

Il regarde vers le fond, hausse les épaules, et s'affale à côté de moi. Des sifflements se mettent à retentir, des blagues par rapport au fait qu'on va bien ensemble. Il lève le majeur en guise de réponse.

« On se calme, au fond, dit M. Dugan dans le micro. Le trajet devrait durer environ quarante minutes, selon le monde sur la route. Quand on sera arrivés, on ne s'éloigne pas. On descend du bus et on fait la queue à la billetterie. N'oubliez pas que même si vous n'avez pas d'uniforme aujourd'hui, vous représentez quand même votre école. Des questions ?

– Est-ce qu'on peut s'arrêter au McDo ?

– Des vraies questions ? Non. Parfait. Alors asseyez-vous et profitez du paysage. Et bon sang, Oscar, retire tes pieds de ce siège, on n'est pas à la ferme. »

Je sens que Joe m'observe, des petits coups d'œil à la dérobée. Il vérifie que je n'ai ni crocs ni deuxième tête. Je me détourne, regarde par la vitre, mais son odeur m'enveloppe. Puissante, épicée. Déodorant en spray. Pas désagréable, même si ça me fait bizarre de l'admettre. Il me demande quelque chose. Mon premier réflexe est de l'ignorer, mais il se penche en avant pour se retrouver dans mon champ de vision et il répète sa question. Je retire mon casque et me tourne vers lui. Cheveux roux. Yeux bleus.

« Qu'est-ce que t'as dit ?

– Est-ce que tu veux un chewing-gum ?

– Non merci.

– T'as tort, c'est des menthols super forts. »

Il tend le paquet vers moi. Non merci, je lui répète en regrettant de ne pas réussir à me détendre, à me comporter de manière plus normale, plus ouverte. Il me faut plus d'entraînement. Il retire sa main, hausse les épaules et enfourne un chewing-gum, puis, quelques secondes plus tard, il se met à souffler bruyamment. Il sourit et me dit, je crois que t'as eu raison, ils arrachent vraiment, ces trucs. Il ouvre la bouche pour faire semblant de haleter, je me détourne. Je ne veux pas voir sa langue.

« Est-ce que t'es déjà allée au musée des horreurs ? »

Oui, mais ce n'était pas un musée.

« Non. »

Il parle à voix basse. Ne veut pas que ceux qui sont au fond du car sachent qu'on est en train de discuter.

« Moi non plus. Je pense que ça va être marrant. »

Je ne réponds pas. Je ne suis pas du même avis.

« Je te sens pas super motivée.

– Non, pas vraiment.

– Comment ça se fait ?

– Je ne me sens pas très bien.

– Tu vas pas vomir, hein ? il me demande en souriant.

– Non, je ne crois pas.

– Ouf. Dis-moi, t'es pas d'ici, toi, à la base ? On m'a dit que tu vivais chez Phoebe et ses parents pour quelque temps. »

Je hoche la tête.

« Tu viens d'où, alors ?

– J'ai beaucoup déménagé.

– Cool. Moi, j'ai toujours vécu à Londres. Je m'appelle Joe, au fait.

– Moi, c'est Milly.

– Et du coup, comment ça se passe, chez les Newmont ?

– Ça peut aller.

– Phoebe n'est pas trop chiante ? »

Je n'arrive pas à dissimuler mon étonnement. Il le remarque. Me fait un clin d'œil. Oh mon Dieu.

« Attends, je la connais depuis des années, je sais qu'elle peut se comporter comme une vraie connasse. Elle est plutôt canon, mais ça reste une chieuse.

– Tu exagères.

– Attends, t'es sérieuse, là ? Ça me surprend, Phoebe est pas du genre à tolérer la concurrence.

– Je ne lui fais pas concurrence.

– Je peux te garantir que c'est comme ça qu'elle voit les choses. Et comme en plus tu es différente, ça doit encore plus l'énerver. »

Je n'ose pas lui demander ce qu'il veut dire par « différente ». Je soupçonne un piège ourdi par Phoebe et lui, une conversation tard le soir où elle lui aura demandé de me faire croire que je lui plaisais, pour mieux se payer ma tête ensuite.

« Attention, hein, quand je disais que t'étais différente, c'était un compliment. Moi, je suis roux, alors tu peux me faire confiance ! »

Il me sourit de nouveau avant de me demander :

« Est-ce que tu vas venir à la fête de Matty ? »

Un autre sujet brûlant sur le forum. Maison libre, carnage. Faire la fête : la programmation de base de tous les ados. Moi, je n'ai pas dû être fabriquée pareil.

« Je n'ai pas été invitée.

– Moi, je t'invite.

– Je ne suis pas très fête.

– Oh, allez, tout le monde y va, ça va être marrant. Tu devrais y aller avec Phoebe, c'est juste à côté de chez vous, en plus.

– Je ne suis pas sûre, je verrai. Si ça ne te dérange pas, je vais écouter un peu de musique, maintenant.

– Pas de souci, moi je vais faire une petite sieste avant d'arriver. »

Je me sens soulagée que la conversation soit terminée. Et quand le car s'arrête devant l'entrée du musée, tout le monde se lève en même temps, et Joe retrouve son groupe. Les filles restent collées aux garçons. Il y a des semaines qu'a été décidé qui prendrait la main de qui quand les lumières s'éteindraient. Ce qui se passe moins de vingt minutes plus tard est de ma faute. J'ai baissé ma garde après avoir parlé avec Joe. La gentillesse peut être fatale.

J'avais prévu de rester à l'avant du groupe, à côté des profs et du guide avec son costume maculé de faux sang et ses dents noires, mais, je ne sais pas comment, je me suis retrouvée à l'arrière. Phoebe et ses amies sont là, ainsi que Claudia, l'Allemande qui semble plus intéressée par embrasser son copain que par le musée. Phoebe la traite de salope et la pousse pour passer. La lumière dans le tunnel est tamisée, d'immenses ombres sont projetées sur les murs. Régulièrement, les haut-parleurs cachés dans le décor diffusent des hurlements et des rires. Le rire cruel du bourreau qui aime son métier. Une tête décapitée. La sensation d'être suivie. Observée. Des yeux cachés dans le noir, le duvet sur ma nuque qui se hérisse doucement. Des flashs d'un endroit que je connais et qui ressemblait à ça, un endroit où je ne veux jamais retourner.

J'essaie de me concentrer sur les sons autour de moi et d'occulter ta voix qui cherche à me provoquer. TOI AUSSI, TU ÉTAIS LÀ, ANNIE. Je regarde les garçons s'amuser à faire trébucher les filles. Ils les rattrapent. Les touchent. Les filles gloussent et les repoussent, pour mieux revenir se frotter à eux quelques secondes plus tard. D'autres cris dans les haut-parleurs, un enregistrement de rats qui courent. Une femme édentée fait la manche, tandis qu'un corbeau s'attaque à l'œil du bébé mort qu'elle tient dans les bras. Tu répètes : TOI AUSSI, TU ÉTAIS LÀ, ANNIE.

Les yeux comme des piscines qui menacent de déborder. Des larmes. Chaudes. Je joue des coudes pour regagner l'avant du groupe et respirer. La lumière. Je n'ai même pas remarqué que ce n'était plus moi qui poussais, mais Phoebe. Et d'autres mains. Elles me poussent dans une des cellules et maintiennent la porte fermée. Et je sais que ça ne sert à rien de crier.

À l'aide.

Les chiffres me rassurent, mais pas quand je sais qu'environ soixante élèves me séparent des adultes et de la sortie. J'essaie de me rappeler mes exercices de respiration, ceux qu'on m'a appris pour contenir les crises d'angoisse que je faisais les premières semaines après t'avoir quittée. Inspirer par la bouche, expirer par... Non, c'est le contraire, l'air entre par le nez, ressort par la bouche.

Noir complet.

J'essaie à nouveau d'ouvrir la porte de la cellule, mais quelqu'un de l'autre côté la maintient fermée. Je sens un mouvement derrière moi. Trois petites lumières incrustées dans le sol s'allument pour éclairer une forme. Un décor, pas réel.

C'est bon, ça va aller.

Une silhouette sur le mur, une femme. Je me mords la main pour ne pas crier, laisse échapper des larmes. Les souvenirs me pincent, m'attrapent, comme des poissons se jetant sur du pain blanc. COUCOU, ANNIE. Non, va-t'en, tu n'es pas réelle. RETOURNE-TOI, ANNIE. Non, je m'appuie sur la porte, ferme les yeux et me mets à frapper de toutes mes forces contre la paroi métallique.

« Laissez-moi sortir, s'il vous plaît, laissez-moi sortir ! »

Je martèle la porte. Ma tête qui tourne. Des images de moi, tenant quelque chose dans les bras. J'ouvre une porte, il fait noir. Tellement noir. L'odeur douceâtre de la pourriture. Pas désagréable. Un bourdonnement continu. Des mouches qui s'envolent, des rats qui grattent.

Je ne voulais pas. Je ne voulais pas.

Tu. M'as. Forcée.

PAS TOUJOURS, ANNIE.

Ce n'est pas vrai.

Je vois leurs visages, ces minuscules visages terrorisés que j'ai tout fait pour ne pas voir. Je n'arrive pas à les atteindre. Des larmes. Je ferme les yeux. Je crie.

« Laissez-moi sortir ! Laissez-moi sortir ! »

Je vous en supplie.

Je sens des mains sur moi.

« C'est bon, tout va bien, ne t'inquiète pas. Tu peux ouvrir les yeux. »

Des rires qui retentissent. Je suis recroquevillée dans un coin de la cellule, les bras autour de la tête, les mains sur les oreilles.

« Dépêche-toi, y'a monsieur Collier qui nous appelle », dit une voix féminine.

Joe est là, il me tend la main. Je refuse de la prendre, je ne sais pas s'il est dans le coup.

« Ça va ? T'as l'air complètement paniquée.

– C'est parce qu'elle est tarée, dit Phoebe.

– Toi, ferme ta gueule. Tu vois pas qu'elle est terrorisée ?

– Ouuuh. J'en connais un qui est amoureux de Tête de cul.

– Tête de cul ? Mais t'as vu ta gueule ?

– Bien essayé, Joe, mais c'est pas ce que tu disais à la fête de Lucille.

– Peut-être, sauf qu'aujourd'hui, je suis pas bourré.

– Si t'essaies de l'aider, c'est que tu dois pas être dans ton état normal !

– Dis donc, mais c'est que t'es jalouse, en fait ?

– Moi ? Jalouse d'elle ? crache Phoebe en me montrant du doigt au moment où je me relève.

– On dirait bien, pourtant.

– Va te faire foutre, Joe. »

Elle le pousse vers moi, puis disparaît dans le couloir qui mène à la prochaine salle. J'entends la voix de M. Dugan qui nous dit de nous dépêcher, qu'il y a encore un groupe derrière nous. Ma narine gauche me semble soudain chaude et humide. C'est le stress et les émotions qui déclenchent ça. Je dis à Joe de me laisser seule, et je détourne mon visage du sien.

« Tu ne veux pas que je reste avec toi ?

– Non, je préférerais être seule. »

Il hésite, puis il s'éloigne, juste avant que mon nez ne se mette à saigner.

Nous sommes de retour au lycée à temps pour la cantine, et nous passons le reste de l'après-midi dans le grand auditorium à préparer la réunion parents-profs de ce soir. L'occasion pour eux de discuter de l'avenir de leur progéniture, et de savoir comment se sont déroulées les premières semaines de cours. Mike et Saskia sont là. Une fois que nous sommes rentrés à la maison, ils nous prennent séparément, Phoebe et moi, pour nous parler. D'abord, Phoebe, pendant que j'attends dans le salon télé. Au bout d'un moment, elle sort de la cuisine, claque la porte derrière elle et me jette un regard haineux au passage.

Mike rouvre la porte, je lui demande comment va Phoebe. Il m'explique qu'elle a eu deux heures de colle pour avoir perdu son devoir de chimie. Dommage, je songe, j'aurais pu lui dire où il était. Dans le tiroir sous mon lit. Un petit prix à payer pour ce qu'elle a fait à Georgie.

C'est surtout Mike qui parle. Apparemment, je suis dans les premières de ma classe. J'ai un peu de mal à me sociabiliser, mais il faut me laisser du temps. Saskia me serre l'épaule, une sensation très désagréable, ça me fait penser à toi. La réunion parents-profs l'été dernier, tu portais une robe rouge avec des fleurs bleues. Une des profs n'a pas arrêté de te dire que j'étais bien élevée, gentille et obéissante – elle voulait savoir quel était ton secret. Tu m'as serré l'épaule et tu as répondu en souriant, je ne sais pas, je dois avoir de la chance.

« Sinon, mademoiselle Kemp nous a dit qu'elle t'avait encouragée à t'inscrire à un concours de dessin.

– Au début, je ne voulais pas trop, mais elle pense que j'ai de bonnes chances de gagner. Du coup, je prépare quelques croquis.

– On dirait que vous vous entendez bien, toutes les deux, dit Mike.

– Oui, je l'aime bien. »

Et en le disant, je me rends compte que c'est vrai.

Quand je regarde mon portable, un peu plus tard, je vois que Morgan m'a répondu.

« Désolée de pas avoir donné de nouvelles plus tôt, mon connard de petit frère avait planqué mon téléphone. Pas possible cette semaine, mais OK pour le week-end prochain, on fera un truc sympa. »

Tu disais la même chose quand tu me ramenais de l'école le vendredi après-midi. Un truc sympa. Une fois, j'ai envisagé d'ouvrir la portière et de sauter pendant que la voiture continuait à avancer, et je ne sais pas comment tu as fait, mais tu as deviné. Tu as activé la sécurité enfant. Une grosse erreur, Annie, tu m'as dit. Je pensais que tu serais moins présente en moi une fois que je t'aurais dénoncée, mais parfois j'ai l'impression que c'est tout le contraire. Il suffit de quelque chose d'aussi anodin qu'une sortie scolaire pour raviver de vieux souvenirs. Un boulet invisible. Qui racle par terre quand je marche.

Huit. Puis quatre. La porte sur la droite.

Cette fois, une fille.
Tu ne prenais des filles que quand tu n'avais pas le choix.
Deux sur les neuf.
Tu m'as demandé si je regardais.
Je regardais. La plus courageuse que j'ai vue.
La plus triste, aussi.
Après chaque coup, elle se relevait.
J'ai laissé échapper des larmes par le trou dans le mur,
mais j'ai fait bien attention à arrêter de pleurer
avant que tu n'ouvres la porte.
Je l'ai enveloppée. Un sac à charbon, couverture interdite
pour les filles.
Je l'ai descendue à la cave, et j'ai allongé une de mes poupées
à côté d'elle.
Son corps, absolument immobile.
Chut, petite. C'est fini, maintenant.

15

Il y a quelques jours, j'ai retrouvé Mike pour notre séance du mercredi, et je lui ai dit la vérité. Je lui ai dit que j'avais peur, que pendant la journée, j'entendais ta voix dans ma tête. Je voulais aussi lui parler des nuits, comment tu venais t'allonger à côté de moi dans le lit, mais j'avais trop honte. Il m'a demandé ce que tu me disais. Je lui ai répondu que tu me disais que j'étais une incapable, que je n'arriverais à rien sans toi et que je ne survivrai pas au procès. Il m'a rappelé que ce n'était pas mon procès, mais le tien. Je lui ai dit que tu m'embêtais, et il n'a pas arrêté de me poser d'autres questions pour en savoir plus. Au final, je lui ai simplement dit que je regrettais de ne pas être allée au commissariat plus tôt, car les choses auraient pu être différentes.

Aujourd'hui, c'est répétition de théâtre dans le grand auditorium. J'ai lu *Sa Majesté des Mouches* une bonne douzaine de fois, à présent. Je trouve ça réconfortant, ces histoires d'enfants qui se retrouvent dans des situations qui les terrifient et qui réagissent d'une façon dont ils ne se seraient jamais crus capables.

Je fais très attention à ne pas cogner mon sac à dos – dedans, une bougie dans un pot en verre. Saskia en a une pleine armoire, je lui ai demandé si je pouvais en avoir une pour ma chambre. J'en ai pris deux, une pour MK en plus, pour la remercier. Je dois la retrouver à la pause déjeuner, aujourd'hui, je lui donnerai à ce moment-là.

Quand nous sommes toutes dans l'auditorium, Mlle Mehmet tape trois fois dans ses mains et attend que le silence se fasse.

« Bon, j'espère que vous avez bien appris vos répliques. On reprend là où on s'était arrêtées la dernière fois, c'est-à-dire à... ah oui, la mort de Porcinet.

– Oh, pauvre petit Porcinet !

– C'est très bien, Lucy, mais garde ton énergie pour la scène, d'accord ?

– M'dame ?

– Oui, Phoebe ?

– Est-ce qu'on a droit au texte ? »

Mlle Mehmet soupire, pose les mains sur ses hanches. Son énorme poitrine s'agite pendant une seconde ou deux avant de s'immobiliser.

« Non, Phoebe. À ce stade, vous devriez connaître vos répliques par cœur. Et si ce n'est pas le cas, il y a Milly pour vous les souffler. »

« Non ». Un mot que Phoebe déteste entendre. Ça, et « Milly ».

« Allez ! On se dépêche ! Vous là-bas, rangez-moi ces téléphones et montez sur scène ! »

Le brouhaha s'intensifie quand on se met à pousser les chaises et que la dernière grappe de filles grimpe sur l'estrade. Je m'approche de Mlle Mehmet et lui demande où il faut que je m'assoie. Elle m'explique que pour les représentations, je serai sur scène derrière le rideau, mais que pour l'instant ce n'est pas nécessaire.

« Assieds-toi donc au premier rang et suis le texte ligne par ligne, d'accord ? »

Quand je lève la tête vers la scène, je vois tout de suite au visage de Phoebe qu'elle ne connaît pas son texte. Elle est assise sur une chaise sur le côté gauche, et tâche de lire ses pages à toute vitesse. Trop tard.

« Chut, tout le monde, on va commencer. Et... c'est parti. »

C'est à Phoebe, le début de la scène. Elle a les jambes croisées sous sa chaise, mais celle de droite n'arrête pas de bouger. Un tic nerveux. Le texte est posé à côté d'elle, par terre. Tentant. Je la vois baisser les yeux, puis se tourner vers moi. Je la dévisage pendant quelques secondes, savourant le moment, puis je dis la première phrase.

« Sans les lunettes de Porcinet, Ralph n'arrive…

– … pas à allumer le feu, elle m'interrompt avant de poursuivre. Ralph souffle dans la conque pour convoquer tout le monde.

– Saafi, c'est toi Ralph. Fais semblant de souffler dans la conque. »

Les filles qui connaissent leur texte – la majorité – prennent le relais. Tout se passe bien jusqu'à ce que ce soit de nouveau au tour de Phoebe. Elle hésite, marmonne, passe pour une idiote. J'imagine à quel point elle doit se sentir mal.

« Non, non, non et non ! s'écrie soudain Mlle Mehmet. Phoebe, c'est inacceptable ! C'est parce que tu penses être supérieure aux autres que tu te crois dispensée d'apprendre tes répliques ? J'ai bien regardé Milly, elle utilise à peine son texte, elle connaît pratiquement toute la pièce par cœur. »

Aïe.

« Mais je connais mes répliques, m'dame, c'est juste que j'arrête pas de les oublier.

– Eh bien ça ne me va pas du tout. Si tu continues comme ça, je n'aurai pas d'autre choix que de donner ton rôle à Milly. C'est bien compris ? »

Elle hoche la tête en silence. Jamais elle n'oserait dire tout haut ce qu'elle pense. Quand le cours est terminé, elle s'approche de moi par-derrière et me murmure à l'oreille :

« Et puis Porcinet meurt. »

Je retrouve MK dans sa salle de classe pour le déjeuner, et je remarque qu'on a toutes les deux choisi le même sandwich – jambon fromage. Quand nous avons fini de manger, elle se lève, accroche une feuille sur un des chevalets et me dit :

« Tu peux commencer à dessiner quand tu veux. »

Je sors la bougie de mon sac.

« Tenez, c'est pour vous.

– Pour moi ? Mais en quel honneur ?

– C'est pour vous remercier de m'avoir aidée avec les filles.

– C'est vraiment très gentil, Milly, mais les professeurs n'ont pas le droit d'accepter de cadeaux de la part des élèves, sauf pour Noël.

– Bah, c'est bientôt les vacances. Et Noël, c'est à peine dans quelques semaines. »

Je lui souris, m'approche de son bureau et y pose la bougie.

« Elle est à la vanille. J'aurais préféré en trouver une à la lavande, je sais que vous auriez préféré. »

Elle la ramasse, la sent, puis la repose.

« C'est vraiment très gentil, Milly, mais comme je te disais, je ne peux pas…

– C'est rien, ce n'était pas une très bonne idée, de toute façon. Vous n'avez qu'à la mettre à la poubelle. »

Je me dirige vers le chevalet et m'assois.

« Ne sois pas fâchée, Milly. C'était une très gentille attention de ta part, mais s'il y a un règlement, ce n'est pas pour rien. »

Sur le bureau, son téléphone se met à sonner. Le bruit aigu perturbe l'atmosphère lourde qui règne dans la pièce. Un intrus bienvenu. Elle décroche.

« Allô ? »

Une pause, puis :

« Oui, elle est avec moi. Comment ? Maintenant ? Très bien. Je vous l'envoie. »

Elle raccroche et se tourne vers moi.

« Saskia est en bas. À l'accueil.

– Comment ? Pourquoi ?

– Je ne suis pas sûre. C'était madame McDowell, il faut que tu descendes maintenant. »

Une mauvaise nouvelle. Quelque chose de grave, pour que Saskia vienne jusqu'au lycée.

« Pour ce qui est de la bougie, Milly…

– Ne vous en faites pas, je comprends. »

Moi non plus, je ne voudrais pas recevoir de cadeau de ma part.

Saskia sourit en me voyant arriver. Elle ne sourirait pas si quelque chose de grave était arrivé, si ?

« Ah ! Te voilà !

– Qu'est-ce que tu fais là ?

– Mike m'a appelée, il m'a demandé de passer te chercher, il est en train de rentrer à la maison. Apparemment, June est de retour de vacances et elle veut vous parler. Tu as tout ce qu'il te faut ? »

Je fais oui de la tête.

« Alors, allons-y. J'ai signé le registre. »

Je suis ses leggings moulants et ses hanches anguleuses jusqu'à la voiture. L'autre soir, quand je lui préparais un thé, Mike est entré dans la pièce pour récupérer ses gouttes pour les yeux. Je l'ai regardé pencher la tête en arrière. Appuyer sur la petite bouteille. Une goutte dans chaque œil. Ça m'a fait penser à toi. Tu adorais me parler de chimie, m'apprendre les réactions qui faisaient mal. Tu passais des heures sur Internet, à t'instruire. Les gouttes pour les yeux se transforment en poison dans le thé. Tu m'as tout appris. Tu n'avais pas seulement besoin d'une assistante, tu voulais une héritière à qui passer le flambeau.

Quand nous arrivons à la maison, Saskia me dit :

« Je pense qu'ils sont déjà dans le bureau de Mike, tu veux que je vienne avec toi ?

– Non, ça ira, ce sera sûrement mieux s'il n'y a que lui et moi.

– Je comprends. Je serai dans le coin si tu as besoin de moi. »

Je passe devant Rosie sans la regarder, tandis qu'elle sautille autour de moi pour me souhaiter la bienvenue. Sur le carrelage, mes pas résonnent de façon assourdissante. Pourquoi June est-elle là ? La porte du bureau de Mike est ouverte. J'entre. Mike est debout, une erreur, trop sérieux. Visage tendu. Il se passe la main dans les cheveux.

« Bonjour Milly, dit June.

– Qu'est-ce qui se passe ? je demande.

– Assieds-toi, on va en parler tranquillement.

– Je n'ai pas envie de m'asseoir. »

Mike s'approche de moi.

« Tu n'as qu'à t'installer à côté de moi sur le canapé. »

Ce n'est pas comme si j'avais le choix, June est dans mon fauteuil. Le coussin en velours collé à elle. Mon coussin.

« Je commence, Mike ? Ou tu préfères t'y coller ?

– Non, vas-y.

– Bon. Ce matin, j'ai reçu un coup de téléphone de Simon Watts, un des avocats. »

Maigrichon.

« Il y a deux choses que je dois te dire, et je préférais le faire en tête-à-tête et le plus tôt possible, avant que les journaux ne soient informés d'une manière ou d'une autre. La première chose, c'est que c'est maintenant sûr que tu seras interrogée par la défense pendant le procès. Comme nous nous y attendions, la défense va se focaliser sur les événements les plus récents, donc les derniers jours que tu as passés avec ta mère, et la mort de Daniel. Apparemment, ils veulent clarifier plusieurs choses.

– Clarifier quoi ? je demande.

– Je suis désolée, mais on n'en sait pas plus. D'après Simon, c'est sûrement du bluff. Malheureusement, c'est le genre de tactique qu'on voit souvent à l'approche des procès. »

Ma paupière gauche se met à ciller, la marionnettiste cachée qui tire les ficelles. Comme pour me rappeler que c'est toujours toi qui commandes.

« J'imagine que nous en saurons plus avant le début du procès, non ? demande Mike.

– Non. Si personne ne présente de nouvelles preuves, il y a peu de chances que nous puissions découvrir ce que mijote exactement la défense. Le plus probable, c'est qu'il s'agit simplement de demander à Milly de préciser quelque chose qu'elle a vu ou entendu. Nos avocats ne s'attendent pas à de grands rebondissements au procès.

Sauf qu'ils ne te connaissent pas. Ils ne savent ni comment fonctionne ton cerveau, ni à quel point tu aimes manipuler les gens.

« Donc qu'est-ce que devrait faire Milly, au juste ?

– Elle devra témoigner deux fois. Une fois pour répondre aux questions de l'avocat général, et une fois pour répondre aux questions de la défense. Milly, il est très important que tu te souviennes qu'à n'importe quel moment, nous pouvons demander à ce que les mesures spéciales soient rétablies : il n'est pas nécessaire que tu sois interrogée au tribunal.

– Ce serait peut-être une bonne idée, d'ailleurs, vu que nous ne savons pas du tout ce que nous prépare la défense, dit Mike. Qu'est-ce que tu en penses, Milly ?

– Je ne sais pas. J'ai toujours envie de le faire, j'ai besoin de le faire, mais j'ai peur.

– De quoi as-tu peur ?

– Qu'elle essaie de retourner les gens contre moi.

– Personne ne va penser que tu es responsable de quoi que ce soit, Milly.

– Tu n'en sais rien, tu n'es pas le jury.

– Tu as raison, nous ne sommes pas le jury, intervient June. Mais la cour va reconnaître que tu es mineure et que tu vivais sous la contrainte de ta mère. Pour faciliter les choses, nos avocats ont dressé une liste de questions pour que tu puisses te préparer avec Mike. »

Les choses sont si simples, à l'entendre. Une leçon à réviser. Mais rien n'est simple dans ce que je vais devoir faire au tribunal.

« Et est-ce qu'elle pourra revoir ses déclarations ? demande Mike.

– Oui, évidemment. La semaine précédant le procès, je te demanderai d'amener Milly au tribunal pour qu'elle puisse observer les lieux et, effectivement, revoir ses déclarations. Une fois suffira largement – ça peut être une expérience assez traumatisante, sans compter le risque d'instiller le doute et la confusion dans son esprit. Quand les témoins apprennent par cœur leurs déclarations, ça a tendance à leur mettre beaucoup de pression – c'est pourquoi nous les encourageons plutôt à se concentrer sur les questions qu'on va leur poser.

– Tout cela me paraît assez sensé, dit Mike. Milly, on pourra reparler de tout ça un peu plus tard, mais est-ce que, pour l'heure, tu as des questions à poser ?

– Non. »

Comme Phoebe avec Mlle Mehmet, rien que je puisse me permettre de dire à voix haute.

« Est-ce que je pourrais être au procès avec elle, June ? demande Mike.

– Non, je ne pense pas. Dans ce genre d'affaires ultra médiatisées, les juges ont tendance à promulguer ce qu'on appelle une ordonnance d'anonymat pour limiter au maximum le nombre de personnes présentes au procès et limiter les fuites dans la presse. En revanche, moi, je serai avec Milly du début à la fin. Mais si vous tenez absolument à être là, avec Saskia, on pourra toujours vous installer dans une pièce à proximité.

– Vous avez parlé de deux choses que vous vouliez me dire. Quelle est la seconde ?

– La date du procès a été modifiée. L'affaire qui devait être jugée avant la nôtre a été annulée. Du coup, on commence lundi dans trois semaines. »

Quarante-cinq jours qui se transforment en vingt-quatre. Je suis forte en maths, surtout quand il est question de toi.

« La semaine après les vacances, je murmure. Mais je ne serai jamais prête à temps.

– On fera en sorte que tu le sois. June, qu'est-ce qu'on peut faire, en attendant, pour aider Milly à se préparer ?

– Aussi étrange que cela puisse paraître, il n'y a pas grand-chose à changer. Continuez vos séances hebdomadaires – vous pouvez en faire davantage si l'un ou l'autre d'entre vous juge que c'est nécessaire – et de mon côté, dès que je serai repassée au bureau, je vous ferai parvenir les questions des avocats.

– Donc si j'ai bien compris, à part les questions, on fait comme d'habitude ?

– Exactement. D'ailleurs, j'y pense, est-ce que vous serez dans le coin pendant les prochaines vacances ? Parce que c'est sûrement à ce moment-là que Milly pourra revoir sa déclaration.

– Oui, nous serons là. Phoebe sera en voyage avec l'école, et nous partirons peut-être quelques jours, mais pas plus loin que les Cotswolds. Donc, si besoin, nous pourrons être de retour dans la journée.

– C'est une bonne idée de prendre un peu de vacances. Dès demain, la presse sera informée que le procès a été avancé et, comme nous en avons déjà discuté, il va falloir réfléchir à un moyen de limiter ton exposition à tout ça, Milly. Est-ce que tu as entendu des filles du lycée parler du procès ? »

Je pourrais dire la vérité, expliquer que la fille chérie de Mike s'amuse à te lire à voix haute, qu'elle dit qu'on devrait te brûler vive, tandis qu'à ses pieds, ses adoratrices disent amen. Mais je ne veux pas qu'il sache que Phoebe et moi avons atteint le point de non-retour. Car je sais qui finira à la porte.

Alors je réponds, non, je n'ai entendu personne en parler.

« Tant mieux. Je sais que ce sera difficile, mais si jamais les gens autour de toi se mettent à en parler, le mieux sera que tu t'éloignes et que tu ne t'impliques pas dans la conversation. En attendant, je sais que tu es entre de très bonnes mains avec Mike, et si jamais tu as la moindre question à me poser une fois que je serai partie, demande à Mike de m'appeler ou envoie-moi directement un e-mail, d'accord ? »

Elle s'approche de moi, s'apprête à me toucher l'épaule, puis retire sa main au dernier moment, quand elle se rappelle la fois d'avant. Elle finit par s'agenouiller devant moi, et je peux sentir son haleine de café froid.

« Ce ne sera pas aussi terrible que tu l'imagines, tu verras », elle conclut.

Je me tourne vers elle. Quel dévouement. Le problème, c'est qu'elle ne sait rien. *Ce ne sera pas aussi terrible que tu l'imagines – non, June, ce sera pire.*

Une fois que Mike l'a raccompagnée à la porte, je lui dis que j'ai besoin de rester un peu seule pour réfléchir à tout ça.

« Évidemment, Milly. Si tu as besoin de quoi que ce soit, je serai dans mon bureau. »

Quelques minutes plus tard, je suis debout à côté du lavabo de ma salle de bains. Le rasoir sur ma peau. J'appuie plus fort que d'habitude. Un couteau dans du beurre. Un éclair le long de ma côte. Des gouttes rouges. Toutes chaudes.

Mais aucun réconfort.

16

J'ai à peine dormi. Chaque fois que je fermais les yeux, je te voyais, dans ta cellule. Tu souriais, ravie de la façon dont les choses se déroulent, dont ton plan se met en place. Je commence un compte à rebours, au fusain, à l'intérieur de mon armoire de salle de bains. Le nombre de jours avant le procès. Je pensais que ça m'aiderait, mais dès que je note le chiffre, ma main se met à trembler. Les avocats, les membres du jury. Le juge.

Et toi. Derrière un écran.

Qui attend.

Très tôt ce matin, Mike m'a envoyé un texto pour me dire qu'il avait une journée chargée au boulot, mais qu'il me proposait de faire une séance demain, ou lundi au plus tard. À quoi bon ? Il a déjà tout dit : « La seule solution, c'est de faire face. »

Dès que j'entre dans la cuisine, Phoebe me tourne le dos et se met à beurrer deux tartines. Saskia se tient à côté de l'évier. La cinquième roue du carrosse.

« Bonjour, Milly, elle me dit.

– Coucou, je voulais juste te dire que je vais sortir, cet après-midi. Je dois prendre des photos pour mon cours d'arts plastiques.

– D'accord. Moi aussi, j'ai des choses à faire, mais peut-être qu'on pourrait toutes essayer de se retrouver ici plus tard pour regarder un film, non ? Une petite comédie romantique entre filles ?

– Moi, je vais chez Clondine dès que j'ai fini mon petit déj', donc compte pas dessus, même si je sais que tu t'en fous, répond Phoebe avant de jeter son couteau dans l'évier et de sortir de la cuisine, ses tartines à la main.

– Et toi, Milly ? Est-ce que ça te dirait ?

– Pourquoi pas, mais je ne sais pas encore pour combien de temps j'en aurai. »

Je mange mon petit déjeuner seule, bien contente de retrouver Morgan plus tard. Dans ses messages, elle me dit qu'elle rêve de vivre ailleurs, loin de sa cité. J'ai rédigé un message pour elle une bonne centaine de fois sans jamais l'envoyer. Finalement, je crois que si je devais lui parler de toi, je le ferais en tête-à-tête.

Comme prévu, nous nous retrouvons dans l'après-midi, au bout d'une des rues perpendiculaires au boulevard. Elle me salue d'un signe de tête, et son visage s'illumine d'un sourire.

« Alors, est-ce que je t'ai manqué ? » elle me demande.

Je lui souris, ce qu'elle prend pour ma réponse.

« Allez, viens, elle me dit. On y va.

– Où ça ?

– Voir des amis à moi.

– Quels amis ?

– Deux garçons que je connais.

– C'est vraiment obligé ?

– Pourquoi ? C'est quoi le problème ?

– Rien, c'est pas grave. »

Nous passons par deux rues que je n'ai jamais empruntées. C'est calme – d'ici, on n'entend pas le fracas des marchés du samedi. Les maisons deviennent moins blanches, moins belles, et bientôt nous nous retrouvons dans une autre cité. Au moment où nous nous apprêtons à traverser la rue, je remarque une longue file de voitures noires. C'est alors que je vois l'église. Un petit groupe de gens qui sort de la bâtisse, un pasteur devant, tête baissée. Une femme que deux hommes soutiennent.

« Attends, Morgan, laisse-les rentrer dans leurs voitures.

– Mais non, vas-y, on s'en fout. »

Quand on approche, je vois le cercueil, le bois verni qui reflète le soleil d'octobre à travers la vitre arrière du corbillard. Une couronne de fleurs. PAPA. Les chauffeurs ouvrent les portes, l'air grave dans leur uniforme, le chapeau sous le bras. Je m'arrête. Interrompre leur procession, leur chagrin, me paraît déplacé. Morgan continue sa route et se fraye un chemin au milieu de la foule endeuillée. Quand les voitures s'éloignent et que le pasteur finit par rentrer, je reste une ou deux minutes devant l'église, et je pense à mon père. Il est parti bien avant que les choses deviennent intenables, mais il a forcément vu les nouvelles, il sait. Celui qui s'est enfui. Qui se cache. Qui refuse d'admettre qu'il t'a épousée, et que ce n'était pas lui qui t'attirait.

Morgan siffle et me fait signe de la rejoindre. Quand je la rattrape, elle me demande pourquoi je me suis arrêtée.

« Par respect, je crois. »

Elle crache par terre et fait une grimace, signe que soit elle ne comprend pas, soit elle s'en fout complètement. Je sens la chaleur monter brusquement en moi. Cette gamine a encore deux ou trois trucs à apprendre – mais elle a de la chance, je suis une bonne prof.

Nous nous retrouvons dans une rue résidentielle, avec de grandes barres d'immeubles de chaque côté et un magasin au milieu, avec des grilles en fer pour protéger les vitrines. Nous entrons dans la cité sur notre gauche et marchons jusqu'à atteindre une petite aire de jeux au sol recouvert de tessons de bouteille et d'emballages de McDo. Il n'y a aucun enfant en vue, juste deux adolescents assis sur le tourniquet, une canette de bière à la main.

« Salut, les cons ! dit Morgan.

– Va t'faire foutre, p'tite merde », répond un des garçons – il a une casquette sur la tête et un piercing doré à l'oreille droite.

Morgan saute sur le tourniquet, lui arrache la canette des mains et boit plusieurs gorgées. Puis elle rote, ce qui les fait rire.

« Et elle, c'est qui ? demande l'autre garçon – il a le cou constellé de boutons d'acné plus ou moins mûrs.

– C'est Milly, elle habite à côté de chez moi.

– Pas mal, il commente. Tu viens t'asseoir à côté de moi, qu'on fasse connaissance ?

– Non, ça ira, je réponds en m'asseyant sur un banc.

– Tu te crois trop bien pour nous, c'est ça ? »

Je souris, m'efforce de ne pas avoir l'air intimidée.

« Bon, tu me files une canette ou quoi ? demande Morgan.

– Ça dépend, répond le garçon à la casquette. Qu'est-ce que je gagne en échange ?

– Le plaisir de ma sublime compagnie, bien sûr ! » s'exclame Morgan en se levant pour saluer son public.

Le gars à la casquette s'appelle Dean. En tout cas, c'est comme ça que l'appelle son copain avant de lui dire :

« Je parie que je sais ce qui te ferait vraiment plaisir.

– Ah oui, quoi ? » répond Dean.

Ils s'allument une cigarette, m'en proposent une.

« Non, merci.

– Mais elle est vraiment coincée, ta copine. »

Dean tire Morgan vers lui et se met à la chatouiller. Au début, elle se débat, puis il lui murmure quelque chose à l'oreille, à quoi elle répond « Chiche », et bientôt ils s'éloignent tous les deux.

Ils disparaissent à l'intérieur d'une maisonnette pour enfants aux couleurs vives, au toit recouvert de graffiti. J'essaie de calmer l'angoisse qui monte en moi. Les choses qui lui arrivent, sales. Je veux aller dans la cabane pour lui venir en aide, mais je sais que parfois, essayer d'aider, de faire le bien, c'est la meilleure façon de finir par faire le mal.

Le copain de Dean vient s'asseoir à côté de moi. Il a les ongles tout rongés. Il passe son bras derrière mon dos, laisse reposer son coude sur le dossier du banc, puis il me touche l'épaule.

Me touche.

J'essaie d'ignorer les bruits dans la maisonnette. Morgan, mon amie, à genoux ou allongée sur le dos. Le visage du garçon s'approche de mon cou, les bruits de la cabane sont remplacés par celui de sa salive tandis qu'il mâchouille un chewing-gum. Je frémis, je devrais me lever, mais je ne sens plus mes jambes. Bloquée.

« Est-ce que t'as froid ? Je peux te réchauffer, si tu veux. »

L'odeur de l'alcool, la cigarette dans sa main, son visage juste à côté du mien, ça suffit à m'emmener.

Vers toi.

Une ombre, une couverture d'amour et de désir, sous laquelle tu m'étouffais toutes les nuits, dans mon lit.

Il éteint sa cigarette sur le bois du banc, entre nous deux, puis il la jette au sol, avec les autres. Un cimetière de mégots, tordus dans des positions étranges – cous brisés, corps pliés.

Il pose la main sur ma cuisse, remonte un peu, et encore un peu. Le mot « non », coincé dans ma gorge, ne veut pas sortir. Je n'arrive pas à le dire, et de toute façon je sais que ça ne marche pas. Non voulait dire oui, tu finissais toujours par obtenir ce que tu voulais. Par prendre de force ce que tu voulais. Quand ses lèvres entrent en contact avec la peau de mon cou, j'ai l'impression qu'elles ne lui appartiennent pas, que ce sont les lèvres de quelqu'un d'autre. Je n'ai jamais voulu être touchée comme ça. Je n'ai jamais voulu que tu me touches comme ça.

« Lâche-moi, me touche pas, merde ! je hurle en me levant.

– Putain, mais c'est quoi ton problème ? »

Je m'approche de la maisonnette, tambourine du poing sur le toit. À chaque pas me reviennent des images de ta chambre, chez nous.

« Morgan, Morgan ! Tu viens ? Je veux partir. »

Le garçon dans la cabane me traite de folle. De salope. Il dit que je lui ai cassé son coup. Le bruit d'une braguette qu'on remonte.

« Deux secondes, j'arrive », me dit Morgan.

Je pars en hâte, vers la rue, les voitures garées. Sous l'une d'entre elles, un chat noir. Les yeux fermés. S'il se lève et marche vers moi, ça me portera bonheur. S'il s'éloigne, ce sera le contraire. Il ne bouge pas. Je suis fâchée. Fâchée contre Morgan. Personne ne l'a forcée, elle est entrée dans la maisonnette avec le sourire aux lèvres. D'ailleurs, elle sourit encore, alors qu'elle me rejoint, une canette de bière à la main. Elle en prend une gorgée, se gargarise, puis recrache. Sale.

« Qu'est-ce qui t'a pris, Milly ?

– Je veux rentrer.

– Attends, c'est pas comme si tu l'avais jamais fait. »

Je ne réponds pas, je ne sais pas comment lui expliquer.

« Est-ce que je peux venir avec toi ? Tu pourrais me faire passer par le balcon, discrètement. »

Je devrais accepter. Il faut que je la protège, et il faut qu'elle se comporte mieux. Je peux l'aider.

« Alors, je peux ?

– Oui. »

Pendant qu'on rentre, tu me donnes des conseils, des idées pour aider Morgan à ne plus être « sale », mais ce que tu dis me fait peur, ce n'est pas agréable à entendre. Je n'ai pas envie de lui faire ça. Pas à ma seule amie. J'ai besoin d'elle. Et c'est pour ça que je le fais : quand elle se baisse derrière une voiture pour refaire son lacet, je regarde. D'habitude, je ne le fais pas, d'habitude, je ne veux pas le faire, mais cette fois, je regarde mon reflet dans la vitre de la voiture. Ton visage, le portrait craché du mien.

ACCEPTE QUI TU ES, ANNIE.

« Je n'en ai pas envie, je réponds.

– À qui tu parles ? » demande Morgan en se relevant.

Je secoue la tête, elle sourit, me traite de tarée et me dit de ne pas m'inquiéter pour ce qui s'est passé tout à l'heure, que c'est des cons, de toute façon. Et c'est alors que je m'en rends compte : tu peux dire ce que tu veux sur moi à tes avocats – d'ailleurs, je suis sûre que tu ne t'en es pas privée –, mais Morgan est à moi. C'est moi qui décide. Je lui dis que j'ai changé d'avis, que c'est trop risqué de la faire grimper dans ma chambre alors que Saskia est dans le coin. Elle est déçue, me dit que du coup, elle va devoir rentrer chez elle et supporter les cris de son petit frère et de sa petite sœur.

« Super, merci Milly », elle me lance avant de s'éloigner sans me regarder.

J'ai envie de lui répondre qu'il n'y a pas de quoi, mais elle ne comprendrait pas.

17

Les questions semblent simples, quand Mike me les pose. Mais c'est un psychologue, il est programmé pour me soutenir et m'aider, et ce n'est pas comme ça que fonctionnent les avocats.

Il les lit à haute voix. Qu'est-ce que tu as vu précisément à travers le trou la nuit où Daniel Carrington est mort ? Combien de temps as-tu regardé par le trou ? Es-tu sûre que c'est ce que tu as vu ta mère faire ? Sûre à cent pour cent ? Que s'est-il passé après ?

Raconte encore une fois à la cour, s'il te plaît. Et encore une fois.

Quand c'est terminé, il me dit que je me suis très bien débrouillée. Il pose la page de questions sur son bureau et s'excuse de devoir m'imposer ça. Il me dit que je dois me sentir vulnérable à l'idée de répondre à des questions devant un jury et un juge. Je lui réponds que oui, que ça fait peur de ne pas savoir ce qui pourra se passer le jour J. Ce qui pourra être dit. Mais je pense que ça ira, qu'aller au tribunal et te faire face, c'est ma façon d'aider les enfants à qui tu as fait tant de mal. Ma façon d'assumer mes responsabilités. Mike me parle de culpabilité du survivant et m'explique comment on peut se sentir coupable alors qu'on ne l'est pas. Parfois, je pense que c'est ce que tu ressens, il me dit, que la mort de ces enfants est de ta faute. Est-ce que je me trompe ? Je ne suis pas sûre, je réponds. Parfois, oui. Tu n'as rien fait de mal, il martèle, et si ta mère prétend le contraire, c'est seulement parce qu'elle cherche encore à te manipuler.

Une jolie explication.

Nous parlons de la fois où tu nous as emmenés à Manchester pendant les vacances. Tu faisais tellement attention à étaler ce que tu faisais sur d'immenses distances. Le réseau souterrain des femmes désespérées qui te faisaient suffisamment confiance pour te laisser leur enfant. Des années de travail de ta part. Et comme d'habitude, c'était moi qui assurais ta couverture – ta propre fille. On aurait pu continuer longtemps comme ça, mais tu as pris Daniel, quelqu'un que je connaissais. Trop proche.

« Qu'est-ce que tu dirais à ton toi du passé si tu voulais le réconforter ?

– Je ne sais pas.

– Essaie. Qu'est-ce que tu aurais aimé entendre ? »

Que je n'étais pas comme toi.

« Qu'un jour, ça s'arrêterait.

– Et c'est grâce à toi que ça s'est arrêté, tu as eu le courage de prévenir la police.

– J'ai attendu trop longtemps. Trop de choses horribles s'étaient déjà passées.

– Si tu avais pu être entendue plus tôt, qu'est-ce que tu aurais dit ?

– Aidez-moi. Laissez-moi tranquille.

– Mais comment aurait-on pu t'aider si tu voulais qu'on te laisse tranquille ?

– Je ne sais pas. C'est juste ce que je ressens.

– De la peur, je pense. Et si tu avais dit "Aidez-moi, emmenez-moi dans un endroit où je serai en sécurité" ? »

Je compte les livres sur les étagères. Les chiffres me rassurent. Et puis je me mets à pleurer, et j'enfouis mon visage dans le coussin pour me cacher. Mike reste silencieux, il me laisse pleurer, puis il me dit :

« Tu mérites d'être en sécurité, Milly. Tu mérites d'avoir une nouvelle vie. »

Je retire le coussin. Son regard est si prévenant. Il veut m'aider, ça se voit, mais il ne comprend pas.

« Tu ne comprends pas, Mike. Tu crois que tu me connais, mais c'est faux.

– Je crois que je commence à te connaître, et je crois que je te connais mieux que la plupart des gens. Tu n'es pas d'accord ? »

Si c'était vrai, il saurait quoi me dire. Il saurait que la meilleure façon de m'aider serait de me dire que je peux rester. Qu'il s'occupera de moi. Mais j'ai trop peur pour lui demander. Je sais que dès que le procès sera terminé, je devrai partir. Recommencer à zéro. Et je ne peux rien y faire.

« Est-ce qu'on peut s'arrêter là, Mike ? Ça fait plus d'une heure. Je suis fatiguée, j'ai envie d'aller me coucher. »

Il sent que je vais me fermer, et il sait qu'il vaut mieux ne pas me contrarier.

« Si tu veux, Milly. Attends, je vais te donner des médicaments pour ce soir. »

Je range les comprimés avec les autres, puis j'ouvre mon ordinateur portable pour voir quelles sont les dernières nouvelles à ton sujet. Apparemment, tu as été placée à l'isolement, après avoir été attaquée par une autre détenue juste après que la presse a annoncé que ton procès avait été avancé. J'imagine que c'est important de te protéger, les gens veulent que tu restes en vie.

Ils veulent pouvoir te faire payer.

18

De la terre sur mes pieds, une serviette dans mon lavabo. Mike aurait dû me laisser où il m'a trouvée hier soir, après notre séance. L'obscurité de la cave.

Quand je sors de ma chambre, je vois Phoebe, perchée sur la rambarde de l'escalier, la tête dans son téléphone, un pied sur la moquette. Ses ongles de pieds sont parfaitement vernis, roses. Elle lève les yeux quand je passe et dit :

« C'était quoi tout ce bordel hier soir ? Tu m'as réveillée. »

Je réponds la première chose qui me passe par la tête :

« J'avais mal au ventre, Mike m'a apporté des médicaments.

– Ah ouais ? Ben la prochaine fois, fais moins de bruit. »

Je passe devant elle, descends une volée de marches, puis je me retourne et lui lance :

« Au fait, ça rentre, ces répliques ? »

Elle me fait un bras d'honneur et ses lèvres articulent en silence les mots « Ta gueule ». Elle sait que Mike et Saskia sont dans le coin, et qu'ils risqueraient de l'entendre.

« En tout cas, n'hésite pas à me demander si tu as besoin d'un coup de main », je lui dis en souriant.

Elle saute de la rambarde, s'engouffre dans sa chambre et claque la porte derrière elle.

Saskia est assise à la table de la cuisine, une grande tasse coincée entre ses doigts trop maigres. On voit ses veines proéminentes qui partent de ses phalanges et remontent jusqu'à ses poignets. Elle me dit bonjour sans me regarder – plus une formule de politesse qu'une tentative d'engager la conversation.

Une spatule en bois à la main, Mike me propose des œufs brouillés. Il porte un tablier avec sur le devant une photo de James Bond tenant un rouleau à pâtisserie, les mots « Au service sucré de Sa Majesté » inscrits en dessous. Il voit que je regarde, il ricane et essaie de cacher sa gêne. Il doit se sentir tellement ridicule. Même après notre dernière séance, je suis toujours aussi tarée.

« C'est Saskia qui me l'a acheté pour mon anniversaire l'année dernière, pas vrai, Saskia ?

– Hein ?

– Le tablier.

– Ah oui, chéri. Ça doit être ça. »

Je le regarde retourner à ses casseroles. Il est grand. Un corps athlétique, des cheveux blonds qui tirent sur le gris. Le poids de nous toutes sur ses larges épaules, et pourtant je ne l'ai jamais entendu se plaindre.

« Tiens, il me dit. Tes œufs brouillés. »

Je le remercie et m'assois à côté de Saskia.

« Tu ne manges pas, toi ? je lui demande.

– Non, non, je préfère manger plus tard. »

Ou pas du tout. Mike sort de la cuisine, pose le pied sur la première marche de l'escalier et appelle Phoebe. Il doit s'y reprendre à deux fois avant qu'elle ne daigne sortir de sa chambre et répondre :

« J'arrive. »

Il nous rejoint à table et nous dit de commencer à manger. Il me demande si je veux faire quelque chose en particulier pour les vacances.

« Peu importe, ça ne me dérange pas de rester ici. Je sais que vous avez tous les deux plein de choses à faire.

– Je pense que June avait raison, l'autre jour, quand elle disait que partir quelques jours nous ferait le plus grand bien. Il y a un coin dans la campagne où on est déjà allés. À cette période de l'année, les arbres doivent être magnifiques.

– Mais c'est que vous êtes mignons, tous les trois ! s'exclame Phoebe en entrant dans la cuisine.

– Bonjour, Phoebe. Prends donc des œufs et viens t'asseoir avec nous.

– Qu'est-ce qui s'est passé hier soir ? Tu m'as réveillée.

– J'ai déjà expliqué à Phoebe que j'avais mal au ventre et que tu m'as apporté un médicament. »

Mike hésite. Ce n'est pas dans sa nature de mentir, mais il rationalisera plus tard. Pour l'heure, il doit me protéger. Une nécessité pour lui.

« Moi, je n'ai rien entendu », intervient Saskia.

Ça ne surprend personne.

« Ouais, ben du coup, moi, j'ai mis des heures avant de me rendormir.

– Je suis désolé, Phoebe, dit Mike. Bon, on parlait des vacances. C'est vraiment dommage que tu ne puisses pas venir avec nous.

– Marcher dans la forêt au milieu de nulle part, franchement, non merci. Je préfère mille fois aller en Cornouailles avec le hockey. »

Les Cornouailles, ce n'est pas loin du Devon. Chez moi.

« Ce n'est pas là-bas que tu échapperas à la forêt, tu sais ? » dit Saskia.

Personnellement, je trouve sa remarque plutôt marrante, mais ça n'a pas l'air de faire rire Phoebe, qui se retourne pour remplir son verre au robinet. La main de Mike quitte la table pour se poser sur la cuisse de Saskia. Il me fait penser au capitaine d'un navire en détresse. Mutinerie possible. Probable, même.

« Il faut que tu manges quelque chose, Phoebe.

– Non, j'ai pas faim. Je suis au régime.

– Le petit déjeuner est le repas le plus important de la journée, alors tu manges.

– Pourquoi ? Maman ne mange rien, elle.

– Sauf que contrairement à toi, elle ne passe pas l'essentiel de son temps à l'école et à faire du sport. »

Phoebe marmonne dans son verre que c'est sûr que le jour où elle fera quelque chose de ses journées, celle-là...

« Prends au moins un en-cas pour plus tard. Il y a des barres de céréales dans le placard.

– C'est bon. Si tu veux. »

Phoebe et moi partons au même moment, pas le choix. Mike et Saskia nous disent au revoir à la porte. Au bout de vingt mètres, elle change de trottoir, et je regarde son corps élancé traverser la rue. Une allure assurée, à mille lieues de ce qu'elle ressent. Il y a plusieurs semaines, je suis descendue à la buanderie pour récupérer une serviette propre, et j'ai entendu des voix. Sevita repassait, pendant que Phoebe, en tailleur par terre, faisait ses devoirs. Sevita m'a souri quand je suis entrée et m'a dit, coucou, Milly. Mais le visage de Phoebe n'était pas aussi accueillant. De la colère, de la jalousie. Elle ne voulait pas que je sois là, elle ne voulait pas partager. Ce qu'elle n'arrive pas à trouver auprès de Saskia, elle se le procure ailleurs. Elle en a besoin. Quelques jours après l'épisode de la buanderie, j'ai demandé à Mike si Phoebe et Sevita étaient proches. Il m'a expliqué qu'elle travaillait pour eux depuis des années, qu'elle était arrivée quand Phoebe était encore bébé et que donc, oui, elles étaient très proches.

En passant devant les immeubles de la cité d'à côté, je me rappelle que j'ai oublié de dire à Mike et Saskia que je ne rentrerai pas juste après les cours, aujourd'hui. Je leur envoie un texto à tous les deux pour les informer que je dois rester au lycée pour préparer des décors pour la pièce de théâtre, et que je devrais être de retour vers 18 h ou 19 h. Un mensonge, un petit mensonge de rien du tout. J'ai hâte de revoir Morgan. Je l'ai protégée, ce week-end, en la renvoyant chez elle. Depuis, je n'arrête pas de me dire qu'il faut que je lui raconte mon histoire. Pas tout, mais assez pour que je puisse en parler avec elle si j'en ressens le besoin. June ne serait pas d'accord. On m'a donné une nouvelle identité pour que je me sente en sécurité. Invisible. Pour que personne ne sache qui je suis. Londres est une grande ville, elle m'a dit, tu ne seras qu'un visage de plus dans la foule. Mais le plus important, elle a insisté, c'est que tu ne racontes à personne qui tu es et que tu ne dises strictement rien sur ta mère. Est-ce que tu comprends pourquoi ? Oui, j'ai répondu. Et je le pensais vraiment. Le problème, c'est que je n'avais pas imaginé que ce serait une vie aussi solitaire.

La journée n'en finit pas. Allemand, puis musique. Maths, dessin. MK est seulement ma conseillère attitrée, je ne l'ai pas comme prof. Je l'imagine passer du temps avec d'autres filles, à parler, à rire. Hier, je lui ai envoyé un e-mail pour lui demander si je pouvais passer la voir, mais elle ne m'a pas répondu.

Biologie, le dernier cours de la journée. Dissection. Un cœur de cochon. Presque comme un cœur humain. Les ventricules. Les oreillettes. La grande veine cave. Je sais beaucoup de choses sur ce qui compose l'intérieur d'un corps.

Magnifiques dans toute leur rougeur, quinze cœurs posés sur les paillasses quand on arrive. Un pour chacune. M. West, un peu bigleux, un peu vieux, nous dit de suivre les instructions notées sur le tableau.

Scalpels sortis.

On coupe. Un coup par-ci, un coup par-là. Pas évident pour certains; pour moi, un jeu d'enfant. Je suis la première à finir. J'examine le cœur – enfin ce qu'il en reste – sur son petit plateau métallique. Les responsables, deux scalpels ensanglantés et une pince à épiler. J'écoute les commentaires autour de moi. Dégueu. Ah, je déteste la bio, vivement l'année prochaine, qu'on soit débarrassées. Tu peux m'aider avec mon cœur. Pas moyen, j'ai déjà du mal à toucher le mien. Beurk.

Je lève la main. J'attends une bonne minute que M. West daigne relever son crâne dégarni pour dire :

« J'ai fini, m'sieur.

– Alors lave-toi les mains, et note tes observations. »

Une fois que j'ai fini d'utiliser le lavabo, je retourne à ma paillasse, ouvre mon cahier à une nouvelle page et me mets à écrire.

Mais je les entends. Clondine et Izzy qui gloussent. Elles sont un rang devant moi et me regardent régulièrement par-dessus leurs épaules. Dès qu'elles croisent mon regard, elles se retournent. Je recommence à écrire. Et c'est alors que ça arrive.

Un cœur sur mon visage.

Il rebondit sur ma joue gauche, atterrit sur ma poitrine, et tombe par terre. J'avais déjà enlevé ma blouse. Je passe la main sur mon visage. Collant. Du sang sur mes doigts. Izzy me filme avec son téléphone, Clondine monte la garde, même si M. West ne représente pas vraiment une menace. Je me retourne. Mon haut tout taché, le cœur du cochon qui saigne. Ça pourrait aussi être le mien.

« Bon les filles, il est temps de ranger, annonce M. West.

– Mais j'ai pas encore fini, m'sieur, dit une voix au premier rang.

– Je suis navré, Elsie, mais il fallait travailler plus vite. »

Si je pouvais, je me déplacerais, mais je ne sens plus mes jambes. Je ne sens plus rien. Pour elles, je serai toujours une erreur de la nature. Je sais que M. West s'approche, j'entends ses pas sur le carrelage. Des chaussures en cuir marron, qu'il doit cirer tous les jours. Il s'arrête devant moi.

« Bon sang, jeune fille, mais qu'est-ce que vous avez fabriqué ? Vous me dites que vous avez fini, et je vous retrouve avec du sang sur le visage et sur le chemisier. Filez vous débarbouiller et ramassez-moi ce cœur qui traîne par terre. »

J'entends les éclats de rire étouffés quand M. West s'éloigne.

Zoe, une fille à ma paillasse, témoin silencieux. Elle se baisse et ramasse le cœur avec une serviette en papier. Puis elle m'en tend une autre, qu'elle a pris le temps d'humidifier et me montre avec le doigt les endroits où il faut que je frotte.

Je la remercie et regrette d'avoir passé l'âge que quelqu'un le fasse pour moi. Au moment où nous sortons de classe, Clondine et Izzy m'adressent de grands sourires sarcastiques. Les couloirs sont bondés, mais les gens s'écartent pour me laisser passer. Est-ce que c'est du sang sur son haut ? J'ai l'impression, oui.

Dégueu. Je m'enferme dans les toilettes pour enfiler le jean et le sweat à capuche que j'ai cachés dans mon sac ce matin. Pas d'uniforme dans la cité, surtout pas celui de cette école de riches. Mon téléphone sonne. Je le sors de mon sac. C'est Morgan, qui veut savoir si je compte toujours la rejoindre après les cours. Et c'est à cet instant que je remarque une trousse de maquillage que je connais bien, oubliée sur le sol de la cabine d'à côté. Je dis à Morgan que je la rejoins dans vingt minutes, que j'ai juste un petit truc à faire avant.

Quand j'arrive sur le toit de la tour, elle est en train de fumer une cigarette.

« Regarde, elle me dit. Y'a un oiseau là-bas, je crois qu'il a l'aile pétée.

– Où ça ?

– Là-bas, elle répond en désignant une caisse. Je lui ai mis ça au-dessus, il s'agitait comme un taré et ça me mettait mal à l'aise. »

Je m'approche, m'accroupis et regarde à travers les trous dans le plastique. Des petits trous hexagonaux. À l'intérieur, un pigeon, avec une aile qui pend. Cassée, effectivement. Sa tête n'arrête pas de bouger. Je ne sais pas pourquoi, mais je me mets à secouer la caisse. À l'intérieur, c'est la panique, et l'oiseau se met à pousser des petits piaillements nerveux. Un SOS à l'attention de ses amis. Envolez-vous, les copains. Filez d'ici. Il les rejoindrait bien, mais il ne peut pas, il est prisonnier. Morgan s'accroupit à côté de moi, me demande ce que je fais. Je soulève un côté de la caisse, plonge la main à l'intérieur et attrape le pigeon. Je le serre fort contre le sol, son petit pouls résonne contre mes doigts. L'aile est cassée, mais pas le cœur. Pas encore. Il se remet à piailler, à appeler les autres. Des petites paires d'yeux, des têtes qui s'agitent, cachées derrière les cheminées. Les oisillons regardent la scène, eux aussi, les adultes les forcent.

Je le fais vite – charitable.

« Putain, mais c'est gore ! Pourquoi t'as fait ça ? »

Elle détourne le regard.

« Ça aurait été pire sinon. Il aurait fini par mourir, mais ça aurait pris très longtemps.

– On aurait pu l'emmener chez le véto.

– Non, il avait mal. Maintenant, il ne souffre plus. Je l'ai aidé.

– Eh ben, je préfère que ce soit toi qui l'aies fait plutôt que moi. »

Oui.

Je replace la caisse au-dessus de l'oiseau et on retourne derrière la bouche de ventilation, où on s'allonge par terre, immobiles comme des statues. Des rugissements de moteur quand les fantômes métalliques nous survolent avant d'atterrir à Heathrow. Téléportation, Scotty. N'importe où, ce sera toujours mieux qu'ici. Morgan s'allume une nouvelle cigarette, des doigts bleutés s'élèvent en tourbillons, caressant l'air au-dessus de nous. Le souffle des sorcières.

« Pourquoi tu parles pas ? T'as pas d'histoires à me raconter, aujourd'hui ? »

Juste une, mais je ne suis pas sûre qu'elle te plaira.

« Non, pas vraiment.

– Géniale l'ambiance. De toute façon, je vais pas pouvoir rester très longtemps, y'a mon oncle qu'est là, et il est super strict. »

Laisse-moi encore quelques minutes, je t'en prie, j'ai besoin de formuler les choses dans ma tête avant de les dire à voix haute. Ma mère est. Non. Est-ce que t'as vu aux nouvelles, la nana qui. Non. Merde. Qu'est-ce que je fais ? Je ne suis censée en parler à personne.

« Qu'est-ce qui t'arrive, aujourd'hui ?

– Rien, pourquoi ?

– Tu te fais saigner le doigt, regarde.

– Désolée.

– Pas besoin d'être désolée, mais si t'as quelque chose à dire, dis-le. »

C'est comme faire du patin sur un lac gelé. Ça a l'air sûr, mais il faut bien que quelqu'un se lance, pour voir si la glace tient. Elle m'aime bien, on est amies. Je peux lui dire, pas tout, mais un peu. Non ?

« Bon, si tu veux pas parler, moi je vais y aller. Je préfère regarder la télé que rester là sans rien dire.

– Attends.

– Mais c'est quoi ton problème, à la fin ? »

Il commence à faire sombre, sur le toit. Juste elle et moi. Personne d'autre, personne d'autre n'a besoin de savoir. Elle m'aime bien. Je n'ai rien à voir avec toi. Elle comprendra. Comprendra-t-elle ?

« Si je te disais un truc, est-ce que tu voudrais toujours être mon amie ?

– Ben ouais. On peut tout se dire, non ? »

J'acquiesce parce qu'elle a raison. Pratiquement tous les soirs, elle m'envoie un texto pour me demander si Phoebe ne m'embête pas trop et pour me dire de ne pas m'inquiéter, qu'elle est là pour moi.

« Alors, qu'est-ce que c'est que tu voulais me dire ?

– Je ne suis pas sûre que ce soit une bonne idée.

– Maintenant que t'as commencé, t'es obligée d'aller au bout.

– Non, c'était bête. J'aurais mieux fait de me taire.

– Bon, maintenant, t'as plus le choix. Je bouge pas d'ici tant que tu m'as pas tout raconté. »

Les règles sont faites pour être… transgressées ?

« Milly, ça commence à devenir chiant, là. Je dois bientôt rentrer.

– Promets-moi que tu seras toujours mon amie.

– Si ça peut te faire plaisir. Je te promets. Maintenant, accouche ! »

Je me redresse, passe un pied dans la bretelle de mon sac et le tire vers moi. Morgan se redresse, elle aussi. Je lui demande de me prêter son briquet – il n'y a plus assez de lumière pour voir. Je plonge la main dans la poche avant de mon sac et en sors l'article de journal, celui que Phoebe lisait à haute voix. Je l'étale sur ma cuisse avec le plat de la main. Je sais que c'est risqué de le garder sur moi, il suffirait que Phoebe ou Izzy s'amuse à vider mon sac, leurs ongles manucurés dépliant ton visage... Mon visage et le tien, tellement semblables.

« Qu'est-ce que c'est ? » elle me demande.

J'hésite à faire marche arrière, à brûler le morceau de papier plutôt que lui montrer, mais je ne suis pas sûre que j'arriverais à mettre le feu à ton visage. Quand j'allume le briquet, la flamme s'éteint presque aussitôt.

« J'ai rien vu. Recommence. »

La deuxième fois, elle éclaire ton visage, ta bouche et tes lèvres. On ne le voit pas sur la photo, mais tu as une petite tache de rousseur juste à droite du menton.

Cette fois, elle te reconnaît.

« Eh, mais c'est la meuf qu'on voit tout le temps aux infos, qui a tué tous les mômes, là.

– Oui.

– Pourquoi tu me montres sa photo ? »

Le briquet s'éteint. Pourquoi, en effet ? Parce que les gens abîmés agissent bizarrement. J'étais sûre en sortant des toilettes de l'école que confier mon secret à Morgan était une bonne idée. Qu'elle ne réagirait pas comme les autres, comme les filles de ma classe. Car je sais ce qu'elles diraient, ce qu'elles penseraient. Mais ce ne sont pas mes amies, elle oui, et j'ai besoin d'entendre les mots : tu n'es pas du tout comme ta mère.

Je lui demande ce qu'elle en pense, ce qu'elle pense de toi.

« Comment ça, qu'est-ce que j'en pense ? C'est une tarée, c'est tout. Qu'est-ce que ça peut te faire ?

– Et si c'était quelqu'un que tu connaissais ?

– T'es malade, ou quoi ? Je veux dire, il s'en passe des sales trucs à la cité, mais rien à voir avec ça. »

Elle a promis qu'elle resterait mon amie, je peux lui dire.

« Et si c'était quelqu'un que je connaissais ?

– Ha, ha ! Octobre, ça fait un peu tard pour un poisson d'avril. »

Un sentiment égoïste de soulagement posé juste là, sur mes genoux, et qui me tente. Le soulagement de partager avec quelqu'un le poids que tu représentes.

« Regarde », je lui dis.

Je tiens la photo juste à côté de ma tête et je rallume le briquet.

« Qu'est-ce qu'il y a à regarder ?

– Regarde son visage, puis regarde le mien. »

Elle s'approche pour mieux voir.

« Oh putain ! elle s'exclame. Tu lui ressembles, c'est marrant.

– Voilà. C'est ça que j'essayais de te dire.

– Quoi ?

– Que je lui ressemble. Parce que. »

Je t'en prie, ne m'abandonne pas quand je te dirai.

« Parce que quoi ? C'est une tante éloignée, c'est ça ?

– Non, ce n'est pas ma tante. C'est ma mère. »

Je replie la photo, te range dans mon sac, sans rien dire. Je sens le regard de Morgan posé sur moi, qui attend la chute, sauf qu'il n'y a pas de chute. Au final, c'est elle qui brise le silence.

« Dis-moi que c'est une blague. »

Elle comprend à mon absence de réponse que ce n'est pas le cas.

« Oh putain ! » elle dit.

Je ne peux pas m'en empêcher, je me mets à pleurer. Elle se lève, fait un pas en arrière.

« Ne t'en va pas, je t'en prie.

– Je suis obligée, mon oncle va me tuer. »

Elle ment, elle s'en va parce qu'elle a peur.

« Tu as dit que tu serais toujours mon amie. Tu as promis.

– C'est pas ça, c'est juste que... c'est dur à encaisser. »

C'est vrai. Pour moi aussi, c'était dur à encaisser.

« Alors, c'est pour ça que t'es en famille d'accueil ? »

Je fais oui de la tête.

« Et est-ce qu'ils savent, pour ta mère ?

– Mike et Saskia, oui, mais pas Phoebe. Et la directrice du lycée, elle est au courant, aussi.

– Personne d'autre ?

– Non.

– Et du coup, pourquoi tu m'as dit, à moi ?

– Ça faisait longtemps que je voulais t'en parler. Je voulais pas que ça reste un secret.

– Mais, c'est vraiment ta mère ?

– Oui.

– Elle devrait se faire piquer. Tous les enfants qu'elle a tués, ils avaient à peu près le même âge que mon petit frère et ma petite sœur. »

Une fois de plus, je fais oui de la tête. Car elle a raison, il faudrait que tu te fasses piquer. Et pourtant, ça me fait mal rien que d'y penser.

« Tu vivais pas avec elle, au moins ?

– Non, j'habitais avec mon père, mais il est mort, maintenant. Elle, je ne l'ai pas vue depuis des années. »

Le mensonge sort tout seul, et elle ne cherche pas à me pousser dans mes retranchements. Si elle lit que tu vivais avec une fille, je lui dirais que je ne sais pas qui c'est, que ça doit être une autre gamine que tu as enlevée à un moment donné.

« Putain, ben heureusement que ça fait des années que tu l'as pas vue ! Comment ils l'ont choppée, finalement ?

– Je ne suis pas sûre. Quelqu'un au boulot, je crois. »

Faux. Quelqu'un à la maison. Il n'y a pas plus grande trahison que lorsqu'on trahit son propre sang. Les familles sont censées se serrer les coudes, envers et contre tout. Mais moi, j'ai envie de changer de famille.

« En tout cas, c'est bien fait pour elle.

– Oui.

– Bon, faut vraiment que je file, moi.

– D'accord. »

Elle se dirige vers la porte métallique, je l'appelle :

« Morgan ?

– Ouais ? »

Elle revient vers moi. Je me lève et lui demande :

« Est-ce que ce que je viens de te dire, ça change quelque chose entre nous ?

– Non, pas vraiment. Je veux dire, c'est pas de ta faute. Personne peut t'en vouloir pour les saloperies qu'elle a faites. Ce qui est sûr, c'est que t'es pas du tout comme elle.

– Tu le penses vraiment ?

– Ouais. »

Merci.

19

La semaine dernière, assise dans l'alcôve devant le bureau de Mike. Lui, à l'intérieur, au téléphone avec June. Juste avant de raccrocher, il a dit, c'est le calme avant la tempête. J'ai très bien compris ce qu'il voulait dire, et il avait raison, les derniers jours avaient été particulièrement calmes. En apparence. Après que les journaux ont annoncé que la date du procès était avancée, on n'a plus trop parlé de toi. Les journalistes se reposent, se préparent pour le début du procès, dans dix jours, maintenant. Toi aussi, tu te reposes, tu gardes tes forces. Tu n'es venue me voir que deux fois, et tu t'es contentée d'enrouler ton corps reptilien autour de mon cou sans rien dire. Je ne pouvais ni bouger, ni respirer. Le poids du béton. Le poids de nos secrets.

Quand j'ai revu Morgan pendant le week-end, je ne savais pas trop à quoi m'attendre. Est-ce qu'elle aurait changé d'avis, décidé qu'elle ne voulait plus être mon amie ? Au final, elle s'est révélée égale à elle-même. Par contre, elle aime beaucoup parler de toi, de ce que tu as fait, et c'est plus difficile que ce à quoi je m'attendais, parce que ce n'est pas seulement ton histoire, c'est aussi la mienne.

June est passée à la maison mercredi soir; Saskia avait emmené Phoebe et Izzy dîner dehors. Avec Mike, ils ont passé de nouveau en revue les questions des avocats. Elle n'a pas arrêté de dire que je me débrouillais comme un chef, que ça devait être vraiment difficile pour moi, de devoir repenser à tout ce qui s'était passé, mais que ça s'arrangerait une fois que le procès serait terminé. Mike, lui, n'a pas beaucoup parlé. Ce qui n'est pas dans ses habitudes. D'ordinaire, il acquiesce à ce que dit June, mais pas cette fois. Il est resté assis à me regarder intensément, hochant la tête de temps à autre. Ça ne m'a pas plu du tout. Comme l'embryon d'un sentiment de panique. À l'intérieur. On a terminé la séance par un jeu de cartes. Blackjack. Mike s'est exclamé, mon jeu préféré. Je n'ai pas eu le cœur de lui dire que même si tu avais changé quelques règles, c'était aussi ton jeu préféré.

Aujourd'hui, c'est le dernier jour avant les vacances. On a répétition toute la matinée. Et c'est très important, dixit Mlle Mehmet, qui sait que Mlle James, la directrice, est censée venir nous voir. Une fois le petit déjeuner fini, Mike insiste pour nous conduire toutes les deux au lycée, parce que c'est sur son chemin.

« Allez, fais-moi ce plaisir, il dit à Phoebe en lui adressant un clin d'œil.

– Ouais, si tu veux. Faut juste que j'envoie un texto à Izzy pour lui dire qu'elle m'attende pas. »

Saskia sourit, dit que ça lui rappelle les départs pour l'école, il y a plusieurs années. Phoebe l'ignore, marche jusqu'à la voiture et s'installe à côté de Mike. Il pose des questions sur la pièce, demande comment ça se passe.

« Ça va, ouais, la répétition devrait être vraiment marrante, aujourd'hui, elle répond.

– J'en suis sûr. En tout cas, nous, on a hâte de la voir. »

En arrivant au lycée, on signe le registre et on se dirige vers l'auditorium. Dès l'instant où Mlle Mehmet arrive, elle se met à faire des histoires. Elle veut que ce soit parfait. Elle maltraite l'équipe technique, deux types de l'extérieur qui sont là pour s'occuper de l'éclairage et des différents effets. C'est la première fois qu'on répète avec eux, et tout le monde éclate de rire quand la machine à fumée se met en marche, en prévision de la scène de la chasse au cochon sauvage. Il manque plusieurs filles, qui sont parties ce matin à Paris avec leur cours d'histoire de l'art. Mlle Mehmet me demande donc de jouer le rôle du cochon.

L'idée d'être pourchassée ne m'enchante pas du tout, mais je me vois mal refuser devant tout le monde.

« Quant à toi Phoebe, je sais que tu es la narratrice, mais on va avoir besoin d'autres comédiennes pour cette scène. Ça ne te dérange pas de jouer le rôle d'un des garçons ?

– Au contraire, mademoiselle Mehmet, répond Phoebe en me regardant droit dans les yeux.

– Fouillez dans le coffre à accessoires, côté cour, vous devriez y trouver des lances. Ensuite, vous revenez sur scène. Ah oui, Milly, tu verras, il y a aussi une tête de cochon en papier mâché. Prends-la. »

Je connais cette scène par cœur. Je sais bien que ce n'est qu'une pièce de théâtre, mais dès l'instant où j'enfile la tête de cochon, les choses me paraissent soudain trop réelles. Elle a beau être légère, elle est énorme et quand on l'a sur la tête, on a vraiment du mal à voir ce qui se passe autour. Le seul moyen de ne pas trébucher est de regarder mes pieds. Je respire de façon saccadée, ce qui fait rapidement monter la température. À travers les couches de colle et de papier, je parviens à entendre la voix de Mlle Mehmet.

« Milly, tu entreras côté jardin, suivie de près par Jack et sa bande. Et souvenez-vous, tout le monde, c'est une scène clé de la pièce – la première fois que les garçons font preuve d'une véritable sauvagerie. Alors, pensez sang, pensez entrailles, et n'hésitez pas à y aller avec les chants. Dès que la fumée sera là, Milly, ce sera à toi. »

Les filles n'ont aucun mal à entrer dans leur rôle. Sur ma droite, des lances se mettent à taper contre le sol, un rythme répétitif qui me liquéfie de l'intérieur. Une voix sur ma gauche qui murmure, cours, petit cochon, cours. Tu ne m'as jamais traitée de petit cochon, mais tu m'as souvent forcée à courir. AH, ON S'AMUSAIT BIEN, PAS VRAI, ANNIE ?

« Vas-y, c'est à toi », dit quelqu'un derrière moi.

J'ai raté mon entrée, à cause de toi.

Dès que je suis sur la scène, je plie les genoux, me courbe et fais de mon mieux pour me comporter comme un cochon. Ma respiration est lourde, tu appuies dessus de toutes tes forces. Tu es là, avec moi. Le bruit des lances se synchronise. Boum, boum. BOUM. Je sens l'odeur de la neige carbonique et je vois la fumée qui commence à encercler mes pieds. Autour de moi, des flashs de projecteurs rouges, et une lumière stroboscopique. Les chants commencent.

« Tuez le porc. Tranchez-lui la gorge. Assommez-le. »

Pas les mots que tu utilisais, mais l'intention est la même.

Quelqu'un se met à taper sur un tambour, les lances se rapprochent. Jack et sa bande. Je cours sur la scène, je suis censée être pourchassée.

« Tuez le porc. Tranchez-lui la gorge. Assommez-le. »

Boum, boum. BOUM.

J'ai essayé de trouver de nouvelles cachettes, mais tu savais toujours où chercher.

« Le voilà ! » s'écrie une voix.

Un hurlement suraigu s'élève dans les airs, du genre que font les enfants quand ils jouent aux cow-boys et aux Indiens. Leur signal. Le moment d'attaquer. De m'attaquer. Je me dirige vers le centre de la scène, trébuche par erreur et me retrouve au sol. Dangereux, le sol. De toute façon, le cochon ne s'en tire pas vivant, tu te souviens ? La lumière stroboscopique s'intensifie, la machine à fumée émet un nouveau pschitt.

« Tuez le porc. Tranchez-lui la gorge. Assommez-le. »

Autour de moi, les pieds se mettent à marteler le sol au rythme des lances. Le premier coup arrive vite, par-derrière, je n'ai pas trop de mal à deviner qui en est l'auteur. Je roule pour me retrouver sur le dos. Les lances se plantent les unes après les autres. Le tambour ralentit, les chants se font plus graves, plus menaçants.

« Tranchez-lui la gorge. Assommez-le. »

Un autre hurlement de la part de la personne sur ma gauche. Un dernier coup de tambour et c'est le silence. Le seul bruit, celui de ma respiration saccadée dans la tête en papier mâché. Autour de moi, les pieds se mettent à tourner, je me sens de plus en plus désorientée. Je détestais les masques que tu me forçais à porter. C'est la même sensation, en ce moment. Je. N'arrive. Pas. À. Respirer.

« Cette fois, pas de pitié », déclare Jack, joué par Marie.

Sa lance frappe le sol à ma droite. De loin, au milieu de la fumée et des lumières clignotantes, on croira qu'elle me l'a plantée en plein cœur. Des mains me traînent jusqu'aux coulisses, mais là, dans ma nouvelle vie dont tu ne fais plus partie, on m'aide à me relever et tout va bien. J'aimerais pouvoir prendre part aux rires et aux blagues en coulisse, mais je me réfugie dans les toilettes des loges, retire la tête de cochon, m'asperge le visage d'eau froide et me met à compter à l'envers depuis cinquante. Les chiffres finissent par produire leur effet, le flash-back disparaît peu à peu, et après un moment je me sens assez en sécurité pour sortir.

Alors que je descends les marches qui mènent à la scène, je remarque que Mlle James est là. Elle m'attend. Elle m'invite à m'asseoir sur un des sièges, loin des filles.

« Alors, comment ça se passe, ta première pièce à Wetherbridge ?

– Très bien, merci, mademoiselle James.

– C'était une performance très convaincante, Milly, mais je t'avoue que ça m'a un peu inquiétée quand j'ai vu que c'était toi qui faisais le cochon.

– Ah non, je remplace seulement Aimee aujourd'hui ; elle fait partie du groupe qui est à Paris.

– Je vois. Et je me doute que ça n'était pas facile pour toi de dire non, mais il faut que tu fasses attention à ne pas te retrouver dans des situations qui risqueraient de te faire revivre un traumatisme, vu que, tu sais… »

J'ai envie de remettre la tête de cochon et de pleurer. Il ne se passe pas une minute dans ce lycée sans qu'on me rappelle d'où je viens.

Vu que, tu sais…

« Il y a autre chose dont je voulais discuter avec toi, Milly. Monsieur Newmont m'a envoyé un e-mail pour me dire que tu allais témoigner au tribunal, d'ici deux semaines, je crois. »

J'acquiesce.

« Est-ce que ça ne t'empêche pas trop de te concentrer, au lycée ?

– Dans l'ensemble, ça va.

– Il ne fait aucun doute que tu es une jeune fille très intelligente, Milly, donc si jamais tu as besoin de prendre quelques jours pour toi, n'hésite pas à me demander, et je m'arrangerai pour qu'on te fasse parvenir tes devoirs à la maison.

– Franchement, je préfère ne pas manquer les cours.

– Bien sûr. Mais si tu changes d'avis, envoie un e-mail à ma secrétaire et demande-lui de te prendre rendez-vous avec moi.

– Merci.

– Une dernière chose, je voudrais qu'on parle rapidement de mademoiselle Kemp. J'ai appris que tu avais passé pas mal de temps avec elle, ces derniers jours. Le problème, Milly, c'est que mademoiselle Kemp n'est pas au courant pour... »

Elle me fait un signe de tête pour ne pas avoir à finir sa phrase, et attend que je lui réponde par un autre signe de tête avant de reprendre :

« Bref, il faut se montrer prudent. Je sais que tu lui as fait un cadeau, ce qui est très gentil de ta part, mais ici, nous ne sommes pas trop pour ce genre de choses – à vrai dire, c'est même contraire au règlement. »

Voilà pourquoi elle ne répondait pas à mes e-mails.

« Mademoiselle Kemp est un de nos meilleurs éléments. Une personne très dévouée, mais parfois, il faut savoir mettre des limites.

– Je ne suis pas sûre de voir où vous voulez en venir, mademoiselle James.

– Eh bien, disons qu'on pourrait peut-être te trouver un nouveau conseiller pédagogique.

– Mais pourquoi ?

– Écoute, tu en discuteras avec monsieur Newmont pendant les vacances, d'accord ? Il est au courant.

– Très bien, mademoiselle James.

– Ce n'est pas la peine de t'inquiéter, Milly, nous sommes tous avec toi et je suis sûre que tous ensemble, nous trouverons une solution. Alors, qu'est-ce que tu en dis ? »

Que je ne supporte pas la condescendance.

« C'est d'accord. Merci.

– Parfait. Ah, et encore bravo pour ta performance sur scène, je suis sûre que ce sera une très belle représentation. »

Je me lève quand elle se lève, comme l'exige le protocole.

Je me réveille en hurlant, au milieu de la nuit. Je rêvais que j'étais au tribunal.

Quand l'avocat de la défense s'est tourné vers moi, il s'est ratatiné jusqu'à faire la taille d'un enfant, et il m'a demandé pourquoi je ne t'avais pas empêchée de lui faire du mal. Il avait les larmes aux yeux.

Je lui ai dit, je suis désolée.

On ne te croit pas, ont répondu en chœur les membres du jury.

20

Hier, après l'école, Mike m'a annoncé qu'il avait réservé deux nuits dans un hôtel. Une petite ville des Cotswolds qui s'appelle Tetbury. Il m'a dit qu'il voulait parler avec moi de Mlle Kemp, mais que ça pouvait attendre le week-end.

Avec Phoebe, on s'apprête à partir pour la fête de Matty, celle-là même dont Joe me parlait dans le car. Mike a autorisé Phoebe à y aller, à la condition qu'elle m'emmène. Et en plus, il a ajouté, si vous y allez ensemble, je vous laisse rentrer à pied. J'imagine que ça ne vous plairait pas trop que je vienne sonner à la porte de Matty, pas vrai ? Mais avant que vous partiez, je vous rappelle que vous devez être rentrées pour minuit dernier délai. Et pas d'alcool, c'est bien compris ?

– Oui, Papa. »

Dès qu'on a quitté la maison, Phoebe passe un coup de fil à Izzy, elle lui dit que c'est trop dommage qu'elle puisse pas venir et lui demande pendant encore combien de temps elle va être punie. La réponse d'Izzy la fait rire et avant de raccrocher, elle dit, t'inquiète pas, meuf, j'te raconterai tout demain. Pauvre Izzy, elle a dû être si contente quand M. West lui a rendu sa trousse à maquillage, et si déçue quand elle s'est rendu compte qu'il y avait trouvé les cigarettes. Aucun moyen d'esquiver – son prénom inscrit au Tipp-Ex® au fond de la trousse, cette dernière déposée légèrement entrouverte sur le bureau de M. West quand la salle de chimie était vide et que les cœurs avaient été débarrassés.

On se retrouve devant une grande maison blanche, et Phoebe sonne à la porte. Un garçon ouvre : 1,80 m, peut-être plus. Il sourit en nous voyant et s'écrie :

« La fête peut commencer ! »

Il me tend la main et se présente :

« Matty. »

Je la lui serre et réponds que je m'appelle Milly. Dès qu'il écarte la porte pour nous laisser passer, la musique du salon s'engouffre dans mes oreilles, me provoquant un haut-le-cœur. Sur la gauche, une table où trônent des bouteilles d'alcool et un énorme saladier rempli de punch.

« Dis donc, niveau déco Halloween, tu t'es pas foulé, fait remarquer Phoebe.

– Attends, ça va, mes parents sont partis y'a à peine quelques heures, et avec Thom, ils nous ont interdit d'organiser une fête pendant qu'ils étaient pas là. Et puis de toute façon, avec ta tête de fantôme, t'as pas besoin de t'emmerder à te déguiser. »

Il ponctue sa phrase d'un rire qu'il espère sinistre.

« Bon, ferme-la et va me chercher un verre, dit Phoebe. Du coup, ça veut dire que Thom est de retour de la fac ?

– Ouais, c'est lui qui est censé s'occuper de la maison, mais il est parti voir ses potes dès que les parents se sont barrés.

– Et il va repasser à un moment ?

– Eh, tu serais pas encore amoureuse de mon frangin, toi ?

– Mais non, je l'aime bien, c'est tout. De toute façon, j'ai quelqu'un.

– Qui ?

– Un mec que j'ai rencontré cet été. Il habite pas à Londres.

– Ah oui ! Ton mec imaginaire, j'avais oublié. Tiens, ta vodka orange. »

Elle accepte le gobelet en plastique qu'il lui tend, puis elle s'effondre sur le canapé entre deux filles que je n'ai jamais vues de ma vie et se met à discuter avec elles.

« Tu veux boire quelque chose ? » me demande Matty.

Je réponds que oui, je veux bien, parce que je vois que tout le monde a un verre à la main. Je ne le boirai pas, évidemment, il faut que je garde l'esprit lucide. Dès qu'il m'a donné mon gobelet, je vais m'asseoir dans un coin. D'autres gens arrivent. Tout le monde connaît quelqu'un qui connaît quelqu'un – le réseau tentaculaire des lycées privés de la capitale. Phoebe passe coup de fil sur coup de fil. Elle donne un coup de pied à l'apprenti break-dancer qui essaie de la distraire en faisant la vague juste devant elle. Quand elle raccroche, le garçon lui demande :

« Alors, il arrive quand ?

– Quand il arrivera, abruti. »

Elle lui donne un autre coup de pied, mais cette fois il lui attrape la jambe et la tire jusqu'au sol. Il s'assoit à califourchon sur elle et lui met les mains autour de la gorge. Tout le monde éclate de rire, même si je ne vois vraiment pas ce qu'il y a de drôle. Clondine arrive, en compagnie de deux garçons plus âgés. Phoebe se lève pour les accueillir, et un des garçons lui passe un bras autour de la taille. Elle glousse et le repousse mollement.

« Tu verras, dans quelques heures, c'est toi qui me supplieras », il dit.

Elle s'apprête à répondre quand son portable se met à sonner. La conversation est rapide, terminée en quelques secondes. Elle raccroche et crie :

« Bon, les gars, c'est le moment de sortir la thune ! »

Des billets passent de main en main jusqu'à elle, personne ne pose de question.

« Toi aussi, va pas croire que je te vois pas. »

Je détourne le regard, porte mon verre à mes lèvres, fais semblant de boire une gorgée.

« T'as qu'à venir avec moi, elle me dit. Comme ça, si on se fait choper, on sera toutes les deux dans la merde.

– Carrément », dit une des filles sur le canapé.

Insignifiante. Une tête de hyène, un rire de hyène.

Phoebe me regarde et me dit, allez, bouge-toi, qu'est-ce que t'attends ? En tout cas, tu pourras pas dire que je t'inclus pas. Quand on arrive au niveau de la porte d'entrée, elle marque une pause et se tourne vers moi :

« Si tu parles de ça à Papa, je te défonce. Compris ? »

Compris.

Sur le palier, il y a un homme vêtu d'une veste rembourrée noire et qui tient un casque à la main. Elle ne lui fait pas la bise mais l'appelle par son prénom, Tyson.

« Merde, attends, y'a quelqu'un qui arrive. Dis que t'es le livreur de pizza si on te demande ce que tu fais là. Ah non, laisse tomber, c'est juste Joe. »

Joe arrive à la porte et dit bonsoir. Phoebe l'ignore, il m'adresse un sourire.

« Salut, Milly. »

Il s'est souvenu de mon nom.

« Salut.

– T'en veux combien ? demande Tyson.

– Trente, si c'est possible.

– Trente ? Ah oui, grosse fête !

– C'est les vacances, tu sais ce que c'est. »

Le type acquiesce, enlève son gant et tend la main. Phoebe y dépose les billets, roulés en forme de cigare. Il lui fait suffisamment confiance pour ne pas recompter. Habitués, tous les deux, il faut croire. Il retourne à sa moto, garée un peu plus loin sur le trottoir. Puis il regarde à droite et à gauche avant d'ouvrir le bas de caisse. Au bout d'une minute ou deux, il revient avec dans la main un grand sac en papier kraft.

« Tiens, il y en a trente à l'intérieur. Et ça, c'est pour moi, il ajoute en lui glissant dans la main un petit sachet. C'est nouveau, super pur. Je te garantis que tu vas décoller. »

Elle sourit, lui souffle un baiser, t'assures trop, Tyson, t'es vraiment le meilleur. Ça n'a pas l'air de le laisser indifférent. J'entends la moto qui démarre juste avant que la porte ne se referme. Le moteur qui vrombit, un long rugissement. On retrouve le salon, l'air chargé de fumée, les gobelets et bouteilles vides transformés en cendriers. Des corps alcoolisés vautrés dans les fauteuils. Apathiques, mais réveillés brusquement par l'annonce de Phoebe.

« Les paquets de bonbons sont là ! »

Je suis étonnée de voir que ce n'est pas une image. Elle pose sur la table une rangée de petits sacs ornés de têtes de clown, les mêmes qu'on donne aux enfants à la boulangerie.

« Servez-vous, les gars ! »

Distribution gratuite, personne ne fait le timide très longtemps et, en une fraction de seconde, les petites têtes de clown ont toutes disparu. Toujours très théâtrale, Phoebe s'éclaircit la gorge et attend que tout le monde se soit tu avant de brandir le sachet de pilules que lui a donné Tyson. Un hochet secoué devant une assemblée de bébés, des sourires avides – certains ornés d'appareils dentaires – apparaissent sur les visages. Quelqu'un s'écrie, c'est l'heure de la DÉFONCE !

Clondine demande, « C'est quoi ? ».

Phoebe prend un comprimé dans le sachet, le fait tourner entre ses doigts pour l'examiner.

« Il y a un logo Superman, elle dit. Ça veut sûrement dire qu'on va décoller ! »

Elle en gobe un, puis elle fait le tour de la salle pour glisser les précieux cachets dans les mains tendues. Une déesse, la reine des ados. Vénérez-moi, s'il vous plaît.

Après avoir fait le tour de l'assemblée, il lui en reste un dans le sachet.

« Ouvre grand la bouche, Tête de cul.

– Non, je rétorque. Non merci.

– Parce que tu crois que tu as le choix ?

– Laisse tomber, Phoebe. Ça nous en fera plus. »

Joe s'approche d'un pas nonchalant, essaie d'avoir l'air décontracté. Je ne connais pas bien les garçons, leur mode de fonctionnement, mais son air décontracté ressemble plus à de l'inquiétude. Il y a encore du boulot. De toute façon, Phoebe en a déjà marre de moi et se retourne.

« T'as raison, ce serait du gâchis. Et puis elle est déjà assez tarée comme ça. »

Ses ongles en forme de serres, elle avale le dernier cachet. Ses lèvres brillantes se referment sur la caverne sombre et humide de sa gorge. Elle ne remarque pas le clin d'œil que Joe m'adresse. Une mutinerie secrète contre Sa Majesté.

Il ne faut pas longtemps. En quelques minutes, tous ces gens beaux et bien habillés se transforment en une meute enragée. Instinct animal. Ça se précipite vers le jardin pour hurler à la lune. Des yeux gros comme des soucoupes, des bouches qui mâchent à vide. Cigarettes. Un jour, ces garçons et ces filles dirigeront le monde. En attendant, ils le saccagent.

Je trouve un endroit tranquille, au premier étage, en haut de l'escalier. Un des petits sacs avec les têtes de clown a été oublié. Je regarde à l'intérieur. Très ingénieux. Des petits paquets en aluminium. Je m'imagine que c'est Noël, enfin, ce que j'en ai vu dans les films, et je déballe les petits cadeaux les uns après les autres. Dans le premier, de la poudre blanche, au milieu d'un papier soigneusement plié, façon Saskia. Ensuite, une pilule blanche, avec une colombe dessus. Le troisième paquet contient une gélule portant la lettre M. Enfin, il y a un préservatif pour la fin de soirée et un joint déjà roulé, prêt à l'emploi.

Je reste assise dans le noir. Des ombres sur le mur, des voix qui s'approchent. J'en reconnais une, celle de Clondine. Je la vois disparaître dans une chambre à l'autre bout du couloir avec un garçon – celui-là même qui avait passé son bras autour de la taille de Phoebe. La porte de la chambre est restée ouverte, le son porte. Un petit cri, des rires. Puis le silence. Cinq minutes après, une protestation. Arrête. Non, je l'entends dire. Non, arrête, Toby, j'ai pas envie. Je reste dans l'ombre et m'approche de la porte. Ferme ta gueule, il lui dit, arrête de chialer. Elle n'arrête pas. Elle n'y arrive pas. Je connais ça. Les pleurs le perturbent, le coupent dans son élan. Il se sent frustré.

« Putain, mais tu vas arrêter de bouger !

– Non. S'il te plaît Toby, je veux pas. »

Je pousse la porte en grand. Le lit est éclairé par la lampe du couloir. Toby est dessus, Clondine sous lui, immobilisée. Avec les genoux, il lui maintient les cuisses écartées, et avec la main il lui emprisonne les poignets au-dessus de la tête. Elle a le jean baissé au niveau des genoux. Ferme cette putain de porte, il me dit, avant de jeter un oreiller qui atterrit à mes pieds. Clondine geint, un bébé.

J'allume la lumière, il se retourne pour faire face à cette spectatrice indésirable. Cette rabat-joie. C'était pour rire, il dira après coup. Elle aussi, elle en avait envie.

« Éteins la lumière et dégage, connasse. Allez, grouille.

– Je l'ai entendue dire non.

– Et en quoi ça te regarde ? »

J'éteins la lumière, un moment de répit pour lui. Et pour moi. La façon dont Clondine est positionnée sur le lit, ça me fait penser à moi. Et le bruit qu'elle fait, le bruit qui veut dire, ne me laisse pas avec lui. Je connais ce bruit, je faisais le même. Sauf que dans mon cas, ce n'était pas ne me laisse pas avec lui, mais ne me laisse pas avec elle. Je rallume la lumière, il a la main au niveau de l'entrejambe de Clondine. Elle ressemble à une poupée gonflable, figée. Je me mets à jouer avec l'interrupteur. Stroboscope.

Jour.

Nuit.

Jour.

Nuit.

Journuit.

Nuitjour.

Une distraction, même pour les violeurs les plus avertis.

Ça marche.

Il se redresse et s'écarte de son corps inerte. Telle une poupée de chiffon, elle roule vers le bord du lit, vomit. Sanglote. Vomit de nouveau. Son menton dégouline de salive et de bile. Elle a 5 ans, elle est saccagée, et elle veut sa maman. Méfie-toi des mamans, quand même.

Il est devant moi, à présent. Mon dos contre la porte, mon pied placé stratégiquement pour empêcher qu'on la ferme.

Sa main qui m'enserre la gorge, son corps contre le mien.

« C'est quoi, ton problème ? T'es jalouse, c'est ça ? »

Il m'attrape l'entrejambe et frotte brutalement à travers le jean. Il me pince le téton et me lèche le visage. Je sens son sexe en érection contre ma cuisse. Ses yeux sont révulsés, l'effet de la drogue. N'est-il pas au courant que les super-héros ne violent pas ? Clondine pleurniche encore. On est deux contre un, mais elle ne compte pas. Complètement dépassée par les événements. Tu veux que je t'arrache le nez avec les dents, c'est ça, Toby ? Que je détruise ton joli visage pour que tu sois obligé de vivre caché ?

Comme moi.

Je tends la main et lui agrippe la bite de toutes mes forces. Le plaisir lui envahit le corps, mais la sensation change quand je me mets à serrer. Ses récepteurs de douleur s'activent. De tout petits neurones surpuissants hurlent dans sa tête. La science derrière la douleur, ma spécialité. Tu me répétais souvent que c'était important de savoir comment ça fonctionnait, quand c'était toi qui activais mes petits neurones. Je m'attends à recevoir un coup de poing ou une gifle, mais il se contente de tomber à genoux. Ça ne sert à rien de prier, Toby.

Clondine est debout, elle a les cheveux ébouriffés et les yeux fous. Elle remonte son jean. Toby est toujours au sol, grognant de douleur. Une voix venue du rez-de-chaussée se fraye un chemin jusqu'à la chambre.

« Toby ? Mec, t'es là-haut ? Descends, on va se faire des shots dans la cuisine ! Stevo a déjà posé sa galette, trop marrant ! Mec, t'es là-haut ? »

Toby. Un poisson hors de l'eau, ouvrant et fermant la bouche sans un mot. Sa main ne quitte pas son entrejambe. Il est couvert de sueur, il est défoncé, et il s'est fait maîtriser par une fille. Des pas dans l'escalier, Toby essaie de se redresser. On a sa fierté. Des résidus blanchâtres à la commissure des lèvres, de grosses gouttes de sueur sur le front. L'odeur de son sexe, sortie du profond de ses glandes, comme une couverture qui m'enveloppe.

« Espèce de salope », il me lance.

Hugo, Huggy pour les intimes, arrive à la porte. Je me dirige vers Clondine.

« Mec, t'étais où ? Ça fait trop longtemps que je t'appelle. Faut que tu descendes, c'est un truc de fou, en bas. »

C'était aussi un truc de fou en haut.

Toby s'essuie la bouche et nous désigne d'un geste de la main.

« Je faisais juste un peu d'exploration avec la faune locale, tu sais ce que c'est.

– Bien joué, mec ! Mais la prochaine fois, partage un peu avec les copains, hein ? »

Ils s'éloignent, bras dessus bras dessous. Prétentieux. Insouciants. Un des deux va avoir besoin de glaçons pour sa bite. J'entends des hurlements de joie dans la cuisine. Le concours de shots bat son plein. Clondine s'assoit sur le bord du lit. Les jambes en coton, la tête dans les mains. Elle pleure. Elle se sent bête.

« Ne t'en fais pas, je lui dis. Je n'en parlerai pas à Phoebe. »

Elle lève la tête vers moi, visiblement confuse. Maquillage noir. Un panda. Un panda malade. Avec du vomi dans les cheveux.

« Pourquoi tu en parlerais à Phoebe ?

– Je pensais qu'ils étaient ensemble, ils avaient l'air assez proches, en bas.

– Non, ça, c'était avant qu'elle rencontre Sam. Putain, je suis vraiment trop conne. Je pensais que je lui plaisais. »

Je lui donne l'élastique à cheveux que je garde autour du poignet.

« Tu devrais te débarbouiller, et tu n'as qu'à prendre ça pour t'attacher les cheveux. »

Elle tient à peine debout, alors je l'accompagne jusqu'à la salle de bains. Je prends un mouchoir dans le meuble sous le lavabo et le lui tends. Utilise de l'eau chaude, je lui conseille. Ça aide.

Je lui demande si elle a besoin de quoi que ce soit d'autre, elle me répond :

« Tu veux bien rester avec moi, au cas où ? »

Je hoche la tête. Elle a du mal à articuler, trop de drogue et d'alcool dans le sang.

« Je suis sûre qu'il va dire à tout le monde que je suis une allumeuse.

– Tiens, il y a une serviette, là-bas. Essuie-toi le visage.

– Oh, putain, je ressemble à rien. J'espère qu'il reviendra pas. Tu penses pas qu'il va revenir, hein ?

– Non.

– Comment tu fais pour être aussi calme ? »

L'entraînement. Des heures et des heures d'entraînement.

Je hausse les épaules.

« Je savais pas que Phoebe avait un mec.

– Merde, c'est moi qui te l'ai dit ? Lui dis pas, hein, elle veut pas que Mike soit au courant.

– Et toi, tu le connais ?

– C'est juste un gars qu'elle a rencontré cet été. Il habite en Italie, je crois, ils passent leur temps à s'envoyer des e-mails. Putain, j'arrive pas à empêcher mes mains de trembler.

– C'est le choc, ça va se calmer.

– Comment tu sais tout ça ? Tu savais aussi quoi faire quand Georgie est tombée.

– Je lis beaucoup. »

Elle se penche vers le miroir et utilise un coin de la serviette pour essuyer le mascara qui a coulé.

« Beurk, j'ai un goût dégueu dans la bouche.

– Rince-la avec de l'eau et du dentifrice.

– Pourquoi est-ce que t'es aussi gentille avec moi ? Pourquoi tu m'as aidée ? Je veux dire, on n'a pas été super cool avec toi, nous.

– Tu avais l'air d'avoir peur.

– Et pas que l'air. Je suis tellement idiote. J'espère qu'il va le dire à personne, sinon je vais me faire afficher à l'école.

– Je connais ça. »

Elle se tourne vers moi. Ses pupilles, immenses, finissent par se contracter.

« Milly, je dois te remercier pour ce que tu viens de faire pour moi, sincèrement.

– Au moins, tu te souviens que mon nom, c'est pas Tête de cul. »

Même défoncée, elle a la décence de rougir un petit peu.

« Ouais, je sais, d'ailleurs je suis vraiment désolée. On a été dégueulasses avec toi. Au début, c'était pour rigoler un peu, et ça a dégénéré.

– Pourquoi moi ?

– Écoute, je veux pas rejeter toute la faute sur Phoebe, mais c'était quand même surtout son idée.

– Je crois qu'elle ne m'aime pas beaucoup.

– Elle n'aime aucun des mômes que Mike accueille. Il avait promis de ne plus prendre personne et là, t'es arrivée. C'est pas étonnant qu'elle t'ait pas accueillie à bras ouverts. Ah, merde, je crois que je vais encore vomir. »

Elle s'agenouille par terre et pose le coude sur la lunette des toilettes. Son corps est agité de spasmes, mais rien ne sort. Quand ça s'arrête, je lui demande si elle a besoin de quelque chose.

« D'une nouvelle vie », elle ricane en se tournant vers moi.

Si seulement c'était aussi simple.

« Ne dis pas à Phoebe que c'est moi qui te l'ai dit, mais t'es au courant qu'elle est hyper jalouse de toi, non ?

– Jalouse ? Mais de quoi ?

– De tout le temps que tu passes avec Mike.

– Ah oui, mais ça, c'est juste parce qu'il se passe des trucs en ce moment. »

Des gros trucs.

« Ouais, mais bon, c'est pas comme si elle pouvait se tourner vers sa mère. »

En effet, mais dis-moi donc pourquoi, petite traîtresse alcoolisée et défoncée.

« Oui, j'ai remarqué qu'elles n'étaient pas très proches.

– Comment tu peux te sentir proche de quelqu'un que tu connais à peine ? Putain, j'ai encore la gerbe. »

Pendant qu'elle est penchée au-dessus de la cuvette, je retire les brosses à dents du gobelet posé à côté du lavabo, puis je le remplis d'eau et le lui tends.

Elle hoche la tête, me remercie.

« Qu'est-ce que tu veux dire, que Phoebe connaît à peine Saskia ?

– Laisse tomber, si elle apprend que je te l'ai dit, elle me tuera. »

On va bien voir. Je me rappelle comment tu t'y prenais avec les femmes dont tu avais la charge, pour leur faire croire que tu en savais plus qu'en réalité. Ça marchait à chaque fois, et là, ça marche aussi avec Clondine.

« Tu veux parler de quand Saskia n'allait pas bien ? »

Clondine relève la tête, visiblement surprise.

« Comment tu sais ? C'est Mike qui t'a dit ?

– En quelque sorte, oui.

– Merde. J'imagine que quand tu vis avec, tu te rends vite compte qu'il y a un truc qui ne tourne pas rond. Ça fait des années que Saskia a pas remis les pieds à l'hôpital psychiatrique, mais peut-être qu'elle aurait dû y rester. Elle a totalement craqué à la naissance de Phoebe. »

Je hoche la tête, comme si je savais de quoi elle parlait, et je lui dis que ça a dû être vraiment difficile pour Phoebe.

« Tu m'étonnes. Je pense qu'elle croit que c'est de sa faute.

– Pourquoi ?

– Je sais pas.

– Et Saskia, combien de temps elle est restée à l'asile, en tout ?

– Je croyais que tu savais. »

Je détourne son attention en lui disant que ses mains ont cessé de trembler. Elle les regarde, dit que c'est tant mieux, vu que sa mère l'aurait remarqué tout de suite, puis elle m'annonce qu'il faut qu'elle fasse pipi. Elle se redresse, baisse son pantalon et s'assoit sur les toilettes. Un jet d'urine, un petit pet lâché en plein milieu. Le genre d'intimité que je n'ai jamais connu qu'avec toi. Je quitte la salle de bains, refais le lit, remets en place l'oreiller et attrape un magazine sur la table de chevet pour cacher les vomissures. Elle me parle au-dessus du bruit de la chasse d'eau.

« Je vais parler à Phoebe, essayer de la convaincre que t'es pas du tout tarée. »

Quand elle ressort de la salle de bains, elle titube toujours un petit peu, mais elle a retrouvé de l'assurance. Cette capacité de réaction extraordinaire qu'ont les êtres humains. Solides de l'extérieur. De l'intérieur, c'est une autre histoire. Un champ de ruines.

« Est-ce que t'as vu ma deuxième chaussure ?

– Oui, elle est là-bas, à côté de la commode.

– Merci. J'ai l'air comment ?

– Ça va.

– Comme si de rien n'était, hein ?

– Exactement.

– Tout compte fait, je préférerais que tu dises pas à Phoebe que j'étais avec Toby. Elle peut être hyper possessive avec les garçons, et je suis pas d'humeur.

– Bien sûr, mais est-ce que tu pourrais...

– Te foutre la paix à l'école ? T'inquiète. »

Elle se dirige vers la porte, regarde mon téléphone – 23 h 30. Plus qu'une demi-heure. Je descends juste après Clondine. Je cherche Joe, mais je ne le vois pas. Je trouve tout de suite Phoebe, en revanche. Dans la cuisine, entourée de son public. Un entonnoir relié à un tuyau. De la bière versée en continu. Bois ! ils hurlent. Bois. Bois. Bois. Bois. Je me dirige vers le robinet et remplis un verre d'eau, soulagée que pour une fois les encouragements et les huées ne me concernent pas.

Raté.

« Pas si vite, dit Phoebe. À ton tour. »

Le silence se fait dans la cuisine. Je fais celle qui n'a pas entendu. Un bloc de couteaux sur ma gauche. Facile. Un bon gros carnage.

« T'écoutes, quand je te parle ? J'ai dit que c'était ton tour. »

Je me retourne. Elle est belle et complètement torchée. Les pupilles immenses. Elle tète une Marlboro Light et recrache un anneau de fumée grise parfait. Les joues toutes rouges. Excitée. Elle aurait fait une bien meilleure candidate pour coucher avec Toby.

« Non merci », je réponds.

Des murmures et des protestations dans l'assemblée. Les choses n'ont pas dû évoluer beaucoup depuis le Moyen Âge. Un bain de sang. Les gens payent pour assister au spectacle. Elle crache un deuxième rond de fumée, tellement parfait que j'ai envie de glisser ma langue dedans. Dans la pièce, l'air est lourd. Pas seulement à cause de la fumée. C'est entêtant. Le fan-club de Phoebe s'impatiente. Vas-y, lâche l'affaire, ça vaut pas le coup. Tarée. Folle. Rien de très nouveau. Et puis Clondine, jusque-là silencieuse, dit, fous-lui la paix, elle t'a rien fait. Phoebe tire une longue bouffée sur sa cigarette. Une très longue bouffée. Puis elle se tourne vers son amie et lui crache la fumée à la figure avant de lui écraser le mégot sur le dos de la main.

« Putain ! s'écrit Clondine en retirant vivement sa main pour la serrer contre sa poitrine. Pourquoi t'as fait ça ?

– Oh, désolée, c'était un accident. Je t'ai pris pour le cendrier.

– T'es tarée, Phoebe, complètement tarée. Tu m'as fait trop mal.

– Oh, ça va, arrête de faire la gamine ! Tiens, prends donc un glaçon. »

Elle en ramasse un dans un des verres sur la table et le jette en direction de Clondine, qui le reçoit en pleine tête. Phoebe éclate de rire.

Clondine ramasse son sac à main et dit, c'est bon, j'en ai marre, je me casse. Dans la cuisine, l'atmosphère change : un départ, ça casse toujours un peu la magie. Le repaire de gosses de riches pourris gâtés est balayé par un courant d'air froid au moment où

Clondine ouvre la porte pour partir. Une limite a été franchie. Je le vois bien, Phoebe. Cette fois, tu es allée trop loin. Si seulement elle était plus douée pour montrer son côté gentil. La petite fille qui aime passer une soirée assise à côté de la nounou qui l'a élevée. La petite fille qui pleure la nuit.

Elle me dévisage, les yeux remplis de mépris. La colère. Je l'ai déjà vue jeter le même genre de regard à Saskia.

« T'es vraiment toujours là quand il faut pas, toi, hein ? »

Elle me pointe du doigt en titubant. Je me tourne de nouveau vers l'évier. Les uns après les autres, les hôtes disent qu'il commence à se faire tard, parlent vaguement de faire le ménage.

« Pas de souci, dit Matty, les vieux seront pas là avant lundi, je filerai un billet à Ludy pour qu'elle nettoie tout ça demain.

– Cette bonne vieille Ludy », s'esclaffe quelqu'un.

Dans le reflet de la vitre, je vois Toby passer son bras autour de Phoebe. Je devrais lui demander, ça va mieux, ta bite, petit violeur ? Elle se dégage, se dirige vers le salon. Il la suit.

« Laisse-moi te raccompagner chez toi.

– Si tu veux. »

Je devrais la prévenir que ce n'est pas le meilleur choix. Je suis sûre qu'il va lui proposer un petit détour par chez lui, ou lui suggérer de faire ça entre deux voitures. Les dernières personnes quittent la cuisine. Je remarque le sac à main de Phoebe sur le plan de travail, je l'entends rire avec la fille-hyène de tout à l'heure. Quand je passe à côté d'elle, je lui dis qu'il est pratiquement minuit, mais elle m'ignore et je pars toute seule.

Quand j'arrive, Mike est là pour m'accueillir. Il devait attendre à la fenêtre, inquiet.

« Où est Phoebe ? il me demande.

– Elle arrive, je crois, un des garçons devait la raccompagner.

– Ah, les ados ! il soupire avec un sourire. Et toi, tu t'es bien amusée ?

– Pas mal, oui, mais je suis crevée. Est-ce que je peux avoir mon médicament avant d'aller au lit ?

– Bien sûr. »

Deux heures s'écoulent. Deux heures de retard pour Phoebe. Je me demande combien de temps il lui a fallu pour se rendre compte que ses clés n'étaient plus dans son sac. Elle et ses pupilles dilatées vont passer un sale quart d'heure en rentrant.

Au bout d'un moment, j'entends des pas dans l'escalier, des voix étouffées. La porte à côté de la mienne claque. Je m'endors aussitôt. Un point pour moi.

21

La sensation de chute me réveille en sursaut. Je rêvais que j'étais au tribunal et que je n'arrivais pas à répondre aux questions qu'on me posait. Tout le monde me dévisageait en silence. Toi, de l'autre côté de l'écran. Je me lève, entre dans la salle de bains et mets à jour mon décompte au fusain à l'intérieur du placard. Huit. J'appuie ma tête contre la porte et essaie de respirer.

Je me déplace en silence, sur la pointe des pieds, et Mike ne remarque pas tout de suite que je me tiens dans l'encadrement de la porte de la cuisine. Il est occupé à lire quelque chose, il tient une page en l'air pendant qu'il regarde celle du dessous. Je ne suis pas certaine, mais je crois voir mon nom en haut. Il souligne des choses, annote, s'interrompt pour se frotter les yeux. Fatigué. Je sais que je ne peux pas, mais j'ai envie de m'approcher et de le prendre dans mes bras. Le remercier de m'avoir accueillie. De s'occuper de moi.

Il lève la tête et quand il me voit approcher de la table, il glisse les deux pages sous son agenda. Je prends note mentalement d'essayer de les retrouver plus tard, peut-être jeudi, quand Saskia sera au yoga et Mike au travail.

« Ah, je ne t'avais pas vue. Tu veux prendre ton petit déjeuner ?

– Pas tout de suite. Je crois que je vais me faire un thé, pour commencer. Tu en veux un ? Tu as l'air fatigué.

– Je me suis couché tard, j'ai attendu Phoebe. Non seulement elle est rentrée avec deux heures de retard, mais en plus elle a trouvé le moyen de perdre ses clés. »

Oh.

« Désolée, je lui ai proposé de rentrer avec moi.

– Tu n'as pas à t'excuser, ce n'est pas de ta faute. Au moins, toi, tu es rentrée à l'heure.

– Est-ce que je prépare aussi une tasse pour Saskia, à ton avis ?

– C'est très gentil de ta part, mais elle n'est pas là. Elle est allée avec ses amies dans un centre commercial, je crois – une vente privée de je ne sais plus quelle marque. »

Pendant que la bouilloire chauffe, il me demande si je suis pressée de partir quelques jours en vacances, demain. Je fais oui de la tête et lui réponds que quand il m'a dit qu'on allait à Tetbury, j'ai été regarder sur Internet à quoi ça ressemblait.

« Tu as vu l'arboretum ? C'est juste à côté, à Westonbirt. Je pense que ça te plaira beaucoup, il y a plein de jolies balades à faire. On emmenait souvent Phoebe là-bas, quand elle était petite. »

Enfin, c'était surtout lui qui l'emmenait, si j'ai bien compris. Et si Saskia faisait partie du voyage, elle n'était pas tout à fait là pour autant. Je me rends compte que je n'ai pas besoin de lui demander comment il prend son thé – une sensation à la fois très agréable et rassurante.

« Quand tu auras fini, Milly, je veux bien que tu t'assoies à table, il y a quelque chose dont j'aimerais te parler. »

Les sachets de thé ont assez infusé, l'eau autour a viré au brun foncé mais je continue à touiller, retarde le moment de la discussion. J'ajoute du lait, un sucre pour moi, puis je pose les deux tasses sur la table et je m'assois en face de lui. Je remonte mes jambes contre ma poitrine, les pieds le plus loin possible du sol et des monstres rampants, et j'enserre mes genoux avec mes bras.

« Merci, il me dit en approchant sa chaise. Je ne veux surtout pas que tu le prennes mal, et je sais que tu as pas mal de choses à gérer en ce moment, mais je crois qu'il faut qu'on discute du mail que mademoiselle James m'a envoyé. »

Au sujet de MK.

Le thé est trop chaud, mais j'en avale quand même une grande gorgée. Brûlure à la langue.

« Mademoiselle James m'a dit que tu avais offert un cadeau à mademoiselle Kemp, une bougie, et que tu l'avais beaucoup vue, ces derniers temps.

– Pas tant que ça, non.

– Peut-être plus que ce que les autres élèves voient leur conseiller, non ?

– C'était juste pour qu'elle m'aide avec mes dessins.

– Je m'en doute, mais apparemment, tu lui as aussi envoyé beaucoup d'e-mails.

– Quelques-uns, c'est vrai. Mais comme elle ne répondait pas, je suis allée la voir et je lui ai offert une bougie.

– Mais quelques-uns en une semaine, ça fait beaucoup, Milly. Et je suis sûr que mademoiselle Kemp t'adore, mais là, elle se sent un peu envahie. Je crois que tu lui en demandes trop. »

Je me sens humiliée, idiote, et submergée par l'envie de te voir. Ça n'arrivait pas souvent, il faut dire que tu étais rarement de bonne humeur, mais une fois de temps en temps, tu te mettais derrière moi et tu me brossais les cheveux. Tu me disais que j'étais belle, et je le croyais. Je me sentais toujours plus belle quand tu me disais des choses gentilles.

« Je comprends d'où vient la confusion, Milly. J'ai eu l'occasion de discuter plusieurs fois avec mademoiselle Kemp, et c'est une femme adorable. Très douce. Mais je crois qu'il est important de t'aider à comprendre ce qui t'arrive et à mettre un nom dessus. Est-ce que tu vois un peu où je veux en venir ?

– Non.

– Est-ce que tu as déjà entendu parler du terme "transfert" ? »

Encore une fois, je réponds que non, même si ce n'est pas vrai, vu que j'ai lu un chapitre à ce sujet dans un de ses livres. Il a tort, cependant, ce n'est pas du tout ce qui se passe avec MK. J'apprécie sa compagnie, c'est tout.

Non ?

« Le transfert, en gros, c'est le processus par lequel quelqu'un reporte inconsciemment des sentiments qu'il éprouve vis-à-vis d'une personne de son passé vers une personne de son présent.

– Mais c'était juste pour la remercier. »

Pas pour lui demander de devenir ma maman.

« Et c'était un geste très attentionné de ta part, mais peut-être, sûrement même, qu'il aurait mieux valu te contenter d'un simple merci. »

Je me mords la langue – la douleur et la nécessité de la contenir, une décharge bienvenue qui me traverse la colonne vertébrale.

« Personne ne te reproche quoi que ce soit, Milly, c'est normal pour toi d'avoir ce genre de sentiment. »

Une fois de plus, la différence, pointée du doigt.

Normal « pour toi ».

Le visage de Mike danse devant moi – des larmes rebelles, qui tombent sur mes genoux. Il me dit que tout va bien, qu'il ne faut pas que je me punisse pour ce que je ressens.

« Est-ce que ça veut dire que je ne peux plus la voir ?

– Pour l'instant, nous avons décidé que tu pouvais continuer à travailler avec elle jusqu'à la fin du trimestre, pour préparer le concours d'art. Après ça, on verra. C'est difficile de savoir où on en sera d'ici là. »

Où j'en serai, il veut dire.

Dans le sanctuaire de ma chambre, je sors mes croquis. Des portraits de toi. Une galerie de la partie la plus noire de mon esprit, l'endroit où tu vis. Je te dis que je suis désolée pour MK, que ça n'arrivera plus. J'entends mon téléphone qui vibre sur le lit, un message. Je le lis, c'est Morgan, qui me confirme qu'elle sera bien au fond du jardin à 18 h. Dans le couloir, j'entends Phoebe qui crie :

« Je m'en fous !

– Eh bien tu ne devrais pas », répond Mike.

J'écoute à travers ma porte.

« Pourquoi je devrais rester à la maison ? De toute façon, t'es jamais là.

– Ce n'est pas la question.

– Je m'en bats. Fous-moi la paix. »

Je m'appuie contre le bois. Enfant et parent, la relation la plus complexe qui existe. La porte de sa chambre claque, je m'éloigne de la mienne et range mes croquis dans le tiroir sous le lit. Puis je m'assois à mon bureau, essaie de m'avancer dans mes devoirs, mais je suis trop furieuse et honteuse de la façon dont je me suis trompée avec MK. Toi, tu ne te trompais jamais, tu savais comment te comporter avec tout le monde. Dès que tu entrais dans la pièce, les visages des femmes s'illuminaient. Ceux des enfants, aussi. Et moi, je te regardais, en espérant qu'un jour je pourrais devenir cette version de toi.

Quand arrive l'heure de retrouver Morgan, je ne suis plus sûre de vouloir y aller. Je reconnais la sensation à l'intérieur. Une couleur sombre. Mauvais signe. J'annulerais si elle ne m'avait pas déjà appelée pour me dire qu'elle était là. À m'attendre. Dépêche-toi, elle a insisté, ça caille. J'enfile un pull et sors de ma chambre par l'escalier de secours de mon balcon. Dans le jardin, je prends soin de longer le mur, pour éviter que la lumière s'allume. La cellule ne se déclenche que quand on marche sur le gravier ou au milieu de la pelouse. Je le sais, j'ai vérifié. Je la retrouve à côté du portail qui donne sur l'allée. À cette période de l'année, il fait déjà nuit à 18 h, et il me faut quelques secondes avant que mes yeux s'habituent à l'obscurité. Elle est en train de manger un sandwich.

« Y'a des chips, dedans, elle m'indique. Tu te souviens, tu m'avais donné un paquet, la première fois qu'on s'est parlé. »

Je fais oui de la tête.

« Bon alors, quoi de neuf ?

– Pas grand-chose. Des trucs à l'école.

– Quel genre de trucs ?

– Rien, un malentendu.

– Avec un prof ?

– Oui.

– Un pervers qui a essayé de te tripoter, ou un truc comme ça ?

– Non, c'est une femme.

– Encore pire. »

Effectivement, c'est aussi comme ça que l'opinion publique voit les choses, dans ton cas. Une femme qui tue des enfants. Beaucoup de gens ont dû recracher leurs céréales, le matin où les journaux l'ont annoncé. Je donne un coup de pied dans le mur. De la lave coule dans mes veines.

« Qu'est-ce qui t'arrive, Milly ? C'était juste une blague. »

Je lui dis que ce n'est rien, mais je devrais la prévenir : garde tes distances, je ne me sens pas moi-même. À moins que ce ne soit finalement la vraie moi, cette personne qui se tient devant une amie et qui essaie de résister à la pulsion de lui faire mal, pour que la douleur soit partagée. Pour que je ne me sente plus si seule.

Elle mange bruyamment. Les chips qui croustillent polluent le silence dont j'ai besoin. D'habitude, sa compagnie me fait du bien, mais pas aujourd'hui. Je n'arrête pas de penser aux avocats, à leurs questions. Qu'est-ce que vous avez vu la nuit où Daniel est mort ? Que s'est-il passé exactement ? J'ai vu ma mère. Et vous l'avez vue faire quoi ?

« Est-ce que c'est à cause de ta mère ? Est-ce que c'est pour ça que t'es toute tendue ? À la télé, ils disaient que c'était une infirmière. T'imagines, un peu, d'avoir une folle pareille qui s'occupe de toi ?

– Je n'ai pas envie d'en parler, Morgan. Arrête.

– Ça peut te faire du bien d'en parler. Et puis, c'est pas de ta faute si c'est une psychopathe. Ils disaient aussi qu'il y avait un gamin qui vivait avec elle – si c'était pas toi, c'était qui ? Tu m'as pas dit que t'avais des frères et sœurs.

– Je n'en ai pas. »

En tout cas, je n'ai pas envie de t'en parler.

« Mais du coup, tu penses que c'était qui, ce môme qui vivait avec elle ? »

Je hausse les épaules.

« Écoute, Morgan, je t'ai déjà dit d'arrêter. J'ai pas envie, là. »

Le silence, mieux. Ne dis rien. S'il te plaît. Trop de questions. Trop de voix dans ma tête. CE N'EST PAS VRAI, ANNIE, IL N'Y A QUE LA MIENNE. La lave dans mes veines brûle tout sur son passage. Je regarde la bouche de Morgan qui s'agite, la façon dont elle se passe la langue sur les lèvres. Mange, mange jusqu'à la dernière miette. Je veux qu'elle arrête de parler de toi.

« Chez moi, ils disent qu'elle va prendre perpète. Tu la reverras jamais, ça vaut peut-être mieux.

– La ferme, Morgan, je rigole pas. C'est la dernière fois que je te le dis.

– Oh, ça va, faut pas être aussi susceptible. C'est un monstre, tu devrais être contente que je la déteste. »

Elle mange comme un animal, s'en met plein le visage. Ses dents, sa langue. Elle continue à parler de toi, là, non ? OH QUE OUI, ET QU'EST-CE QUE TU VAS Y FAIRE ? Bon chien. Méchant chien. Croustille. Chips. Langue. Lèvres. Je m'éloigne pour désamorcer le mal, lui dis que j'ai froid, que je préfère rentrer.

« Mais pourquoi tu te mets dans un état pareil ? Tu t'en fous, d'elle, non ? »

L'étincelle. La goutte d'eau.

C'est le sandwich qui prend en premier. Un coup dans sa main qui le fait tomber par terre. Puis, je plaque Morgan contre le mur – le mur de nos rendez-vous secrets, le symbole de notre complicité – et je lui pince le bras de toutes mes forces, en essayant d'imaginer la forme et la couleur du bleu que mes doigts vont laisser sur sa peau.

« Lâche-moi, elle me dit. Arrête ! »

D'habitude, c'était moi qui prononçais ces mots, mais les rôles ont changé. Que c'est bon d'être la méchante. Je suis désolée, je n'y peux rien, mais au moins, elle ne parle plus de toi. Comme quoi, être la méchante, des fois, ça marche. J'aurais pu faire encore pire, mais quand elle me dit, peut-être que t'es pas si différente de ta mère, en fin de compte, la lave se refroidit instantanément. Durcit. Et me laisse une sensation de malaise à l'intérieur, comme une nausée. Je relâche son bras, fais un pas en arrière et m'accroupis. Les mains sur les cuisses. Je ne peux pas. Être comme toi. Je ne veux pas.

Aucune de nous ne parle, chacune gère la situation à sa manière. Je me tourne vers elle, elle se frotte le bras à l'endroit où je l'ai pincée.

« Morgan, je suis désolée. Je ne sais pas ce qui m'a pris.

– Et je peux te dire que ça arrivera pas deux fois.

– Comment ça ?

– Parce que tu peux aller te faire foutre. C'est plus clair, là ? »

J'essaie de la prendre dans mes bras, mais elle me pousse en arrière et s'éloigne. Je reste assise par terre un moment, et je regarde le ciel. Une seule étoile. Je détourne les yeux, et quand je relève de nouveau la tête, elle a disparu.

Elle ne veut pas que je la regarde.

Je chante pendant que je les cherche.

Huit petits oiseaux, sur un fil de fer. Non. Pas des oiseaux, autre chose, et pas sur un fil de fer. Je réessaie, avec tes paroles à la place.

Huit petits quelque chose, cachés dans la cave. Je pensais qu'il y en avait neuf, mais le neuvième n'a pas fini là. Tu te souviens ?

Oui.

Si je pouvais seulement ouvrir la porte, je pourrais vérifier que les petits quelque chose vont bien.

La porte. Ne s'ouvre pas.

« Milly, c'est Saskia. La porte est fermée à clé, c'est Mike qui l'a verrouillée. Qu'est-ce que tu chantais ? »

Un petit quelque chose s'est envolé. La porte. Ne s'ouvre pas.

« Je vais chercher Mike. »

Est-ce que vous pouvez m'entendre, les petits quelque chose ? Je suis venue vous libérer. Mais ils ne répondent pas, c'est trop tard. J'arrive trop tard.

Ils se sont déjà envolés.

22

Je suis réveillée par le bruit de Phoebe qui part pour son tournoi de hockey – des voix dans le couloir, une porte qui s'ouvre et se referme. Lundi. Je devrais me lever, moi aussi, c'est le jour du départ, mais mon corps est lourd, il croule sous la honte de ce que j'ai fait à Morgan.

Et sous le poids de ta voix.

Quand Saskia frappe à la porte et demande si elle peut entrer, je lui réponds que oui et je me redresse sur mon lit.

Jean blanc, slim, moulant. Haut à rayures bleues et blanches, une partie de ses cheveux ramenée en chignon au moyen d'une grosse pince marron, le reste qui lui descend jusqu'en dessous des épaules.

« J'espère que je ne t'ai pas réveillée, on voulait te laisser dormir après... »

Après la nuit dernière.

« On va bientôt partir. Il y en a à peine pour une heure et demie de voiture, du coup, on devrait arriver pour le déjeuner. »

Elle ne dit rien de plus sur ce qui s'est passé la nuit dernière. Mike lui aura sûrement dit de se taire, lui aura expliqué que c'est un comportement prévisible, avec l'arrivée prochaine du procès.

« Milly ?

– Désolée, j'ai eu...

– Une absence ?

– On peut dire ça comme ça, oui. »

Elle tripote son collier, le porte à sa bouche, appuie les lettres du pendentif contre ses lèvres jusqu'à ce que la chair vire au blanc, puis elle relâche la pression. Elle me demande si j'ai besoin d'aide pour préparer mes affaires.

« Non merci, je n'en ai pas pour longtemps. »

Dès qu'elle a refermé la porte derrière elle, j'attrape mon portable pour voir si Morgan m'a répondu. Ce n'est pas le cas. Je me lave le visage, je m'habille et je fais mon sac, mais je sens l'angoisse monter en moi. Ce que j'ai fait à Morgan hier, c'était mal, et je n'ai pas envie de perdre une amie ; et d'un autre côté, j'ai peur qu'elle parle de moi à d'autres gens. Qu'elle raconte qui je suis vraiment.

Quand j'arrive en bas, Rosie est dans le hall, assise à côté des valises de Mike et de Saskia. Elle se met à remuer la queue en me voyant. Je pose mon sac et la gratte entre les oreilles.

« Je ne crois pas que tu viennes avec nous, je lui dis. Tu vas rester ici, avec Sevita. La prochaine fois, peut-être. »

Elle lève la tête pour me lécher la main, puis elle m'emboîte le pas jusqu'à la cuisine.

« Il y a du jus d'orange pressé sur la table, tu en veux ? me propose Saskia.

– Non merci, je vais me faire griller du pain. »

Mike nous tourne le dos. Il est appuyé à l'évier, en pleine conversation téléphonique.

« Bien sûr, je viendrai avec elle mercredi, une fois qu'on sera rentrés. Ça te va ? Très bien, parfait. Merci, June, et à bientôt. »

Il raccroche, se tourne vers nous.

« C'était June, on s'est mis d'accord pour que tu passes au tribunal mercredi à 15 h afin de revoir la vidéo de ton témoignage. Je t'accompagnerai. »

Je hoche la tête. Je n'ai plus faim.

Il y a quelques embouteillages pour sortir de Londres, mais bientôt nous nous retrouvons sur l'autoroute, au milieu d'une campagne de plus en plus verdoyante. Mike me demande comment avancent mes dessins pour le concours d'art. Ça va, je lui réponds. Saskia se retourne et me dit qu'elle aimerait beaucoup que je les lui montre. Elle échange un sourire avec Mike, puis elle pose la main sur sa nuque et l'y laisse pendant quelques secondes. C'est la première fois que je la vois le toucher.

Après environ une heure de route, la voiture s'engage sur une longue allée de gravier. Au bout, une fontaine. Un membre du personnel explique à Mike que le parking est plein, vu que ce sont les vacances scolaires.

« Laissez les clés sur le contact, et on ira vous la garer à côté du champ, là-bas. Gardez bien ce reçu. Vous le présenterez à la réception quand vous aurez besoin de récupérer votre voiture, et on vous l'apportera jusqu'ici. »

Mike s'occupe de nous enregistrer, puis quelqu'un nous conduit à une suite familiale avec chambres séparées par une porte. Quand nous descendons pour le déjeuner, je suis frappée par le nombre d'enfants présents. Ça rampe, ça court, ça pleure, ça se salit. Partout. Mais il n'y a pas que les enfants ; toi aussi, tu es là. Ton visage, en une d'un journal, sous le titre « Plus qu'une semaine avant le procès ». Un homme attablé à côté de la fenêtre, il te tient. Il te lit. Il te plie et te glisse dans la poche intérieure du manteau que lui tend une des serveuses. Il se lève et l'enfile. Comme ton visage est proche de son cœur. Mais la vérité, c'est que ta façon d'aimer est différente de celle de la plupart des gens. Ton amour n'est pas doux, il ne ressemble pas à un baiser, un contact entre tes lèvres et le cœur d'une personne. Ce n'est pas comme ça que tu fonctionnes.

Mike me demande si ça va. Je lui réponds que oui. Je ne tiens pas à gâcher les vacances en lui avouant que tu es venue aussi.

Après le repas, nous passons l'après-midi à nous promener dans le parc de l'hôtel, à discuter avec d'autres familles. Mike tombe sur quelqu'un avec qui il travaille. L'homme fait la bise à Saskia et, quand Mike me présente, il déclare :

« Alors, c'est donc toi, la fameuse Milly. »

Mike acquiesce, sourit. Oui, c'est bien elle. L'homme explique que sa femme Cassie est là, elle aussi, mais qu'elle est partie changer le bébé.

« Et ces deux petits monstres sont à moi, eux aussi. »

Deux petits garçons de 5 ou 6 ans, qui jouent à chat entre les jambes de leur père. Ça a l'air amusant, j'aimerais bien me joindre à eux. Un jeu simple. Sans conséquence. Plus tard dans l'après-midi, des activités sont organisées pour les enfants sur la pelouse devant l'hôtel. Avec Saskia, on s'assoit dans des fauteuils à côté de la fenêtre, et on regarde. Chamboule-tout, pêche à la ligne et même une course pour les papas. Pas pour les mamans, par contre. S'il y avait eu et que tu avais vraiment été là en chair et en os, tu te serais inscrite, et tu aurais sûrement gagné. Mike nous rejoint, bâille et suggère qu'on se couche tôt ce soir. Pendant qu'on se promenait, cet après-midi, il m'a expliqué qu'il avait fermé la porte de la cave à clé la semaine dernière parce qu'il avait peur que je me fasse mal. Je l'ai remercié, en regrettant de ne pas pouvoir lui dire que c'était bien pire de ne pas pouvoir descendre.

Après dîner, nous retrouvons nos chambres. Une réponse de la part de Morgan, quatre mots seulement.

Va te faire foutre.

Le lendemain matin, pendant le petit déjeuner, on décide de prendre la voiture pour aller jusqu'à l'arboretum. Le ciel est couvert, risque d'averses. Mike me dit de ne pas m'en faire, qu'ils ont pensé à emporter les bottes et le ciré de Phoebe.

« Ça ne la dérangera pas ? je demande.

– Peut-être qu'elle n'est pas obligée de le savoir », répond Saskia avec un air guilleret qui ne lui ressemble pas.

On sourit tous les trois, puis on remonte dans notre chambre pour se laver les dents et on se donne rendez-vous dans dix minutes, à la réception. L'homme avec qui on a discuté hier,

John, est là quand on arrive, en compagnie d'une femme qui doit être Cassie, son épouse, et qui tient un bébé dans les bras. Les deux petits garçons sont là, eux aussi. C'est la première fois que Cassie et Saskia se rencontrent. Elles engagent une conversation polie sur la température qui est fraîche pour la saison, et sur le fait que c'est un temps parfait pour rester devant la cheminée.

« Il me semble en avoir vu une dans le grand salon », dit Saskia.

Cassie propose qu'on y prenne un café avant le départ. Dès qu'on est assis, Mike et John se mettent à parler de la rénovation de leur cabinet. John se plaint que la salle d'attente manque d'intimité, qu'on peut même la voir depuis la rue.

« C'est vrai que ce n'est pas idéal, dit Mike. On pourrait peut-être installer des rideaux, ou une espèce de paravent, d'écran. »

Le mot : écran. Comme celui qui sera installé dans la salle d'audience la semaine prochaine, pour me séparer de toi.

Les deux garçons sont assis par terre devant la fenêtre, à droite de la cheminée. Un panier de jouets qu'ils renversent sur la moquette, des « vroum vroum » lorsqu'ils se mettent à faire rouler les petites voitures, un bruit de détonation quand l'un des deux tombe sur un pistolet à eau. Un rayon de soleil transperce les nuages pour atterrir pile sur eux : leurs cheveux couleur d'or, leurs yeux bleus. Des petits anges. Une fois de plus, je suis tentée de les rejoindre, ou de pleurer, tellement je trouve ça beau. Au final, je ne fais rien, je reste à ma place, parce que je ne suis pas sûre que me lever pour aller jouer avec des enfants de 5 ans ou me mettre à pleurer paraîtrait très normal. Quand je me retourne, je vois que Mike m'observe, une expression étrange sur le visage. Une tentative de sourire quand il croise mon regard. Cassie engage la discussion avec Saskia au sujet du lycée Wetherbridge.

« Évidemment, ce n'est pas pour tout de suite, elle déclare en regardant le bébé dans ses bras. Mais c'est toujours bien d'avoir l'avis de quelqu'un qui connaît les choses de l'intérieur. »

Saskia semble subjuguée par le bébé, et elle a beau se forcer à détourner les yeux, son regard finit toujours par se poser de nouveau dessus. Cassie le remarque, et lui propose de la porter.

« Non merci, je ne suis vraiment pas très douée avec les bébés.

– Et toi, est-ce que tu veux la prendre ? elle me propose.

– Oui, je veux bien. »

Les mots sont sortis tout seuls de ma bouche. Elle se lève, me met l'enfant dans les bras. Peau rosée, yeux clos, et des cils tellement longs qu'ils lui caressent presque le haut des joues. Elle n'a ni biberon, ni tétine dans la bouche, et pourtant ses minuscules lèvres en forme de bourgeon émettent un petit bruit de succion continu.

Les choses belles et pures me font me sentir moche. Souillée. Je me souviens, je devais avoir 3 ou 4 ans, et je t'ai demandé d'où je venais. J'ai attendu que tu me prennes dans tes bras, que tu frottes ton nez contre le mien et que tu me répondes, tu es sortie de mon ventre, ta place est avec moi, et je t'aime. Exactement comme la maman d'une petite fille de ma classe quand elle lui avait posé la même question à la sortie de l'école. Mais tu n'as pas répondu. Tu es sortie de la cuisine, et tu m'as laissée seule.

Cassie dit à Mike, votre fille ferait vraiment une maman parfaite, et l'espace d'un instant, d'une fraction de seconde, je ressens ce que ça fait de passer pour leur fille.

« En fait, nous sommes seulement la famille d'accueil de Milly, répond Mike. Notre fille, Phoebe, est partie en voyage avec son équipe de hockey.

– Je te l'ai dit hier soir, Cassie, ajoute John.

– Désolée, j'ai une mémoire de poisson rouge. En tout cas, c'est admirable de votre part, d'accueillir chez vous… »

Quelqu'un comme moi.

Elle n'a pas le temps de finir sa phrase que le bébé se met à pleurer. Les yeux grands ouverts, elle me regarde. Elle a peur, elle a senti ce qu'il y avait à l'intérieur de moi. Elle a senti que je la serrais un tout petit peu trop fort. Surtout quand Mike a dit que je n'étais pas leur fille. Aussitôt, je la rends à sa mère.

Quand nous arrivons à l'arboretum un peu plus tard, il y a énormément de monde. Des couples, des familles, quelques personnes seules. Des allées végétales taillées au millimètre, bordées de buissons exotiques aux couleurs automnales – orange et jaune, principalement – qui semblent faire écho au rouge foncé des feuilles des arbres. Nous marchons en silence. Je crois que ça veut dire qu'on est à l'aise les uns avec les autres. Heureux. Mike commente qu'il n'y a pas beaucoup d'enfants de mon âge, ici.

« J'ai bien peur que ce ne soit plus très cool de partir en vacances avec les parents.

– Peu importe, je réponds. Moi, je suis très contente qu'on soit là, juste tous les trois. »

Mike sourit, détendu. Et même s'il ne l'admettrait jamais, je sais qu'il est d'accord avec moi et qu'il se sent soulagé de ne pas avoir à jouer les médiateurs entre Saskia et Phoebe. Bref, c'est plus simple.

Plus tard dans la soirée, après le dîner, j'achète une boule à neige pour Morgan, au magasin de souvenirs de l'hôtel. Des sapins, deux enfants qui se tiennent la main, un bonhomme de neige. Je lui envoie un texto pour lui dire que je lui ai trouvé un cadeau. Pas de réponse.

Au début, je me dis que c'est dans ma tête, ou alors que c'est le bruit de la télé à travers le mur, mais quand je m'approche de la porte qui sépare nos deux chambres et que je colle l'oreille contre le bois, je les entends. Une dispute. Saskia était ivre au dîner, elle n'a presque pas parlé du repas et, après le dessert auquel elle n'a évidemment pas touché, elle a été prise d'une crise de hoquet. Mike lui dit qu'il faut qu'elle se ressaisisse, surtout avec le procès qui arrive. Mais j'essaie, elle répond. Eh bien ce n'est pas assez. Un objet jeté contre le mur, un verre sûrement. Leurs voix, plus basses. Elle se met à pleurer. J'imagine Mike qui la prend dans ses bras, qui lui dit que ça va aller. Après un moment, les voix s'interrompent, et d'autres bruits prennent le relais. Les gémissements de Saskia provoquent en moi une sensation étrange. Comme si j'étais dans la chambre avec eux. Quand les bruits s'arrêtent, je retire mes vêtements et je passe la main sur l'échelle de cicatrices blanches le long de mes côtes. Puis je vais prendre une douche.

Et je me récure comme jamais.

23

Encore cinq jours.

Je m'approche de la porte du balcon et tire les rideaux. Il y a un rouge-gorge perché sur la rambarde. Tout ébouriffé à cause du froid. Dès qu'il me voit, il prend peur et s'envole. Comme je le comprends.

Quand on est rentrés de notre séjour dans les Cotswolds mercredi dernier, Mike m'a accompagnée au tribunal pour que je revoie la vidéo de mon témoignage. Ça n'a pas été facile à regarder. La fille sur l'écran qui parlait de sa mère. Cette fille, c'était moi.

J'aimerais pouvoir me rétracter, déclarer :

Ce sont des mensonges.

Sauf que ça s'est vraiment passé.

Les avocats ont profité de ce que j'étais là pour me préparer à mon passage à la barre face à la défense. Ils m'ont posé plein de questions.

Est-ce que vous connaissiez Daniel Carrington ?

Oui.

Comment le connaissiez-vous ?

C'était un des enfants au travail de ma mère.

Étiez-vous à la maison quand elle l'a ramené ?

Oui.

Les avocats m'ont prévenue que la défense ferait tout pour me piéger et me discréditer en tant que témoin. Est-ce que c'est quelque chose qui t'inquiète ? m'a demandé Grassouillet. J'ai répondu que non.

J'ai menti.

June m'a montré la salle d'audience, le pupitre où je devrai me tenir, et l'endroit où se trouvera l'écran qui m'empêchera de te voir. L'idée de me retrouver aussi proche de toi a déclenché en moi un réflexe pavlovien, une production de salive excessive qui a failli me faire vomir. Le procès commence lundi, mais on m'a dit que je ne témoignerais que jeudi et vendredi. Du coup, j'ai dû changer le chiffre au fusain dans le placard de ma salle de bains, car le compte à rebours ne concerne pas le procès, mais nos retrouvailles.

Ce soir, c'est la fête de Guy Fawkes, la nuit où, dans toute l'Angleterre, on érige des bûchers pour commémorer la conspiration des Poudres. Mike m'a dit que si je regardais depuis mon balcon à partir de 19 h, je verrais les feux d'artifice spectaculaires que tire chaque année une famille américaine installée à quelques rues de chez nous. Comme je n'ai toujours pas de nouvelles de Morgan, je lui envoie un texto pour lui proposer de venir voir le spectacle avec moi. Je peux te faire rentrer discrètement, je lui écris.

Hier, j'ai fait une séance avec Mike axée sur la respiration. Comment réagir si je sens venir une crise d'angoisse alors que je suis à la barre. Il m'a demandé s'il y avait quelque chose en particulier qui m'inquiétait, un élément que je voulais revoir avec lui avant de devoir affronter la défense la semaine prochaine. Non, je ne crois pas, je lui ai répondu, ce qui s'est passé est assez clair dans ma tête. Il m'a dit de trouver un mot qui m'aidait à me sentir bien. Ça m'a pris du temps, mais j'ai fini par choisir « liberté ». Je lui ai expliqué que je t'enviais, de vivre à visage découvert, tandis que moi, j'étais obligée de rester dans l'ombre, cachée du monde entier et dépouillée de tout, même de mon nom. Il m'a dit de voir cette ombre comme un endroit où me reposer, et que dans le futur elle se transformerait en lumière. Et qu'est-ce qui se passe, si je suis comme elle ? je lui ai demandé. Si j'hérite du gène ? *Monoamine-oxydase A.*

L'enzyme de la violence. Si elle l'a, il y a de grandes chances que je l'aie aussi. Mais il m'a assuré que je n'avais rien de commun avec toi. Le problème, c'est que je ne suis pas certaine qu'il le pense vraiment.

Je n'ai pas oublié le matin où je l'ai vu dissimuler les documents sous son agenda, dans la cuisine, et jeudi, quand je me suis retrouvée seule à la maison, je suis entrée dans son bureau. Il ne m'a pas fallu longtemps pour les trouver, au fond du tiroir de gauche, sous un manuel.

Le titre sur la première page : MILLY (idées pour un livre).

Je n'ai eu le temps d'en photocopier que la moitié avant que la porte d'entrée ne s'ouvre et ne se referme. Sevita. Elle m'a souri en me voyant dans le couloir – les originaux à leur place, les photocopies soigneusement dissimulées sous l'élastique de mon jean. Apparemment, Mike est en train d'écrire un livre sur moi, sur comment il m'aide à survivre. Il fait mention du rêve que je lui ai raconté. Toi, coincée dans la pièce en flammes. Quand il m'a demandé ce qui se passait dans le rêve, je lui ai raconté la vérité. Que je te sauvais. À chaque fois que je fais ce rêve, je te sauve. Écrit à l'encre rouge, en dessous, « toujours grande loyauté vis-à-vis mère, discuter culpabilité ».

D'autres notes racontent en détail comment je me sens responsable, comment une victime de maltraitances perd la perspective de neutralité – le monde entier est soit avec elle, soit contre elle. Une flèche rouge, pointant vers la phrase « BON MOI VS MAUVAIS MOI » soulignée et entourée.

Depuis, j'essaie de savoir ce que je pense du fait que Mike écrive un livre sur moi. Il ne m'a pas demandé la permission, je n'ai jamais signé quoi que ce soit. Est-ce que je suis simplement un sujet d'étude, pour lui ? Le sésame qui lui permettra d'atteindre la reconnaissance de ses pairs ? La gloire ? Un best-seller, c'est ce qu'il espère. Tant que cela me permet de rester ici plus longtemps, je ne suis pas contre. Je suis prête à monnayer l'accès à mon esprit.

Le midi, je croise Saskia. Je lui demande si Phoebe, qui est toujours en voyage avec son équipe de hockey, lui manque. Elle me sourit et me répond, bien sûr, Mike et elle me manquent toujours quand ils ne sont pas là, mais c'est agréable de t'avoir à la maison. Son langage corporel – la façon dont elle se balance d'un pied sur l'autre, dont elle joue avec sa mèche de cheveux – raconte une tout autre histoire. Et je vois bien que quand il n'y a qu'elle et moi, elle est toujours très mal à l'aise. Très méfiante.

Je passe le reste de la journée à lire des articles sur toi. Sur Internet, tu es en une de tous les sites d'information. Un envoyé spécial au tribunal raconte ce qui va se passer une fois que le procès aura commencé. Il égrène tes crimes, le chiffre neuf répété trois fois. Neuf enfants. Neuf corps. Neuf chefs d'accusation.

Quand j'ai fait le tour de tout ce qu'il y avait à lire, je me rends compte que la nuit est tombée. Plus très longtemps à attendre avant le feu d'artifice. Je vais aux toilettes et quand je sors de la salle de bains, je remarque qu'il y a du mouvement sur le balcon. Ce n'est pas le rouge-gorge qui est de retour, mais Morgan.

Je ferme mon ordinateur portable et me dépêche d'ouvrir la porte-fenêtre, le cœur battant. Sa capuche lui couvre presque la moitié du visage.

« Je suis désolée, Morgan. Vraiment, je suis désolée. »

Elle hausse les épaules, regarde ses pieds. J'attrape sa main, la tire à l'intérieur et lui montre la boule à neige.

« Secoue-la. »

Et quand elle la secoue, je sais que les choses vont s'arranger entre nous.

Car elle est indulgente, Morgan. Indulgente et seule. C'est fou ce qu'on est prêt à pardonner en échange d'un peu de compagnie.

Quand le feu d'artifice commence, on sort sur le balcon. Les fusées repeignent le ciel de toutes les couleurs.

« Ne refais jamais un truc comme ça, elle me dit une fois que le spectacle est terminé. Tu m'as fait mal.

– Je sais, Morgan. Je te promets que je ne le ferai plus. Est-ce que tu en as parlé à quelqu'un ? »

Elle secoue la tête, visiblement déçue que je lui aie demandé ça, puis elle s'en va en emportant la boule à neige avec elle.

Je t'entends arriver, ondulant sur l'épaisse moquette de ma chambre.

Tu as un message pour moi, quelque chose à me dire.

ON SE VOIT AU TRIBUNAL, ANNIE.

Huit. Puis quatre. La porte sur la droite.

Tu voulais me couper les cheveux.
Ils étaient longs, et tu voulais qu'ils soient courts
comme ceux des garçons.
Tu ne l'as pas fait, de peur que ça n'attire l'attention à l'école.
Mais ça ne t'a pas empêchée de t'amuser.
Tu m'as déguisée, tu as mis des chaussettes
dans ma petite culotte.
Hélas, ça ne te suffisait pas.
La pièce de la maison qui était restée vide pendant des mois.
La chambre en face de la mienne.
Tu m'as annoncé ça au dîner, un soir.
La salle de jeux, c'est comme ça que je vais l'appeler, tu as dit.
Insatiable.
Je savais que tu n'en aurais jamais assez, alors j'ai saisi
l'occasion de t'abandonner.

24

Premier jour de ton procès. Quand Mike suggère que je n'aille pas au lycée cette semaine, je refuse. Il essaie de me protéger. La presse. Déchaînée. Tous les nouveaux articles sur lesquels je suis tombée sur Internet avant le petit déjeuner parlent de toi. Le site web de la BBC montre la foule rassemblée devant le tribunal. Des gens en colère. S'ils pouvaient, ils donneraient des coups de poing sur la camionnette qui t'amène. Ils cracheraient dessus, y jetteraient de la peinture rouge. Tueuse d'enfants. Tueuse d'enfants.

Le silence à la maison est assourdissant – la radio dans la cuisine, débranchée. Mike plaisante, nous dit qu'on devrait essayer de faire une semaine, voire deux, sans télé. Phoebe lui répond qu'il peut faire ce qu'il veut, mais qu'il ne l'empêchera pas de regarder Netflix sur son ordinateur. Avant que je parte au lycée, Mike me prend à part et me dit de rentrer directement à la maison si jamais je n'y arrive pas à l'école. Et si jamais je n'y arrive pas tout court ? j'ai envie de lui demander.

Si j'avais réfléchi, si j'avais été plus maligne, je serais restée à la maison et j'aurais raté le cours de natation, ce matin. Quelle imbécile. Je me change dans une cabine. Heureusement, mon maillot de bain dissimule parfaitement les cicatrices sur mes côtes. Si je pouvais, j'expliquerais au monde entier que si je m'ouvre la peau, c'est pour purger le mal et laisser entrer le bien. Mais personne ne comprendrait. On me demanderait, mais de quoi tu parles ? Quel mal ?

En face de nous, une rangée de kayaks. Entraînement survie. On nous répartit par groupes de quatre, avec les filles à côté desquelles on se tient. J'aurais dû faire plus attention.

« Allez, les filles, on se dépêche, nous dit Mme Havel. Parfait. Maintenant, alignez-vous sur le bord de la piscine. »

Clondine essaie d'être gentille avec moi.

« Attends, Phoebe, ça va, c'est pas un monstre, non plus. »

Contredite en public, par une fille de sa bande, en plus. Elle dit à Clondine :

« Ferme ta gueule, tu la connais même pas. »

Elle n'a pas tort.

« Non, mais toi, j'te connais », lui rétorque Clondine en exhibant la brûlure de cigarette sur le dos de sa main.

Le maître-nageur se tient en face de nous, de l'autre côté du bassin. Des petites phrases échangées à voix basse, mais assez fort pour que j'entende. Phoebe et Izzy font des commentaires sur mon maillot de bain, sur mes poils aux bras. Une vieille cicatrice violacée sur mon avant-bras droit attire leur attention.

« Je te parie qu'elle s'est fait ça toute seule.

– Grave ! Je suis sûre qu'elle est dans un délire sado-maso. »

Ricanements.

« Chut, les filles, au fond. »

Le cratère violet sur mon bras. Non, je ne me suis pas fait ça toute seule, ce n'est pas comme ça que ça s'est passé. Quand tu m'as fait ça, Maman, tu m'as dit que c'était pour que je ne t'oublie jamais. Tu as maintenu mon bras contre le sèche-serviettes de la salle de bains. Marquée comme du bétail. Tu seras toujours à moi, tu m'as dit. Un tatouage de notre amour.

Le maître-nageur entre dans l'eau et nous montre comment se retourner en kayak. Ce qui vous permettra de rester en vie, il nous dit en émergeant, c'est le sang-froid. Il faut faire confiance à l'eau et à votre partenaire. Quoiqu'il arrive, ne paniquez pas.

Je le regarde. Ses lèvres bougent, mais le son est déformé. Ralenti. Il me faut un moment avant de me rendre compte que c'est parce que je suis en train de tomber. On m'a poussée. Les murmures, tout à l'heure. Quelque chose comme, vas-y, fais-le, allez. Je tombe lourdement dans l'eau, mes pieds poussent au fond de la piscine pour m'aider à remonter. Quand je refais surface, une rangée de tête m'observe. Une armée de filles en lycra noir, les bras croisés sur leur poitrine. Des rires. Des applaudissements, même.

Je nage vers le bord, le maître-nageur fait une blague sur le fait que j'ai l'air enthousiaste. Alors que j'approche du bord, Phoebe me tend la main. Je ne suis pas dupe. Je sais comment son esprit fonctionne – presque comme le mien, en fait. J'attrape sa main, soulève ma jambe et la pose sur le bord de la piscine, j'y suis presque. C'est à ce moment-là qu'elle me lâche. Je retombe, l'eau me gifle le dos. Les applaudissements redoublent.

« Oh bon sang, Phoebe, il serait temps que tu grandisses un peu, dit Mme Havel. Ce que tu viens de faire était bête et dangereux, sans compter que ça fait perdre du temps à tout le reste de la classe. Puisque c'est comme ça, tu vas te mettre en binôme avec Milly pour l'exercice de kayak. On verra bien si vous êtes capables de vous entendre un minimum. Et toi, Milly, tu vas te dépêcher de sortir ou il faut que j'aille chercher une épuisette ? »

Je secoue la tête et nage jusqu'à l'échelle. Satisfaite de voir les joues de Phoebe virer au cramoisi. Qui c'est qui a l'air maligne, maintenant ? Hein, chère coéquipière ?

« En fait, madame Havel, j'aurais besoin d'une volontaire, et vu que mademoiselle est déjà dans l'eau...

– Excellente idée. Milly, viens par là, s'il te plaît. »

Quand j'arrive à sa hauteur, il me dit de monter sur le kayak pendant qu'il l'empêche de bouger. Tout est question de communication, il annonce à la classe. Et de confiance.

« Prête ? »

J'acquiesce et agrippe les rebords du kayak.

« À trois, je retourne le bateau, d'accord ? Un. Deux. Et trois. »

Un brouillard bleuté. La seconde d'après, je me retrouve à l'air libre.

« Alors, Milly, comment ça s'est passé ?

– Ça va.

– Vous voyez, les filles, ça n'a rien de compliqué. Alors, maintenant, mettez-vous en binôme. Celles qui n'ont pas de kayak, entraînez-vous au sauvetage. Une des deux se met sur le dos et fait comme si elle était évanouie, l'autre doit la ramener saine et sauve jusqu'au bord en faisant bien attention à ce que le nez et la bouche de la victime restent hors de l'eau tout le temps.

– Madame Havel, s'il vous plaît, est-ce que je peux plutôt me mettre avec Izzy ou Clondine ?

– Non, Phoebe, tu te mets avec Milly. Peut-être que si tu n'avais pas passé ton temps à faire l'imbécile, tu aurais le choix. Maintenant, c'est trop tard. Et c'est ton tour de te mettre sur le kayak. »

Le bruit dans la piscine. Des éclaboussures et des petits cris aigus. La tension est palpable. Personne n'aime l'idée de se retrouver sous l'eau la tête en bas. Marie se plaint du chlore, dit que ça lui abîme les cheveux. Je rejoins Phoebe à la nage, et lui tiens le kayak bien droit. C'est à elle de se retrouver sous l'eau. Elle doit lire sur mon visage l'idée que j'ai en tête, car elle me lance :

« N'essaie pas de me la faire à l'envers, c'est clair ? »

Mon silence la perturbe. Ça marche à chaque fois.

« Je rigole pas. Sinon je te jure que je te le ferai payer. »

J'acquiesce, les doigts croisés dans le dos.

Pendant qu'elle grimpe sur le kayak, je suis tentée de lui demander de me parler de Sam. Son ordinateur portable, qu'elle a laissé dans sa chambre pendant les vacances. J'ai été à la fois surprise et ravie de constater qu'il n'était pas protégé par un mot de passe. Ce n'est pas moi qui ferais une telle erreur. Pas besoin, elle a dû se dire. Mike est le genre de père qui ne fouille jamais dans les affaires des autres sans demander l'autorisation au préalable. Un fervent protecteur de l'intimité des adolescents.

Je vérifie derrière moi. Le maître-nageur est occupé. Mme Havel est à l'autre bout de la piscine. Les autres filles sont trop concentrées sur l'exercice pour faire attention à moi. J'annonce à Phoebe que je vais compter jusqu'à trois avant de retourner le kayak.

« Dépêche-toi, c'est tout », elle me répond.

Alors, je me dépêche. Un deux trois. Je fais tourner le kayak.

Enfin, pas entièrement.

Je le maintiens à l'envers. Et je recommence à compter. Un. Un et demi. Deux.

Deux et demi.

Trois.

À trois, elle se rend compte de ce qui se passe. Ses mains se mettent à tambouriner sur le kayak. Je sens son corps qui remue, qui gesticule et se tortille d'un côté et de l'autre.

Six.

Six et demi.

Sept.

Le bruit dans la piscine rebondit contre les murs carrelés. Des rires et des cris. Les quintes de toux de ceux qui ont bu la tasse. Personne ne regarde, personne ne remarque. Combien de temps la majorité des gens peuvent-ils retenir leur respiration sous l'eau ? Trente secondes ? Une minute ?

Neuf.

Neuf et demi.

Dix.

Ses ongles s'enfoncent dans ma main, une vague traînée rose dans l'eau. Des blessures en forme de croissant de lune, creusées par ses ongles magnifiquement vernis, sa fierté. Le maître-nageur s'approche, accompagné de Mme Havel. Je retourne le kayak, la tête de Phoebe apparaît à la surface de la piscine. Toutes ces émotions qui se succèdent sur son visage. Toutes ces couleurs. Il y a la panique, puis la peur. Ensuite, il y a le soulagement, bientôt suivi par la colère. J'apprécie chacune à sa juste valeur. Elle a du mal à reprendre son souffle. Sa poitrine se soulève à toute vitesse. Pour finir, elle se tourne vers moi.

« Espèce de salope, elle me dit. Madame Havel ? Madame Havel ? »

Le maître-nageur souffle dans son sifflet et nous dit d'échanger. Celles qui ont fait le kayak s'entraînent au sauvetage, et vice et versa.

« Madame Havel ?

– Bon sang, Phoebe ? Qu'est-ce qu'il y a encore ? »

Clondine et Izzy nous rejoignent à la nage. Elles voient le visage de Phoebe. Pâle. Figé. Elle a l'impression que ses poumons vont exploser. Prise au piège.

« Il y a un problème ? demande Izzy.

– Évidemment qu'il y a un problème, j'ai failli me noyer », elle répond en me fusillant du regard.

Le blanc de ses yeux, légèrement rouge. Le chlore.

« Rien que ça ? raille Izzy.

– Va te faire foutre, Izzy. Allez toutes vous faire foutre. »

Elle descend du kayak, nage jusqu'au bord de la piscine, à l'endroit où se tient Mme Havel. La chair de poule visible sur sa peau. Le froid peut faire ça. Mais pas que. Elle se masse la gorge, une manière de se rassurer, de vérifier qu'elle respire normalement. Je ne sais pas ce qu'elle dit à Mme Havel, mais elle obtient le droit de sortir de l'eau et de rester assise sur un banc jusqu'à la fin.

Dans ses e-mails à Sam, elle parle de moi – il y a quelque chose que je n'aime pas chez elle, elle a écrit. Comment ça, il a demandé. Je ne sais pas, elle est un peu bizarre. Ou alors elle cache quelque chose.

Deuxième solution, Phoebe.

À la fin de l'heure, alors que je rapporte le kayak à sa place, je ressens une brûlure au niveau de ma main. Quatre petites marques, témoignage de la terreur de Phoebe. Dans l'intimité de la cabine du vestiaire, je les prends en photo avec mon portable. Un souvenir.

25

Le lendemain, au lycée, je suis restée sur mes gardes toute la journée, parce que je me doutais que Phoebe ne perdrait pas de temps pour essayer de se venger. Le jeu du chat et de la souris. Une simple question de patience.

Je n'étais pas censée le faire, mais je suis également allée voir MK. Mais alors que je me dirigeais vers la salle de dessin, je me suis rendu compte que mes yeux étaient tout secs. Ça faisait clic-clic à chaque clignement. Pas assez de sommeil, ce qui n'est pas pour me rassurer sachant que je dois témoigner dans deux jours. Je ne sais pas ce qui se passe au procès, Mike m'a dit qu'il avait tous les jours June au téléphone mais que je devais me concentrer sur moi et essayer de dormir le plus possible d'ici jeudi. J'aimerais bien, mais chaque fois que je ferme les yeux, je vois neuf petits quelque chose qui pleurent et me montrent du doigt en appelant à l'aide.

J'ai dit à MK ce qu'on avait convenu avec Mike, que je serais absente jeudi et vendredi car je devais aller à l'hôpital pour une petite opération.

« Rien de grave, j'espère ? » elle a demandé.

Non, une simple ablation du cordon ombilical.

On aurait dû me le retirer il y a des années. Ça devenait dangereux.

Alors que je me déshabille pour prendre ma douche avant d'aller dormir, je n'arrête pas d'entendre ta voix, de t'imaginer debout, m'attendant devant la salle d'audience en jouant avec une pièce. Pile ou face. La pièce que tu avais fait fabriquer l'année dernière, quand on avait visité cette station balnéaire, au Pays de Galles. Ce n'était pas pour les vacances. Un nouveau territoire que j'ai envie d'explorer, tu as dit. Un nouveau terrain de chasse, oui. Quand je suis allée aux toilettes, tu as demandé au monsieur qui tenait le stand de frapper la pièce avec la même face de chaque côté. Pile on ne joue pas, face on joue, tu as dit quand on est rentrées à la maison. Il m'a fallu des mois pour comprendre la supercherie. Tu gagnais à chaque fois. Sauf que maintenant, ce n'est plus toi, la juge, mais un homme avec une perruque et un maillet. Et douze autres personnes. Cette fois, ce n'est pas toi qui décides. Mais eux.

Je n'ai même pas entendu la porte de la salle de bains s'ouvrir, trop occupée que j'étais à me frotter la tête avec du shampooing, le plus fort possible pour essayer d'étouffer ta voix. Elle tire le rideau de douche d'un côté. J'ai tout juste le temps de me couvrir les côtes, de cacher les coupures, mais pas ma poitrine, ni mon entrejambe. Le flash de son téléphone. Elle a ce qu'elle voulait.

« Ça t'apprendra à essayer de me noyer, sale pute. »

Je m'enveloppe dans le rideau de douche, terrifiée à l'idée qu'elle l'arrache, mais elle n'en fait rien. Elle me demande si j'ai fait des jolies balades, ces derniers temps. Quand elle voit que je ne réponds pas, elle ajoute :

« Et comment elle va, ta copine de la cité d'à côté ? »

Cacher son jeu. Ne rien montrer. La vapeur brûlante rend l'atmosphère difficilement respirable.

« J'ai raison, pas vrai ? Izzy m'a dit qu'elle t'avait vue traîner avec la petite conne qu'est toujours assise sur le mur à côté de chez nous. C'est quoi ton problème, t'arrives pas à trouver d'amis de ton âge ? Peut-être que je devrais en parler à Papa, comme ça il pourra en discuter avec toi pendant vos "séances". Je me demande ce qu'il penserait s'il apprenait que tu traînes avec une racaille de cité, surtout une si jeune. »

Elle a 12 ans, presque 13. Elle est petite pour son âge. Et je sais ce que penserait ton père. Il s'inquiéterait.

« Tu fais vraiment pitié. Je suis sûre que t'as adoré te retrouver dans les Cotswolds sans moi, avec mes parents, à jouer à la petite famille. »

Effectivement.

« De toute façon, je m'en fous, je sais que d'ici pas longtemps, tu seras partie. À mon avis, avant Noël. »

Je regarde son visage haineux. Je devrais lui tendre la main et lui dire, faisons la paix. Profitons du temps qu'il nous reste pour nous amuser ensemble au maximum. Pense à toutes les bêtises qu'on pourrait faire. Mais la tentation de me défendre, de combattre, est bien plus forte. C'est de sa faute, c'est elle qui n'arrête pas de nourrir le méchant chien, qui l'autorise à décider. Alors, au lieu d'essayer de faire la paix, je lui dis :

« Parfois, je t'entends, la nuit.

– Quoi ? De quoi tu parles ?

– Je t'entends. »

Touchée en plein cœur, fauchée en plein élan. Car elle sait très bien de quoi je parle, elle a compris que je l'entendais pleurer. Ça a beau être moi qui suis toute nue, c'est elle qui se retrouve complètement dépouillée.

Après son départ, il ne faut que quelques minutes avant que mon téléphone ne se mette à vibrer. Elle aura trouvé mon nouveau numéro sur le tableau noir dans l'entrée, celui sur lequel Mike veut qu'on note tous les contacts importants. Je sors de la douche, m'enroule dans une serviette et me dirige vers mon bureau. J'ouvre le message, une photo. Cheveux pleins de shampooing, peau luisante, bras croisés sur les côtes. Les seins durs, une toison noire en dessous.

Elle a dû l'envoyer à nombre de ses contacts. Garçons et filles, Joe, peut-être. Je retourne dans la salle de bains et laisse tomber ma serviette par terre. Je coupe. Une fois. Deux fois. Du rouge. Ça aurait fait une photo plus intéressante, si elle avait demandé.

26

Avant que je parte pour le lycée, ce matin, Saskia m'a donné un petit sac en velours. Un cadeau que j'ai trouvé au magasin de cristaux sur Portobello Road, elle m'a dit. J'ai ouvert le petit sac, j'ai sorti la pierre et l'ai fait tourner sur la paume de ma main. Les contours étaient rugueux, mais les deux faces étaient lisses. Elle m'a dit que c'était de la tourmaline noire. Un talisman de protection. J'ai pensé que tu pourrais le garder dans ta poche, au tribunal, que ça pourrait peut-être t'aider, elle a ajouté. Je l'ai remerciée, mais son geste m'a rappelé que j'avais besoin d'être protégée. Le pire des cadeaux.

Je ne me sens pas prête pour demain. Comme un bleu à l'intérieur de moi. Foncé. Et qui irradie. Sur le chemin du lycée, je me répète les questions des avocats – dis à la cour ce que ta mère a fait, dis à la cour ce que tu as vu –, mais je ne me souviens pas des réponses.

Mike me répète, contente-toi de dire la vérité.

Facile à dire.

On se retrouve dans l'auditorium pour un filage de la pièce. Les mots, leur sens, tout cela m'est tellement familier. Des crânes blancs luisants, la fin de l'innocence, les filles habillées en garçons. La dernière fois, Phoebe a eu de la chance, elle n'était pas narratrice quand Mlle James regardait. Mais aujourd'hui, elle balbutie ses répliques, elle a besoin que je l'aide toutes les deux minutes. Mlle Mehmet craque, elle dit, ça suffit, Phoebe, tu es virée, c'est Milly qui va reprendre ton rôle. L'expression sur son visage. Même si nous ne sommes pas encore quittes – avec le coup de la photo, hier soir, elle a pris beaucoup d'avance –, je me rapproche doucement.

Sa vengeance ne se fait pas attendre. Elle poste ma photo de la douche sur le forum de l'école, avec quelques retouches de-ci de-là – des poils sur mes seins, sur mes cuisses. La fiancée de Frankenstein. Elle envoie un e-mail pour nous prévenir qu'elle a changé le mot de passe du forum – maintenant, c'est « tarée » –, une tactique employée régulièrement pour se prémunir contre les profs trop curieux. Les écoles ultra-sélectives favorisent le développement d'une espèce d'adolescents particulièrement manipulateurs. Et ils ont plus d'un tour dans leur sac.

Un commentaire de LadyLucie2000 suggère, et si on créait un compte Facebook rien que pour elle – Milly le MONSTRE ? Réponse de Phoebe : Bonne idée !!!! J'ai envoyé un snap de la photo à Tommy du lycée Bentleys, il m'a dit qu'il la diffuserait dans tous les lycées de garçons de la région.

À la cantine, je sens les regards braqués sur moi tandis que je me dirige vers le self. Quand je fais le trajet inverse, le plateau dans les mains, la majorité des filles, dont Clondine, baissent la tête. Mais pas Phoebe et Izzy. Elles ont sorti leur portable et arborent des sourires sournois. Je n'ai plus très longtemps à attendre avant de pouvoir ouvrir mon propre compte Facebook. Dès que le procès sera terminé, m'a promis June. Beaucoup de choses normales à rattraper, à apprendre. Je m'assois le plus à l'écart possible, et quand elles finissent par quitter le réfectoire une fille nommée Harriet s'approche de moi. Elle me demande si ça va, me dit, on est pas toutes comme Phoebe, tu sais, essaie de l'ignorer, et elle finira par te laisser tranquille. Inspirer la compassion : une arme importante dans mon arsenal. Le camouflage le plus efficace.

Évidemment que ça me blesse, je ne suis pas une machine. Mais la légende de la photo – Cours te cacher, Milly la MOCHETÉ – m'aide à me sentir mieux. Phoebe n'a toujours rien compris.

Je n'ai aucune intention de courir.

Me cacher.
Oui.
C'est même déjà fait.

« Je veux que tu imagines que tu es à la barre. Tu es en sécurité, l'écran te protège. Les gens qui peuvent te voir – le jury, les avocats et le juge – ne sont pas là pour te faire du mal, mais seulement pour t'écouter. Je veux que tu trouves un objet dans la salle sur lequel te concentrer, quelque chose qui te rassure. Et si jamais les questions te mettent trop mal à l'aise, tu n'as qu'à regarder l'objet, d'accord ?

– Et si je ne sais pas comment répondre ?

– Dis aux avocats que tu ne comprends pas et ils reformuleront jusqu'à ce que tu y arrives. »

Mike termine la séance en m'expliquant comment ça se passera demain matin. Il me dit de rester dans ma chambre jusqu'à ce que Phoebe soit partie pour l'école. Hier, il lui a parlé de ma petite opération, lui a dit que je serai à l'hôpital pour le reste de la semaine. Je le remercie. Sincèrement.

Dans ma chambre, l'air me semble plus lourd que d'habitude. Le chauffage dans la maison, trop fort. Difficile de respirer. Un mal de tête installé en plein milieu de mon front, qui m'empêche de bien voir. Je me concentre sur les vêtements que je vais mettre demain. Ce n'est qu'une fois que je les ai posés sur le dossier de la chaise que je me rends compte de ce que j'ai choisi. Une tenue pour t'impressionner. Un pantalon, pas une jupe, et une chemise blanche que je rentrerai dans le pantalon, à la garçonne. Tu ne pourras pas me voir, mais je sais que ça te plaira. Je ne devrais pas faire ça. Continuer à essayer de te plaire.

Je sais que je n'y arriverai pas demain, si tu viens me voir ce soir, alors je laisse la lumière allumée et je lis *Peter Pan* pour tuer le temps. Mon livre préféré depuis toujours. L'idée que les veilleuses sont en fait les yeux des mamans qui protègent les enfants. J'ai prié pour une veilleuse, moi aussi, à l'époque où je croyais encore que Dieu existait, mais à la place, c'est toi que j'ai eue.

Un week-end, au foyer, j'ai regardé le film avec les enfants. Quand Peter dit à Wendy : « Viens avec moi là où jamais, jamais on ne t'ennuiera avec des histoires de grandes personnes », je me souviens avoir pensé, moi aussi, j'aimerais bien que tu m'emmènes, Peter.

S'il te plaît.

27

Je ne dors pas de la nuit et, quand le matin arrive, j'ouvre la porte du placard de ma salle de bains et efface le chiffre. Le un devient maintenant. C'est l'heure.

Une fois habillée, je me tiens debout devant la psyché, yeux fermés. Je ne les ouvre que pour regarder ma tenue, je ne remonte pas jusqu'à mon visage. De l'extérieur, j'ai l'air normale, ma chemise et mon pantalon repassés par Sevita, mes ballerines noires. Mais à l'intérieur. Un bric-à-brac d'organes. À l'envers, devant derrière, trop de cœur dans la poitrine. Pas assez.

Je sors le cristal que Saskia m'a donné de son petit sac et le tiens dans ma main. L'opposition des sensations – le rugueux et le lisse – m'apaise. Je ne suis pas sûre de croire aux vertus de la médecine des pierres mais, à tout hasard, je le mets dans ma poche.

Et j'attends.

Mike frappe à la porte vingt minutes plus tard, me dit que c'est bon, Phoebe est partie.

« Tu devrais manger quelque chose.

– Je n'ai pas faim.

– Tu devrais te forcer, la matinée risque d'être longue. Un fruit, peut-être, ou une barre de céréales ?

– Plus tard.

– Écoute, je vais prendre quelques gâteaux dans le placard, comme ça tu auras quelque chose à manger dans la voiture si tu changes d'avis. »

Saskia nous attend dans le hall. Quand j'arrive, elle se met à jouer avec la fermeture Éclair de son manteau. Ouvert. Fermé.

Ouvert. Fermé. Le bruit de la nervosité. Elle arrête quand elle voit que je l'observe, esquisse un sourire. Mike sort de la cuisine avec un sac en plastique dans lequel il a mis de la nourriture que je serai incapable de manger. On prend sa Range Rover aux vitres teintées ; je suis sûre que quand il l'a achetée et qu'il a demandé à ce qu'elle ait cette option, il ne s'attendait pas à ce que ce soit aussi utile qu'aujourd'hui. Me dissimuler aux regards indiscrets, aux regards qui savent que je vais venir.

Le trajet jusqu'à toi est un enfer, un enfer dans ma tête. Personne ne parle, tout le monde a les yeux rivés droit devant. Feux rouges, bus, et même un camion poubelle – l'univers qui essaie de me dire, n'y va pas, ça ne sert à rien. Mike ne prend pas le risque d'allumer la radio ; au lieu de cela, il met un CD et se met à bouger au rythme de la musique. Ça me donne la nausée, j'ai l'impression qu'on m'a opérée dans la nuit pour me faire des nœuds dans l'intestin. Quand, au bout de cinquante minutes, il dit « On est arrivés », c'est la dernière chose que j'ai envie d'entendre.

Saskia regarde autour d'elle, me propose un bonbon à la menthe. Je tourne la tête pour observer à travers la vitre teintée. Nous entrons en suivant les instructions de June. Je ferme les yeux quand nous passons devant l'entrée du tribunal, ne les rouvre qu'une fois que nous sommes dans les tréfonds du bâtiment. Je sais à quoi ressemble la foule, je l'ai vue aux informations – Mike n'a pas pensé à m'enlever mon ordinateur et mon portable. Les femmes qui se cachaient, qui te faisaient confiance, et dont tu as volé les enfants, elles sont là, au grand jour, à présent, unies par la haine. Elles agitent une banderole sur laquelle est inscrit, œil pour œil, dent pour dent. La presse et les photographes sont là, eux aussi, mais n'ont pas le droit d'entrer, à l'exception d'un journaliste officiel désigné par la cour. Un privilège. Ou pas.

June nous attend dans le parking, devant l'ascenseur. Elle essaie de me rassurer en me disant que je ne te verrai pas, que tu es détenue dans une cellule de l'autre côté du bâtiment.

Quand on entre dans l'ascenseur, la cicatrice violacée sur mon bras me démange – ta manière de me saluer, de me dire que tu es toute proche. Nous entrons dans une pièce qui semble avoir été repeinte récemment. Blanc. Qu'est-ce qu'ils feront de notre maison, Maman ? Une couche de peinture ne suffira pas. Saskia demande où sont les toilettes. Mike et moi, nous asseyons. Quatre chaises dans la pièce, avec un dossier en mousse vert foncé. Je ne m'adosse pas, je ne veux sentir aucun contact. Derrière moi. À l'intérieur, je ressens une espèce de poussée, comme si quelqu'un avait allumé le courant à l'instant où je suis entrée dans le bâtiment.

June me propose un verre d'eau, me suggère d'aller aux toilettes tant que c'est encore possible, mais je ne suis pas sûre que mes jambes soient capables de me porter. Respire, contente-toi de respirer. Une femme que je n'ai jamais vue auparavant entre dans la pièce.

« Dans cinq minutes, nous attendons encore le juge. »

Quand je m'essuie la paume des mains sur mon pantalon, je sens la bosse que forme le cristal de Saskia contre ma cuisse. J'aimerais pouvoir être seule pour compter mes cicatrices. Mike me dit que ça va aller, que tout va bien se passer. J'aimerais pouvoir le croire, mais les nœuds dans mon estomac sont toujours là, et n'ont pas l'air pressés de disparaître. Dans ma tête, j'essaie de retrouver l'endroit où je me sens en sécurité, le trou dans l'arbre, mais quand j'arrive dans le jardin, l'arbre a disparu. Abattu, ajouté à la liste des preuves. Saskia revient, la femme de tout à l'heure également.

« June, le juge est prêt.

– Parfait. Milly, ça va être à toi. »

Mike se lève, je l'imite, même si je ne suis pas prête. Pourtant, j'ai compté les jours, mais quelque chose, toi peut-être, a dû entrer à un moment dans la pièce et m'accrocher des sacs de sable aux chevilles. TU CROYAIS VRAIMENT QUE J'ALLAIS TE FACILITER LES CHOSES, ANNIE ? Je ne t'écoute pas, je ne peux pas. Tout ce que j'ai à faire, c'est répondre aux questions. Répondre. Je suis June jusqu'à la porte. Saskia et Mike me posent tous les deux une main sur l'épaule quand je passe à côté d'eux. Je m'arrête, sors le cristal de ma poche et le leur montre. Saskia se détourne, en larmes. Mike me dit :

« Nous serons là quand ce sera fini, Milly. »

Le trajet de la pièce jusqu'à la salle d'audience est rapide. Un sifflement dans ma narine droite, annonciatrice d'un saignement. Je devrais demander un paquet de mouchoirs – il y a le temps –, mais j'ai perdu ma voix. Je crois que je la garde pour le procès. On s'arrête devant une grande porte en bois.

« Ils l'ouvriront quand ils seront prêts », m'explique June.

Je remets le cristal dans ma poche, elle essaie d'engager la conversation.

« Ton anniversaire tombe dans quelques semaines, c'est bien ça ? »

16 ans. Mais je ne veux pas y penser, alors j'ignore June et je ferme les yeux. Je ne les rouvre qu'à l'instant où j'entends du mouvement au niveau de la porte. Un greffier du tribunal sort et nous adresse un signe de tête.

« Allez, Milly, dit June, tout va bien se passer, d'accord ? Prête ? Allons-y. »

Les murmures dans la salle ne parviennent pas à couvrir le bruit de nos pas. Tonitruants. June m'accompagne jusqu'à une chaise située à droite d'un grand écran blanc, en face du juge et des jurés. Dès que je suis installée, June s'éloigne pour aller s'asseoir à côté de la porte par laquelle on est entrées. Le sifflement dans ma narine s'interrompt, les battements de mon cœur s'accélèrent, jusqu'à semer le chaos dans ma poitrine. Je vois le juge, il porte une grande perruque blanche et il est en pleine conversation avec un homme vêtu d'une robe, peut-être un des avocats de la défense. L'homme parle à voix basse, le juge écoute et hoche la tête. Les murmures se sont calmés, à présent. Juste devant moi, le jury – je compte sept hommes et cinq femmes. Douze paires d'yeux rivées sur moi. Maigrichon m'a dit que je pouvais les regarder si je voulais, mais que je ne devais surtout pas leur sourire, au risque d'être accusée d'essayer de les influencer. Les influencer ? Je suis là pour répondre aux questions des avocats, c'est tout.

Devant chaque juré, il y a une tablette en bois sur laquelle sont posés un carnet et un stylo. Au deuxième rang, vers le milieu, une femme note quelque chose. Peut-être qu'elle écrit un livre, elle aussi, ou bien qu'elle joue au pendu. Qui est la personne au bout de la corde ?

Je me tourne vers la gauche, je vois les avocats de la partie civile, en pleine conversation. À leur gauche, un autre homme en robe est assis à une longue table en bois. La chaise à côté de la sienne est vide, et il a les yeux rivés sur l'homme qui est en train de parler au juge. Au début, je m'étais attendue à voir un sténographe, capturant chaque mot du bout des doigts, mais June m'a expliqué qu'il n'y en avait plus depuis des années, et qu'ils avaient été remplacés par un système d'enregistrement audio.

Ne reste plus que toi.

Grâce aux schémas qu'on m'a montrés, je sais à peu près où tu es : tout à gauche, un peu après les avocats de la défense. Je ne ferme pas les yeux, ça paraîtrait bizarre, mais je tends l'oreille, essaie de capter les bruits qui viennent de toi. Je cherche à entendre ta respiration, un bruit que je connais bien. Les cigarettes que tu fumes, des menthols, lui donnent un petit côté rauque. Mais non, je ne t'entends pas. Tu es noyée sous le froissement des papiers et les mouvements de la foule. Je suis tellement proche de toi.

L'homme à côté du juge s'éloigne, s'assoit à côté de l'autre avocat de la défense. Le juge baisse les yeux vers des documents posés devant lui, puis il se tourne vers moi, lève la main et dit d'une voix puissante :

« L'audience est ouverte. »

Les froissements et les mouvements s'arrêtent, mais je ne t'entends toujours pas. Seulement ma respiration. Tremblante. Saccadée.

« Que le témoin se lève. »

Normalement, la vidéo de mon témoignage a déjà été diffusée. Je me demande si les gens sont surpris par mon apparence, s'ils me trouvent différente en vrai. Un greffier s'approche de moi pour me faire prêter serment. Ne croyant pas en Dieu, je me contente d'une déclaration sur l'honneur.

« J'affirme solennellement que je dirai dans mon témoignage la vérité, toute la vérité... »

N'oublie pas de respirer.

« ... et rien que la vérité. »

COUCOU, ANNIE.

Je n'arrive pas à respirer.

J'essaie de ne pas tenir compte de la main qui m'enserre la gorge et me concentre sur Maigrichon. Quand il se lève et se tourne vers le jury, je sais ce qui va se passer. Les questions, répétées mille fois. Tu verras, ce ne sera vraiment pas long, il m'a promis la dernière fois que je l'ai vu.

« Mesdames et messieurs les membres du jury, nous avons tous vu le témoignage vidéo donné par le témoin. À présent, j'aimerais lui poser quelques questions supplémentaires. »

Il se tourne vers moi.

« Avec vos propres mots, pourriez-vous décrire à la cour votre quotidien à la maison, avec votre mère ? »

Une question ouverte. Les avocats m'ont expliqué qu'ils allaient me poser des questions qui nécessiteraient de répondre par une phrase ou, encore mieux, par une « histoire ». Plus tu donneras de détails, mieux ce sera, m'a dit Grassouillet, alors n'hésite pas. Je fais donc ce qu'on m'a dit, ce qu'on m'a appris, et je raconte une histoire à la cour. Celle-ci est vraie.

« Vivre avec ma mère était terrifiant. Un instant, elle était normale, elle préparait à manger, par exemple, et l'instant d'après... »

Je suis obligée de reprendre ma respiration avant de le dire à voix haute. C'est la première fois que tu m'entends parler de toi. La honte m'envahit le corps.

« Tout va bien, me dit Maigrichon. Prenez votre temps. »

Je réessaie.

« Un instant, elle était normale, l'instant d'après, elle m'attaquait. Et elle me faisait mal, très mal. »

C'est toujours la première réponse la plus compliquée, m'a assuré Grassouillet. Dès que tu auras commencé, ça ira. Je trouve un objet, me concentre dessus. Une plaque en métal sur le mur au-dessus du jury. Maigrichon me demande de décrire la première fois que je t'ai vue faire du mal à un enfant.

Je leur explique que je t'ai vue le frapper, le premier garçon que tu as pris. Je ne raconte pas au jury ce que tu as dit quand je t'ai reproché d'être cruelle. Tu m'as dit, ce n'est pas de la cruauté, c'est de l'amour. L'amour n'a rien à voir avec ça, j'ai rétorqué. Après ça, tu m'as punie.

Tu n'as.

Paf.

Aucune idée.

Paf.

De ce qu'est l'amour.

Paf.

Tes postillons, mon sang, mélangés dans l'air.

Je ne dis pas au jury que tu considérais que c'était de l'amour, parce que mes avocats m'ont dit de ne pas le faire, car sinon, tu risquerais d'être jugée irresponsable de tes actes. En effet, il faudrait être complètement fou pour prendre ce que tu as fait pour de l'amour.

Ensuite, Grassouillet me demande si je voulais aider les enfants à qui tu t'en es pris. Je prends le temps de me concentrer de nouveau sur la plaque, laisse passer les flash-back qui crépitent dans mon esprit.

Jayden. Ben. Olivia. Stuart. Kian. Alex. Sarah. Max. Daniel.

Jayden. Ben. Olivia. Stuart. Kian. Alex. Sarah. Max. Daniel.

Tu n'aimais pas les appeler par leur prénom, alors tu leur donnais des numéros. Le lendemain de la mort de Daniel, quand tu m'as amenée à l'école, tu m'as dit que tu avais hâte de passer au numéro dix. Moi, je n'ai jamais oublié leurs prénoms. Et je n'ai pas non plus oublié toutes les fois où je suis restée debout devant le trou dans le mur, la main sur la poignée de la porte, à vouloir les aider, à vouloir t'empêcher de leur faire du mal. Ton rire, assourdissant. Les cris de l'enfant dans la pièce avec toi, encore plus.

« Le témoin a-t-il besoin de faire une pause ? » demande le juge.

DÉJÀ, ANNIE ? MOI QUI PENSAIS T'AVOIR ENDURCIE.

Tu m'as endurcie.

Je réponds.

« Non, merci.

– Alors, je répète la question : est-ce que vous vouliez aider les enfants à qui votre mère s'en est pris ? »

Douze paires d'yeux rivées sur moi. À attendre.

« Oui, évidemment.

– Mais c'était impossible, n'est-ce pas ? poursuit Grassouillet. Parce que non seulement vous étiez vous-même une victime, mais la pièce qu'utilisait l'accusée pour violenter et assassiner les enfants était fermée à clé. C'est bien ça ?

– Oui.

– Dites à la cour qui détenait la clé, je vous prie.

– C'était ma mère.

– Objection, Votre Honneur, nous avons la preuve que le témoin avait également accès à cette pièce.

– Quelle preuve ? » demande le juge.

Un des avocats se lève et dit :

« Je demanderai au jury de se référer à la page cinq du rapport détaillant les preuves recueillies à l'adresse commune à ma cliente et au témoin. Vous y trouverez la liste d'un certain nombre de jouets pour enfants retrouvés dans cette pièce, soi-disant "verrouillée". Des jouets appartenant au témoin, comme un ours avec son prénom cousu dans l'oreille, ainsi qu'une poupée faisant partie d'un ensemble, les autres poupées ayant été retrouvées dans la chambre du témoin. Notre position sur le sujet est que le témoin a elle-même placé ces jouets dans ladite pièce.

– Votre Honneur, puis-je demander à la défense quelle preuve elle a de ce qu'elle avance ? rétorque Grassouillet. L'accusée a très bien pu placer ces objets dans cette pièce à l'insu du témoin.

– La défense a-t-elle une réponse à apporter ? »

Je retiens ma respiration quand l'avocat de la défense commence à répondre. Je suis terrifiée par ce qu'il risque de dire. Un assortiment d'atouts cachés dans la manche de sa robe.

« J'avoue avoir du mal à comprendre comment la partie civile espère nous faire croire que c'est quelqu'un d'autre que le témoin qui a placé ces jouets dans la pièce. En effet, vous nous demandez de croire que ma cliente, une personne que vous avez jusqu'ici dépeinte comme incapable d'empathie, a placé dans cette pièce des jouets censés apporter du réconfort aux enfants. Par gentillesse, peut-être ? Soyons sérieux. Admettez qu'il est nettement plus crédible que ce soit le témoin qui, guidée par la commisération, ait déposé les jouets, prouvant par la même qu'elle avait accès à la pièce. »

J'expire. Il a donné la réponse qu'on attendait, la réponse que mes avocats avaient prévue. Et je sais ce que va dire Grassouillet, à présent.

Et je sais comment répondre.

BIEN JOUÉ, ANNIE. J'ESPÈRE QUE TA CHANCE VA DURER.

« Si vous le permettez, les prochaines questions devraient donner satisfaction à la défense », dit Grassouillet.

Il se tourne vers moi.

« Êtes-vous la personne qui a déposé dans la pièce les jouets listés dans le rapport ? Et aviez-vous effectivement accès à cette pièce ?

– Oui, c'est bien moi qui ai mis les jouets dans la chambre, mais seulement quand elle était vide et déverrouillée. Je pensais que ça pourrait aider les prochains enfants... Et non, quand la chambre était occupée, je n'y avais pas accès, il n'y avait qu'une seule clé, et elle se trouvait sur le même trousseau que ses clés de voiture. La voiture qu'elle prenait tous les jours pour aller au travail. »

L'avocat de la défense, qui n'a toujours pas parlé, note quelque chose sur un morceau de papier, et le souligne. L'autre avocat lit ce qu'il y a écrit, puis il hoche la tête avant de prendre le papier et de se pencher sur sa droite – ma gauche. Sa droite, ma gauche. Toi. Il attend une seconde ou deux, fait un signe de tête dans ta direction, puis il se rassoit normalement sur sa chaise, mais le papier n'est plus dans ses mains. Je ne sais pas ce qu'il y avait d'écrit, mais c'est toi qui l'as, à présent. D'un coup, je ne me sens pas très bien, je ne voulais pas assister à cette transaction entre lui et toi, surtout avant de passer au sujet d'après. Le sujet qui me met le plus mal à l'aise.

« Est-ce que vous connaissiez le garçon qui s'appelait Daniel Carrington ? demande Maigrichon.

– Oui, je l'ai rencontré au foyer où travaillait ma mère. »

Je me tourne vers le jury, un geste involontaire. Les douze personnes ont leur stylo à la main. Prêtes à écrire.

« Racontez à la cour la nuit où votre mère l'a ramené à la maison, c'était un mercredi soir. »

Je sais, je m'en souviens.

« Elle l'a ramené pendant que je dormais. Elle faisait toujours comme ça. Elle les ramenait la nuit, pour que personne ne la voie. Parfois, elle les droguait pour être sûre qu'ils ne fassent pas de bruit.

– Donc vous n'avez pas vu Daniel, ce soir-là.

– Si. Elle m'a réveillée.

– Je vous en prie, dites à la cour ce qui s'est passé après qu'elle vous a réveillée.

– Elle m'a forcée à aller regarder par le trou dans le mur, pour que je voie qui c'était.

– Elle voulait vous choquer, parce que vous connaissiez Daniel, vous l'aviez déjà rencontré au foyer.

– Oui.

– Que s'est-il passé ensuite ?

– Elle est allée dans la pièce, elle a fermé la porte derrière elle et elle m'a forcée à regarder.

– À regarder quoi ?

– À regarder pendant qu'elle lui faisait des choses. Des choses horribles.

– Donc si j'ai bien compris, votre mère vous a réveillée pour vous forcer à la regarder faire du mal à un petit garçon qu'elle avait ramené à la maison, ce petit garçon étant en l'occurrence Daniel Carrington.

– C'est ça.

– Que s'est-il passé d'autre, cette nuit-là ? »

JE SUIS TOUJOURS LÀ, ANNIE. JE T'ÉCOUTE. TOUT LE MONDE T'ÉCOUTE.

Le jury. Les stylos s'activent, à présent. Ne pas les regarder. La plaque en métal.

« Elle s'est énervée contre Daniel, s'est mise à le frapper.

– J'imagine que ça a dû être très dur à regarder. Vous connaissiez Daniel, vous l'aimiez bien.

– Je n'ai pas regardé, j'ai fermé les yeux.

– Et ensuite, que s'est-il passé ?

– Elle est sortie de la chambre, elle a verrouillé la porte et elle est allée se coucher.

– Donc, votre mère a laissé Daniel dans la pièce fermée à clé.

– Oui.

– Est-ce que vous pourriez expliquer à la cour comment vous saviez qu'un enfant avait été ramené à la maison et qu'il se trouvait dans la pièce située en face de votre chambre ?

– Dans ce cas-là, la porte était fermée. Elle n'était fermée, et fermée à clé, que lorsqu'il y avait quelqu'un dedans.

– Et donc, le lendemain, vous êtes allée au lycée ?

– Oui, ma mère m'a accompagnée en voiture, comme tous les jours. »

Un des avocats de la défense se tourne vers la droite et hoche brièvement la tête. Une confirmation. Mais de quoi ?

« Et donc, quand avez-vous revu Daniel ?

– Le jeudi soir.

– Et là encore, vous l'avez vu par le trou dans le mur, c'est bien ça ?

– Oui.

– Est-ce que vous avez eu le moindre contact physique avec Daniel alors qu'il se trouvait dans la pièce verrouillée ? Est-ce que vous avez pu le réconforter ou le prendre dans vos bras, à un moment ou à un autre ?

– Non. La porte est restée fermée à clé tout le temps. Mais je l'aurais fait si je n'étais pas allée au commissariat le vendredi, le lendemain du soir où elle l'a tué. »

Un des avocats de la défense se lève et déclare :

« Objection, Votre Honneur. Nous avons l'intention de prouver que notre cliente est innocente de ce chef d'accusation. Le rapport d'autopsie indique clairement que le décès de Daniel Carrington est dû à un étouffement. Il a été retrouvé le visage contre le matelas, et nous comptons étudier une autre piste demain, lorsque nous interrogerons ce témoin.

– Objection rejetée, le témoin se contente de faire référence à ses premières déclarations. »

Une autre piste ? Comment ça ? Qu'est-ce que tu es allée raconter à tes avocats ? Si c'était toi qui jouais au pendu, c'est clair que ce serait moi au bout de la corde.

« Pourquoi auriez-vous eu un contact physique avec Daniel si vous n'étiez pas allée au commissariat ? demande Maigrichon.

– C'était mon travail de… »

Je marque une pause, comme il m'a dit de le faire pendant qu'on répétait. Il faut amadouer le jury, toujours.

« Prenez votre temps, buvez un peu d'eau, si vous avez besoin. »

Je fais ce qu'il me dit. Puis il me demande d'expliquer à la cour en quoi consistait mon travail.

« C'était à moi de nettoyer, une fois que…

– Une fois que quoi ?

– Une fois qu'elle les avait tués. »

Neuf jurés sur douze, toutes les femmes et quatre hommes, se mettent à remuer sur leur siège. À se gratter le front, à s'éclaircir la gorge. Ils viennent de prendre une sacrée claque. Des mois d'insomnie les attendent, bien après que le procès sera terminé. Transformés à jamais, par toi. Comme nous tous.

TU TE DÉBROUILLES BIEN, POUR L'INSTANT, ANNIE. MAIS CE NE SERA PAS SI FACILE DEMAIN, FACE À MES AVOCATS.

Je reprends une gorgée d'eau, essaie de me concentrer sur la plaque au-dessus du jury, mais elle n'arrête pas de bouger. Passe du net au flou et du flou au net. Plus aussi rassurante que tout à l'heure.

« Sur la vidéo, nous vous avons vue affirmer que votre mère avait tué Daniel. Comment le saviez-vous, alors que vous n'aviez pas accès à la pièce ? poursuit Maigrichon.

– Je l'ai vue faire par le trou.

– Objection, Votre Honneur.

– Rejetée, vous pouvez poursuivre.

– Qu'est-ce que vous avez vu, exactement ?

– Le jeudi soir, le lendemain du jour où elle a ramené Daniel à la maison, elle est montée dans la pièce.

– La pièce qu'elle appelait la salle de jeux, c'est bien ça ?

– Oui. Contrairement à d'habitude, elle ne m'a pas demandé de venir avec elle pour regarder. Alors, au bout d'un moment, je suis allée voir.

– Pourquoi ?

– Je m'inquiétais pour Daniel. Je voulais l'aider. Alors je suis montée à l'étage et j'ai regardé par le trou dans le mur.

– Pourriez-vous dire à la cour ce que vous avez vu ? »

Les mots ne veulent pas sortir.

La salle d'audience se met à tanguer, tout comme les visages en face de moi. Les mains qui tiennent les stylos. Vernis à ongles. Je veux qu'elles arrêtent d'écrire. Qu'est-ce qu'elles écrivent, ces mains, d'abord ? Est-ce qu'elles parlent de moi ? Parce que ce n'est pas moi le sujet.

« Est-ce que vous voulez que je répète la question ? demande Maigrichon.

– Oui, s'il vous plaît.

– Qu'est-ce que vous avez vu votre mère faire quand vous avez regardé par le trou, le jeudi soir, le lendemain du jour où elle a ramené Daniel à la maison ?

– Je l'ai vue lui appuyer un oreiller sur le visage. J'ai essayé d'entrer dans la pièce, mais c'était fermé de l'intérieur. »

Je sens les larmes commencer à monter, et je le revois. Daniel. Appelant sa maman. Il était si petit, sur le lit.

« Visiblement, le témoin est perturbé, intervient le juge. Est-ce que vous voulez faire une pause ?

– Non, je veux en finir.

– Je n'en doute pas, mais êtes-vous capable de poursuivre ? » il demande en me regardant par-dessus ses lunettes.

Je lui réponds que oui, parce que je le dois à Daniel, et aux autres.

« Dites à la cour pendant combien de temps votre mère a tenu l'oreiller sur le visage de Daniel.

– Pendant longtemps. Assez longtemps pour le tuer.

– Objection, Votre Honneur, le témoin n'est pas un professionnel de la médecine et ne peut donc pas prétendre savoir combien de temps un individu peut mettre à mourir.

– Objection retenue. Je demande au jury de ne pas tenir compte de la dernière réponse du témoin.

– Est-ce que vous pouvez raconter à la cour la dernière fois que vous avez vu Daniel, ce jeudi soir ? Où était-il et que faisait-il ?

– Il était allongé sur le lit, immobile. Maman était redescendue au salon. J'ai essayé de l'appeler par le trou, mais il n'a pas répondu. Il ne bougeait plus du tout. C'est comme ça que j'ai su qu'il était mort.

– Et dès le lendemain, vous vous êtes rendue au commissariat et avez dénoncé votre mère.

– Oui. Daniel, c'était trop. Je voulais que ça s'arrête, que ça finisse pour de bon. »

J'entends quelqu'un soupirer à ma gauche. Toi. Qui essaies de me perturber, sûrement. Une pièce qui se déplace sur l'échiquier. Un fou, ou le roi.

Maigrichon poursuit son interrogatoire, me pose des questions sur la façon dont tu t'y prenais pour me contrôler, me terrifier. La lampe torche que tu braquais sur mon visage pendant que tu me murmurais des menaces, les privations de sommeil, les tortures psychologiques par l'intermédiaire des jeux que tu inventais, les attaques physiques. Et ce qui se passait la nuit. Les membres du jury frémissent en entendant la liste. Je savais que Maigrichon procéderait ainsi, il m'avait expliqué que c'était pour prouver à la cour que tu étais bien saine d'esprit, puisque tu avais été capable de telles atrocités pendant des années, tout en gardant un emploi tout à fait respectable. Quand je raconte à la cour où tu me forçais à mettre les corps – la cave –, ce sont cette fois les douze jurés qui se mettent à remuer simultanément sur leur chaise. Dérangeant. Dérangés.

Je sais que ça se passe bien, parce qu'on se dirige vers les dernières questions, et que je n'ai pas encore trébuché. Ta voix a disparu, à présent. Je tiens le coup.

Grassouillet prend le relais.

« N'oublions pas que le témoin que vous voyez à la barre a été sexualisée dès son plus jeune âge, dans une famille où un des enfants, un fils, avait déjà été placé par les services sociaux. »

IL A ÉTÉ ENLEVÉ.

Il voulait partir.

NE REDIS JAMAIS ÇA, ANNIE, JAMAIS.

« Objection, Votre Honneur, quel est le rapport avec l'affaire qui nous concerne ?

– Il a raison, ne déviez pas du sujet, je vous prie.

– Est-ce que le témoin pourrait rappeler son âge à la cour ? demande Grassouillet.

– 15 ans.

– 15 ans, mesdames et messieurs les membres du jury. Et pourriez-vous nous dire quel âge vous aviez quand votre mère a commencé à abuser de vous sexuellement ?

– Objection, Votre Honneur.

– Objection retenue, question hors sujet. »

5 ans. C'était le soir de mon cinquième anniversaire.

« Je n'ai pas d'autres questions, Votre Honneur.

– Dans ce cas, le témoin est libéré. »

June dit à Mike et Saskia que j'ai été « super », que je me suis très bien débrouillée. Ils ont l'air tous les deux soulagés et se mettent d'accord pour m'accompagner demain, à 9 h. Quand nous repartons en voiture, je ferme de nouveau les yeux, pour ne les rouvrir que quelques rues plus loin. Une fois rentrés à la maison, nous déjeunons, puis je leur dis que je vais aller m'allonger. Dors autant que tu voudras, me dit Mike. Au pire, on te réveillera pour le dîner. Quand j'ai regardé mon portable dans la voiture, j'ai vu que j'avais un message de Morgan. Elle avait prévu de sécher les cours aujourd'hui et me demandait si elle pouvait passer me voir ce soir. Je lui ai répondu qu'elle pourrait même passer plus tôt, et que je l'appellerais pour lui dire quand. Ce que je fais à l'instant où je me retrouve dans ma chambre, et que je sais que Mike et Saskia sont à l'autre bout de la maison. Je lui dis de se dépêcher. Je la retrouve sur mon balcon quelques minutes plus tard, tout essoufflée. Elle fait une blague comme quoi elle est aussi en forme que sa grand-mère. On s'allonge tête-bêche sur mon lit, elle n'arrête pas de gigoter et je me retrouve avec ses pieds sur le visage. Je les chatouille et la menace de lui arracher les orteils avec les dents si elle n'arrête pas immédiatement. Elle rit, dit, j'aimerais bien voir ça.

Pas moi, je réponds dans ma tête avant de me redresser.

« Comment ça se fait que toi aussi, tu sois pas au lycée ? elle me demande.

– Je devais aller au tribunal, pour répondre à des questions sur ma mère.

– Pourquoi ? Je croyais que tu l'avais pas vue depuis des années ? »

Encore un mensonge. Fatigant d'essayer de se souvenir de qui sait quoi.

« Ils voulaient me demander comment elle était quand j'étais petite.

– Et alors, elle était comment ?

– Je n'ai pas envie d'en parler.

– Comment ça se fait que personne savait ?

– Elle était intelligente. Incroyablement intelligente.

– C'est-à-dire ?

– Les gens l'aimaient bien, lui faisaient confiance. Elle savait comment les manipuler.

– Et tu te rappelles tout ça de quand t'étais petite ?

– Oui, je crois. Et aussi de ce que j'ai lu récemment dans les journaux.

– Quand ton père est mort, tu as dû te sentir bien seule, sans frère et sœur, non ? »

Je fais oui de la tête, parce que c'est vrai. Quand Luke est parti, je me suis sentie très seule. Je suis bien contente qu'on ne me pose pas de questions sur lui au procès ; le jury se demanderait pourquoi il a trouvé un moyen de s'échapper plus tôt et pas moi. Toutes les bagarres dans lesquelles il s'est retrouvé, les petits larcins. Il a tout fait pour être enlevé, placé dans un endroit qui soit plus supportable que la maison. Il a tout fait sauf dire la vérité sur toi, parce qu'il avait honte, honte de tout ce que tu lui avais fait subir pendant des années.

« C'était comment, le dernier endroit où t'as vécu ? me demande Morgan.

– Pourquoi ?

– Est-ce que c'était très différent d'ici ?

– C'était à la campagne, il y avait des arbres partout. Et des oiseaux, je passais des heures à les observer.

– C'était quoi comme oiseaux ?

– Des étourneaux. »

Des nuages d'étourneaux.

« Ça fait comme un essaim, ils se déplacent tous en même temps. Ils plongent et remontent comme s'il n'y en avait qu'un seul. Un langage secret. L'inclinaison d'une aile, le battement d'une plume. Ils montent, descendent, tournent. Quoi qu'il arrive, ils ne restent jamais immobiles.

– Un langage secret ? Genre, quand ils se parlent en faisant des sifflements ?

– Non, c'est quelque chose de plus beau, de plus subtil.

– Et pourquoi ils bougeaient tous en même temps comme ça ?

– Pour ne pas se faire attraper par les plus gros oiseaux.

– Est-ce que tu penses que c'est pour ça que ta maman s'est fait attraper ? Parce qu'elle est restée immobile ?

– Peut-être.

– Est-ce que des fois, tu te sens mal ? Je veux dire, je sais que c'est pas du tout de ta faute, mais c'est quand même ta mère, tu vois ?

– La nuit ils viennent me voir.

– Qui ça ?

– Ils me demandent de les aider, mais je ne peux pas.

– Mil, de qui tu parles ? T'es toute bizarre, j'aime pas ça. Tu me fais peur. »

Je suis seulement moi-même.

« S'il te plaît, Mil, parlons d'autre chose. Raconte-moi plutôt une autre histoire, une histoire avec les oiseaux, dans ton ancienne maison. »

Le visage de Morgan m'apaise. Ses taches de rousseur, toutes pâles. Je me déplace sur le lit pour qu'on se retrouve allongées l'une à côté de l'autre.

« Tu es prête ?

– Ouais.

– Il était tard, je me lavais les mains au lavabo de ma chambre. Et derrière moi, j'ai entendu un bruit, quelque chose qui grattait à la fenêtre.

– Tu as eu peur ?

– Non, je me suis retournée et elle était là.

– Qui ça ?

– Elle me regardait, les yeux écarquillés comme tu ne peux pas imaginer. De grosses soucoupes entourées de blanc.

– Qui ?

– Une chouette, de l'autre côté du carreau de la fenêtre. Elle a tourné la tête complètement pour me faire comprendre.

– Te faire comprendre quoi ?

– Qu'elle avait vu ce que j'avais fait.

– Comment ça ? Qu'est-ce que tu avais fait ?

– Ce qu'on m'a dit de faire.

– Qui ça ?

– Ça n'a pas d'importance.

– Et ensuite, qu'est-ce qui s'est passé ?

– Elle s'est envolée. Ce qu'elle a vu, ce que j'ai fait, c'était trop horrible pour elle, et elle est partie. »

Elle éclate de rire, me dit que je raconte n'importe quoi et que je devrais être actrice.

« Attends, l'histoire n'est pas encore terminée.

– Quoi ? Tu vas me dire que la chouette est revenue, c'est ça ?

– Non, elle n'est jamais revenue, mais je repense souvent à elle, à la forme de sa tête. Comme un cœur. Elle m'a regardé par la fenêtre, et puis elle est partie, elle s'est envolée. »

Ce qu'elle a vu était trop laid pour être aimé.

28

Je ne me souviens pas bien du trajet en voiture d'aujourd'hui, jusqu'au tribunal. La pièce peinte en blanc. Je suis de retour à la barre, face à un des avocats de la défense. Belzébuth. Je regarde de plus près, mais il n'y a rien à voir – un visage sérieux, une robe, pas d'alliance à l'annulaire. Célibataire ? Divorcé ? Je doute qu'il ait un petit ange qui l'attende dans un berceau à la maison. Sinon, il ne pourrait pas te défendre.

Sa façon de faire est subtile, il est meilleur que ce que pensaient mes avocats, bien meilleur. Il progresse doucement. Tellement doucement que je ne m'en rends compte qu'une fois qu'il est trop tard.

Et là, il attaque à la gorge.

Ma gorge.

« Est-ce que vous aimez bien les enfants ? Est-ce que vous aimez jouer avec eux ?

– Oui.

– C'est comme ça que vous avez rencontré Daniel Carrington, d'ailleurs, n'est-ce pas ?

– Je ne suis pas sûre de comprendre.

– Vous avez joué avec lui au foyer où travaillait votre mère, pas vrai ?

– Une fois ou deux, oui.

– Une fois ou deux ? J'ai ici deux témoignages, un de la mère de Daniel et un autre de la femme qui vivait dans la chambre à côté de la sienne au foyer. Toutes les deux affirment que vous avez joué à de nombreuses reprises avec Daniel sur une période de plusieurs semaines, que vous l'aimiez beaucoup et que vous lui apportiez souvent des bonbons. Est-ce vrai ? »

Ce n'est pas mon procès, du moins pas officiellement. Et pourtant, dans ma tête, j'entends une chorale qui se met à chanter.

There's a dead man walking, le mort qui marche, la chanson de Bruce Springsteen.

Les questions me sont familières, mes avocats me les ont déjà posées quand ils me préparaient au procès, mais aujourd'hui, après une deuxième nuit blanche à essayer de t'échapper, je ne me souviens plus de ce que je dois dire.

« Est-ce que le témoin veut bien répondre à la question qui lui est posée ? Est-ce que vous avez joué avec Daniel à de nombreuses reprises sur une période de plusieurs semaines ? Un simple oui ou non suffira.

– Oui. »

Maintenant, j'ai l'air d'une menteuse ; je vois les membres du jury écrire quelque chose dans leur carnet. À l'intérieur de moi, il y a un point de couture qui saute. Un peu de peluche s'échappe. Beaucoup plus quand il décide de poser des questions complètement différentes. Un changement de cap brutal. Tactique. Sournoise.

« Quand votre frère aîné, Luke, a été placé en foyer, pourquoi n'avez-vous pas dit à l'assistante sociale qui vous a fait passer un entretien que Luke était maltraité par votre mère ? Pourquoi avez-vous menti ? »

Aussitôt, Maigrichon bondit.

« Objection, Votre Honneur. C'est une question scandaleuse, le témoin avait 4 ans lors de cet entretien.

– Objection retenue. Votre question n'a aucun rapport avec l'affaire, et je crois que le moment est tout trouvé pour rappeler à la défense qu'elle est en train d'interroger une mineure. »

Pendant des semaines et des semaines, nous sommes venues te voir à l'unité de garde, Luke, mais tu te débattais, tu refusais de sortir de ta chambre, tu ne voulais pas que Maman ou moi t'approchions. Tu as été plus courageux que moi. Je suis désolée de ne pas leur avoir dit, Luke, mais toi non plus, tu n'as pas parlé. J'avais peur, elle a réussi à me faire croire que c'étaient des jeux agréables auxquels elle jouait avec toi, que tu aimais bien ça. On t'a diagnostiqué un trouble du comportement, mais elle a essayé de convaincre les psychologues de te laisser rentrer à la maison, en leur disant que ce n'était pas de ta faute et qu'il s'agissait sûrement d'une réaction à retardement au départ de Papa. Le soir même, tu as saccagé la pièce commune à l'unité de garde et les psys ont dit que ce serait plus sûr pour tout le monde si tu restais avec eux. Je regrette de ne pas avoir parlé, de ne pas avoir su comment dire les choses, parce qu'après ça, c'est vraiment devenu l'enfer à la maison. J'étais désormais ta petite assistante, mais ça n'allait pas. Ce n'était jamais assez. Je n'étais pas un garçon.

Le deuxième avocat de la défense se lève pour remplacer son collègue. Il demande au juge :

« Pourrais-je interroger le témoin sur ses déclarations concernant le fait qu'elle aurait vu sa mère tuer Daniel Carrington ? »

Le juge se tourne vers moi, me demande si je suis prête. Il faut que je dise oui. « Faire face est le seul moyen de progresser ». Les mots de Mike qui résonnent dans ma tête.

« Oui, je suis prête. »

Il dit à la défense de procéder.

« Vous avez dit que vous aviez vu votre mère tuer Daniel.

– Oui, enfin je crois. Il ne bougeait plus quand elle est ressortie de la pièce.

– Vous "croyez". Dans la vidéo de votre témoignage, nous vous avons pourtant entendue déclarer que vous aviez vu votre mère tuer les neuf enfants. Seriez-vous en train d'essayer de nous dire que vous n'êtes plus sûre qu'elle a tué Daniel ?

– Si, je suis sûre. C'est juste que ce n'est pas facile à expliquer. »

ÇA, JE VEUX BIEN TE CROIRE, ANNIE.

Jusque-là, tant qu'il était question de Luke, tu es restée bien silencieuse. Mais c'est fini. Je te sens, penchée sur ton siège, prête à bondir.

L'avocat insiste, qu'est-ce qui n'est pas facile à expliquer ?

Un autre point qui saute, un peu plus de peluche qui s'échappe. Ma bouche. Sèche. Je tends le bras en direction du verre d'eau à ma droite, j'en renverse, mes mains tremblent. Moi. Sur le fil du rasoir.

« S'il ne bougeait plus, c'est bien qu'elle devait l'avoir tué, je réponds.

– Mais vous ne pouvez pas en être sûre, n'est-ce pas ? Le certificat de décès de Daniel indique qu'il est mort par étouffement. Ne pourrait-il pas s'agir d'un accident, s'il a été laissé à plat ventre sur le matelas, avec des blessures qui l'empêchaient de se retourner ? Auquel cas on ne pourrait pas parler d'homicide volontaire de la part de ma cliente.

– Non, je ne crois pas. Je ne suis pas sûre.

– Il y a beaucoup de choses dont vous ne semblez pas sûre, aujourd'hui. Qu'est-ce que vous me répondriez si je vous demandais de me parler de la deuxième clé de la chambre où étaient enfermés les enfants ? Une clé à laquelle ma cliente m'assure que vous aviez accès ?

– Objection, Votre Honneur. Une fois de plus, il ne s'agit pas du procès du témoin.

– Tout à fait. Le rôle de la défense aujourd'hui est d'interroger le témoin, pas de chercher à nous fournir des explications. »

L'avocat hoche la tête et se dirige vers moi.

« La dernière fois que vous avez vu Daniel, où était-il ?

– Sur le lit, dans la pièce qu'elle appelait la salle de jeux.

– Pouvez-vous nous décrire dans quelle position il se trouvait ?

– Sur le dos… je veux dire, sur le ventre. Il était allongé sur le ventre. Le visage contre le matelas. »

Les yeux des jurés me transpercent. Les stylos grattent le papier. Menteuse, menteuse, c'est ça qu'ils pensent.

« Eh bien, décidez-vous : il était sur le ventre ou sur le dos ? »

Je serre le cristal que Saskia m'a donné, tellement fort que mes phalanges craquent. La seule chose à laquelle je pense, c'est au fait que June avait raison de se faire l'avocate du diable : Et si elle ne supporte pas ? Si c'est trop difficile pour elle ?

Le juge prend la parole. Comme hier, il demande, est-ce que le témoin a besoin de faire une pause ?

Elle a surtout besoin que ça s'arrête pour de bon.

« Non, merci. »

L'avocat reprend :

« Donc, juste pour clarifier, dans quelle position se trouvait Daniel ? »

Huit petits quelque chose, cachés dans la cave, et si le neuvième petit quelque chose meurt aussi. À qui la faute ?

« Allongé sur le ventre, je réponds.

– Vous en êtes bien sûre ? »

Je fais oui de la tête.

« Est-ce que le témoin peut répondre à la question à voix haute ?

– Oui, j'en suis sûre. »

De la même manière que mon silence perturbe Phoebe, ton silence me perturbe. Tu te sens sûre de toi. Tu t'attends à ce que je fasse une erreur mais, en secret, je suis sûre que tu espères que je réussisse. Une belle preuve de la qualité de ton enseignement, si je parviens à tenir le coup face à des avocats aguerris qui, doigt par doigt, cherchent à me faire tomber du haut de l'immeuble où je suis accrochée. Longue chute en perspective.

« Ma cliente affirme que le jeudi, le lendemain du jour où elle a ramené Daniel, elle est partie au travail et y est restée plus tard que prévu. »

Puis, se tournant vers moi :

« Vous êtes donc rentrée avec le bus scolaire. Le chauffeur a pu le confirmer car, comme vous le disiez hier, c'était d'habitude votre mère qui vous ramenait en voiture de l'école. Au final, vous vous êtes retrouvée seule à la maison pendant deux heures, avant que votre mère ne rentre. C'est bien ça ? »

Son signe de tête hier, dans ta direction, quand j'ai déclaré qu'en général, c'était toi qui me ramenais en voiture. La chaleur qui monte. Je respire. Mal. Toi. Moi. Toutes les deux témoins, on était là. Je t'ai vue. Ma poitrine, serrée. Ma tête, lourde. Je lui demande de répéter la question.

Une femme au deuxième rang entoure quelque chose dans son carnet, puis lève les yeux vers moi et me fixe. Je détourne le regard, essaie de me concentrer sur ce qu'il risque de me demander ensuite, mais c'est inutile, ce ne sont pas des questions pour lesquelles nous nous sommes préparés. Je n'ai jamais dit à mes avocats que j'étais seule à la maison, ils ne me l'ont jamais demandé, ce n'est pas mon procès, il n'y avait pas besoin de vérifier si elle m'avait ramenée en voiture ce jour-là ou si j'avais pris le bus. Mes avocats sont impavides, mais à l'intérieur… Je ne me débrouille pas aussi bien qu'hier, aujourd'hui, et je suis désolée de vous annoncer que les choses risquent de vraiment empirer si je dis la vérité. Si je libère le pigeon voyageur coincé dans ma poitrine, et le laisse délivrer son message.

L'avocat de la défense me redemande si, le jeudi après-midi, alors que Daniel était encore en vie, j'étais bien seule à la maison avec lui.

« Oui », je réponds.

Maigrichon et Grassouillet échangent un regard, je sais ce qu'ils se disent. Ils se disent qu'ils ne sont pas au courant, et que ce n'est vraiment pas le bon moment pour un coup de théâtre. L'avocat de la défense sent qu'il y est presque, que je suis sur le point de céder, que j'en ai envie. Une situation qu'il connaît bien – continuer à caresser le dos pour mieux sauter à la gorge. Il prend une voix plus douce, essaie de se faire plus rassurant.

« Est-ce que vous avez essayé d'ouvrir la porte de la pièce où se trouvait Daniel ? »

Je m'apprête à répondre que oui, oui, je l'ai fait, mais quelqu'un tousse. Toi. Je sais que c'est toi, je connais par cœur tous les bruits que tu es capable de faire. Mais pourquoi as-tu toussé ? Est-ce que c'est parce que tu as peur de ma réponse, que le jeu se termine trop vite si je ne tiens pas le coup, si je craque sous la pression ? Tu serais tellement déçue. Sans compter que mon échec rejaillirait sur toi, celle qui m'a tout appris. Mais ne t'en fais pas, je ne craquerai pas, même si j'admets que ce serait mentir de dire que je n'y ai pas songé. La tentation de dire la vérité, pour voir quel goût ça a. Pour voir comment ça fait, à l'intérieur. Et pour savoir si ça vaudrait le coup, ou si malgré tout je devrais quand même passer le reste de ma vie en compagnie d'un serpent et de neuf petits fantômes.

« Le témoin a l'air distrait, permettez-moi de reposer la question. Est-ce que vous avez essayé d'ouvrir la porte ?

– Oui, j'ai essayé, mais elle était fermée à clé.

– Donc à aucun moment vous n'êtes entrée dans la pièce où se trouvait Daniel ?

– Non.

– Vous n'êtes pas entrée dans la pièce, vous n'avez pas touché Daniel, n'avez pas essayé de le réconforter ?

– Si.

– Si quoi ? Vous êtes entrée dans la pièce ou vous avez essayé de le réconforter ?

– J'ai essayé de le réconforter.

– De quelle manière ? »

COUCOU, ANNIE.

Je laisse échapper le cristal. Il atterrit sous la table sur laquelle est posé le verre d'eau. Le bruit résonne sur le bois de l'estrade. Trop d'yeux pour pouvoir les compter, à présent, tous braqués sur moi. Je me tourne vers June, elle me fait signe de ne pas le ramasser, mais j'ai envie de me baisser, afin de pouvoir me cacher, et ne jamais remonter.

« De quelle manière avez-vous réconforté Daniel ? »

L'avocat, un pitbull. Les crocs plantés dans la chair. Il ne lâchera pas.

« Je lui ai parlé par le trou dans le mur.

– Et il était encore en vie, quand vous lui avez parlé par le trou dans le mur ?

– Oui.

– Qu'est-ce que vous lui avez dit ?

– Que j'étais désolée, que ce serait bientôt fini, que tout allait s'arranger. »

Vrai.

« Que quoi serait bientôt fini ? Comment pouviez-vous le savoir, vous n'êtes pas votre mère, si ? Vous ne pouviez pas savoir combien de temps elle comptait le garder là.

– C'était seulement un moyen de le rassurer. »

Vrai.

« Que faisait Daniel, à ce moment-là ?

– Il pleurait, il voulait sa maman. »

Vrai.

« Et à aucun moment vous n'avez touché Daniel, pendant qu'il était chez vous ?

– Non.

– Si je vous disais que le médecin légiste a retrouvé des traces de votre ADN sur les vêtements de Daniel, qu'est-ce que vous en penseriez ?

– Objection, Votre Honneur. Le témoin a été en contact avec la victime au foyer. Son ADN a très bien pu se retrouver sur ses vêtements à ce moment-là.

– Tout à fait. Objection retenue. »

Mon nez se met à saigner – sans sifflement préalable. Une gouttelette rouge qui roule sur mes lèvres, mon menton et atterrit sur le bois de l'estrade. Tout le monde me dévisage, regardez-la, la fille de la tueuse, elle est couverte de sang. Emmenez-la, enfermez-la. J'entends Grassouillet demander une suspension d'audience.

« Qu'en pense le témoin ? » demande le juge.

Je me bouche le nez, un greffier me tend une boîte de mouchoirs. J'ai la tête qui tourne, je ne me souviens plus de ce que j'étais en train de dire. La vérité. Non. Oui. J'ai envie de dire la vérité.

« Votre Honneur, la cour ne voit-elle pas la détresse du témoin ? s'écrie Grassouillet.

– Si, certainement, répond le juge, mais ces questions doivent être posées, donc plus tôt ce sera fini, plus tôt le témoin pourra être remercié et rentrer chez lui. »

C'est maintenant que je veux rentrer chez moi.

TU N'AS PLUS DE CHEZ TOI, ANNIE, ET C'EST DE TA FAUTE.

J'enfonce un mouchoir dans ma narine, prends une profonde inspiration et attends la question suivante.

« Bon, donc Daniel est dans la pièce, en pleurs, il réclame sa maman. Que s'est-il passé ensuite ?

– J'ai entendu la voiture de ma mère dans l'allée et je suis descendue.

– Est-ce que vous avez parlé avec votre mère ?

– Non. Quand elle est entrée, elle est passée devant moi sans me regarder, puis elle est montée directement à l'étage dans la pièce où se trouvait Daniel.

– Est-ce qu'elle a déverrouillé la porte d'abord, ou est-ce qu'elle était déjà ouverte ?

– Oui. Enfin, oui elle a déverrouillé la porte… qui était fermée. Quand elle est passée devant moi, j'ai vu qu'elle tenait la clé à la main.

– Et ensuite, qu'est-ce que vous avez fait ?

– Après un moment, je suis montée à l'étage.

– Où vous prétendez avoir vu par le trou dans le mur ma cliente appuyer un oreiller sur le visage de Daniel, c'est bien ça ?

– Oui, et après, il ne bougeait plus.

– Combien de temps êtes-vous restée à regarder ?

– Je ne suis pas sûre.

– À peu près. Plusieurs minutes ? Plusieurs heures ? Toute la nuit ?

– Non, seulement quelques minutes, je pense. Quand elle est ressortie, nous sommes descendues pour dîner. »

Vrai.

« Et ensuite, vous y êtes retournée, pas vrai ? Au trou dans le mur.

– Oui, je suis allée le réconforter. »

Vrai.

« Mais il était mort, vous venez de dire que vous aviez vu votre mère le tuer. Pourquoi remonter, s'il était déjà mort ?

– Je ne sais pas.

– Vous n'étiez pas sûre qu'il soit mort, c'est ça que vous voulez dire ?

– Non. Il était mort, il ne bougeait plus. »

Je vois le deuxième avocat de la défense se pencher sur sa droite pour récupérer un papier. Un papier que tu lui tends. À l'intérieur de moi, la tension est à son comble, une montgolfière tirant sur ses amarres. Il lit le mot, puis il demande au juge s'il peut le faire passer à son collègue. Si c'est en rapport avec les questions en cours, oui, répond le juge. L'avocat en face de moi s'éloigne, récupère le morceau de papier, lit ce qui est écrit dessus et hoche la tête. Je regarde le jury, le fantôme de Daniel est debout, juste à côté. Il secoue la tête, puis il baisse les yeux et se met à pleurer. On se ressemble comme deux gouttes d'eau, tu m'as dit un soir, Maman. À tous les points de vue. Les mots ne peuvent pas m'atteindre.

Faux.

L'avocat revient vers moi, le petit mot dans sa main, à présent.

« D'après notre expert médicolégal, le décès de Daniel pourrait être survenu pendant le laps de temps où vous vous trouviez seule à la maison avec lui, et pas nécessairement après le retour à la maison de ma cliente, comme on a pu le croire à l'origine. Qu'avez-vous à dire là-dessus ?

– Objection, Votre Honneur.

– Objection rejetée, le témoin peut répondre. »

J'ai arrêté de saigner du nez, mais une autre goutte de sang a dû tomber avant qu'on me donne les mouchoirs. Une tache toute ronde sur ma chemise, comme de l'encre. Une des femmes dans le jury a l'air d'être au bord des larmes. Une mère, à tous les coups. Je suis désolée, vraiment.

« Je ne sais pas. Je ne suis pas sûre. »

L'avocat marque une pause, consulte le mot dans sa main. Puis il relève la tête et me fait attendre. C'est lui le bourreau, lui qui torture. Il se met à marcher doucement vers moi – il a des chaussures marron qui me rappellent celles de M. West, le prof de bio, et une veste de costume bleu marine sous sa robe. Enfin, il s'arrête pile devant moi et me demande :

« Je comprends bien pourquoi vous n'êtes pas sûre. La situation est pour le moins problématique, n'est-ce pas ? Tout d'abord, il y a cette histoire de clé à laquelle votre mère affirme que vous aviez accès, ensuite il y a votre ADN retrouvé sur les vêtements de Daniel, et maintenant, voilà que nous avons une heure de décès qui correspond potentiellement à un moment où vous étiez seule avec la victime. Je crois, étant donné les faits que je viens de citer, que je n'ai d'autre choix que de vous demander...

– Objection, Votre Honneur, interrompt Maigrichon. La défense cherche à provoquer le témoin.

– Objection rejetée. Mais je demande à la défense de faire très attention à ce qu'elle va dire. »

L'avocat fait oui de la tête, mais à sa façon de se tenir – jambes écartées et poitrine gonflée –, il est clair qu'il n'a aucune intention de faire attention à ce qu'il va dire. Ce qu'il cherche, c'est la gloire. C'est moi qu'il veut. Ses yeux me scrutent, il prend sa respiration, son grand moment est arrivé. Et puis il se lance, il pose la question qui lui brûlait les lèvres depuis le début.

« Ce n'est pas ma cliente qui a tué Daniel, n'est-ce pas ? Racontez à la cour ce qui s'est vraiment passé la nuit de sa mort, dites la vérité. »

Personne n'entend ma réponse, noyée sous une éruption d'« Objection ! » de la part de Maigrichon et de Grassouillet.

« Objection, Votre Honneur, la défense cherche à suborner le témoin ! »

Tous les deux debout, à répéter que je suis mineure, et que ce n'est pas mon procès. Le jury a l'air perdu, un homme au premier rang lève les mains comme pour dire « Qui sait ? », les autres mâchent leur stylo. June aussi s'est levée, visiblement peu rassurée par la tournure prise par les événements. Il n'y a que toi que je ne vois pas. Mais je suis sûre que tu souris, que tu profites de la confusion que tu as générée, que tu as orchestrée.

J'ai menti.

C'était ma réponse.

Je la répète.

« J'ai menti. »

Il faut que je le répète encore deux fois – j'ai menti, j'ai menti – pour que le juge finisse par lever la main pour demander le silence.

« Laissez le témoin s'exprimer », il déclare.

Et voilà, Maman, le moment que tu attendais, le moment où je craque. Où tu gagnes.

« J'ai menti. »

À part l'avocat de la défense, personne ne bouge dans la salle. Pas un bruit. L'avocat pose la main sur le pupitre en bois devant moi, un geste amical, mais ce n'est pas un ami. Il a faim. Il veut manger. Il se repaît des mensonges qu'il m'arrache petit à petit, moi, le témoin clé. Je revois parfaitement cette nuit-là, j'y étais. Je sais ce qui s'est passé.

« À quel sujet avez-vous menti ? » il demande.

Je hoche la tête, je peux leur dire, c'est bon. J'ai essayé d'aider Daniel, j'ai fait du mieux que j'ai pu. Je voulais le protéger. Vrai. Je leur dis que je suis désolée. Tellement désolée. Vrai. Les visages des jurés, immobiles. June. Mes avocats. Le juge.

« À quel sujet avez-vous menti ? il répète.

– J'ai menti à Daniel quand je lui ai dit par le trou dans le mur que tout allait s'arranger. Je savais que ce ne serait pas le cas, mais je lui ai dit quand même. Je l'ai trahi. »

Je fonds en larmes, des larmes salées teintées de rouge quand mon nez se remet à saigner. Je vois bien la déception sur le visage de l'avocat de la défense, son visage qui s'affaisse légèrement. Désolée, mais ce n'est pas encore l'heure de la curée.

Maintenant dégage, connard.

Il retire sa main, continue à me fixer du regard. Il peut me fixer tant qu'il voudra, il ne peut rien prouver, sans compter que s'il insiste, il se fera rappeler à l'ordre par le juge pour harcèlement de mineur. Et il le sait. Il s'éloigne, se rassoit et prononce les mots que j'attendais.

« Je n'ai pas d'autres questions, Votre Honneur.

– Dans ce cas, le témoin peut quitter la barre. »

Une vague. La tristesse qui s'abat sur moi à l'instant où on me libère. Je ne bouge pas, je regarde l'écran. Je voudrais te rejoindre en courant, me rouler en boule à l'intérieur de toi. Réécrire une histoire où tu m'aimerais normalement. Une toute nouvelle histoire. Le juge parle à nouveau, June me fait signe de la rejoindre.

« Merci, Milly, vous pouvez y aller », il me dit.

Lui aussi est fatigué. Sa perruque en crin de cheval, trop lourde. Chaud. Et il dit mon prénom, mon nouveau prénom, à haute voix.

Contraire au règlement. Elle se jette dessus – un lévrier fondant sur un lapin.

« Elle s'appelle Annie. »

Toutes les têtes se tournent vers toi. Tu n'as pas la voix du monstre auquel ils s'attendaient. Tu as une voix de maman, de quelqu'un qui n'est pas indifférent. Il me faut toute ma détermination, voire quelque chose de plus, pour ne pas courir jusqu'à toi. La salle d'audience ne sait pas quoi faire de l'erreur du juge, et les murmures s'amplifient peu à peu.

« Silence dans la salle », il ordonne.

Il faut un certain temps avant que le silence ne revienne. Le pouvoir du juge est amoindri. Mais pas le tien. Trois mots, c'est tout ce qu'il t'a fallu. Ta voix est un nuage, suspendu dans l'air, et qui menace de se transformer en orage.

June me prend par le bras, mais je prends le temps de me baisser pour ramasser le cristal. Puis elle m'entraîne hors de la salle d'audience. Je n'entends plus la chorale, la chanson de Springsteen. À la place, ta voix, qui m'appelle par mon prénom. ANNIE.

Je suis de retour dans la pièce toute blanche, tu m'as suivie. Mike et Saskia voient mon visage, et ma chemise.

« C'est juste un petit saignement de nez, je les rassure. Si ça ne vous dérange pas, je vais passer aux toilettes pour me nettoyer.

– Tu veux que je vienne avec toi ? propose Saskia.

– Non, ça ira, merci.

– On t'attend là, alors », dit Mike.

La porte des toilettes se ferme avec un verrou, je le fais glisser sur la droite. Puis je plonge la main dans ma poche, la tourmaline noire. Je ne peux pas couper au niveau des côtes, ma chemise, blanche. Je baisse mon pantalon. La cuisse. Il faut que j'appuie fort contre ma peau, le côté tranchant, évidemment. Je grave un A. Comme une prise de drogue. Un coup de fouet. La douleur m'emmène, jusqu'à toi.

A COMME ANNIE.

Oui, pour toi, je serai toujours Annie, mais pour les autres, je suis Milly. Deux sœurs siamoises à l'intérieur de moi, et qui se livrent une guerre sans merci.

La gentille.

Et la méchante.

Tu es fière de moi, Maman ? J'ai joué, et je crois bien que j'ai gagné.

Quand je retourne dans la pièce, June est en train d'expliquer qu'elle ne va pas en rester là, et qu'elle va poursuivre les avocats de la défense pour la façon dont ils se sont comportés avec moi. Mike les traite de salauds. Ce n'est rien, je lui dis, c'est fini, maintenant. Saskia a l'air soulagée. June nous accompagne jusqu'au parking souterrain et nous dit que maintenant, les choses risquent d'aller vite, et qu'on peut espérer un verdict pour le début de semaine prochaine.

Qu'il faut être patient.

Plus tard, de retour à la maison, je retrouve Mike dans son bureau. Il voulait me voir avant le week-end, pour vérifier que ça allait. Quand j'arrive, je remarque que Phoebe est là. Elle est toujours punie pour être rentrée de la fête avec deux heures de retard, et elle essaie de négocier, de convaincre Mike de la laisser sortir.

« Allez, s'il te plaît, c'est vendredi. Tout le monde va au ciné.

– Non, il répond. Tu es punie jusqu'à lundi.

– Mais Papa… Pourquoi tu fais ça, c'est débile !

– Je crois que c'est toi qui as fait quelque chose de débile.

– Parce que t'as jamais fait de bêtises, peut-être ?

– Écoute, Phoebe, il n'y a pas à discuter. Tu n'as pas le droit de sortir jusqu'à lundi, et c'est tout. Maintenant, ma chérie, je veux bien que tu sortes, il faut que je parle avec Milly.

– Ah ouais. Je vois. Super, Papa. Merci. »

Un autre regard de tueuse en passant à côté de moi.

Il ferme la porte et dit, je ne fais vraiment pas l'unanimité en ce moment. Puis il sourit et m'invite à m'asseoir.

« Je ne vais pas te garder très longtemps, tu as déjà eu une grosse journée et tu as l'air épuisée. Dis-moi, comment te sens-tu, maintenant que c'est terminé ?

– Je ne sais pas trop. Ça ne me semble pas encore réel.

– C'est très compréhensible. Je tenais à te dire que je suis très fier de toi et que je suis vraiment désolé que la défense se soit à ce point acharnée sur toi. Pour tout te dire, je me sens un peu responsable.

– Pourquoi ? Ce n'est pas de ta faute.

– Non, mais peut-être qu'on aurait pu mieux se préparer. Peut-être qu'on aurait dû être plus honnêtes avec toi, aussi.

– Comment ça, plus honnêtes ?

– Eh bien, il y a quelques jours, June m'a appelé pour me prévenir que ta mère avait dit des choses sur la nuit où Daniel a été tué. »

La conversation que j'ai entendue quand j'étais dans l'alcôve.

« On s'est dit que ce n'était pas une bonne idée de t'en parler, vu que les avocats n'étaient pas censés aborder le sujet.

– Quel genre de choses est-ce qu'elle a dit ?

– Du grand n'importe quoi. Et le juge lui a pour ainsi dire ri au nez. En attendant, je regrette que tu aies eu à subir ça, aujourd'hui.

– Honnêtement, ça va. Tu m'as beaucoup aidée, Mike.

– Je l'espère. Et au moins, maintenant, on va pouvoir se concentrer sur toi, sur le travail qu'il faut que tu fasses pour passer à autre chose.

– Tu vas m'aider ?

– Autant que possible, oui.

– Comment ça, autant que possible ?

– Ne t'en fais pas pour ça, Milly. Pour l'heure, je crois qu'il faut surtout que tu passes une bonne nuit de sommeil. Tu l'as bien méritée. »

Vraiment ?

Je m'endors presque immédiatement – ce sont des choses qui arrivent après deux nuits blanches. Et mon subconscient m'emmène dans des endroits où je n'ai pas envie d'aller. Au bout de mon lit, un petit garçon, les yeux grands ouverts, terrorisé. J'étouffe, il dit. J'étouffe.

Huit. Puis quatre. La porte sur la droite.

Je jure de dire la vérité, toute la vérité.
Rien que la vérité.
Avec les projets d'anniversaire que tu avais pour moi,
c'est l'autre raison qui fait que je suis partie.
Tu étais au travail, j'étais seule à la maison, je ne regardais pas
par le trou dans le mur. J'étais dans la chambre.
La deuxième clé, je savais où tu la cachais.
Son petit corps recroquevillé sur le lit, dans le coin. Il a bougé
quand je suis entrée, j'ai refermé la porte derrière moi.
Peau blafarde, manque d'air frais. Des cernes noirs
autour des yeux, il a dit qu'il voulait sa maman. Oui.
Tu la retrouveras bientôt, je lui ai promis.
Ses yeux marron, humides de soulagement.
Je l'ai serré contre moi pour le réchauffer.
Ta voix dans ma tête, ce que tu as dit à sa maman, pour
qu'elle accepte de te le confier.
Et si votre mari vous retrouvait, Susie ? S'il faisait du mal
à votre fils ? Ce serait encore pire.
J'ai un contact aux États-Unis qui travaille dans une agence
d'adoption. Une famille aimante l'attend.
Une vie meilleure pour Daniel.
Mais n'en parlez à personne.
Je lui ai donné un nounours à serrer, un des miens,
avec mon nom cousu dans l'oreille. Je lui ai dit, ferme les yeux,

fais un vœu. Je l'ai serré fort jusqu'au bout,
tandis que l'air quittait ses poumons.
Tandis que je l'étouffais.
Tu étais devant la chambre quand j'ai ouvert la porte,
revenue plus tôt du travail. Ton tour de regarder
par le trou dans le mur.
Tu m'as dévisagée d'une façon que je ne connaissais pas.
Je suis fière de toi, ma fille, tu m'as dit.
Ce que je ne t'ai jamais dit, Maman,
c'est que je l'ai fait pour le sauver.
Pas pour te plaire.
Quand j'ai dit que j'avais tout raconté à la police, presque tout.
Ce n'était pas une façon de parler.

29

C'est la façon dont elle l'a dit, hier, après le brunch dominical avec Mike et Saskia, quand on remontait dans nos chambres. Alors, cette petite opération, ça c'est bien passé ? elle m'a demandé. C'était quoi au fait ? Oui, ça va, je préfère ne pas en parler. Elle a souri, puis elle a dit, ça doit être dur pour toi, de ne pas pouvoir parler de certaines choses. Sa manière d'accentuer le mot « certaines ». Une sensation désagréable, une graine plantée dans mon ventre. La boîte de Pandore, entrouverte. Elle sait. Qu'est-ce qu'elle sait ? Comment peut-elle savoir ? Avec Mike, on a pourtant été très prudents, non ?

Aujourd'hui, c'est la date limite pour rendre nos dessins pour le concours d'art. La gagnante sera annoncée la semaine prochaine. La première chose que je fais en arrivant au lycée est d'envoyer un mail à MK. On convient de se retrouver à la fin de la journée, et quand j'arrive elle me dit que je suis un peu en retard.

« Les autres participantes ont rendu leurs travaux la semaine dernière, quand tu étais… absente. »

Je ne veux pas être paranoïaque, mais cette pause avant de finir sa phrase, comme si elle avait des doutes. Je dois me faire des films, comme avec Phoebe. Sûrement.

« Tu n'as qu'à poser tes dessins dans l'ordre où tu les as faits, et on choisira les cinq meilleurs. »

Tandis que j'étale les dessins sur le bureau, je pense au procès qui se poursuit, toi sur ta chaise, menottée, qui risques la prison à perpétuité sans le moindre contact avec moi. Tu as du mal avec le manque, je le sais. Perdre Luke a tout changé, tes désirs sont devenus plus sombres, plus mortels. Tu en as vite eu assez que ce soit seulement toi et moi, et tu as pris Jayden, le premier garçon, moins d'un an après le départ de Luke. L'amour permettait de faire tourner la machine. Une machine défectueuse, certes, mais qui fonctionnait grâce à nous. Comment tu vas faire, à présent ? Tu pourrais forcer la femme dans la cellule d'à côté à avaler sa propre langue. Ce ne sont pas les possibilités qui manquent, comme tu aimais à le répéter. Les occasions de faire des bêtises.

La voix de MK interrompt mes pensées.

« Eh ben ! Quand ils sont étalés comme ça, on voit vraiment.

– On voit quoi ?

– Le chemin. C'est comme si chaque dessin était une pièce d'un puzzle. »

Et puis elle me pose une question bizarre.

« Est-ce que tu te sens plus en sécurité, maintenant que tu vis chez les Newmont ? »

J'ai pourtant fait très attention avec mes dessins, les visages sont barbouillés, les yeux ne sont pas de la même couleur que les tiens. Non, c'est sûr, c'est impossible de reconnaître le sujet.

« Je ne suis pas sûre de comprendre votre question. »

Elle secoue la tête et dit :

« Peu importe. Je prendrai ces deux-là, sûr, et celui-là, au bout. Tu n'as qu'à choisir les deux derniers, peut-être parmi ceux où tu as vraiment beaucoup travaillé les contrastes. »

Quelqu'un dit bonsoir en passant devant la porte. MK répond, attends, Janet, c'est toi ? Mais la porte du couloir s'est déjà refermée, elle n'a pas pu entendre.

« Attends-moi une seconde, elle me dit. Il faut que je lui demande quelque chose. »

La salle paraît vide, moins attrayante, une fois qu'elle est partie. Je choisis les deux derniers dessins et m'approche de son bureau. Son agenda, ouvert. Un Post-it® – *commander de l'argile.* Une écriture tout en rondeur. Aimante. Le « e » final est allongé et revient souligner les autres lettres. Une carte dépasse de l'agenda – blanche, calligraphie dorée. Je la sors. Un faire-part de mariage, des noms que je ne connais pas, mais ce ne sont pas les noms qui m'intéressent, mais l'enveloppe derrière l'invitation. Je la retourne, une adresse. L'adresse de MK. Je vois très bien où est sa rue, je l'ai souvent prise avec Morgan, sans savoir. Je remets la carte et l'enveloppe en place, et quand j'entends la porte du couloir, je retourne à mes dessins.

« Désolée. Alors, tu as choisi ?

– Oui, ces cinq-là.

– Très bon choix. Je peux te dire que ça va être dur de te battre. Janet vient de me rappeler qu'il y avait une superbe expo de croquis au fusain, à la galerie Muse, sur Portobello Road. Mais c'est dommage, c'est le dernier soir. Je pense que ça t'aurait vraiment plu.

– On peut toujours y aller, non ? Ce soir ? Il faudrait que je demande à Mike, mais si c'est pour l'école, je ne pense pas que ça le dérangera.

– Euh, je pensais... pour que tu y ailles, toi. Pas ensemble.

– Ah, d'accord, désolée. Non, ça doit être très bien, mais je ne pense pas qu'il me laissera y aller toute seule. »

Anxieux, un peu trop protecteur depuis le procès, il veut que je rentre directement à la maison après les cours jusqu'à ce que le verdict tombe.

« Oh, mais j'aimerais vraiment y aller, mademoiselle Kemp, surtout après l'opération que j'ai eue, la semaine dernière.

– Ah oui, et d'ailleurs, comment ça s'est passé ?

– Ça va, je suis contente que ce soit terminé.

– Oui, j'imagine. Écoute, je ne te promets rien, parce que j'ai prévu des choses ce soir, mais je vais essayer de passer à la galerie vers 19 h. Moi aussi, ça me dirait bien de la voir, cette expo. Tu n'as qu'à proposer à Mike de venir, et on se croisera peut-être là-bas.

– D'accord. Super, je vais lui demander. Vous y serez à 19 h ?

– Je vais essayer. »

Mike propose de venir avec moi à la galerie, je décline en disant que ce n'est vraiment pas loin. Évidemment, je n'ai pas fait mention de MK, préférant lui dire que toutes les participantes au concours seront là. Au début, il a hésité, mais j'ai réussi à le convaincre, je suis douée pour ça. Après la semaine que je viens d'avoir, je lui dis. Il hoche la tête. Il comprend.

Avant de me laisser partir, il vérifie que j'ai bien mon portable sur moi, puis il me dit que je suis très jolie, que je fais très femme. J'espère que je ne me suis pas trompée, que je n'ai pas choisi la mauvaise robe. Je l'attends devant la galerie, je me dis que ce serait bien qu'on entre en même temps. Plusieurs personnes entrent et sortent, je suis arrivée un peu en avance, si bien qu'à 19 h 10 ça fait déjà vingt minutes que j'attends dehors. Je ne sens presque plus mes pieds, et je resserre mon manteau d'école pour me réchauffer. Je vérifie mon portable, ce qui est ridicule, puisqu'elle n'a pas mon numéro et que je n'ai pas le sien.

À 19 h 20, j'essaie de rester calme, je me dis qu'elle est juste en retard, mais que dès qu'elle sera arrivée, son aura d'artiste un peu déjantée m'enveloppera et que tout ira mieux. Tu disais toujours que la ponctualité et la discipline étaient les clés de la réussite, mais je n'ai pas envie de penser à toi.

« MK n'a rien à voir avec toi.

– Pardon ? » demande quelqu'un.

Je me rends compte que j'ai parlé à haute voix, au moment où trois femmes sortaient de la galerie. Je marmonne une excuse, comme quoi je répétais mon texte pour le cours de théâtre. Elles sourient en se rappelant l'époque depuis longtemps révolue où elles étaient lycéennes, époque bénie, apparemment. Ou peut-être le temps efface-t-il les mauvais souvenirs, ne laissant que les bons. C'est ce que j'espère, en tout cas.

Je regarde mon téléphone. 19 h 35. Elle ne viendra pas, je l'ai compris, à présent. Quand je rentre, je monte directement dans ma chambre, et je serre un oreiller contre ma poitrine. Je préférerais que ce soit celui dans le bureau de Mike. Le bleu.

Tu murmures dans mon oreille, me rappelles que c'est toi, ma maman, et que c'est mal, ce qu'a fait MK. Je me cache la tête sous la couette, mais j'entends quand même ta voix et au bout d'un moment, je commence à t'écouter. À être d'accord avec toi. Tu as raison, je sais que tu as raison, ce qu'à fait MK, ce n'était pas gentil.

Je l'entends dans ta voix quand tu réponds. L'excitation.

BRAVO, ANNIE. ET QU'EST-CE QUE TU VAS FAIRE, DU COUP ?

DIS-MOI, QU'EST-CE QUE TU VAS FAIRE ?

30

Le verdict tombe le mercredi, un peu moins d'une semaine après mon passage au tribunal. Comme d'habitude, en rentrant du lycée, je regarde mon portable, et je vois que j'ai trois appels manqués de Mike dans la dernière demi-heure. Je vais sur le site de la BBC. Ta photo. Le mot : condamnée.

Coupable.

Coupable.

Coupable à l'unanimité, coupable fois douze.

Et coupable des neuf chefs d'accusation, le juge a rendu son verdict juste après le délibéré. Perpétuité incompressible. Mike m'attend derrière la porte d'entrée, il ouvre dès qu'il me voit arriver. Je lui fais un signe de tête pour lui faire comprendre que je sais. Il dit, viens là, chut, tout va bien.

Je pensais que je serais contente, soulagée. Qu'après le procès, je pourrais laisser derrière moi ce que j'ai fait à Daniel. J'ai fait ce que j'ai fait pour une bonne cause, pour le sauver, et pourtant ça fait quand même de moi une mauvaise personne. Ça fait de moi la même chose que toi.

Saskia entre dans le hall d'entrée, se met à me masser les épaules.

« Je suis désolée, Milly, elle me dit. Mais au moins, maintenant, c'est fini. On va pouvoir commencer à préparer ton anniversaire. »

Quand je lève la tête, je vois Mike qui lui dit non avec les yeux. Trop tôt, c'est ça qu'il veut dire. Elle comprend, visiblement déçue de s'être trompée. Encore une fois.

« Dès que tu te sentiras prête, hein, Milly », elle dit avant de s'éloigner.

Mike me demande si j'ai envie d'une petite séance. C'est qu'il a un livre à écrire. Le chapitre sur le jour du verdict. Je lui dis, non merci, je préfère être seule.

Je m'assois par terre, le dos contre le bord du lit. Et je pense à toi. Aux moments qu'on a passés ensemble. Toutes ces fois où tu étais assise là, sur ton fauteuil. Pas de sous-vêtements. Une émission sur les tueurs en série – des camarades, tu disais, mais je suis plus maligne qu'eux, je ne me ferai pas attraper. Comment pourraient-ils m'attraper ? Tu riais de leurs faiblesses, de leurs erreurs. C'est parce que ce sont des hommes, tu disais. Le fait d'être une femme est comme un bouclier pour moi. Et ce le sera pour toi aussi.

La presse, le surnom qu'ils t'ont donné, tu as dû l'entendre. Le voir, écrit en lettres majuscules, avec ton visage en gros plan, en une des journaux.

La tueuse d'enfants perdus.

Ça te plaira, je pense. L'idée est bonne. De toute façon, ce n'est pas comme si tu avais ton mot à dire, maintenant que tu es enfermée, menottée. Les détails supplémentaires que j'ai donnés à la police, ébruités dans la presse. Les mots que tu murmurais aux corps immobiles dans la chambre, endormis. Pour toujours. Voilà ce qui se passe, quand on abandonne sa maman, tu leur murmurais à l'oreille de ta voix sifflante, même s'ils ne pouvaient plus t'entendre. J'ai essayé de te dire que ce n'était pas de leur faute, que c'était leur maman qui les avait abandonnés. Non. Non. Non. Tu as hurlé, je n'ai pas abandonné mon fils, il a été enlevé. Mais ces enfants ne sont pas Luke, je t'ai dit, tu ne peux pas le remplacer. Tu m'as frappée comme jamais, pour avoir prononcé son nom.

Tu m'as frappée.

Dans certains cas, l'amour est mille fois pire que la douleur. Dans tes bras, tu les cajolais. Tu les couchais délicatement, comme s'ils risquaient de s'abîmer encore plus. Six petits garçons. Avec

Daniel, ça aurait fait sept, mais Daniel n'était pas à toi. Six petits princes, enveloppés dans leur couverture, un nouveau pyjama à chaque fois. Et deux petites filles. Mais tu te fichais des filles. Ne rentre pas avant que j'aie fini, tu disais. Fini quoi ?

De dire au revoir.

Car c'est à ça que ça se résumait, à chaque fois. Le rituel, mettre les petits garçons en pyjama. C'était un pyjama que Luke portait, le soir où ils l'ont emmené, parce qu'ils avaient découvert que c'était lui qui avait mis le feu à la poste de notre village – heureusement, l'appartement situé au-dessus était vide à ce moment-là. Il avait 11 ans.

Les bonjours sont importants, ils marquent le début, mais voler un au revoir, ne pas te permettre de tenir Luke une dernière fois avant qu'ils te l'enlèvent, pour toi, c'était le péché suprême.

J'entends soudain la porte de ma chambre qui s'ouvre, et je vois Phoebe entrer. Elle ne dit rien, reste plantée là, à me fixer du regard.

« Qu'est-ce que tu me veux ? » je lui demande.

Elle ne répond pas. Des petits piranhas se mettent à me déchirer de l'intérieur.

Ni les sujets du roi, ni ses chevaux, ne purent jamais recoller les morceaux. [1]

Elle me fixe quelques secondes de plus, puis retourne d'un pas tranquille dans sa chambre, sans prendre la peine de refermer la porte derrière elle.

Après dîner, je retrouve Mike dans son bureau. Il me demande comment je me sens, après le verdict. Je lui dis que je me sens un peu malade, et que je ne m'y attendais pas. Je comprends que June lui a parlé en détail de ce qui s'était passé au procès,

1. Extrait de la comptine *Humpty Dumpty,* très connue en Angleterre. Le texte complet : Humpty Dumpty sur un muret perché / Humpty Dumpty par terre s'est écrasé / Ni les sujets du rois, ni ses chevaux / Ne purent jamais recoller les morceaux.

car il me demande pourquoi je n'ai jamais dit à personne que je m'étais retrouvée seule à la maison avec Daniel. J'avais peur, je lui réponds, je savais que ma mère risquait de s'en servir pour rejeter la faute sur moi. Et toi, du coup, est-ce que tu te sens toujours coupable ? il me demande. Oui, je réponds, je me sentirai toujours coupable, jusqu'à la fin de ma vie. Pourquoi ? il insiste. C'est comme ça. Il me dévisage étrangement, comme s'il cherchait à voir à l'intérieur, puis il passe à autre chose.

Un peu plus tard, je sors de mon carton tous les dessins que j'ai faits de toi, tous ceux que je n'ai pas sélectionnés pour le concours. Je ne saurais pas expliquer pourquoi te regarder me réconforte. Mais c'est un fait. Ce qui ne me réconforte pas du tout, en revanche, c'est le regard de Phoebe, tout à l'heure. Quand elle est entrée dans ma chambre.

Ça me fait mal de le faire, mais je déchire tous les dessins, jusqu'à ce qu'ils ne forment plus qu'une petite pile d'yeux, de lèvres et d'oreilles. Je veux passer à autre chose, vivre dans un foyer normal rempli de choses normales. Une fois, Mike m'a demandé ce que je désirais le plus au monde. Accepter. C'est ça que je lui ai répondu. Être capable d'accepter d'où je viens et qui je suis, tout en étant capable de prouver que je peux remettre en état le cœur que tu as tordu dans tous les sens. Et tu y arriveras, Milly, il m'a dit. Tu verras. Pourtant, il ne sait pas à quel point mon cœur est tordu. Je ramasse les dessins déchirés et les mets dans la corbeille de la salle de bains. Une heure plus tard, je les récupère et je les recolle avec du scotch.

Je reçois le texto de Morgan un peu après minuit. Tu dors ? elle demande. J'ai besoin de te voir. Je lui dis de me retrouver sur le balcon et quand je la vois arriver, elle me paraît plus petite que d'habitude. J'ouvre la porte. L'air frais pénètre dans ma chambre, fantôme dansant de l'hiver. Elle a les lèvres en sang, gonflées, une grosse éraflure sur le côté gauche du front, comme si elle s'était brûlée en se frottant contre de la moquette. Je la prends par la main, la tire à l'intérieur, referme la porte et tourne la clé dans la serrure. Deux fois.

« Qu'est-ce qui s'est passé ? »

Elle secoue la tête, petits mouvements brusques, les yeux rivés vers le sol.

« Je savais pas où aller », elle me répond.

Ses doigts font des ronds dans le vide, comme si elle nouait et dénouait des nœuds imaginaires. J'allume la lampe de chevet. Son jean est taché. Une odeur à la fois salée et âcre, tout autour d'elle. Quelques vapeurs d'alcool dans son haleine.

« Est-ce que tu as mal ailleurs ? »

Elle s'essuie le nez avec sa manche, et il se remet à couler presque aussitôt. Un flot de liquide transparent, qui se déverse dans sa bouche. Son menton se met à trembler, mais pas de larmes. Le choc de ce qui s'est passé les a endiguées. Je ramasse la boîte de mouchoirs au pied de mon lit.

« Tiens. »

Je lève le bras pour la lui lancer, mais elle tressaille, se recroqueville encore plus. Je baisse la main et j'ai envie de lui dire, c'est moi, n'aie pas peur, et puis je me souviens que je lui ai déjà fait mal.

« Tu peux rester ici, ce soir. »

Elle secoue la tête.

« Mais si, je vais t'aider, tu verras. Ça va te faire du bien.

– Et si quelqu'un entre dans ta chambre ?

– Personne ne va entrer, tout le monde dort. »

Je choisis mon pyjama le plus doux. Tu me punirais pour ça, tu me dirais que ce n'est pas un garçon, que les filles n'ont pas besoin de tendresse. Non, ce n'est peut-être pas un garçon, mais elle compte pour moi.

La lumière est tamisée, mais quand je l'aide à enlever son haut, je ne peux pas ne pas remarquer les bleus. Partout. La forme d'une semelle sur ses côtes. Je place ses mains sur mes épaules, me penche, lui retire son pantalon et lui enfile le pyjama. Je me redresse, ses mains toujours sur mes épaules. Nous restons comme ça un moment, face à face. Au bout d'un moment, je m'éloigne, rassemble ses affaires en un petit tas que je pose sur la chaise à côté de la porte du balcon.

« Assieds-toi sur le lit, je vais chercher un gant de toilette pour ton visage. »

Elle frémit quand je nettoie le sang sur ses lèvres.

« Qui a fait ça ?

– Je voudrais qu'il soit mort, elle me répond.

– Qui ?

– Mon oncle. »

Elle fond en larmes, je la tiens contre moi, je la berce et je me mets à fredonner. *Ma poupée chérie ne veut pas dormir…* Sa respiration se calme, les larmes arrêtent de couler.

« J'adore cette chanson, elle me dit.

– Je sais. Allonge-toi, il faut que tu te reposes. »

Elle s'allonge sans protester, se tourne sur le côté, les genoux ramenés contre la poitrine. Je l'enveloppe dans la couette. Lui mets une couverture supplémentaire. Elle ferme les yeux. Enlève un des oreillers de sous sa tête et le fait tomber par terre.

« J'en utilise qu'un, chez moi », elle se justifie.

Je m'assois à côté d'elle sur le lit, et je regarde son visage se contracter et se détendre, tandis qu'elle essaie d'oublier ce qui s'est passé. Ferme tes doux yeux, tes yeux de saphir. Je ne peux rien pour son oncle, mais elle, je peux l'aider. Je ramasse l'oreiller, pense à combien elle se plairait au pays imaginaire, là où naissent les rêves et où le temps n'existe pas, mais elle bouge, se frotte les yeux avec ses petits poings, comme un enfant. Elle lève la tête vers moi, et me demande ce que je fais avec l'oreiller dans la main.

« Rien, je le remettais sur le lit.

– Mil, je risque rien ici, hein ?

– Non.

– Tant mieux », elle me répond – presque un murmure.

Quand je me réveille le lendemain matin, elle n'est plus là. Un pyjama au pied de mon lit, une petite boule.

31

Ce matin, je n'ai pas croisé Phoebe à la maison, mais, avec Izzy, ce sont les premières personnes que je vois en arrivant au lycée, pour la réunion générale du jeudi. Je m'assois un rang derrière elle, quelques sièges à gauche. J'écoute les conversations autour de moi, pour essayer de voir si les gens savent quelque chose, mais c'est comme d'habitude. Coiffures, garçons, projets pour les vacances de Noël, qui n'a pas encore son billet pour la pièce... Dès que le son de l'orgue se fait entendre, on se lève toutes pendant que les profs montent sur la scène. Une fille un peu plus jeune que nous présente un exposé sur les œuvres de charité et nous dit ce qu'on pourrait faire pendant les vacances pour venir en aide aux plus défavorisés. Elle a droit à ses applaudissements. Puis Mlle James prend la parole pour l'ordre du jour : la salle des dernières années qui a besoin d'un coup de peinture, celles qui veulent organiser une cagnotte, merci d'aller voir Mme McDowell. D'autres sujets en rapport avec la pièce de théâtre et les jours où il y aura une représentation, et enfin, la dernière annonce :

« Et la lauréate du concours Sula Norman est Milly Barnes. »

Quelques rares applaudissements, mieux que rien. Mlle James ajoute que mon nom sera inscrit en lettres d'or sur le tableau des récompenses dans l'escalier de l'auditorium, et que pour le reste des détails il faut que je m'adresse à Mlle Kemp. Je me sens mal à l'aise, pas tant à cause de l'éloge public que parce que je n'ai pas revu MK depuis le jour où on était censées se retrouver à la galerie d'art. Et parce que je sens les yeux de Phoebe braqués sur moi. Quand je me tourne vers elle, elle détourne immédiatement le regard.

MK me retrouve à la bibliothèque pendant la pause déjeuner. J'essaie de faire une dissertation d'histoire, mais ça fait dix fois que je relis la même phrase. Elle s'approche de moi en souriant.

« Félicitations, Milly, j'étais sûre que tu gagnerais ! Les parents de Sula et le propriétaire de la galerie ont adoré tes dessins, et tu as été choisie à l'unanimité.

– Merci.

– Tu dois être très fière, surtout après tout ce que... »

Elle s'interrompt, mais c'est trop tard. L'expression sur son visage, et les petits signes qui la trahissent – comment elle remet en place ses colliers de perles, puis ses bagues.

« Après tout ce que quoi ? »

Elle s'assoit à côté de moi. J'avais raison de la soupçonner quand je l'ai vue lundi dernier.

« C'est pour ça que vous n'êtes pas venue, alors ?

– Venue où ? elle demande.

– À la galerie. Vous aviez dit que vous y seriez à 19 h. Je vous ai attendue pendant plus d'une demi-heure.

– Oh ! Tu veux dire, lundi ? Mais Milly, j'ai dit que j'essaierais de passer, mais je n'ai rien promis.

– Ce n'est pas grave, je comprends.

– Non, mais ce n'est pas ça. Mon amie est venue plus tôt que prévu et on est sorties. J'ai oublié. Je suis désolée. »

Elle inspire par le nez, expire doucement. Puis elle se penche vers moi, une odeur de lavande.

« Je me doutais qu'il y avait quelque chose, Milly. Les dessins, les e-mails, le cadeau que tu as essayé de m'offrir, le fait que tu rates les cours. J'en ai reparlé à mademoiselle James et elle a fini par me dire ce que... enfin, elle a fini par me dire d'où tu venais. »

Je compte les livres sur l'étagère au-dessus de sa tête. Je vais jusqu'à onze, puis elle dit :

« Je suis au courant pour ta mère, Milly.

– Et c'est pour ça que vous ne vouliez plus être ma conseillère.

– Non, ça n'a absolument rien à voir, même si je dois admettre que ça aurait pu être utile qu'on me tienne au courant.

– Et vos e-mails, signés MK ?

– Désolée, mais je ne comprends pas.

– Je pensais que vous m'aimiez bien.

– Évidemment que je t'aime bien, mais je signe tous mes e-mails MK. Je l'ai toujours fait. Je suis vraiment navrée si je t'ai induite en erreur. Si j'avais su, j'aurais fait plus attention. »

Une fenêtre apparaît sur l'écran de mon ordinateur portable, en haut à droite : « Nouveau message ajouté au forum. » Je clique sur le lien, ça met du temps à s'ouvrir, une image qui se charge.

L'image, une photo de toi.

Le titre : « Faut-il brûler la sorcière ? »

En dessous, deux pouces. Un vers le haut, l'autre vers le bas. À vous de voter. Un des pouces, délaissé.

Je referme brutalement mon ordinateur et me lève. Ma chaise tombe par terre. Bouger. Impossible. Marcher. Impossible.

MK se lève à son tour et me demande :

« Milly, qu'est-ce qui se passe ? »

Brûler la sorcière. Toi. Elles veulent te brûler, c'est pour ça qu'elles votent. Et je sais que juste après, ce sera mon tour.

La bibliothécaire accourt et demande si tout va bien.

« Je ne suis pas sûre. Milly ? Est-ce que ça va ?

– Il faut que j'y aille.

– Où ça ? Qu'est-ce qui s'est passé ?

– Je ne peux pas en parler, désolée. »

Je ramasse mes affaires et m'éloigne.

« Désolée pour quoi ? Où tu vas ? Je ne t'ai pas encore dit ce que tu avais gagné avec le concours. »

Je me dirige directement vers l'infirmerie. Dans ma tête, une machine à écrire tape la même phrase, en boucle : Phoebe sait. Phoebe sait.

Et bientôt, tout le monde saura, si ce n'est pas déjà le cas.

« Je ne me sens pas très bien, mademoiselle Jones, est-ce que je peux rentrer chez moi ?

– C'est vrai que tu es toute pâle. Tu sais ce que c'est ?

– Une migraine, je pense.

– Ah oui, je me souviens d'avoir lu dans ton dossier que tu y étais sujette. Je vais appeler les Newmont, c'est bien chez eux que tu habites, non ?

– Oui. »

Sur le mur, l'horloge émet un tic-tac discret, comme celle de ma chambre, la nuit où la police est venue. Je ressens la même chose, en cet instant : l'attente, l'envie que ce soit terminé. Sauf que cette fois, je ne sais pas précisément ce que j'attends.

« C'est bon, j'ai parlé à monsieur Newmont. Soit lui soit sa femme sera rentré d'ici une heure ou deux. Et la femme de ménage est là-bas, en ce moment. Est-ce que ça ira, pour rentrer à pied ? »

Je fais oui de la tête.

« Bon, repose-toi bien, alors. Et n'oublie pas de beaucoup boire. »

Quand j'arrive, Sevita m'attend à la porte.

« Bonjour, Milly, tu veux déjeuner ?

– Non merci, je vais aller directement me coucher, je ne me sens pas très bien.

– D'accord, moi je serai dans la buanderie, j'ai du repassage à faire. »

Je la vois se signer en s'éloignant. Une prière pour moi, ou pour elle. Toute seule à la maison. Avec moi.

Pendant quelques minutes, je fais les cent pas dans ma chambre. Besoin de réfléchir. Est-ce que Phoebe est au courant ? Est-ce que son message sur le forum m'est destiné, ou est-ce qu'il s'agit seulement d'une mauvaise blague en rapport avec le verdict ? Acculée. Moi. Pas de moyen de sortie. Se battre, fuir. Mais pour aller où ? Les gens comme moi n'ont nulle part où aller.

Il faut que je découvre ce que sait Phoebe, et si elle est la seule à savoir. À qui aurait-elle pu en parler ? Clondine ? Izzy ? Toutes les filles de la classe, peut-être, sauf que j'en ai croisé quelques-unes en sortant de l'école, et qu'il ne s'est rien passé. Elles auraient dit quelque chose si elles avaient su. Je m'assois sur mon lit, essaie de me calmer, tout en sentant le sable s'écouler dans le sablier. Je me lève et me remets à faire les cent pas. Réfléchis, putain, réfléchis. Une idée providentielle me vient à l'instant où je vois le coin de mon ordinateur portable qui dépasse de mon sac.

La porte que j'ouvre, je ne devrais pas, ce n'est pas la mienne. Une des règles de la maison : les chambres sont des espaces privés, on n'a pas le droit d'y entrer sans autorisation. Mike. Son idée d'une utopie domestique. Sauf qu'il n'y a personne à qui demander la permission. Sa chambre est un véritable cliché, j'y suis déjà entrée pendant les vacances, quand elle n'était pas là. Des posters et du rose. Une odeur douceâtre dans l'air. Barbe à papa. Caramel. Sucre et épices. Des Polaroids® d'elle et ses copines, collés au mur au-dessus de son bureau. Des guirlandes aux ampoules en forme de lanternes, accrochées sur son lit à baldaquin. Une grotte. Un traîneau de princesse, une reine de glace. Des tubes de gloss et de rouge à lèvres, dressés comme des menhirs sur sa table de nuit. On ne sait jamais qui on va croiser dans ses rêves. À part moi.

Je trouve ce que je cherche dans le tiroir de son bureau. J'ai de la chance, elle aurait pu l'avoir sur elle, au lycée, mais je sais qu'elle ne le prend pratiquement jamais, elle préfère utiliser son téléphone. Je sors l'ordinateur et l'allume. Sa boîte mail apparaît sur l'écran, un nouveau message. Je ne peux pas prendre le risque de le lire – elle le verrait, si quelqu'un l'avait ouvert. En revanche, j'épluche les mails les plus récents entre Sam et elle, où elle lui dit qu'elle se sent seule, qu'elle en a marre, qu'elle voudrait vivre en Italie avec lui. Le dernier e-mail qu'elle a envoyé, c'était hier soir, tard. Elle lui parle de notes qu'elle a trouvées dans le bureau de Mike, à mon sujet. Elle lui dit qu'elle pense que j'ai quelque chose à voir avec la tueuse d'enfants perdus, et que c'est vraiment flippant parce que je lui ressemble grave.

Le message non lu, sa réponse. Qu'est-ce qu'il a dit ? Qu'est-ce qu'elle va faire ?

Je remets l'ordinateur où je l'ai trouvé, puis je sors, referme la porte derrière moi et regagne ma chambre. Je reste couchée jusqu'à ce qu'il fasse noir, dehors. Jusqu'à ce que la migraine se calme et arrête de m'appuyer sur la nuque. Je me tourne sur le côté, ouvre les yeux. Ma tête me fait moins mal, mais quand je regarde autour de moi, c'est mon cœur qui me fait souffrir. Que va faire Phoebe ? Qu'est-ce qui va m'arriver ? Où est-ce que je vais aller ?

Je ne peux plus rester allongée. Je descends. Saskia et Mike sont dans le petit salon, en train de discuter avec Phoebe. J'essaie de guetter le moindre indice, voir si elle leur a dit quelque chose à mon sujet, mais je ne remarque rien d'anormal.

« Tu vois, Mike, elle a l'air d'aller bien, dit Saskia. On peut quand même sortir. »

Phoebe refuse de croiser mon regard, et elle quitte la pièce peu après mon arrivée.

« Vous sortez ? je demande.

– Avec Saskia, on a été invités à dîner chez les Bowen, mais vu que tu ne te sens pas très bien, je pense qu'il vaut mieux annuler.

– Mais non, je me suis reposée, ça va beaucoup mieux, maintenant. »

Peut-être que s'ils sortent, je pourrai parler à Phoebe, la raisonner, la convaincre que je ne suis pas comme toi.

« Je ne suis pas sûre que ce soit une bonne idée, tu as été exposée à pas mal de stress, ces derniers temps, dit Mike.

– Franchement, je t'assure que ça va. Je vais me mettre dans ma chambre et faire mes devoirs.

– Tu sais qu'il faut nous le dire, si ça ne va pas, Milly. On est là pour ça.

– Écoute, Mike, elle a dit que ça allait, non ? En plus, on a déjà annulé la dernière fois. »

Mike hausse les épaules et dit avec un sourire, on dirait bien que je n'ai pas le choix. Quand ils ont enfilé leur manteau, il fait tout pour retarder le moment du départ, tout un éventail de stratégies pour perdre du temps : il trie le courrier sur l'étagère à côté de la porte, remet en place la pile de chaussures, dit qu'il serait peut-être temps de faire refaire le carrelage de l'entrée.

« Tu ne veux pas que je prenne des mesures vite fait ? il propose.

– Non, Mike, dépêche-toi, on est déjà en retard », répond Saskia.

Ce n'est pas de l'instinct maternel, mais il sent bien, au fond de lui, qu'il y a une espèce de tension dans la maison. Il fait une dernière tentative.

« Et Rosie ? C'est bientôt l'heure de sa promenade.

– Une des filles n'aura qu'à s'en occuper.

– Tu es sûre que ça va aller, Milly ?

– Mais oui, allez, filez.

– J'ai noté le numéro des Bowen sur le tableau noir. S'il y a le moindre problème, tu nous appelles, d'accord ? »

Une fois qu'ils sont partis, je ne sais pas quoi faire. Je ne sais pas si je devrais monter frapper à la porte de Phoebe, lui dire que je voudrais lui parler de quelque chose. Sauf que je ne saurais pas quoi dire. Je m'assois sur un des canapés du petit salon pour réfléchir. Rosie est à mes pieds. Soudain, ses oreilles se dressent, elle a entendu les pas de Phoebe dans l'escalier. Phoebe l'appelle, mais la chienne ne bouge pas. Elle l'appelle de nouveau, plus insistante.

« Elle est là, avec moi », je réponds.

Au début, elle ne dit rien, elle devait penser que j'étais ailleurs. Puis, sans entrer dans la pièce, elle me dit :

« Oui, ben c'est l'heure de sa promenade, Maman vient de m'envoyer un texto. »

Rosie se lève en entendant le mot « promenade » et se dirige tranquillement vers l'entrée pour rejoindre Phoebe.

« C'est bon, j'ai compris, je vais le faire », elle peste.

Elle m'ignore en passant devant le petit salon, puis elle ouvre la porte du jardin. Rosie refuse de sortir et reste assise devant la porte ouverte.

Phoebe soupire, allez, viens !

Comme la chienne ne bouge toujours pas, Phoebe tire sur la laisse et la traîne jusqu'à l'extérieur. Les lumières du jardin s'allument automatiquement. Malgré le froid et le fait qu'elle n'ait pas mis de manteau, Phoebe attend à l'extérieur que Rosie ait fini, puis elle rentre, les yeux vissés sur son téléphone. Les miens sont braqués sur elle. C'est maintenant ou jamais.

« Est-ce que je peux te parler d'un truc, Phoebe ? »

Elle relève la tête, mais fait tout pour ne pas me regarder en face.

« Ça dépend, elle répond.

– Je sais que ce n'est pas le grand amour entre nous, mais j'aimerais bien que ça change.

– Pas la peine.

– Pourquoi ?

– Parce que tu n'es plus ici pour très longtemps.

– Et moi, j'aimerais justement rester le plus longtemps possible.

– Dommage que ce soit pas toi qui décides, hein ? »

Je me lève, elle me regarde cette fois. Et elle me dit :

« Tu fais quoi ? J'ai un copain qui va passer, il sera là d'un moment à l'autre. »

Je lui fais peur. Ce n'est pas mon intention. Je voudrais lui dire qu'à nous deux, on pourrait avoir le monde à nos pieds. Elle passe devant moi et, avant de remonter dans sa chambre, elle me lance :

« Dans pas longtemps, Papa aura trouvé une autre tarée à foutre dans ta chambre. Ce sera comme si t'avais jamais existé. »

32

Le lendemain, quand je traverse la cour pour sortir du lycée, j'aperçois Phoebe, en compagnie de Clondine et Izzy. Clondine me sourit, mais les deux autres se contentent de hausser les épaules avant de se retourner. Combien de temps encore avant que les sourires et les haussements d'épaules ne se transforment en index accusateurs ? C'est elle, la fille de la tueuse d'enfants perdus.

Quand j'arrive à la maison, Mike et Saskia m'attendent. Tu tombes bien, il me dit, on voulait discuter de quelque chose avec toi avant le début du week-end. Quand on s'assoit, Saskia évite soigneusement de croiser mon regard. Mike propose de faire chauffer de l'eau pour le thé, aucune de nous deux ne répond.

« Avec Saskia, on voulait te dire qu'on est très fiers de toi, de ce que tu as réussi à faire. Je ne connais pas beaucoup d'adolescentes qui auraient été capables de supporter une telle pression, et qui plus est de façon si mature. Mais maintenant que le procès est terminé, il faut qu'on se tourne vers l'avenir et c'est de ça qu'on voudrait discuter avec toi. »

Deux jours, seulement deux jours que le verdict est tombé. Ils. N'attendent. Qu'une. Chose. Se débarrasser de moi.

« June et les services sociaux sont à la recherche d'une solution d'accueil définitive pour toi, et ils pensent avoir trouvé une famille qui pourrait convenir. C'est à la campagne, près d'Oxford. Ils ont deux chiens, je crois. Ce n'est pas encore sûr, il faudra évidemment que tu les rencontres pour voir comment ça se passe, mais c'est plutôt encourageant, non ? Qu'est-ce que tu en penses ?

– J'en pense que je n'ai pas vraiment le choix.

– Ah, mais non, on ne veut surtout pas que tu le prennes comme ça. L'idée, c'est de réfléchir avec toi à la meilleure solution.

– Quand est-ce que je pars, du coup ?

– Milly, ne réagis pas comme ça, s'il te plaît », dit Mike.

Je détourne la tête, croise les bras, et cherche mes cicatrices à travers le tissu.

« On aimerait beaucoup que tu restes avec nous jusqu'à la fin du trimestre, comme ça on pourrait fêter ton anniversaire ensemble et s'occuper de ton exposition de dessins. »

Trop tard, d'ici là, tout le monde sera au courant. La mèche. Vendue.

« Je me sens tellement idiote.

– Pourquoi est-ce que tu dis ça ? demande Mike.

– Je pensais que vous m'aimiez bien.

– Mais évidemment qu'on t'aime bien, répond Saskia. On t'aime même beaucoup.

– Saskia a raison. Et tu te souviens qu'on en avait discuté à l'hôpital ? C'était prévu, que ton séjour avec nous ne soit que provisoire. »

Si c'était prévu comme ça, c'est à cause de Phoebe. Barbe à papa. Caramel. Et tout le reste.

« Comme on disait, rien n'est gravé dans le marbre, mais on aimerait bien organiser une rencontre avec la famille d'Oxford. Peut-être le week-end prochain. »

Le plus tôt sera le mieux, c'est ça qu'ils se disent.

Ce matin, j'ai l'esprit lucide, pour une fois. Pas de bataille à l'intérieur de mon cerveau. J'imagine que ça fait un moment que je sais que ma place n'est pas ici. Un moment également que je sais qu'il n'y a de place nulle part pour les gens comme moi. Si je l'avais su avant de te quitter, je serais peut-être restée, blottie dans un endroit où, certes, l'amour n'était pas très présent, mais un endroit qui m'était familier.

Je sors la chaussette de mon tiroir à sous-vêtements et verse les comprimés dans ma main, des mois que Mike n'y voit que du feu. J'entre dans la salle de bains et les étale par terre. J'ai pris mon ordinateur portable et j'ai verrouillé la porte de l'intérieur. Je regarde les comprimés, il y en aura assez, je pense. Je m'assois par terre, l'ordinateur sur les genoux. Un dossier secret, caché dans mes documents. Intitulé :

Toi.

Je ramasse quelques comprimés, les avale avec une bouteille d'eau à moitié vide que j'ai laissée à côté du lavabo. Je regarde les vidéos qui sont passées aux informations. Toi, arrivant en fourgonnette. Vitres teintées, comme celles de la voiture de Mike. La vidéo d'après a été prise le dernier jour du procès. Le verdict. Douze fois coupable. La foule qui se précipite et les journalistes qui brandissent leurs appareils photo, tandis que la fourgonnette quitte le tribunal. Je reprends quelques médicaments, pilules bleues et pilules blanches, quelques roses, aussi. J'appuie sur pause quand ton visage apparaît sur l'écran. Au bout d'une heure, la pièce devient duveteuse, mon corps lourd, rempli de sable, glisse un peu contre le mur. J'ai envie de rire, l'effet des médicaments, mais je ne sais plus comment faire, ni à quand remonte la dernière fois que c'est arrivé.

J'avale les derniers cachets, une bonne poignée. Surtout des roses, pour ne plus penser. J'avale une gorgée d'eau, bouche sèche, une limace de craie qui se fraye un chemin dans ma gorge. Je referme l'ordinateur et attrape les bords du lavabo pour me relever. Je veux regarder dans la glace, je veux te voir avant de partir, mais mes mains glissent, le miroir fond. Des points de lumière aveuglante. Des étoiles filantes. Fais un vœu. Inutile. Fatiguée, tellement fatiguée.

Je me hisse jusqu'à mon lit. Non, en fait, je crois que c'est la baignoire. Le rideau de douche dans ma main, il faut que je me couvre vite, elle va prendre une photo avec son téléphone, je me souviens.

Quatorze carreaux au pied de la baignoire, je les ai comptés la nuit avant le début de ton procès, quand je n'arrivais pas à dormir. Ma tête roule sur ma poitrine, un oreiller confortable, le ventre rempli de cachets.

Quelque chose qui tire. Mes jambes.

Attrapées par en dessous.

Huit. Puis quatre. La porte sur la droite.

Maintenant que je suis morte, ils vont trouver les choses
que j'ai cachées.
Les dessins de toi recollés au scotch.
Tarée. Ils diront de moi. Comme sa mère.
Mais il y a d'autres choses.
La première fois, par hasard. À quatre pattes par terre,
pendant que je nettoyais le sol.
Un petit morceau de sucre sur le parquet. Non.
Une dent de lait. Glissée dans ma poche.
Après ça, j'ai cherché. Des morceaux, des petits souvenirs,
quelque chose ayant appartenu à chacun des neuf.
Une obsession personnelle, enfouie dans mon sac
la nuit de ton arrestation.
Pourquoi les avoir gardées, ces choses ?
Pas pour la petite souris, pas pour cacher sous mon oreiller.
La vérité, c'est que c'était ma façon de m'occuper d'eux.
Jayden. Ben. Olivia. Stuart. Kian. Alex. Sarah. Max. Daniel.
Neuf petits quelque chose que je voulais aider.
Tu n'as jamais su.
Personne n'a jamais su.

33

Des tuyaux.

En moi.

Des lumières.

Au-dessus de moi.

Gorge sèche, j'étouffe. Une aiguille plantée dans le dos de ma main. En forme de papillon. Humide sur mon visage, un petit ruisseau. Des larmes. Je ne veux pas pleurer, ça ne sert à rien. Sensation. Peur. Rien à craindre. Ne crains rien. Aie crainte de tout.

Il y a quelqu'un ?

Des mains froides entrent en contact avec ma peau. Tâtent. Triturent. Des doigts qui m'ouvrent les yeux. Un rai de lumière, une lampe torche de la taille d'un stylo qui m'agresse les pupilles. Une voix avec un accent parle d'une adolescente qui a fait une overdose. Tentative de suicide, lavement. Énormément de cachets. Beaucoup de chance.

T'appelles ça de la chance, toi ?

Une langue faite de chiffres et de lettres, de sang et de choses. De choses et de sang. Discussion. Une blouse blanche, un dossier dans les mains, elle regarde un tableau. Une pause.

Augmenter le sédatif, dit la blouse blanche.

Replongée dans le noir.

La fois d'après, quand je me réveille, Mike est à mon chevet. De l'air qui s'échappe de mon cœur, un ballon qui se dégonfle. Il est courbé, penché au-dessus du lit. Je n'arrive pas à parler, j'ai perdu ma voix. J'ai perdu tellement plus. Je lui serre la main, il lève les yeux vers moi.

« Milly, tu es réveillée. Dieu merci. Tu es réveillée. »

J'essaie de répondre. De dire que je suis désolée qu'il n'ait pas réussi à me réparer, que je me déteste, que je suis pourrie de l'intérieur.

« Ne parle pas, Milly, tu as besoin de repos. »

Il tend la main au-dessus de ma tête, appuie sur un bouton. Mes yeux clignent en forme de points d'interrogation, il comprend tout de suite. Se met à me raconter une histoire, mon histoire.

« Tu as fait une overdose, Milly. Quand tu n'es pas descendue pour le petit déjeuner, je suis monté. La porte de ta salle de bains était verrouillée, on a dû la forcer. On t'a fait un lavage d'estomac et tu es sous sédatifs. Tout va te paraître brumeux pendant encore un moment, mais tu vas t'en tirer. »

La porte de ma chambre s'ouvre en grand. Je me concentre pour essayer de voir. Une chevelure blonde, j'ai compris.

« Elle est réveillée ?

– Oui, elle est encore un peu assommée par les médicaments qu'ils lui ont donnés, mais elle est réveillée. »

Saskia ne s'approche pas du lit. Elle reste en arrière, mais elle dit, tant mieux, je suis soulagée, on ne devrait pas appeler quelqu'un ?

« J'ai appuyé sur le bouton, une infirmière ne devrait pas tarder à arriver. Ça va, Milly ? »

Je fais un signe de tête, mais je ne suis pas sûre de rester réveillée très longtemps. Paupières, lourdes. Mike. Dans le brouillard. La pièce est un bateau. Mal de mer. Une ombre, scintillante et énorme, une baleine qui passe sous mon bateau et émerge juste à côté de moi, la gueule grande ouverte. Je regarde à l'intérieur. Une erreur. J'en ai fait tellement. Ils me regardent, eux aussi, leurs visages marqués par l'effroi, les mains tendues vers moi. Je me penche au-dessus du bord, il faut que je les sauve. Une voix dit « Non ». Je ne l'ai jamais entendu parler, mais je pense que c'est Dieu, celui auquel je ne crois pas. Il rit. Un rire dur et sournois. La mer est démontée, à présent. Je ne peux pas les atteindre. Neuf, si j'ai bien compté. Ils baissent la tête, ils savent ce qui les attend. La baleine referme sa gueule et plonge, hors de vue. Quelque chose me tire de nouveau vers le blanc. La pièce, trop lumineuse. Une infirmière parle avec Mike et Saskia. Venez avec moi, je vous prie, June est arrivée. Quand je reviens à moi, Phoebe est là. Mais est-ce vraiment elle ? Fais-moi un beau sourire, Tête de cul. Non, je t'en prie. Ma voix n'est qu'un murmure, une étrangère en moi. Trop tard. Le flash dans mes yeux. Tu es vraiment le portrait craché de ta mère. Je ferme les yeux, les rouvre aussitôt, mais elle n'est pas là, elle n'a jamais été là, c'est mon esprit qui me joue des tours.

Il y a une télé, accrochée au mur. Allumée, mais sans le son. Des bandeaux d'information qui défilent, en bas de l'écran. Une histoire de ferry qui a coulé et, pendant une fraction de seconde, il me semble que j'ai vu ton visage. Une machine à ma gauche, reliée à mon cœur, avant un bip-bip régulier et lent, maintenant plus fort, plus rapide. L'effet que tu me fais. J'essaie de respirer plus lentement, mais les bips s'accélèrent, je ferme les yeux, dormir, vite. Je me tourne de nouveau vers la télé, les informations sont terminées, si c'était bien de ça qu'il s'agissait, remplacées par un jeu télé, les participants doivent inventer des mots.

J'essaie de me redresser, aucune force dans mes bras. La conversation entre June, Saskia et Mike. Où est-ce que je vais aller ? La nouvelle famille ne va plus vouloir de moi, maintenant. Nous ne sommes pas sûrs de vouloir une personne aussi à risque chez nous, ils diront, ne vaudrait-il pas mieux qu'elle reste là où elle est ? Si, c'est ce que je veux aussi. Je veux rester. Il y a de la place pour Phoebe et moi. Je vous en prie.

À la télé, ton visage emplit l'écran. En dessous, un mot, en grand, qui clignote.

ÉVADÉE

Tu me regardes, tu souris, tu me dis que tu viens me chercher. Je me débats sur mon lit, le papillon sur le dos de ma main s'envole, les tuyaux et les câbles aussi. La machine reliée à mon cœur se met à hurler, un son continu, le fil est débranché, pas de pouls. Pas de cœur. Je. Ne. Trouve. Pas. Mon. Cœur. Un médecin entre en courant, calme-toi, calme-toi, il me dit en me plaquant les épaules sur le lit. Mike et Saskia entrent à leur tour. Le médecin crie qu'il lui faut 5 mg d'Olanzapine.

« Elle vient me chercher, je m'entends dire.

– Personne ne vient te chercher, Milly, tu es en sécurité. »

Dans un coin de la pièce, les neuf petits quelque chose me regardent, les yeux humides. La tête baissée.

Une blouse blanche.

Une aiguille.

Le sommeil.

34

On me transfère du service de médecine générale à l'unité pédopsychiatrique. Mike me rassure, ça ne durera pas longtemps. Une admission rapide et une petite période d'observation, le temps qu'ils ajustent ton traitement. Pas plus d'une semaine. Il n'a pas réussi à me regarder dans les yeux en disant « traitement », comme s'il se sentait responsable. Trop négligent, il se dit.

Une infirmière surveille mes moindres faits et gestes. Tête-à-tête. Un dossier accroché à la porte de ma chambre. Toutes les heures, à l'heure pile, une petite croix.

Toilettes. Petite croix. Déjeuner. Petite croix. En vie. Petite croix.

Est-ce que je peux rester seule ? Non.

Est-ce que je peux aller sur Internet ? Non.

Est-ce que je peux m'en aller ?

Elle secoue doucement la tête.

Cette fois, je joue le jeu. Je prends même les cachets qu'ils me donnent, et peut-être que ça aide, parce que je dors pendant des heures et des heures, et pas une fois tu ne viens. June est passée me voir quelques fois, elle m'a dit que mon séjour chez les Newmont avait été prolongé jusqu'après Noël, mais qu'ensuite il faudrait me trouver une nouvelle famille. Je lui demande si Phoebe est au courant de ce qui s'est passé. Elle pense que tu as fait une crise d'appendicite. Mike lui a dit qu'il y avait eu quelques complications, mais que tu serais bientôt de retour à la maison.

Comment va-t-elle s'y prendre ? je me demande. Comment va-t-elle dire à tout le monde qui je suis vraiment ?

La fille dans la chambre d'à côté me rend visite tous les jours. Elle a toujours son lapin en peluche avec elle. Prozac, je te présente Milly. Milly, je te présente Prozac. Pourquoi tu l'as appelé Prozac ? je lui ai demandé. Elle a ri et m'a répondu d'une voix chantante, mon psy me pose la même question. Hier, elle est entrée dans ma chambre et s'est approchée de mon lit en caressant la partie rose dans l'oreille de son lapin. Elle m'a dit, je raconte au psy que j'ai appelé mon lapin Prozac parce qu'il m'aide à me sentir mieux.

Une des infirmières a dit, sors de la chambre de Milly s'il te plaît, Josie.

Vite, donne ta main, elle a ordonné. Elle a guidé mon doigt vers un trou au milieu du ventre de la peluche. Un ventre rempli de comprimés. Mais la vérité, tu vois, c'est que Prozac, il adore le Prozac. Elle m'a adressé un clin d'œil avant de sortir de ma chambre en sautillant.

Petites pilules bleues. Un don des dieux, ou des psychiatres qui me les prescrivent, et qui se prennent pour des dieux. J'ai envie de lui dire de les prendre, fais ce qu'ils te disent, mais j'étais comme elle il n'y a pas si longtemps, moi aussi je les cachais. Prends-les. Ne les prends pas. À l'envers, « placebo » s'écrit « obecalp ». 10 mg d'Obecalp pour la jeune fille de la chambre 5. J'ai appris vite à la première unité psychiatrique où je suis restée, je n'ai pas mis longtemps à comprendre tous les trucs qu'ils utilisent pour nous piéger. Mais quand j'y réfléchis, peut-être que ce n'était pas si malin que ça de ma part, parce qu'après pratiquement une semaine ici, à prendre mes cachets et à parler aux infirmières, je me sens mieux.

Presque bien.

Aujourd'hui, c'est l'entretien de sortie avec le panel des psychiatres. Mike et Saskia sont venus. June, également. Dans un panel, tout le monde est assis en cercle, et personne ne porte d'uniforme. Tous égaux. Et qui décide de qui est fou ? Tes mots, mais je n'ai pas voulu les entendre, alors je me suis concentrée et j'ai raconté comment je me sentais. Quand ils m'ont demandé, est-ce que tu te sens en sécurité ? Si tu devais donner une note de un à dix… J'ai répondu neuf sur dix, mais je compte bien réussir à obtenir ce fichu point qui manque. Des sourires autour de la table, ma petite plaisanterie très appréciée.

Ils ont attribué mon overdose à un stress provoqué par le procès et le manque de sommeil. Pas besoin de faire une fixation, il faut avancer, a dit le médecin en chef à Mike, ce n'est la faute de personne. Entretien réussi, j'ai le droit de rentrer à la maison. Vendredi 25 novembre, une semaine avant mes 16 ans. Je vais dans ma chambre, rassemble mes affaires. Pas d'infirmière à la porte, je suis en vie, mais personne ne met de petite croix. Un garçon que j'ai déjà aperçu dans les couloirs entre dans ma chambre, se précipite sur moi et me plaque contre le mur. Sa bouche dégouline de salive, un effet secondaire des médicaments. Il me dit qu'ils sont aussi à ma poursuite, les hommes qui viennent dans sa chambre la nuit. Il regarde par-dessus son épaule et murmure, ne les laisse surtout pas entrer. Malgré ses lèvres couvertes d'écume et ses yeux fous, je m'imagine l'embrasser. Lui dire après coup que je suis malade et que je vais bientôt mourir. Comment ça se fait ? il me demanderait. Est-ce que c'est de leur faute ? Je ne sais pas, je répondrais, je crois que c'est quelque chose qui est arrivé il y a très longtemps. J'ai envie de lui dire que ce ne seront pas des hommes qui viendront dans ma chambre, la nuit.

Ce sera toi.

Et maintenant, si tu devais donner une note de un à dix ?

Un sur dix. Deux, peut-être.

35

Hier, samedi, Mike a annulé tous ses rendez-vous et pris sa journée. Pour le petit déjeuner, il a préparé des pancakes avec du bacon et du sirop d'érable et, pour une fois, on a mangé tous ensemble et le repas s'est passé sans histoire. Phoebe semblait contente, elle était souriante. Une lueur d'espoir en moi, peut-être qu'elle a abandonné l'idée que j'avais quelque chose à voir avec toi, ou peut-être qu'elle sait tout, mais qu'elle est désolée pour moi et qu'elle veut arranger les choses entre nous. Après manger, elle est partie avec Saskia pour le reste de la matinée, une sortie shopping. Mike avait l'air tellement ravi. Ah, les petits bonheurs.

Maintenant, il contrôle mon traitement de très près. Au centre, les psychiatres lui ont conseillé de me donner mes comprimés avec une boisson chaude, et d'attendre que la chaleur du liquide les ait fait fondre. Et c'est comme ça qu'il procède, ce qui ne me dérange pas. Je veux qu'il sache qu'il peut me faire confiance. J'ai envie de rester.

Dès que Saskia et Phoebe sont parties, on s'est retrouvés dans son cabinet pour une séance. Il m'a demandé de quoi j'avais envie de parler. J'ai eu envie de lui dire que j'avais passé la plus grande partie de ma semaine à l'hôpital à me demander ce que Phoebe savait et ce qu'elle comptait faire, mais au lieu de ça je lui ai raconté comment j'ai cru que mon lit était un bateau, et qu'il y avait une baleine qui nageait en dessous. Je lui parle de la télévision, avec ton visage et le mot « évadée » écrit en dessous. Il m'a expliqué que c'était à cause des sédatifs qu'ils m'avaient donnés, qu'ils pouvaient provoquer des hallucinations. Il m'a également dit qu'il voulait que je vienne le voir, si jamais je ne me sentais pas bien, pas en sécurité. Qu'il fallait que j'arrête de tout garder à l'intérieur. On n'a vraiment pas envie que tu finisses encore à l'hôpital, tu comprends ?

À la fin de la séance, il m'a tendu une enveloppe. Je l'ai ouverte, c'était une carte de Mlle James, me souhaitant un prompt rétablissement. Mike a dit à tout le monde – pas seulement à Phoebe – que j'avais l'appendicite ; vu que c'est bientôt la fin du trimestre, il s'est dit que ce n'était peut-être pas la peine de dire au lycée ce qui s'était vraiment passé. Il m'a demandé si je me sentais prête à y retourner lundi. Je lui ai répondu que oui, que j'aimais beaucoup Wetherbridge et que c'était le meilleur lycée que j'aie jamais fréquenté. Au fait, il a ajouté, je voulais te dire que Mlle James m'a envoyé un e-mail pour me dire que Mlle Kemp était au courant, pour toi, mais il ne faut pas que tu t'inquiètes, elle n'en parlera à personne. Non, j'ai pensé, mais je ne suis pas sûre qu'on puisse en dire autant de ta fille.

Aujourd'hui, Mike et moi avons décidé d'aller au marché à pied. En chemin, il me dit qu'il a envoyé un e-mail groupé pour mon anniversaire, et qu'on organisera un grand goûter samedi prochain. Je le remercie, mais je suis perdue dans mes pensées – je me demande à quoi auraient ressemblé mes 16 ans si j'avais été avec toi.

On achète un chocolat chaud à un stand, et la dame me demande si j'ai hâte que ce soit Noël. Oui, je lui réponds, mais d'abord, il y a mon anniversaire. Elle regarde Mike, essaie de déterminer mon âge. À en juger par ton papa, elle déclare, je dirais que ça va te faire 17 ans. Je souris et lui réponds, presque, 16. Peu importe qu'elle se soit trompée, elle a dit « ton papa » et Mike ne l'a pas reprise. Je me tourne vers lui, un grand sourire aux lèvres, mais il a le dos tourné. Il n'a pas entendu.

Une fois qu'on est rentrés, j'envoie un message à Morgan pour lui demander si elle compte toujours passer plus tard.

Je n'avais pas le droit au téléphone à l'hôpital, ce qui fait que quand je suis sortie, il était rempli de textos d'elle. Elle aussi, je lui ai fait croire que c'était l'appendicite, et j'espère qu'elle ne demandera pas à voir la cicatrice. J'ai vraiment hâte de la revoir, de m'assurer qu'elle va bien. Pendant tout le reste de l'après-midi, la maison est calme. Phoebe n'est pas là, sûrement chez Izzy, et Saskia fait la sieste. Mike est dans son bureau. Du travail à rattraper, il a dit. À moins qu'il ne soit occupé à écrire son livre sur moi.

J'essaie de dessiner, mais je ne suis pas concentrée. Je n'arrête pas de penser à Phoebe. Ce n'est pas dans sa nature de lâcher l'affaire, ce n'est pas dans sa nature d'essayer de comprendre. Je voudrais entrer dans sa chambre et lire ses e-mails, mais c'est trop risqué, avec Mike dans les parages. Hier matin, au petit déjeuner, elle avait l'air contente. Elle souriait. Ce n'était pas parce que j'étais de retour, évidemment pas, mais sûrement parce qu'elle avait réfléchi à un plan.

J'ai peur. L'infirmière et ses petites croix me manquent. Et Josie, qui venait me voir dans ma chambre. Je n'ai pas envie d'être toute seule. Le sol. Il tremble. Je veux dire à Mike que je crois que Phoebe est au courant, mais je ne sais pas comment m'y prendre. Je ne veux pas qu'il sache que j'ai enfreint les règles de la maison, que je suis entrée dans sa chambre.

Je ne sais pas ce que je vais bien pouvoir lui dire, mais je me dirige quand même vers son bureau. Après tout, il m'a dit de venir le voir si j'en ressentais le besoin. Je m'apprête à frapper à la porte, la main en l'air, à quelques centimètres du bois, quand j'entends qu'il est au téléphone. Je laisse retomber mon bras, approche mon oreille de la porte et écoute la conversation. Des projets pour Noël et le jour de l'An, et puis brutalement, c'est de moi qu'il est question.

« Oui, June, il est temps qu'on fasse passer Phoebe en premier, ça ne fait aucun doute. Je suis vraiment désolé qu'on ait changé d'avis, mais maintenant que Milly est de retour, je me rends compte que c'est vraiment compliqué de les avoir toutes les deux à la maison. Et je dois admettre qu'entre le procès et les derniers événements... disons que c'est un peu trop pour moi. Pour nous tous. Et je ne serais pas contre un retour à la normale. »

Une pause, pendant que June parle.

« Oui, je suis d'accord avec toi, ça me paraît aussi trop tôt pour lui dire. Elle vient tout juste de sortir de l'hôpital. Mais ne t'en fais pas, je suis sûr que ça se passera très bien quand je le lui annoncerai. Je prendrai des pincettes. »

Je m'éloigne de la porte. Je n'ai plus envie de lui dire que j'ai peur, à présent. Il m'a dit que je devais arrêter de garder les choses à l'intérieur, mais comment puis-je parler à quelqu'un qui ne veut pas de moi ?

Quand je vois Morgan sur le balcon, ça me fait quelque chose. Avec elle, c'est comme si j'étais à la maison. On s'assoit sur le lit, elle veut savoir comment je me sens, mais ne demande pas à voir la cicatrice. Je lui réponds que ça va, et je prends aussi des nouvelles d'elle, car la dernière fois que je l'ai vue, elle était blessée. Mais ses lèvres ont dégonflé, et la griffure sur son front a cicatrisé.

« Tu sais, Mil, tu me disais que ton livre préféré, c'était *Peter Pan* ?

– Oui ?

– C'est aussi le livre préféré de ma sœur. La semaine dernière, on a regardé le DVD, et tu sais comment Peter il offre un truc à Wendy pour la remercier ? Eh ben, moi aussi, je t'ai trouvé quelque chose. »

Elle sort un objet de sa poche et me le tend. C'est un petit médaillon doré, semblable à ceux qu'on trouve dans certaines boutiques vintage. Je l'ouvre, il n'y a pas de photo à l'intérieur.

« Je me disais que peut-être, un jour, tu pourrais mettre ta photo d'un côté et la mienne de l'autre. »

Nous sourions toutes les deux, et je me rends compte en même temps à quel point elle compte pour moi, et du fait que je n'ai pas besoin de lui faire de mal pour la protéger. Elle se débrouille très bien comme ça. Elle s'allonge sur le lit, je lui demande si je peux la dessiner. J'ai envie de commencer une nouvelle série de portraits, une série où je n'aurais pas besoin de gribouiller les visages.

36

Le retour au lycée n'a pas été évident pour moi. Les premiers jours, je trouvais qu'à la cantine les bruits étaient plus forts, et, dans les couloirs, les bousculades plus violentes. La peur constante que Phoebe parle. Je me suis efforcée de ne pas la croiser, dans l'espoir que, comme par magie, cela lui permettrait d'oublier qui je suis. Qui elle me soupçonne d'être. L'attente est encore pire – ne pas savoir pourquoi elle n'a encore parlé à personne.

Aujourd'hui, à la fin des cours, quand je descends à la salle des casiers pour récupérer mes affaires, je tombe sur elle, en compagnie de Marie. Celle-ci lui demande si elle veut venir au Starbucks. Phoebe répond que non, elle a des choses à faire à la maison.

« Mais si tu veux, laisse-moi une minute, le temps de lire un e-mail, et je t'accompagne. »

Elle sourit en regardant son écran de téléphone.

« Qui c'est qui t'a écrit ? demande Marie.

– Personne, elle répond en me jetant un regard en biais. C'est juste un truc que j'ai prévu pour demain. »

Ni les sujets du roi, ni ses chevaux, ne purent jamais recoller les morceaux.

En me rendant à l'auditorium, j'envoie un message à Mike pour lui rappeler que j'aide à la préparation des décors jusqu'à 19 h. Il me répond qu'il n'y a pas de problème, qu'il sera à son cabinet avec Saskia pour fêter la fin des travaux de rénovation, et qu'ils devraient être de retour dans ces eaux-là, eux aussi. Rester occupée, c'est de ça que j'ai besoin. Je me concentre donc sur la construction et la peinture des décors. Au bout d'un moment, je propose de passer à l'épicerie à côté du lycée pour acheter des sucreries pour tout le monde, histoire de recharger les batteries. Et peu après 19 h, quand nous arrêtons et qu'une bonne partie des décors est terminée, je me rends compte que ça m'a plu, que je me suis bien amusée.

Je sors du lycée avec MK, lui annonce que j'ai commencé une nouvelle série de portraits. Elle est ravie, me dit que c'est bien, il était temps de passer à autre chose. Oui, c'est ce que je me disais aussi, je lui réponds.

« Ça ira, pour rentrer ? elle me demande.

– Oh oui, c'est bon, j'habite juste à côté.

– Très bien. À demain alors, Milly.

– Au revoir. »

Je suis à mi-chemin quand mon téléphone sonne. Sur l'écran, le nom de Mike. Quand je réponds, il me dit :

« Où tu es, bon sang ?

– Euh… je suis en train de rentrer, j'étais…

– Non, ne rentre pas à la maison, c'est compris ? »

Sa voix, froissée, fatiguée. Tellement différente de d'habitude.

« Va chez Valerie, la voisine, et restes-y jusqu'à ce que je te le dise.

– Mike, tu me fais peur, qu'est-ce qui s'est passé ?

– Fais ce que je te dis. Ne rentre pas à la maison, c'est clair ?

– Oui. »

J'approche de la maison, mais tout a l'air normal. Je ne veux pas aller chez Valerie, mais elle m'attend au bout de l'allée et me pousse jusqu'à chez elle.

« Qu'est-ce qui se passe ? je lui demande. Mike me fait peur.

– Pour l'instant, on ne sait pas trop, mais ça va aller. Rentre, il fait froid, dehors. »

Chaque fois que j'ai entendu ces mots – « ça va aller » –, ça n'a pas été le cas.

Il ne faut pas longtemps. D'abord, des sirènes et des crissements de pneus, juste devant chez nous. Valerie m'emmène dans le salon, côté jardin, et me demande si je veux manger ou boire quelque chose.

« Non, je veux rentrer chez moi, je veux savoir ce qui s'est passé.

– Pas tout de suite, ma chérie. »

Près de deux heures s'écoulent. Valerie allume la télé, fait de son mieux pour avoir l'air normale. Détendue. Mais quand son mari David rentre, je vois bien aux regards qu'ils échangent que les nouvelles ne sont pas bonnes. Très mauvaises, même. La sonnerie retentit, David va ouvrir. Je l'entends parler avec Mike, l'inviter à entrer. Quand je le vois, je fonds en larmes, parce qu'il a la chemise toute tachée sur le devant, et je sais ce qui provoque ce genre de taches. Il baisse les yeux et dit d'une voix monocorde :

« J'aurais dû me changer, je n'ai pas réfléchi. »

Son visage, terrorisé. Vieilli. Le rouge, il le voit, à présent. Il fait partie du même club que moi.

« Valerie, on devrait peut-être les laisser un peu seuls, suggère David.

– Évidemment, prenez le temps que vous voudrez. »

Ils referment la porte derrière eux, l'atmosphère dans la pièce est lourde. Chargée. Mike s'assoit à côté de moi. Je remarque qu'il a les mains qui tremblent. Un retour à la normale, c'est de ça qu'il avait besoin, ça qu'il avait dit à June, au téléphone.

« J'ai peur, Mike, qu'est-ce qui se passe ? Dis-moi, s'il te plaît. »

Les mots ne veulent pas sortir, il n'arrête pas de commencer sans pouvoir finir. Sa bouche. Qui peine à prononcer l'imprononçable. Enfin, il dit :

« Un accident. Un horrible accident. »

Il cache son visage dans ses mains, toutes tachées, elles aussi. Je voudrais tendre les bras, le toucher, mais je ne veux pas de ces taches sur ma peau.

« Comment ça, Mike ? »

Au début, il ne répond pas. Il secoue la tête, les yeux rivés sur le tapis sous nos pieds. L'incrédulité. Comme le policier à qui j'avais tout raconté dans le détail. Mike retire ses mains de son visage, mais dès qu'il a prononcé son prénom, il se couvre aussitôt la bouche. Hyperventilation. Il n'a aucun mal à calmer les autres, c'est son travail, mais quand c'est à lui, il est perdu.

« Quel genre d'accident ? Elle va bien ? »

Respiration saccadée. Sa main attrape la cravate, essaie de la desserrer. Ça ne servira à rien, je voudrais lui dire. Il n'y a rien à faire.

« Non, pas bien », il bafouille.

Il ne dit pas qu'elle est morte, mais il y a tellement de rouge sur sa chemise. Tellement de rouge.

« Comment ça, pas bien ? Je peux la voir ? Je veux voir si elle va bien. »

Il se tire les cheveux, tire sur sa chemise, ses mains ne parviennent pas à rester immobiles, elles sentent toujours la forme de son corps. Il se met à se balancer d'avant en arrière en marmonnant.

« Mike, je t'en prie, parle-moi.

– Elle n'est plus là, les médecins légistes l'ont emmenée, il y a la police à la maison.

– Elle est où, alors ? »

Il se tourne vers moi, m'attrape les genoux. Ses mains, comme des griffes. La règle du « Pas de contact physique avec Milly » a volé en éclats. Je veux me dégager, je ferme les yeux. Je ne veux pas voir son regard quand il dira ce que je pense qu'il va dire.

« Elle est morte, Milly. Ma petite Phoebe est morte. »

Et puis il éclate en sanglots, retire ses mains de mes jambes et les croise contre sa poitrine, avant de se remettre à se balancer.

« Je ne comprends pas, je l'ai vue au lycée juste après la sonnerie de la fin des cours. »

Il se lève brusquement. Le mouvement pour apaiser la douleur à l'intérieur, moi aussi, ça m'aide. Parfois. Il marche jusqu'à la cheminée, puis revient. Sans s'arrêter de marmonner. Il fait des allers et retours comme ça pendant ce qui me paraît durer une éternité, puis il s'arrête et se tourne vers moi, comme s'il venait de se rappeler qu'il n'était pas seul dans la pièce. Il s'approche, s'agenouille devant moi, et je vois tout de suite qu'il a remis sa casquette de psychologue. Terrain connu. Il sait faire, c'est plus facile, plus simple que d'être du mauvais côté du deuil.

« Je suis désolé, Milly, il me dit. Je suis désolé.

– Pourquoi tu me dis ça ?

– Tu as déjà eu à supporter tellement de choses. »

Et puis il craque, d'énormes sanglots qui lui agitent tout le corps, chaque respiration lui coûte un effort monstrueux. Je me mets à pleurer également, sa douleur inonde toute la pièce. J'essaie de lui dire que ça va aller, je ne sais pas comment, mais ça va aller. Je tends le bras, pose ma main sur sa tête. Je crois que ça marche, car il se calme, s'accroupit à nouveau et se met à se masser les tempes. Il se passe les doigts dans les cheveux, deux fois, trois fois. Puis il respire profondément, inspirer par le nez, expirer par la bouche.

« Qu'est-ce qui s'est passé ? je lui demande.

– On pense qu'elle est tombée, la police est en train d'enquêter, en ce moment même.

– Tombée ?

– Je ne veux pas parler des détails, Milly. S'il te plaît. Pas maintenant.

– Où est Saskia ? »

En enfer, il me répondrait s'il pouvait se le permettre. Quand il parle, je sens l'odeur du whisky dans son haleine. Il vient de dire qu'il ne voulait pas parler des détails, mais il ne peut pas s'en empêcher, ils tournent en boucle dans sa tête, comme un disque rayé. Il y avait son téléphone par terre, à côté d'elle, il n'arrête pas de répéter. Je lui avais pourtant dit de ne pas s'asseoir là-haut, qu'elle risquait de tomber. Mais elle n'écoutait jamais. Jamais, bordel. Il se remet à pleurer et se couvre le visage avec les mains.

« Ce n'est pas ta faute, Mike. »

J'entends la sonnette, des voix. Quelqu'un qui frappe doucement à la porte du salon. Valerie entre, dit, désolée, mais les policiers voudraient te parler, Milly, ils ont dit que tu pouvais rentrer. Mike acquiesce, s'appuie sur le canapé pour se relever – il n'a pas confiance en ses jambes. Valerie ressort, dit qu'elle nous attend dans l'entrée.

« Il faut qu'on y aille, il dit.

– J'ai peur, qu'est-ce que je vais voir ?

– Rien. Tu ne verras rien. Ils ont mis une bâche à l'endroit où... »

Il s'approche de la fenêtre, pose les mains sur la vitre et regarde dans le jardin. Il essaie de se reprendre. Puis il se retourne vers moi et répète, il faut qu'on y aille. Quand nous sortons de la pièce, Valerie et David nous attendent, ils nous disent à quel point ils sont désolés, et que s'ils peuvent faire quelque chose, qu'on les appelle, peu importe l'heure. Mike hoche la tête.

La première chose que je vois devant notre maison, ce sont les deux voitures de police. Pas d'ambulance, elle est déjà partie, a dit Mike. Quand on arrive à la porte, je ne veux pas entrer.

« Je ne suis pas sûre de pouvoir, Mike.

– On n'a pas le choix. Et je serai avec toi tout le temps. »

Il y a plusieurs policiers en uniforme dans l'entrée. Mike me présente, un des policiers dit que Steve nous attend dans la cuisine. Le sol, il va falloir poser un nouveau carrelage. Je reste collée à Mike quand nous passons devant la bâche.

En me posant la main sur la nuque, il me dit, tout va bien.

Je lui demande à nouveau où est Saskia.

« Les ambulanciers lui ont fait une injection, quelque chose pour la calmer. Elle est dans notre chambre. »

Un autre homme en uniforme est assis dans la cuisine. Il se lève en nous voyant arriver.

« Bonsoir, tu dois être Milly. Est-ce que ça te dérange si je te pose quelques questions de routine ? Je me doute que tu dois être en état de choc.

– Est-ce que je peux rester avec elle ? demande Mike.

– Bien sûr, il n'y en aura pas pour longtemps, de toute façon. Je vous en prie, asseyez-vous. »

Il ouvre son carnet et retire le capuchon de son stylo-bille.

« Est-ce que tu peux me dire quand tu as vu Phoebe pour la dernière fois ?

– Au lycée, à la fin des cours. Il devait être 16 h.

– Et comment elle t'a paru ?

– Normale, je crois. Elle était sur son téléphone.

– Est-ce que tu sais à qui elle parlait ?

– Non, non, elle lisait un e-mail. Elle avait l'air tout excitée à propos de quelque chose. »

Il écrit dans son carnet.

« Est-ce qu'elle t'a dit pourquoi ?

– Non.

– Et elle a dit qu'elle rentrait directement à la maison ?

– Oui, je crois. Elle a dit qu'elle avait quelque chose à faire.

– Est-ce que vous avez parlé d'autre chose ?

– Non, pas vraiment. J'avais rendez-vous à l'auditorium. J'aide à fabriquer les décors pour la pièce de théâtre.

– Et tu es restée là-bas toute la soirée ?

– Oui, on était une quinzaine, et il y avait aussi la prof de dessin, mademoiselle Kemp. »

Une note de plus dans son carnet.

« À quelle heure es-tu partie du lycée ?

– Un peu après 19 h, je crois, je suis sortie en même temps que mademoiselle Kemp. C'est à peu près à ce moment-là que Mike m'a appelée. »

Le policier se tourne vers Mike, qui lui confirme ce que j'ai dit d'un signe de la tête. Son visage a l'air de vieillir seconde après seconde. Je comprends que c'est terminé quand le policier referme son carnet et remet le capuchon de son stylo. Je remarque ce genre de choses. Les petits détails.

« Je crois que nous en avons terminé, Milly. Toutes mes condoléances. »

Il s'interrompt pendant quelques secondes, une réaction polie à la tragédie à laquelle il est en train d'assister. Mais une réaction calculée, apprise à l'école de police. Quand il se lève, sa chaise frotte contre le carrelage de la cuisine. Mike frémit, et je sais que tous les bruits sont amplifiés, pour lui, en ce moment.

« Est-ce que vous allez passer la nuit ici ? demande le policier.

– Peut-être, ça dépendra de comment va ma femme. Ils lui ont fait une injection.

– Est-ce que vous voulez que je demande à une équipe de nettoyage de passer ? À cette heure-ci, ils ne pourront pas faire un boulot parfait, mais ce sera toujours mieux que rien, si vous devez dormir ici.

– Je veux bien, oui », répond Mike.

Je me cache les yeux en passant devant la bâche. Mike me dit de rester dans ma chambre jusqu'à ce qu'il me dise d'en sortir.

« Si Saskia se réveille, on ira immédiatement à l'hôtel. Sinon, on ira demain matin. »

Sur mon téléphone, j'ai trois messages de Morgan qui me demande si ça va, et qu'est-ce que c'est que toutes ces voitures de police garées devant chez moi. Je lui réponds, lui dis que moi, ça va, mais que Phoebe, non, qu'elle est morte, qu'elle est tombée du haut de l'escalier. Merde, elle répond aussitôt, je sais qu'elle était méchante avec toi, mais c'est quand même triste. C'est vraiment horrible, les accidents.

Oui, je réponds.

Vraiment horrible.

37

Nous logeons à l'hôtel depuis une semaine. Rosie est au chenil. La maison, ce n'était pas possible, il fallait enlever le carrelage du hall d'entrée. Le remplacer. Tout nettoyer de fond en comble. Je ne peux pas m'empêcher d'imaginer la réaction de Mike et Saskia quand ils ont découvert le corps de Phoebe. Saskia. À genoux, qui hurle. Mike, à côté. Des bruits de pas paniqués. Il a dû se précipiter sur Phoebe, vérifier son pouls, c'est pour ça que ses mains et sa chemise étaient toutes rouges. Il s'est allongé par terre, sûrement, pour la serrer contre lui. Saskia, mutique après le premier cri, en état de choc.

Je m'inquiète pour eux – leur chagrin, visible à dix kilomètres. Mike, qui fait ce qu'il a à faire, mais plus lentement que d'habitude, comme s'il se rappelait à chaque pas de ce qu'il avait vu. C'est lui le gardien des médicaments. Saskia – si elle arrive à sortir de son lit – et moi faisons la queue chaque matin. Elle prend ce qu'il lui donne, la main tendue dans l'espoir d'en avoir plus. Elle a dormi toute la journée, m'a dit Mike quand je suis rentrée du lycée, le premier jour où j'y retournais. La sensation que les rôles sont inversés, que c'est à moi d'être le roc. Je pensais être soulagée d'y échapper en allant à l'école, mais j'ai seulement envie d'être avec eux. Mike le sent, lui aussi, il me dit que ça lui fait du bien, quand je rentre, après les cours.

La nuit, à travers le mur, j'entends Saskia qui pleure dans la chambre d'à côté – un gémissement déchirant qui ne semble jamais s'arrêter, enfantin. C'est le deuil qui veut ça, le deuil qui nous fait vieillir d'un coup tout en nous ramenant à un état primitif où on a besoin de câlins, d'être protégés du monde. Hier, on a pu rentrer à la maison. Il n'y a pas si longtemps, je serais montée directement dans ma chambre, j'aurais sorti un dessin de toi et tracé les contours de ton visage du bout des doigts, mais pas là. Je passe autant de temps que possible avec Mike, je lui apporte des boissons chaudes, des en-cas, je m'occupe de Rosie. Bref, je me rends utile. Sevita a été autorisée à prendre des jours de congé, autant qu'elle en aura besoin. Mike m'a dit qu'elle était bouleversée, quand il lui a appris la terrible nouvelle, le lendemain de l'accident. Elle et Phoebe étaient tellement proches.

Lui aussi, je l'ai entendu pleurer, hier. Il était au téléphone avec son père, qui habite en Afrique du Sud. Il est trop âgé pour voyager et ne pourra donc être là aujourd'hui, pour la cérémonie funéraire à l'auditorium du lycée. Saskia, elle, n'a vu personne. N'a appelé personne non plus. Ses parents sont morts dans un incendie quand elle avait 20 ans. Pas de frères et sœurs. Ça fait des années que Mike vient en aide aux jeunes filles en détresse.

Hier, à la maison, c'était un flot ininterrompu. Des murmures, des cartes, des fleurs. Des amis. Des ennemis. Des amennemis. Au lycée, l'attitude des gens à mon égard a changé, comme si la mort de Phoebe avait fait disparaître instantanément le champ magnétique répulsif qu'elle avait érigé autour de moi. Dès qu'elle m'a vue, le premier jour, Clondine m'a prise dans ses bras et s'est mise à pleurer dans mon cou. Après ça, je suis allée aux toilettes pour m'essuyer.

Aujourd'hui, en entrant dans l'auditorium, nous sommes accueillis par un océan de rose, la couleur préférée de Phoebe. Chapeaux, jupes, écharpes… le monde de Barbie. Des centaines d'yeux nous scrutent tandis que nous nous installons au premier rang. D'une certaine manière, c'est encore pire qu'au tribunal.

Mlle James parle du talent de Phoebe, de tout ce qu'elle aurait pu faire de sa vie. Une vague de sanglots et de nez qui reniflent submerge l'auditorium. Les filles se tiennent les unes contre les autres, certaines sincèrement tristes, d'autres profitant seulement du drame, du côté exceptionnel de l'instant, comme le ferait n'importe quelle adolescente. Ensuite, Clondine dédie un poème à Phoebe : *Pluie d'Automne*. Les deux derniers vers, « Ne vous tenez pas devant ma tombe en pleurant, je n'y suis pas encore, je vis encore ».

Mike monte sur scène, remercie tout le monde pour son soutien. Je m'assois à sa place pour être à côté de Saskia. Ses yeux. De verre, comme une poupée. Distante. Perdue. La magie de la chimie. Izzy conclut la cérémonie en chantant *Somewhere Over the Rainbow*, en s'accompagnant à la guitare. Après, il y a un petit buffet à la bibliothèque. Mlle Kemp s'approche, présente ses condoléances. La peau de ses mains est toujours aussi sèche. Des gens s'insinuent dans les espaces entre nous trois, des mains me touchent le dos, les épaules, les bras. Je m'efforce de ne pas tressaillir. Un accident horrible, une jeune femme si prometteuse. Oui, je réponds. Horrible.

Juste avant qu'on parte, la maman d'Izzy s'approche. Toute petite, française. Nocive. Les chiens ne font pas des chats.

« Quelle tragédie affreuse », elle déclare.

Mike hoche la tête, elle se tourne vers moi.

« Et toi, est-ce que ça t'a plu, Wetherbridge ? »

L'emploi du passé.

« Avant tout ça, Saskia m'a dit que tu allais bientôt t'installer dans une nouvelle famille. »

Saskia ne dit rien. Soit c'est parce qu'elle est trop gênée, soit c'est à cause des médicaments qu'elle ingère tous les jours.

« Vous devez être bien soulagés », elle conclut.

Puis elle embrasse Mike et Saskia, m'ignore superbement. Quand elle est partie, Mike s'excuse. Je hoche la tête, essaie de faire illusion, mais tout autour de moi de petits anges soufflent dans leur trompette. Ils sont là pour Phoebe, pas pour moi.

Après le lycée, Mike et Saskia se rendent à l'enterrement. Une cérémonie privée – famille et amis proches. Mike me laisse chez

Valerie, me dit que c'est mieux que je ne vienne pas, que Saskia et lui ont besoin de prendre le temps de dire au revoir. Je lui réponds que je comprends, même si je suis déçue qu'il ne me considère toujours pas comme un membre de la famille. Et je sais que c'est égoïste de ma part, mais je ne peux pas m'empêcher de voir ça comme une carotte agitée sous mon nez : il y a de la place pour moi, maintenant.

Tu es venue me voir, au milieu de la nuit. Ta première visite depuis des semaines. Tu m'as dit qu'il était temps. Temps pour quoi, je t'ai demandé. Tu n'as pas répondu, mais tu as mué avant de partir, une peau écailleuse laissée sous mon oreiller. Tellement réel qu'en me réveillant, j'ai regardé si je la trouvais.

Je n'arrive plus à dormir, alors j'ouvre la porte de la chambre de Phoebe. Son odeur est toujours là, sucrée. Je referme la porte derrière moi. La pièce est comme elle l'a laissée, son sac d'école et ses classeurs étalés par terre, un exemplaire de *Sa Majesté des Mouches* sur la table de chevet. D'ici quelque temps, Mike et Saskia rassembleront ses affaires, démantèleront sa vie. J'ouvre le tiroir de son bureau, mais son ordinateur n'y est pas. Je vérifie dans son sac, dans son placard. Peut-être qu'elle l'a laissé au lycée, mais en même temps elle ne le prenait quasiment jamais. Je n'aime pas ne pas le trouver. Je n'aime pas la sensation que ça me procure.

38

Mon goûter d'anniversaire a été annulé, il était censé avoir lieu le week-end dernier, mais on était encore à l'hôtel. Du coup, on le fait aujourd'hui, le samedi avant la fin du trimestre – un dîner tranquille, sans invités, a dit Mike. Juste nous trois. Quand je descends dans la cuisine, il y a un cadeau pour moi sur la table. Je l'ouvre. C'est une montre avec un message gravé à l'arrière : POUR TES 16 ANS M et S. La sensation en moi. Comme si ma place était là.

Quand Mike arrive, je remarque que ses mouvements sont toujours beaucoup plus lents qu'avant l'accident de Phoebe. Les tâches les plus simples comme remplir la bouilloire lui demandent plus d'efforts – l'épuisement d'être en vie quand une personne qu'on aime ne l'est plus. Sa chemise est mal boutonnée, mais je n'ai pas le cœur de le lui faire remarquer, alors je lui prends la bouilloire des mains et lui dis de s'asseoir. Il s'exécute sans protester.

Je vois rarement Saskia, mais quand il m'arrive de la croiser ses paupières sont rouges, gonflées, comme j'imagine celles des mamans que tu as leurrées, quand elles ont compris qu'elles ne reverraient jamais leur enfant. Quand j'ai fini de préparer le thé, je demande à Mike si je peux en apporter une tasse à Saskia.

« Tu peux essayer, il me répond. Elle a dit qu'elle allait faire un effort, pour aujourd'hui. »

Je monte jusqu'à sa chambre avec la théière, et je frappe à la porte. Pas de réponse. Je frappe de nouveau, et cette fois elle me dit d'entrer. La chambre est sombre, seulement un peu de lumière naturelle qui filtre par la fenêtre de la salle de bains.

L'air est immobile. Poussiéreux. Elle a maigri. Elle ne voit plus Benji. Elle ne voit plus personne.

« Je t'ai préparé du thé. »

Elle hoche la tête, mais reste assise à un bout du lit.

« Est-ce que tu veux que je te le laisse quelque part ? »

Nouveau hochement de tête. Je pose la théière sur la coiffeuse, pendant que ses yeux s'emplissent de larmes. Quand on souffre, la gentillesse fait encore plus mal.

« Désolée, je n'aurais pas dû te déranger. »

Elle essuie ses larmes, secoue la tête.

« La maison est tellement silencieuse, sans elle. C'est idiot, mais j'ai toujours voulu du calme, et maintenant qu'elle n'est plus là, il n'y a plus qu'elle que je veux. »

Je ne dis rien, pas encore. J'ai lu des articles sur Internet sur quoi faire, comment aider les gens en deuil. Des petites choses comme préparer des repas chauds, sortir les poubelles. Être visible sans être intrusive, les laisser parler s'ils en ont envie.

« Elle me manque, même quand je repense aux fois où elle me détestait. Et ne dis pas que ce n'est pas vrai, on sait tous que je suis loin d'être la meilleure mère au monde. »

Ses doigts tracent les contours du collier en or à son nom. Elle sourit un peu, un sourire triste. Comme si elle prenait conscience de quelque chose. Elle tire fort sur la chaîne, qui finit par casser. Puis elle la laisse balancer quelques secondes au bout de ses doigts, avant de la laisser tomber par terre.

« Je n'ai jamais su y faire avec Phoebe. Jamais. »

Je m'assois à côté d'elle sur le lit, prends une de ses mains entre les miennes, et je lui dis qu'elle se trompe, que c'est une bonne mère – je lui rappelle le cristal qu'elle m'a acheté. Elle pleure, s'appuie sur mon épaule. On reste assises comme ça pendant un moment. Je sens ses larmes qui imbibent mon tee-shirt en coton. Je n'aime pas ça, mais je reste, dans l'espoir qu'elle et Mike se souviennent de ce genre de moments quand ils décideront de mon sort.

« Il faudrait que je prenne une douche », elle dit.

J'acquiesce et, avant de sortir de la chambre, je lui rappelle de boire son thé. Quand Mike me voit, il me demande comment elle va.

« Elle se lève, elle va prendre une douche.

– Bien joué, Milly, tu t'es mieux débrouillée que moi.

– J'essaie juste de faire mon possible pour aider.

– Et ça marche. S'il n'y avait que Saskia et moi, je ne sais pas où on en serait. »

Les petites trompettes sont de retour, mais cette fois, c'est pour moi qu'elles sonnent.

Quelques heures plus tard, on frappe à la porte de ma chambre. Saskia, qui fait un effort. Dans sa main, une trousse de toilette.

« Je pensais t'aider à te maquiller, Milly, est-ce que ça te dit ? »

J'opine, on s'assoit l'une en face de l'autre sur le lit. Elle parle en me pomponnant. Poudre et fond de teint. Chaque fois que son poignet me passe devant le visage, des effluves féminins me caressent le visage. Elle me touche à peine, mais ça a quelque chose de très intime. Nos regards qui se croisent, si proches, ça me met toujours mal à l'aise.

« Phoebe ne me laissait jamais la maquiller, elle disait que je m'y prenais mal. Est-ce que tu trouves que ça va, là ? »

J'acquiesce, lui dis que oui, évidemment, même si je n'en ai pas la moindre idée.

« Tu es vraiment très belle, Milly, et je crois que tu n'en as pas conscience. »

Elle parle et elle parle. Me confie que Phoebe n'était pas voulue, que c'est parce qu'elle avait attrapé la grippe et qu'elle avait oublié de prendre sa pilule pendant quelques jours. Un choc. Un bébé très difficile, presque impossible à calmer.

J'hésite à lui parler de Benji – utilisés à bon escient, les secrets peuvent être très utiles. Si Saskia pense qu'on noue des liens, qu'on se confie nos secrets, j'aurai l'avantage. Mais pour une fois, elle me devance.

« J'aimerais qu'on passe plus de temps toutes les deux, Milly. Est-ce que ça te plairait ?

– Oui, beaucoup, mais je serai sûrement bientôt partie.

– On a discuté, avec Mike. La maison paraît déjà si vide.

– Est-ce que ça veut dire que...

– Quoi ?

– Non, rien. C'est juste que... je me plais beaucoup, ici, avec vous. »

Elle hoche la tête, sourit un peu et me dit :

« Mike m'a dit que tu avais acheté une robe, tu veux que je t'aide à l'enfiler ?

– Non merci. »

Je lui demande d'aller chercher un appareil photo, que je voudrais une photo de nous deux.

Ma robe. Velours noir, manches longues, avec une jupe de patineuse qui m'arrive aux genoux. Je mets des collants et une paire de bottes noires à talons que je me suis achetée chez Topshop avec mon argent de poche. Le même genre que celles que portent les filles de ma classe. J'aurais aimé compléter la tenue avec le collier en or, mais je sais que ce serait déplacé, alors je mets le pendentif que Morgan m'a acheté, la montre que viennent de m'offrir Mike et Saskia, et je ne peux pas m'empêcher de me sentir aimée.

Elle est de retour avec l'appareil photo, Mike à ses côtés. Pieds nus, comme une enfant. Plus une sœur qu'une mère.

« Éblouissante », commente Mike.

Il passe le bras autour de la taille de Saskia et, même si elle fait un mouvement pour s'éloigner, je sais qu'ils baiseront ce soir. Un nouveau départ.

Pour mon dîner d'anniversaire, on se fait livrer chinois, et on mange dans la cuisine. Mike dit que je suis peut-être un peu trop bien habillée pour manger dans une barquette en plastique – la première fois que je l'entends tenter une blague depuis la mort de Phoebe. Il me dit, je suis désolé qu'on ne soit pas allés au restaurant, mais là, ce n'était vraiment pas possible.

Il y a trois petits gâteaux chinois contenant un message, mais ni Mike ni Saskia ne veulent ouvrir le leur. Je garde le mien pour plus tard, quand on aura fini de manger. Mike me dit qu'il a reçu un e-mail de la part du papa de Joe, qui demandait si son fils pouvait avoir mon numéro de téléphone. Saskia acquiesce, dit : je l'ai déjà croisé, c'est vraiment un gentil garçon, celui-là.

« Est-ce que ça te dérange, Milly ?

– Au contraire. »

Je l'imagine m'emmener au cinéma, ses taches de rousseur qui virent au rose quand il m'embrasse à la fin de la soirée. Mais ensuite, je me souviens de ce à quoi mènent les baisers, et ça ne me plaît plus du tout.

Je propose de débarrasser la table, dis à Mike et Saskia d'aller se détendre dans le petit salon. En passant devant la porte, je jette un œil à l'intérieur, ils sont assis sur le même canapé. Saskia est adossée à l'accoudoir, les pieds enfoncés dans le trou entre les coussins du milieu. Mike est installé juste à côté, la main posée sur le mollet de Saskia.

« On devrait allumer la cheminée, Saskia. D'habitude, on le fait en décembre.

– Je n'arrive pas à croire que c'est déjà décembre », elle répond.

Ils regardent la cheminée éteinte en pensant à la même chose, à la même personne. Je les laisse et je monte dans ma chambre appeler Morgan. Je ne l'ai pas revue depuis l'accident de Phoebe – trop occupée à me concentrer sur Mike et Saskia, à remplir le vide laissé par Phoebe, à me faire des amis au lycée. Je me débrouille plutôt bien, d'ailleurs. Proposer d'aider à lever des fonds pour la rénovation de la salle commune s'est révélé une démarche assez judicieuse, qui m'a aussitôt propulsée vers les sommets. Un phénix. Crasseux, mais en pleine ascension.

Quand elle décroche, elle me dit tout de suite qu'elle ne peut pas faire de bruit, parce que sa petite sœur est endormie à côté d'elle. Elle me demande ce qu'il y a de neuf. Pas grand-chose, je lui réponds, le lycée et j'aide un peu à la maison. Tu me manques,

Milly, elle me dit, est-ce que tu peux me raconter une histoire ? D'accord, mais ferme les yeux. Je lui explique le nom des étoiles, des planètes. Je lui dis qu'il y a de l'eau sur Mars. Je lui parle des catacombes de Paris, un cimetière souterrain avec des crânes partout. Ça a l'air trop bien, elle commente, peut-être qu'on pourrait y aller, un jour. Peut-être, oui. On se donne rendez-vous le week-end prochain. Une fois que j'ai raccroché, j'ouvre mon gâteau chinois. À l'intérieur, le message dit : NE LAISSEZ PAS ÉCHAPPER CE QU'IL Y A DE BON DANS VOTRE VIE.

Je regarde la montre à mon poignet et me dis, je n'en avais pas l'intention.

39

La première de *Sa Majesté des Mouches* est un triomphe. J'ai joué le rôle de Phoebe, la narratrice, et à la fin de la représentation les autres filles me félicitent. T'as été parfaite, Milly, allez, retourne saluer. Je regarde dans le public, je vois Mike et Saskia qui applaudissent. Mike me regarde bizarrement, il ne me quitte pas des yeux. Mais il ne sourit pas.

Après la pièce, je propose d'aider à ranger les accessoires. Je pars en même temps que Clondine. Après quelques pas, elle s'arrête et regarde le ciel.

« C'est tellement triste.

– Quoi ?

– Vendredi, c'est la soirée de Noël au lycée. C'était la fête préférée de Phoebe, elle adorait toutes les robes super chic, et porter les fourrures de Saskia. »

Je lui réponds qu'elle a raison, que c'est triste. Parce que c'est vrai.

En rentrant, je regarde sur mon téléphone l'application de la BBC. Depuis des semaines, il n'y avait rien sur toi, mais là, un article. Notre maison va être démolie, un jardin public à la place. Neuf arbres. Tu ne viens plus dans mon lit, le soir, depuis que tu as mué, abandonné ta peau. « Il est temps », tu m'as dit. Maintenant, je comprends ce que tu voulais dire : je n'ai plus besoin de toi. Un mélange entre joie et tristesse. J'ai fini par accepter les choses que j'ai faites. Des choses parfois terribles, certes, mais toujours guidées par la bienveillance.

J'ai répété ce que je te dirais, si jamais tu revenais.

Ça ressemblerait à ça :

Je n'ai jamais demandé à avoir une mère qui me sifflait et qui me riait au nez chaque fois que j'essayais de dire non. Je te dirais, tu avais tort quand tu te tenais debout derrière moi face au miroir de ta chambre et que tu me disais que personne ne m'aimerait jamais à part toi, parce que je pense que Mike et Saskia finiront par m'aimer. Je te dirais, tu avais raison, je ne suis pas pareille que les autres, à l'intérieur.

Une forme bizarre, tordue.

La forme que tu m'as donnée. La forme avec laquelle j'ai appris à vivre.

La nuit de ton arrestation, je t'ai adressé un signe de tête. Tu savais ce qu'il voulait dire. C'était ma manière de te dire que je te quittais. Que j'étais prête. Mais toi, tu ne l'étais pas. Tu n'as jamais aimé ça, quand un jeu se terminait. Tu voulais toujours continuer à jouer. Et c'est ce que tu as fait, en me faisant venir à ton procès. Un baroud d'honneur, l'occasion pour toi de montrer au monde ce que tu m'avais appris. Ça n'a pas été facile, non, et ça n'a pas non plus été échec et mat. Pour moi, c'était comme regarder le soleil en face. Aveuglant. Pas d'ombre.

Ta voix, dans mes oreilles, comme un goutte-à-goutte de morphine. Incapable d'apporter le moindre réconfort, distillant crainte et tentation à la place. Je suis soulagée de ne plus t'entendre et de ne plus te voir à des endroits où je sais que tu ne peux pas être, comme debout à côté de l'arrêt de bus du lycée.

Les choses que tu as faites, les choses que tu m'as forcée à faire, m'ont brisé le cœur.

Tu m'as brisé le cœur.

Tu m'as brisé le.

Tu m'as brisée.

Toi.

Et moi.

Et à cause de ça, j'ai des secrets, tellement de secrets.

Je ne suis pas celle que je prétends être.

Folie à deux.
Nier.
Manipuler.
Mentir.
Maman, je pensais que j'aurais le choix.
Mais au final, je suis exactement comme toi.

Mais en mieux.

Être quelqu'un de bien ne m'intéresse plus. La seule chose qui compte, à présent. C'est

Ne

Pas

Se

Faire

Attraper

40

Je sais que quelque chose ne va pas à la seconde où j'ouvre la porte d'entrée. C'est l'endroit où se tient Mike, au milieu de l'entrée, sur le carrelage, là où elle est tombée. Pourquoi cet endroit en particulier, alors que depuis une semaine il fait tout pour l'éviter, pour ne pas le regarder, même ?

« Il faut que tu viennes dans mon bureau, il me dit. Tout de suite. »

Quand on y arrive, il ne me propose pas de m'asseoir. Il se tient plus près de moi que d'habitude et me regarde droit dans les yeux. Je crois que ce qu'il voit ne lui plaît pas, car il finit par s'éloigner en marmonnant pour s'installer à son bureau. Il y a une bouteille de whisky dont il manque un tiers, et un verre. Il le vide et s'en sert aussitôt un autre. En silence, je m'assois dans le fauteuil qui est devenu le mien au fil des mois. Et j'attends.

Ses mots, quand ils sortent, me font mal.

« On m'avait prévenu à ton sujet. Les gens m'ont dit que j'étais idiot. Imprudent, même. Que t'accueillir ici ne pourrait m'apporter que des ennuis, mais je ne les ai pas écoutés, je pensais que j'y arriverais. »

Les piranhas sont de retour. Les nœuds dans l'estomac aussi. Un nouveau procès qui commence.

« Je pensais que je savais tout sur toi – enfin, peut-être pas tout, mais beaucoup de choses. Je pensais que tu me faisais confiance. Moi, je t'ai fait confiance, je t'ai accueillie sous mon toit, bon sang.

– Mais je te fais confiance, Mike. »

Son poing s'écrase sur le bureau, je sursaute. Ce n'est rien, comparé à ce que tu as pu me faire, mais venant de Mike, Mike le gentil, Mike le compréhensif, c'est violent. Brutal. Il est en colère contre moi. Son esprit s'éclaircit, le brouillard opaque du chagrin, qui obscurcissait le paysage et dissimulait ce qui se cachait derrière, se lève peu à peu.

« Ne me mens pas, il me dit. Si tu me faisais vraiment confiance, tu m'aurais dit.

– Dit quoi ? »

Il s'interrompt, avale une gorgée de whisky, puis pose les mains sur le bureau. Deux tarentules jumelles, prêtes à bondir.

« Pendant nos séances, les choses que tu racontais. Désordonnées. Incohérentes. Tu étais tellement difficile à guider. Tu détestais en parler, tu faisais tout pour ne pas prononcer son nom, mais je savais qu'il y avait quelque chose au sujet de la mort de Daniel qui te mettait particulièrement mal à l'aise. Trop mal à l'aise. Mais dès que j'abordais le sujet – et j'ai insisté, pourtant –, tu me racontais toujours la même histoire, et je t'ai crue. Je voulais te croire, aussi, parce que tu avais subi tellement de choses. Mais maintenant, je ne sais plus. Je ne suis plus sûr de rien. »

Sur le bureau, ses doigts se sont calmés – un pianiste a remplacé les araignées. Le whisky aussi est un brouillard, un brouillard qui enveloppe l'esprit au point qu'on n'est plus sûr de ce qu'il faut croire. Continue à boire, Mike, s'il te plaît.

« Ce que tu as dit au procès, sur ce qui s'était passé cette nuit-là, est-ce que c'était la vérité, Milly ? Est-ce que c'est ta mère qui a tué Daniel ? Dis-moi !

– Pourquoi crois-tu que je mens ?

– Parce que tu es une menteuse. Tu m'as menti, pas vrai ? Tu m'as menti au sujet de Phoebe, quand tu m'as dit que vous vous entendiez bien.

– C'était vrai. »

D'un revers de la main, il balaye un presse-papiers en verre, qui vient frapper le mur avant de tomber au sol avec un bruit sourd, sans se casser.

« Tu me fais peur, Mike.

– Toi aussi tu me fais peur. Tu le savais, ça ? »

La voilà. La vérité. Sa vérité. Il ressent la même chose que les autres pour moi. La même chose que je ressens pour moi-même. Je baisse les yeux.

« Je suis désolée, Milly, je n'avais pas à dire ça. »

Il finit son verre de whisky, remet en place le cadre photo posé sur la droite de son bureau. Au début, j'ai éprouvé de la jalousie en voyant les photos. Un patchwork de Phoebe, à différentes périodes de sa vie. Blonde, parfaite, belle, pas comme moi. Pas contaminée. Il secoue la tête, adresse un sourire à sa fille. Du regret plus que de la tendresse, je pense. Mais du regret pour quoi ? Elle est partie, mais elle est encore partout, occupant tous les espaces qui devraient me revenir, à présent.

Sur son bureau, le téléphone se met à sonner. Il ne décroche pas.

« Ça doit être June, il dit. J'ai essayé de l'appeler avant que tu arrives, mais elle n'a pas répondu. Elle doit se douter qu'il y a quelque chose qui ne va pas, je ne l'appelle jamais aussi tard.

– Et pourquoi tu as essayé de l'appeler ? »

Il ne répond pas à ma question, mais je peux la voir se désintégrer sous mes yeux, la place que j'avais réussi à me faire dans cette famille depuis la mort de Phoebe. À gagner à force de manipulations. Des sables mouvants. Qui m'engloutissent.

« Tu peux arrêter de faire semblant maintenant, Milly. Je suis au courant. »

Ni les sujets du roi, ni ses chevaux, ne purent jamais recoller les morceaux.

« Ça fait des mois que ça dure, pas vrai ? Facebook, le forum de l'école. Les textos. La police m'a rendu le téléphone portable de Phoebe, hier. Des mois qu'elle te faisait vivre un enfer. Alors, c'est vrai ou pas ? »

Je sais ce qu'il se dit. Tous les chemins mènent à moi.

« Pourquoi tu ne me l'as pas dit ? Pourtant, Dieu sait qu'on a passé assez de temps ensemble.

– Je ne voulais pas faire d'histoires et j'avais peur que tu t'inquiètes. Je pensais qu'au final, Phoebe et moi, on pourrait devenir amies. Qu'on pourrait devenir sœurs. »

Il ouvre un des tiroirs et en sort un objet qu'il examine pendant quelques secondes, avant de le poser sur le bureau, devant lui.

L'ordinateur portable de Phoebe. C'était donc lui qui l'avait.

« Elle ne pensait pas que j'étais au courant, il dit.

– Au courant de quoi ?

– Pour Sam.

– Sam ?

– Tu vas me dire que tu ne sais pas qui est Sam ? Que tu n'en as jamais entendu parler, même au lycée ?

– Non, jamais. »

Il me demande si je mens. Je ne réponds pas. Pas seulement parce que c'est le cas, mais aussi parce que j'ai trop peur de dire la vérité. Les images de ce que pourrait être ma nouvelle vie ici, dans cette maison, m'en empêchent. À portée de main. Si j'arrive à survivre à la prochaine tempête, si j'arrive à le convaincre.

« Son père et moi, on se connaît depuis très longtemps. On a étudié ensemble et on est restés en contact quand ils ont déménagé en Italie. On est allés les voir, cet été. On en riait tous gentiment derrière leur dos, une relation amoureuse à distance… La mère de Sam avait lu quelques e-mails qu'ils s'étaient échangés, mais pas tous. Pas ceux où Phoebe lui parlait des soupçons qu'elle avait à ton sujet.

– Mais je croyais qu'elle n'était pas au courant, pour moi ?

– En fait, si. »

Ses poings s'ouvrent, se ferment, s'ouvrent, se ferment. Il attrape la bouteille de whisky, se ressert un verre qu'il vide aussitôt. Je regrette qu'il ne le remplisse pas de nouveau, car je sens bien que la chaleur de l'alcool commence à altérer ses capacités de raisonnement.

« Elle est venue me trouver il y a quelque temps pour me dire qu'en cherchant un livre dans mon bureau, elle était tombée sur des notes qui parlaient de toi. J'ai essayé de lui dire que ce n'était pas vrai, mais elle s'est énervée, m'a dit que mes patients passaient toujours en premier. Je ne pouvais plus lui mentir, je ne voulais plus, alors je lui ai dit, en lui faisant promettre de n'en parler à personne, à part à Sam. Et elle a tenu sa promesse.

– Je suis désolée, Mike.

– C'est une phrase que tu répètes beaucoup depuis qu'on se connaît. Mais pourquoi est-ce que tu es désolée, au juste ? »

Il n'attend pas que je réponde, il est plus en train de discuter avec lui-même qu'avec moi. Il essaie de trier les choses dans sa tête. Faire le ménage, classer. Se rassurer en se disant qu'il ne s'est pas trompé, qu'il n'a pas fait une erreur monstrueuse.

« Elle avait prévu de tout révéler, tu sais ? Tout est là, dans un e-mail à Sam, le dernier qu'elle lui a envoyé, le jour où elle est morte. Elle avait acheté un portable jetable et comptait envoyer des messages anonymes à tout le monde pour dire qui tu étais vraiment. Bon sang, comment j'ai fait pour ne pas voir à quel point elle était malheureuse ?

– Ce n'est pas ta faute, Mike. »

Un petit hochement de tête. Et pourtant, j'ai l'impression que c'est de ma faute, justement, il répond. Ses yeux passent de l'ordinateur de Phoebe au cadre photo. Je me mets à pleurer. Ça me fait de la peine de voir de si près le mal que j'ai causé, une terroriste dans cette famille, changeant de forme à chaque fois.

Quand il remarque que je pleure, il me dit :

« D'habitude, tu es plus douée que ça pour cacher tes sentiments.

– Comment ça ?

– Tout ce harcèlement, ça devait te blesser, te bouleverser. T'énerver. Et pourtant, tu n'as jamais rien montré. Je savais que Phoebe et toi n'étiez pas très proches, mais je n'ai jamais rien remarqué de très inquiétant. Aucun conflit violent. »

Il se ment. Il l'a forcément remarqué, tout comme il remarque les cycles par lesquels passe Saskia. Alcool, drogue, dépression. Alcool, drogue, dépression. Sa petite utopie familiale, bousillée.

S'il était vraiment honnête avec lui-même, et s'il avait un tant soit peu de courage, il admettrait que ça lui convenait de ne pas remarquer, de ne pas tenir compte des tensions entre Phoebe et moi. L'accès à mon esprit, une occasion en or qui n'était pas près de se représenter de sitôt. Comme je l'ai déjà dit, les tueuses sont rares.

« On te l'a caché, je lui dis. Toutes les deux.

– J'aurais dû être capable de le voir. Tellement absorbé par mon travail, et par...

– Les notes que tu prenais sur moi. »

Il baisse la tête, répond, oui, mais à quel prix ?

« Est-ce que c'est pour ça que tu t'en veux ? Tu te dis que tu aurais dû passer moins de temps avec moi et plus de temps avec Phoebe ? »

Il s'enfonce dans son fauteuil, son dos contre le cuir. Je sais ce que c'est de ne pas vouloir répondre à certaines questions. C'est humain de ne pas avoir envie de parler des choses pour lesquelles on ressent de la culpabilité.

« Phoebe t'aimait tellement, Mike. Ça se voyait. »

Il secoue la tête, c'est son tour de pleurer.

« C'est vrai, même qu'à la soirée chez Matty, Clondine m'a dit que Phoebe t'idolâtrait et qu'elle trouvait que tu étais le meilleur papa du monde.

– Comment aurais-je pu l'être ? J'étais tout le temps en train de m'occuper des problèmes des autres.

– C'est justement ça qu'elle adorait chez toi. Le fait que les choses te tenaient à cœur et que tu essayais d'aider. »

Mes mots, une crème réparatrice pour sa douleur et sa culpabilité. Je vois la situation changer juste devant mes yeux. Je me lève, m'approche de son bureau et lui ressers un whisky. Bois ça, je lui dis, ça aidera. Il s'exécute, il a l'habitude que j'aide. Ces derniers temps, j'ai travaillé dur pour que lui et Saskia ne puissent plus se passer de moi. Il me regarde me rasseoir. Je ramasse le coussin en velours bleu qu'il avait posé sur le fauteuil à notre première séance. Je le serre contre ma poitrine. Ça déclenchera une réponse, lui rappellera que je suis toujours une enfant, un être qui a besoin d'amour et d'attention. De conseils. Ça activera son désir, son besoin d'être utile. Le complexe du héros, dissimulé sous des chemises hors de prix. L'orgueil. Il sait que s'il s'est trompé à mon sujet, la chute sera brutale.

« J'ai dit des choses que je n'aurais pas dû dire, Milly. Je suis désolé. Je pensais avoir réfléchi à tout, je pensais avoir enfin compris. »

Compris quoi ? Pourquoi a-t-il appelé June ?

« Ce soir, mademoiselle Kemp m'a dit à quel point tu t'étais impliquée dans la fabrication des décors. Et que la fois d'avant, tu t'étais surpassée, au point que tu étais même sortie à un moment pour acheter des sucreries pour tout le monde. Tu vois, depuis la mort de Phoebe, j'étais incapable de penser de manière lucide. Jusqu'à aujourd'hui.

– Tu es fatigué, Mike. C'est à force d'essayer de protéger tout le monde.

– C'est pour ça que j'ai appelé June, je voulais lui parler de quelque chose. Parce que d'un coup, tout était clair. Mais maintenant, je ne sais plus. Je crois que je cherchais un responsable à ce qui s'est passé, et j'ai honte de l'admettre, mais c'est sur toi que c'est tombé. »

Il passe le bout de son index sur le bord du verre, puis il s'arrête et se tourne vers moi.

« J'ai demandé à mademoiselle Kemp à quelle heure tu étais sortie pour acheter des sucreries. Elle n'était pas sûre, mais elle m'a dit que tu n'étais partie que cinq minutes. »

Compliqué, de parler chronologie avec une artiste.

« Et donc ? il me demande.

– Et donc quoi ? »

La question d'après, il la pose tout doucement. À voix basse.

« Est-ce que tu n'es vraiment partie que cinq minutes ? »

D'habitude, c'est la vérité qu'il a envie d'entendre, mais cette fois le chemin ne mène pas seulement à moi. Il mène aussi à lui.

Trop absorbé, trop obsédé par moi et par ce qu'il voulait écrire à mon sujet. Mais là, la fin du livre serait différente, et il n'aurait pas envie de l'écrire. Car il ne s'est pas contenté de me proposer de discuter autour d'un café, il m'a accueilli chez lui, avec sa famille. Un échec personnel et professionnel insurmontable, s'il se rendait compte qu'il s'était trompé à mon sujet. Il le sait aussi bien que moi. Il a trop à perdre, il a déjà trop perdu.

Je hoche la tête.

« Oui, j'ai fait l'aller-retour en cinq minutes, à peu près. Je suis allée à l'épicerie, celle qui est juste en face du lycée.

– Et c'est tout ? Tu n'es pas allée ailleurs ?

– Non. Je ne suis pas allée ailleurs, Mike. »

On reste assis en silence. Je m'efforce de le regarder dans les yeux. C'est lui qui finit par baisser la tête. Je comprends que c'est terminé quand il revisse le bouchon de la bouteille. Les petits détails.

« Il est tard, Milly, tu devrais aller te coucher. Et j'ai besoin d'être un peu seul. »

Au moment où je m'apprête à sortir de son bureau, je me retourne. Il a une main posée sur l'ordinateur portable de Phoebe, l'autre pointée, inconsciemment peut-être, vers le téléphone.

« Mike, il faut que tu me donnes mes médicaments. Et à Saskia, aussi. On a besoin de toi. »

Quatorze. Puis encore quatorze. La balustrade sur la droite.

Si je n'avais pas vu le texto s'afficher sur son téléphone,
posé à côté de la bouilloire pendant le petit déjeuner.
Phoebe, à table.
Tout aurait été différent.
Tout.
« Comment ça jour J pour Tête de cul, demain ? »
disait le message.
Expéditeur : Izzy
Je suis sortie de l'auditorium pour acheter des sucreries
pour tout le monde.
Vrai.
L'épicerie est le seul endroit où je suis allée.
Faux.
J'ai couru jusqu'à la maison.
Cinq minutes en trottinant, moins en courant.
J'ai monté les marches de l'escalier,
quatorze, puis encore quatorze, la balustrade sur la droite.
C'est là qu'elle était. Elle a hurlé en me voyant.
Bouh.
Elle s'est précipitée dans sa chambre,
je l'ai suivie avant que la porte claque derrière elle.
Sors, elle m'a dit. Dégage. J'ai fait un pas
vers elle. Qu'est-ce que tu fais ? elle a demandé. Encore un pas.
Elle m'a poussée sur le côté pour ressortir en disant,
j'appelle Papa.

Je ne me suis pas lancée à sa poursuite, elle serait descendue en courant, et ce n'était pas l'idée. Je suis sortie de sa chambre en marchant. Elle était installée sur la balustrade. L'endroit où elle se sentait à l'aise, où elle aimait bien tourmenter sa mère. Ses empreintes digitales, bien visibles sur le vernis. La peur s'échappant des pores de sa peau sous forme de transpiration. Elle était sur le point d'appuyer sur le bouton d'appel.
Distraite.
Elle, pas moi.
Encore un pas vers elle.
Quand quelqu'un dit, tu vas te briser le cou. Il faut le croire.
Une seconde a suffi.
Elle a chuté en silence.
Le carrelage, repeint d'une nouvelle couleur. Ses cheveux, aussi.
Je suis ressortie par-derrière, en courant, puis je suis passée à l'épicerie acheter des sucreries.
Le policier, plus tard, ce soir-là. Des questions de routine, il a dit.
Leur formation ne les prépare pas au potentiel des enfants.
Ah ! Sa Majesté des Mouches.

J'ai promis d'être la meilleure possible.
J'ai promis d'essayer.

Mike.
Un homme bienveillant.
Je lui ai tout dit.
Enfin.
Presque tout.

Pardon.

FSC
www.fsc.org
MIXTE
Papier issu de
sources responsables
FSC® C003309

Les papiers utilisés dans cet ouvrage
sont issus de forêts responsablement gérées.

Ouvrage réalisé par Cursives à Paris
Imprimé en France par Normandie Roto Impression s.a.s. à Lonrai
Dépôt légal : septembre 2016
N° d'édition : 516 – N° d'impression : 1602777
ISBN 978-2-35584-516-1